别来无恙

王怀宇中短篇小说选

王怀宇 ◎ 著

长春出版社

全国百佳图书出版单位

图书在版编目（CIP）数据

别来无恙 : 王怀宇中短篇小说选 / 王怀宇著.
长春 : 长春出版社, 2025. 1. -- ISBN 978-7-5445
-7551-5

Ⅰ. I247.7
中国国家版本馆CIP数据核字第2024MT7676号

别来无恙——王怀宇中短篇小说选

著　　者　王怀宇
责任编辑　孙振波
封面设计　宁荣刚

出版发行　长春出版社
总 编 室　0431-88563443
市场营销　0431-88561180
网络营销　0431-88587345
地　　址　吉林省长春市南关区长春大街309号
邮　　编　130041
网　　址　www.cccbs.net

制　　版　长春出版社美术设计制作中心
印　　刷　长春天行健印刷有限公司

开　　本　880mm×1230mm　1/32
字　　数　311千字
印　　张　14.25
版　　次　2025年1月第1版
印　　次　2025年1月第1次印刷
定　　价　69.80元

目　录

中篇小说

短篇小说

司令的枪

1

小时候，我是平安县东南片儿有名的孩子王，也就是人们常说的"小孩头头儿"。左邻右舍、房前屋后、街头巷尾、校里校外，方圆几百米之内的同龄孩子们不叫我程杰，都"司令""司令"地叫着我。最多的时候我有三十几个手下呢，整天前呼后拥的，那时的我走起路来好像都呼呼啦啦地带着响声，很是威风。

别以为在孩子中当个"司令"很容易，那可不是一件轻松的事儿。你一没靠山，二没资金，人家凭啥听你的？要想让人家服你，你总得有点儿过人之处吧？用今天的话说，你起码得有点儿绝活儿吧？不当不知道，跟没当过"司令"的人说了也是白说。

在我的团队里，最不好管理的就要数邻居毕胜利了。毕胜利不仅有着一身野蛮的力量，同时还是个一肚子鬼点子的好战分子。别说他在学校里不怕任何老师，就连身居县刑警大队副大队长要职的老爸他都不怕，他还能怕谁呢？老爸虽然是他心中的偶像，但他也从来没有服过软。毕胜利著名的口头禅就是："谁也不好使！我就不信邪！"

但毕胜利是我的死党。公开场合，他一丝不苟地称我"司令"；人群背后，他则情同手足地喊我"老大"。毕胜利之所以能死心塌地地给我当"副司令"，之所以能心悦诚服地为我出谋划策，是因为我除了有极好的人缘、极高的威信之外，还有一手漂亮的绝活儿——我不仅弹弓做得好，而且还会做烟火枪。尤其是以火柴杆为"子弹"的烟火枪，我做得最拿手。

出自我手的弹弓和烟火枪不仅好使，而且好看。毕胜利天生就酷爱弹弓和烟火枪这两种东西，我偏偏都会做。我一连给他做了好几个好看的弹弓把儿，还答应优先考虑为他装备烟火枪。因为我总给他希望，所以他对我才总是言听计从。我那时好像就知道，只要让毕胜利对我服服帖帖，我的"司令"宝座就能牢牢坐稳，我的威风团队就能江山永固……

那些年，平安县普遍穿着蓝色和灰色衣服的成年人们，还远没活出四十几年后这些成年人的精神和花样。他们整天因被各种运动裹挟而显得忙忙碌碌……相比之下，平安县的孩子们却有着无穷的乐事。他们随便眯上一只眼睛，高高举起手中的各式弹弓，打鸟、打人、打玻璃、打路灯……打他们高兴打的一切。平安县的男孩子兜里至少要有两把弹弓，甚至一些淘气的女孩子兜里也经常藏有弹弓。最辉煌的时候，我身边的弟兄们除了有弹弓之外，几乎人人手上还有一支烟火枪，基本上都是我亲手给他们武装起来的。

　　毫无疑问，在那个大人们都忙于各种运动的多事时代，平安县的孩子们也一刻都没闲着。

2

　　"司令"的威风更表现在具体装备上。在那一大群孩子当中，只有我这个"司令"同时拥有两支烟火枪，而且是两支超大超长的十二节车链子的烟火枪。没想到，孩子的游戏中竟然也是枪杆子里面出政权。那时的孩子们最喜欢看的电影就是《平原游击队》，尤其喜欢电影里使用双枪的传奇战斗英雄李向阳。我那十二节车链子的"双枪"一定能让孩子们时刻联想到智勇双全的李向阳，也一定能让孩子们时刻羡慕着神圣无比的大"司令"。

　　在那个物资极度匮乏的年代，整个平安县城都很少能看见自行车。谁家会有二十四节车链子呢？就算有，谁又肯把它们都用于做车链子枪呢？现在想想，那都是个非常独特的奢侈现象。

　　我家并没有自行车，而我为什么会拥有两支十二节车链子的烟火枪呢？唯一的原因就是我会制造最好的烟火枪。我除了免费给毕胜利做，给别人做我是一定要收手工费的。我的手工费不是现金，而是实物。不多不少，永远是一节车链子。孩子们都知道，这一直是我不成文的老规矩。

　　一般情况下，做一支烟火枪至少需要五节车链子。孩子们手上终于攒足了五节车链子还是做不成，因为还要交出一节作为我的手工费。这样，他们就得攒足六节车链子才能来找我。否则，他们就只能尝试着自己去做了。孩子们当中也确实有实在等不及了自己动手的，李大平和二宝子等都曾经这样尝试过。对于这些，我并不反对，也不反感，我心里太有底了。

自己动手做枪的孩子们好像没有谁因此而高兴起来过。费了九牛二虎之力，最后看上去总算完成了，但总是存在着两个致命问题：一是不好看，二是不好使。由于车链子少，枪栓必然就要短一些。加上选择的皮筋弹性稍稍弱一点儿，各个部件细节稍稍粗一点儿，总体安装技术再稍稍差一点儿……尤其是撞针的制作问题，就更得细心一点儿，不能磨得太尖，又不能磨得太钝，关键是对弧度和角度的把握必须得极其精确，不到位一点儿都不行。这些"一点儿"凑到一起，枪肯定就要出大问题了。有时，自认为大功告成的孩子兴奋地把枪举过头顶，一连钩了好几下，枪却一直钩不响。该响时不响，哪还配得上叫枪呢？气性大的孩子立马就会把自己辛辛苦苦做成的枪狠狠地摔在地上。

而我用五节车链子做成的烟火枪总能一钩就响，这就是孩子们宁愿送给我一节车链子也要来找我做枪的根本原因。五节车链子的烟火枪响是响了，但它不可能响得那么透亮、那么潇洒。就算我做得再精致，它也终究没法和我那十二节车链子的烟火枪相提并论。十二节车链子的烟火枪毕竟枪栓足够长、冲击力足够大，每次钩动扳机都会随之发出一声震耳欲聋的脆响。在孩子们的眼中，"司令"那十二节车链子的烟火枪才是真正意义上的烟火枪啊！

　　我记忆最深的要数给李大平做的那支烟火枪了。因为李大平有六节车链子，如果自己做，就能做个六节车链子的枪；要是找我做，就只能做个五节车链子的枪了。李大平无非是渴望自己的枪能稍大一点儿、稍长一些，所以才选择自己动手做。李大平虽然能把枪形做得很好看，但好看的枪就是打不响。他也是在实在没办法的情况下才不得不来求我的……

　　在我做枪的整个过程中，细皮嫩肉的李大平除了认真观察每个细节，就是羡慕地盯着我那两支大枪仔细看。我让他拿到手里看，他却连碰都没敢碰一下。李大平虽然比我小两个年级，但凭着他的聪明劲儿显得相对成熟。他不仅学习好，而且手脚也比一般孩子灵巧。也许是因为这些，我感觉李大平总是与其他孩子有所不同。

　　六节车链子的烟火枪就要做完了，也没见李大平把一节车链子的手工费交给我。我以为他兜里还揣着一节车链子呢，并没急着要。眼看他就要走人了，我才主动向他要。我半开玩笑地说："行啊！小伙子，攒七节车链子了才来找我？"

　　"司令，我能不能先欠着？等以后有了再给你不行吗？"我没想到李大平会提出这种无理要求。

　　"咱们不能坏了规矩。"我当然不会同意，还从他那恋恋不舍的手里把枪拽了过来。我很生气，心里抱怨：表面看挺文静个孩子，心眼儿咋这么小呢？叫什么李大平？干脆叫李小抠吧。

　　"司令，你都有两支那么大的枪了，还……"李大平好像要哭的样子，他只说了一半，就没再出声。他静静地站在桌角处，只是不胖不瘦的小脸红一阵白一阵的。

就在李大平心疼的目光静悄悄地注视下，我给那支已经做成的枪拆卸下了一节车链子。我又费了挺大的劲，对枪栓和撞针等重要环节做了重新修改和调试……

那天，李大平是带着喜忧参半的表情离开我家的，我一直记得非常真切。

直到李大平走后，我把那节车链子掂在手上，心情才慢慢好了起来。那是一节崭新崭新的车链子，我稀罕地拿在手里摆弄了一个下午，才十分爱惜地把它收进我那专门装"宝贝"的小木盒子里。其实，我也在全力积攒着车链子，还一直梦想着拥有第一把十六节车链子的烟火枪呢。

那时就是这样，没有烟火枪的孩子想有最初级的烟火枪，有了最初级烟火枪的孩子就想有更大一些的烟火枪。印象中，平安县的孩子们一直都在竭力搜寻着更多的车链子，一直都在梦想着手里的烟火枪越来越大、越来越多、越来越响……

3

后来，孩子们手中的烟火枪又发展、升级成了更具威力的车闸管儿枪，也有些孩子夸张地把它称作火药枪。所谓的车闸管儿枪，现在来看肯定就非常简陋了，无非是将"车条帽"由原来的合钉在两节车链子上，改成现在的单钉在一节车链子上，然后在枪头套上一个车闸管儿，再将其焊牢。车闸管儿枪可以装上黑火药和铁砂子，不再是从前那"摆设有余，威力不足"的烟火枪了，车闸管儿枪喷射出的铁砂子多且密，比弹弓的威力还要大。车闸管儿枪才更有枪的味道，不仅能让人听到响声，还拥有着巨大的杀伤力。一把这样的"枪"拿在手上，该是多么有威慑力、多么风光啊！那一度就是整个平安县所有男孩子们对"枪"的终极梦想。

因为那个时代的钢铁物件实在太少了，自行车就成了孩子们取材做枪的唯一源泉。没办法，孩子们只能想方设法利用自行车上现有的零部件了。当然，这里还有前车闸管儿和后车闸管儿之分，后车闸管儿相对要长一些，看上去也就显得更威武一些。

铁砂子并不难弄，平安县生产资料仓库就在我家房后。每次我们用吸铁石都能从地上的沙土里弄到一些，最多时我已攒满三罐头瓶了；最难弄的是黑火药，自己不会做，商店里又买不到。只有偶然的非正常渠道才能从朋友那儿淘来一点儿，但又总是太少。所以，很多孩子都长期受困于"光有机枪没子弹"的无奈窘境当中。

每次放枪前必须得小心翼翼地往车闸管儿里填充上金贵的黑火药才行，日久天长，平安县的孩子们好像都作下了一个贪婪的毛病——见到黑火药就抢，他们绝不会放过任何一次得到黑火药的机会。

这就难怪每逢年节有头有脸的大单位燃放鞭炮，平安县的小孩子们一定会一哄而上了。尤其是二宝子、三尿子等人，胆子更大，他们会不顾一切地冲进硝烟火海之中，奋力抢夺那些正在燃爆中的鞭炮，那可真是一双双忙乱而勇敢的小手和小脚啊……

平安县的孩子们如此冒险的目的只有一个，就是要让花炮在爆响之前泯灭，好拿回家去扒出里面的黑火药，用于自己的车闸管儿枪。那时，孩子们能弄到黑火药就不错了，哪里顾得上这里还有"横药"和"顺药"之分？直到后来孩子们意外地领教到了那个致命伤害：在一次新枪试验中，因为超量使用了"横药"而导致了严重事故。一声爆响之后，一向胆大的试枪人二宝子应声"啊啊啊"地惨叫了起来。接着，满脸是血的他就抱着脑袋在地上极度痛苦地打起滚儿来……赶到医院抢救完才知道，还好，更重的伤在鼻梁骨上，鼻梁骨粉碎性骨折。不幸中的万幸啊！二宝子差点儿被炸开的枪管儿崩瞎了一只眼睛。

原来，从鞭炮中扒出来的黑火药绝大多数是"横药"，只有二踢脚第一响里装的黑火药才是"顺药"。二宝子出事之后，我和伙伴们才突然间对从鞭炮中扒出来的"横药"忌惮起来。

半年以后，我偶然中从工具书里发现了黑火药的民间制作方法。说木炭、硫黄、硝石以 3∶2∶15 的比配伍，就可制造出黑火药来……

木炭、硝石还好说，最难弄的是硫黄。听人说电线杆子上的瓷瓶里用来做绝缘体的物质就含有硫黄成分，孩子们就用弹弓打碎瓷瓶，以索取硫黄……但总是太少，难以成事。人多力量就是大，没有克服不了的困难。后来，又有人从其他的渠道找来了更纯正的硫黄。

我们终于把这些东西弄齐全了，可是意外又发生了。

"报告司令！发现了阶级斗争新动向。"毕胜利早晨起来发现孩子们昨晚晾在仓房顶上的自制火药竟然都湿透了。

"是谁浇的水？还是给尿的尿呢？"这是孩子们在现场发出

的相同疑问。

"这不是阶级敌人在存心搞破坏吗？必须揪出来！"这是孩子们在现场发出的相同怒吼。

自制火药屡屡受挫，孩子们有些不知所措。有些人怀疑是三尿子干的，还有些人怀疑是二宝子他姐干的。最后，怀疑二宝子他姐的人越来越多了，三尿子只是爱搞恶作剧，二宝子毕竟因为黑火药受过重伤……

几天后，孩子们终于弄清了真相——那并不是什么阶级斗争新动向，而是露水惹的祸，就一起骂这露水真不是东西，比二宝子他姐还不是东西。

孩子们并不反思，反正事情随时都会有新的变化和新的说法。孩子们该咋想还咋想，该咋玩还咋玩，该咋淘还咋淘，二宝子他姐该不是东西还不是东西……

别的都是小事，孩子们自己能制造出安全的黑火药才是天大的喜事。很快，车闸管儿枪就在平安县的孩子们中疯狂地流行起来了。

自从发明能利用自行车的车闸管儿制造一种新式武器——车闸管儿枪，平安县为数不多的自行车车闸管儿几乎一夜之间就被孩子们偷光了。大人们防不胜防，新买的自行车五天之内就会残缺不全，所以平安县的自行车普遍没有闸。

街上时常发生自行车撞车事件，就与大量车闸管儿被孩子们用于做车闸管儿枪有着直接关系。如果两个骑自行车的人相撞了，没有人会指责对方为啥不刹车，都是说："你为啥不往那边拐呢？"接下来，就会听到这样的争吵声："你难道没长眼睛啊，咋不往右拐呀？你得儿呵的！"另一个则骂道："你才没长眼睛呢，咋不往左拐哪？你傻了吧唧的！"

曾有那么一段时期，平安县总的感觉就是：刹不住闸。

4

"司令"家的地势低洼，一下雨就积满一院子水，这成何体统？有一天，无所事事的弟兄们就发现了这个严重问题，并自发地帮我家垫起了院子。

大家用手推车从郊外的后岗子往我家运土，干得热火朝天。我也觉得脸上好像有种光芒在时隐时现地闪烁，就连我那一向严厉的父亲都一脸红润的笑容。午休时，父亲竟然主动要求为我们炒菜做饭，还破天荒地一次性地为我们买回了一箱汽水和二十块钱的香肠。面对着一整箱汽水和一大堆香肠，我和伙伴们要多高兴有多高兴，下午的干劲儿就更足了……

但那天下午收工后，伙伴们却看到了极其不和谐的一幕：我放在自家窗台上的那两支十二节车链子的车闸管儿枪竟然不翼而飞了！那么扎眼的两支大枪同时都不见了，这在当时无疑是一件惊天大案！

全力破案！毕胜利施展才能的机会来了。毕胜利边说"谁也不好使！我就不信邪"边招呼大家："马上给我全体集合！"

毕胜利指挥大家掘地三尺地找枪……孩子们无望地把整个院子翻了一遍又一遍……一个个累得汗流满面，精疲力竭，也没见到那两把大枪。

无果之后，毕胜利怀疑是不是丢在了运土的路上，就又带着所有的人去后岗子的路上撒大网式地反复寻找……仍然无果。

傍晚时分，在确信两支大枪绝对不是意外遗失之后，毕胜利开始训话了："光天化日，众目睽睽之下，司令的车闸管儿枪都能丢！如果这种事都能发生，那么平安县还有什么事不能发生呢？你们可以无视国法，甚至你们也可以无视司令，但你们绝对不可以无视我毕胜利这个副司令！我就不信我揪不出你这个内鬼来！谁也不好使！我就不信邪！"

毕胜利都要气疯了。虽然他一直在说着全世界最狠的"狠话"，可是司令的枪一直没有任何线索，也一直没有任何能找到的迹象……

"国不可一日无君，司令不可一日无枪。司令怎么能没有枪呢？"在毕胜利的倡议下，七节车链子以上的每个孩子捐出一节车链子。很快，我就又重新拥有了一支十节车链子的车闸管儿枪。

虽然我手上重新有了枪，但我觉得那根本就不是什么枪。我的枪似乎永远是那两支又长又大的十二节车链子的车闸管儿枪。

最后，毕胜利不得不用上了排除法。一个一个过筛子……他很快确定了最可疑的三个人，分别是二宝子、李大平和胡小波。

在给"司令"重新置办枪的过程中，毕胜利又解除了对以前的重点怀疑对象——胡小波的怀疑。

毕胜利说："胡小波只是长得像个坏人，其实他是个好人。

而且胡小波对弹弓和枪并不太感兴趣，他更喜欢的是写字和画画。"

毕胜利说："本来只有六节车链子的胡小波不必捐，但他也拆下了一节车链子，更难能可贵的是，他还为司令贡献出了自己枪上的车闸管儿。"

毕胜利还说："我透过表面看到了一个人的本质，这是我深入调查研究后得出的正确结论。"

这样一来，剩下的两个重点怀疑对象就只有二宝子和李大平了。虽然缩小了范围，但是毕胜利一时仍然难以断定谁会是那个最终的小偷。

何止是毕胜利，连我这个"司令"也看不出谁更像一个小偷。我一会儿看谁都像，一会儿又看谁都不像。二宝子一直不太好管理，还经常和毕胜利顶嘴。毕胜利对二宝子印象一直不太好，他是因此被列为一号怀疑对象的吗？

我对找枪这件事越来越不抱希望了。我只是时常怀念起我那两支十二节车链子的车闸管儿枪，尤其是枪头上那闪闪发光的车闸管儿，那是两支多么威力十足的大枪啊……

5

没有如想象中那样迅速地找到"司令"的枪，毕胜利一度非常郁闷。入冬以后，北风吹起，别人在屋里都冻得直哆嗦，毕胜利却成天长在大街上放"八挂"（平安县的人都管放风筝叫放"八挂"）。

那些年，平安县还盛行着各种学习材料。毕胜利则以放"八挂"的形式把他爸拿回来的那些学习材料挂到电线杆子和路边杨树上去。就在这个初冬季节，毕胜利放"八挂"几乎成了平安县更加忙碌的一大景观。

毕胜利是个十分敬业的人，不仅演啥像啥，做起游戏来也从不含糊。经常能看见毕胜利一边叨咕着"谁也不好使！我就不信邪"，一边从自家的仓房盖儿上扯着"八挂"跑过，他完全顾不上自己的安危，"八挂"能飞起来比什么都重要。他经常以各种姿势从房盖儿上滚落到地上，有时磕撞得鼻青脸肿，他也全然不顾。

毕胜利任鼻涕淌过红赤赤的嘴唇，只是到了不抹不行的时候才胡乱地抹上一把。他跑在平安县随便哪条街巷上，对过往车辆行人从来都是忽略不计。他一直保持着向前的姿势，但向前跑的时候多数是回着头的，他只关心身后的"八挂"是否已经呼呼啦啦地飘起来了，就算幸好飘起来了，半空中的"八挂"还是忽上忽下、忽左忽右，难以控制。"八挂"总是不够稳定，是头重脚轻呢？还是脚重头轻呢？这也是毕胜利一直无法解决的问题，是和"司令"的枪一样让他头疼的大问题。

那时平安县汽车还很罕见，自行车也不多，结实的毕胜利有理由横冲直撞。他常常弄出人仰马翻的热闹场面，甚至他自己也常常跌进路边的水沟里或磕到台阶上，毕胜利从来没因为这些而中止放他的"八挂"，他不知道旁边发生了什么，包括自己的脸上什么时候又添了新的伤口，手指为什么肿了，牙花子为什么出血了……

只有我无意中观察到了一些真相。那些日子里，表面看上去活蹦乱跳的毕胜利实际上是忧心忡忡的。

6

直到第二年春天，毕胜利最终把偷枪嫌疑锁定在了李大平身上，并在一个雷雨交加的傍晚向我做了一次非常详细的汇报。记得那是平安县春天里的第一场雨。

一见面我就问毕胜利："李大平一向是个品学兼优的好学生，还是班里的学习委员，你凭什么认定这件事就是李大平干的呢？"

毕胜利警惕性十足地向雨中的街口望了望，神秘地说："一开始，我的重点怀疑对象其实是二宝子。老大，不瞒你说，我也希望那个人是二宝子。原因也不怕你笑话了，是他一直不太听我的话，我确实有点儿烦他。但后来我不得不改变我的判断，因为有更多的证据让我认定这事就是李大平干的。虽然李大平平时给我的印象还不错，但咱不能感情用事，是不是老大？"

"说说看，有啥证据？"我有些期盼地说。

毕胜利接着胸有成竹地说："原因有三：首先，老大你还记不记得咱们上三年级那年夏天，有一次你带领大家偷着去后岗子洗野澡，还都说李大平最老实呢，没想到最后就是李大平供出了全体成员。你的少先队员还因此被学校取消了，还被老爸打了一记大耳光子。你没忘吧老大？李大平表面看着老实，其实他一点儿也不老实。"

"这个能说明啥呢？"我不以为然地摇了摇头。

"你听我说呀，还有其次呢。"毕胜利不紧不慢地擤了一把鼻涕。

"那你就接着往下说。"我多少有点儿失望。

"老大，我倡议给你捐车链子其实还有另外一个目的。常言道：关键时刻、利益面前才能看清一个人的本质。在这件事上，我又一次发现了蛛丝马迹，抓到了难得的佐证。一向视车链子如命根儿的李大平这次捐得非常痛快，而他自己手上的枪车链子数却没有任何减少。老大，这难道不可疑吗？他和胡小波的情况可是截然不同的。"毕胜利眯起眼睛，学着他老爸的警察神态。

"这倒是个有价值的线索，但还是有点儿牵强，还是不够充分。"我觉得毕胜利说得有些道理，但还不足以给李大平下定论。

"老大，还有第三呢，这也是最重要的依据。李大平在家里偷着玩枪时让我发现了！"毕胜利异常激动的样子。

"啥？"我认真起来。

"有一天，我正好从他家门口路过，竟然连续传出了两声枪响……两声枪响啊！老大，两声枪响说明什么？说明至少得有两支枪吧？他李大平什么时候有过一支以上的枪呢？我说老大呀，这回该明确了吧？不是他还能是谁呀？"毕胜利有些得意地盯住我的眼睛，像生怕我回避似的。

"这是真的？"我对李大平的印象也一直不错，可听了毕胜利的陈述，尤其是第三点陈述，我也越来越认同了毕胜利的判断。"是啊，从这些事情的细节上看，你的判断非常有道理。"

"老大，当时还不是我一个人听到的呢，这件事二宝子还可以作证。"毕胜利又信誓旦旦地补充说道。

我越发认定李大平偷枪这件事的确切性了。"这小子伪装得挺深啊，太可恨了！不过，我们还是要慎重，不放过一个坏人，但也不能轻易冤枉一个好人。最好还是让李大平亲自承认错误为好。"我还建议毕胜利，"必要时，你可以吓唬吓唬他，那小子胆小，肯定会招供的。"

"老大，这事你就放心地交给我来办吧，我毕胜利还是有两下子的，这回保证给你结案。"

第二天晚上，毕胜利就把李大平叫到了后岗子进行审讯。我和几个伙伴就躲在旁边的杨树林子里偷听着，孩子们的很多大事都是在这里解决的。

让毕胜利始料不及的是，无论他怎样高声恫吓，李大平就是一口咬定"司令"的枪与他无关。接下来，毕胜利不得不边叨咕"谁也不好使！我就不信邪"边动用了他爸对付罪犯的手段。毕胜利把李大平的手拧到了不能再拧的程度，竟对李大平进行了印象中的"严刑拷打"。毕胜利心目中的"王连举"变成了"刘胡兰"，软骨叛徒变成了钢铁战士。毕胜利万万没想到过去那个软柿子今天变成了眼前的硬石头，李大平一直"视死如归"，坚决不承认自己拿了"司令"的枪。

最后，毕胜利手中用来吓唬李大平的手术刀子竟然成了真正的刑讯工具。毕胜利边喊"信不信？我可真割了"边挥舞着手术刀子，直到毕胜利已经割破了李大平的后背，李大平还是喊："没拿，没拿，我就是没拿！"李大平始终没承认自己拿了"司令"的枪……

弄不好要出人命了，我不得不和伙伴们出来解围："算了算了，咋还动上手了呢？"

"我找你家去，你等着……"李大平给自己下了个底气不足的台阶，边哭边跑出了杨树林子。

毕胜利则气得直喘粗气："熊样吧，有能耐你现在就找去！动不动就要找我家去，那算个啥能耐呢？"

"人家死不承认，谁也没有办法。"毕胜利除了冷笑还是冷笑。他决定不再找枪了，并向众位弟兄们宣布："司令丢枪一案已经正式告破。"毕胜利只是在宣布中流露出了一点儿遗憾，就是最终没能拿到李大平的口供。

李大平虽然死不承认，但我和毕胜利及孩子们还是认定枪就是李大平偷的。

从那以后，李大平就有了另一个响亮的名字——李小偷。李大平就像变成了另外一个人。原来爱说爱笑的李大平变得少言少语了，原本公开清澈的目光也变得隐瞒浑浊了，眼神飘忽不定,总是躲躲闪闪的样子,原来挺胸昂首的他常常低着头走路，竟越来越像人们印象中的小偷了。李大平也由原来学习好的学生，逐渐变成了学习一般的学生……

"一个小偷会有什么大出息呢？这样也很正常。"最后解除嫌疑对象的二宝子对背了半年多的黑锅耿耿于怀，常常幸灾乐祸地这样评价着李大平。

两个月后，又发生了一件不大不小的怪事。

"报告司令！又发现了阶级斗争新动向。厕所里出现反标：

程杰是小孩头头儿！"毕胜利还是经常能发现问题。

解决问题时，毕胜利没再拖泥带水。这次，毕胜利第一时间就用不容置疑的语气断定："李大平干的。"

"肯定是李大平，不会再有别人了。李小偷当然不敢明着报复，只好老鼠一样把司令的大名写在厕所墙上。"二宝子、三尿子等跟着起哄。

我觉得又不是什么大不了的事，也就没再去深究。

但在所有孩子的心目中，李大平就更不是人了。

"他不仅偷了司令的枪，还暗地里对司令进行着人身攻击，真不是个物儿啊！"孩子们议论纷纷……

由于孩子们都越来越排斥李大平，独来独往的李大平小学刚毕业就早早回家找零活儿干去了，据说到他爸所在的建筑工程队当上了临时搬运工。

7

上初中以后，孩子们就有些分散了，就很少有人叫我"司令"了。尤其是上高中以后，孩子们都长大了，我这"司令"也就彻底当到头了。后来，我阴差阳错地考上了外地的一所大学，就更加彻底地告别了儿时的伙伴们。

儿时那些小伙伴们高中毕业后几乎都没能考上大学，就先后找到了各自的岗位。毕胜利通过他爸的关系去了县文工团，当上了一名很出色的演员；胡小波因为酷爱美术去了县文化馆，当上了一名美术辅导员；李大平也终于到县建筑工程队接他爸班，当上了一名正式的建筑工人。其他孩子像二宝子、三尿子等也都找到了相应的工作，但大多是临时工作。别人不太好说，只是当初学习很好的李大平有点可惜了。如果没有偷枪那件事，李大平也许会一直是个好学生，至少会像他爸所希望的那样读到高中毕业。到那时，他考上一个普通大专院校应该不会有任何问题。

8

二十多年以后，我终于有了个回家乡探亲的机会，就尽可能地把儿时的伙伴们都找到一起。都已经是四十多岁的成年人了，大家围坐在一张大大的酒桌上快乐地回忆起了当年的大事小情。说来也怪，在当年越是痛苦的记忆就越能成为我们此时的快乐谈资……

又有人提起了我小学三年级时偷着领大家去洗野澡那件糗事，我也陷入深深的回忆之中：对呀，那可是事先发过毒誓不许往出说的，可当年班主任老师只是指桑骂槐地一吓唬，李大平就全都招了。可见，李大平的胆子也太小了。而后来，在毕胜利锋利的刀刃下，同样是李大平，竟然能视死如归地咬定自己与"司令"丢枪的事无关。从这个角度上看，"司令"的枪好像真不应该是李大平偷的呀，这也太不符合人物性格了呀……

多大个事儿，问问李大平不就知晓一切了吗？借着酒劲儿，我真想问问李大平儿时那枪到底是怎么回事儿。但当我望着已是一脸络腮胡子、憨厚而沧桑的建筑工人李大平时，我几次话到嘴边，几次又怯生生地把那话茬儿咽了回去……

难道李大平当年不承认，现在就会承认吗？喝多了酒的李大平别一时觉得没面子，万一失态和我动起粗来可咋办？我现在可不是当年那个威风八面的"司令"啦，对方也不是当年那个细皮嫩肉的"小偷"啦。

后来，我好像真的喝多了，就扯着身旁毕胜利的耳朵问："胜利，我问你，你当年是根据啥认定我那枪就一定是李大平拿走的呢？"

毕胜利诡谲地一笑："我说老大呀，这都多少年前的事了？这么大点儿个小事儿你还没忘呢？我早都记不起来了。哈哈哈……怪不得老大你能考上大学呢，你的记忆力可真好啊！"

"我……我不是和你开玩笑。"我仍抓着毕胜利的耳朵不放手。

见我认真，同样喝多了酒的毕胜利才又边笑边说："那都是小孩子的事儿了，想想那时可真能闹哇，整天都是在混淘、扯淡啊！对了，那时我可是副司令啊，必须得破案哪，要不我可就没有威信啦。"

又喝了一会儿酒，在我的再三追问下，毕胜利终于很认真地和我说出了实情："当年李大平他妈长得确实是挺好看的，我爸多严肃啊，但他有一次跟李大平她妈微笑，我妈发现了就特烦李大平他妈。我不过是想借机给我妈报报仇……老大，我当时哪敢跟你说实话呀，你可是司令啊，你不骂我公报私仇才怪呢！再说了，也是实在没招了，我就拉着二宝子编了那个故事，二宝子当然愿意了……老大，来来来，咱还是喝酒吧！别的都是瞎扯！"

"那我再问你，厕所里的反标又是咋回事呢？"我更加认真。

"那个就更简单了，是我自己写上去的，哈哈哈……"毕胜利不以为然地又大笑起来。

"那你咋还贼喊捉贼呢？"我松开毕胜利的耳朵，大声追问。

"哎呀，我说老大，你可真较真儿啊！我今天就全都给你招了得了：这一呢，是为了转移视线，前段案子破得不太理想，捎带着也给自己树立树立威信；这二呢，咋说呢？唉，也是为了没事整点儿事儿，没准儿还能借机再收拾收拾李大平呢……"毕胜利说着又哈哈大笑起来，"是不是呀李大平？你小子快过来，这都是缘分哪，咱哥俩真得再给老大好好敬上一杯酒！"

可我却一点儿也笑不出来。

这时，李大平循声笑呵呵地走过来敬酒，我们三个人就相互搂着肩膀又干了满满的一大杯白酒，我感到李大平那双满是老茧的粗糙大手很有力量。

那天，我把自己彻底给喝多了。

第二天一早，我就匆匆坐上了返程的火车。一路上，车窗外不断远去的树木似乎还想将我拉回家乡，我仿佛又看到了家乡后岗子那片神秘的杨树林子，仿佛又听见了李大平"我找你家去"那飘忽不定的苍白哭喊……

司令的枪到底哪里去了呢？也许是前一天酒喝得过多的缘故，我的思考头一次朝着另外一个方向发生了折转——愈发清晰呈现在我眼前的是父亲那天的笑容，是一向严厉的父亲那天过分慈祥的笑容……

2016 年 2 月 25 日于长春平安街

原载于《作家》2016 年第 4 期

选载于《长江文艺好小说》2016 年第 8 期

小鸟在歌唱

1

　　我所居住的解困小区叫同泰家园，位于城西平安街 66 号。也许因为小区和街巷的名字都很吉利，多年来，每每出入小区，我似乎都能嗅到空气中那股与众不同的祥和味道。一年前，我还意外地发现了一个新邻居。我想，小区越来越浓郁的祥和氛围肯定还和我这个近在咫尺的新邻居多多少少有点关系。

　　那是个冬日的上午，由于我打工的快递公司暂时滞货，我没去上班。难得空闲，我就百无聊赖地趴在卧室朝北的窗台上看风景。无意间，我好像瞄到点儿什么东西。我发现对面楼拐把处的空调管道孔里隐隐约约探出一个小头儿来，又迅速地消失了。开始我以为是自己的眼睛看花了，但接着那个小头儿又探出来一次，这回可让我逮了个正着。真真切切，确实有个活物寄生在那个空调管道孔里。那么到底会是什么东西能在那个黑洞里钻来钻去呢？这勾起了我自童年起就很强大的好奇心。我第一时间想到了两种动物：老鼠和蝙蝠。但前者马上就被我否定了，不会是老鼠，老鼠不会把洞口建得那么高。还是蝙蝠的面儿更大一些。到底会是个啥呢？好奇的我就趴在窗户上一直盯着那个洞口看。半个多小时后，我眼睛都累酸了，才终于发现有一只麻雀飞了过来。麻雀先是落在不远不近的树枝上随意小憩一会儿，然后又不慌不忙地绕了老半天才突然快速钻进了洞孔里……过了一会儿，两只麻雀又一先一后双双飞出……我这才真正揭开了谜底。那儿竟然会是一个鸟窝！噢，原来那个被房主人弃用的空调管道孔已经神不知鬼不觉地变成两只麻雀伴侣温馨的"家"啦！

麻雀的"家"虽然看上去有点儿寄人篱下的感觉，但那毕竟是它们在这个钢筋水泥城市里最为理想的"家"了。那借助人类电钻钻出的圆洞不仅精制考究，而且比任何峭壁上的天然洞穴还要安全可靠。只要坚固的楼房不倒，鸟窝就永远不会在风雨中倾覆。城市里几乎没有四处游猎的鹰隼，也很少能见到自由攀爬的蛇蝎，更不用担心日渐肥胖的家猫和家狗们会攀上光滑、陡峭的高壁。鸟窝不仅远离了天敌，而且还避开了天灾，更不会意外遭受顽童制造的人祸。这样看来，麻雀一家真的是万无一失了。记得当时我还在心里羡慕地说：恋爱中的人类都很愚蠢，恋爱中的麻雀却很精明。这两个聪明的家伙，可真会找地方啊！连我每个月都还要支付一千多块钱的房贷呢，而它们两个却能住上免费的小区楼房。

确切一点儿说，我住在小区的 C 栋。当初图便宜，就买了把西山的小户型。而那个鸟窝则位于对面 D 栋向南的拐把处，也在三楼，就在最把边儿那扇窗户的上方。鸟窝离我卧室并不遥远，直线距离肯定不会超过十米。可以说，那个鸟窝相当于西厢房，只有上午才能见到阳光。从采暖角度上看，鸟窝还远不如我的把山房呢。

整个冬天，两只麻雀白天很少待在窝里，更多的时候是在窝外边的阳光下依偎着。每当我看见瑟瑟寒风中电话线上的它们，心中都会滋生出一股同病相怜的亲切感来。

春暖花开之后，两只麻雀不再停滞在窝边的电话线上了，而是活跃在鸟窝附近的广阔天地里。它们在方圆几十米的范围内翩翩起舞，尤其喜欢嬉戏于小区绿化带高低错落的树梢上。那绝对是两只热恋中的壮年麻雀，整个春天，两只麻雀一直都处在高度兴奋状态之中，仿佛一直在谈情说爱……那可真是一场声势浩大、旷日持久的爱情秀啊。

我的许多早觉都是被这个邻居叽叽喳喳的叫声吵醒的。我毕竟还是个三十多岁的大龄单身汉，成家渺茫，立业无望。为了生计我每天必须得骑着电动车穿梭于城市的大街小巷，驴子一样楼上楼下地搬送货物。心情不顺时，我就觉得它们是在故意向我炫耀着什么，就常常由羡慕转化为嫉妒和恨；心情更不好时，我甚至还能想起儿时的弹弓……我儿时才不管那么多呢，如此不设防的麻雀早就成为我瞄准的目标了。那时，我才不管麻雀们是否寒冷，是否恋爱，是否有家……

当然，那只是我心情极其不好时的闪念。事实上，我的心情并不总是那样糟糕。更多的时候，我还是个相对友善的好心人。当我心情稍稍有点儿多云转晴的迹象时，我就又能从它们的身影中嗅出祥和味道来了。待我心中的怨气彻底烟消云散之后，两只欢快的麻雀看上去就更加可爱了，连它们那平凡而单调的叽叽喳喳叫声，也渐渐变得悦耳起来……

夏初时节，两只麻雀好像有了自己的孩子。为了照料孩子，两只麻雀叽叽喳喳的鸣叫声明显少了，但比先前急促、沙哑了许多。它们显得更加忙碌了，每天不断地从洞口飞进飞出。

为了能让孩子们及时吃饱肚子，两只麻雀只好不停地奔波。为了能多飞几趟，它们甚至无奈地放弃了一贯掩饰行踪的天性。我经常能看见它们嘴里叼着昆虫之类的食物匆匆忙忙地从外面赶回来，不及避开人们的视线，就直接钻进了鸟窝。有时，我仔细倾听，好像还能听到小鸟们见到父母后争食时发出的无限喜悦的嘤嘤叫声。那天籁般的嘤嘤叫声隐隐约约、微微弱弱，就来自那圆圆的洞孔悠远的深处……

2

卧室对面这个温馨的鸟窝时常勾起我童年的记忆。我的童年是在乡村度过的。那时候，老家的语言环境中还没有"麻雀"这个学名，我只知道"家雀儿"。来到城市谋生二十多年了，父亲和长辈们至今仍然习惯地叫它们"家雀儿"。

由于家雀儿一年四季都和人们生活在一起，所以比那些随季节而来的山雀儿（候鸟）机灵多了，家雀儿虽然总是近在眼前，但孩子们要想抓到它们并不容易。实在抓不到手，有的孩子就急眼了，就恶狠狠地称呼它们"老家贼"。家雀儿虽然和人类朝夕共处，但它们决不接受人类的豢养。不幸被活捉的成年家雀儿拒绝进食，最后的结局基本是气绝身亡（从小被人工养大的家雀儿例外）。由于非常崇敬它们这种倔强的骨气，我对家雀儿的印象一直不坏。

但不论是家雀儿还是山雀儿，都一直充当着乡村孩子们野蛮娱乐的理想对象。世世代代，家雀儿和山雀儿一直陪伴着每个乡村孩子，打雀儿几乎是每个乡村孩子成长过程中无法抹去的生命标记。

春天里，各种山雀儿进入恋爱季节，山雀儿本来就相对单纯，恋爱中的它们就更显愚钝，所以容易得手的山雀儿就立刻成了孩子们的首选猎物……山雀儿们一来，孩子们手中的弹弓和腰间的夹子就都能派上用场了，接下来便是一场以"诱惑"为核心的杀戮游戏。

每年谷雨过后，乡间就开始飞舞着各种山雀儿了。它们不仅种类繁多，而且数量庞大。孩子们白天战斗在田野，夜晚的睡梦中都是飞翔的鸟儿。小满前后是杀戮游戏的最高峰，大人们忙着耕地时，孩子们一边跟着父亲的铁犁杖，一边下着半公开的夹子，就能把五颜六色的山雀儿尸体战利品一样拿到手里了……偶尔得到一只活的，孩子们就要像过大年似的在原野里奔跑、挥舞一阵子……

到了炎热的中午，孩子们还会集合起所有的夹子，把一个稀缺而独立的小水坑团团包围起来……同样可以捕获到因口渴而前来饮水的山雀儿们。

　　可是，孩子们这样的好日子并不长久。短暂的春夏之交很快就会过去。进入夏至以后，山雀儿们就不再成群结队集体觅食了。它们相继成家，分散到山林里过各自的小日子去了。孩子们好像每年都是突然间再也寻不到山雀儿的踪影，这时，他们才又重新想起老伙伴家雀儿来，才又一次深深认识到这个总是习惯性被遗忘的事实：一年四季与人为邻的家雀儿们，才是随时奉陪孩子们把玩生死游戏的终极角色。

　　只要一提到打家雀儿，孩子们就会顿时兴奋起来。他们起早贪黑，东奔西走，全神贯注，乐此不疲。

　　待我来到城镇上小学以后，没有了乡村广阔的田野，淘气的孩子们就经常爬到学校教学楼的天棚上去掏家雀儿窝。有时，孩子们竟然把小家雀儿连窝端下来玩耍。孩子们明知道小家雀儿人工养活几乎不可能，但还要坚持饲养上几天，期待着奇迹发生。直至小家雀儿最终凌乱不堪地死去，孩子们才肯无奈地面对现实，去寻求下一个鲜活的目标……那时孩子们还没有学会顾及家雀儿的感受，只是希望家雀儿能活在他们的手中，任由他们拥有和把玩。孩子们从来不去设想，如果没有他们的"关心"和"爱护"，家雀儿们会活得很好……

　　有一次，我在学校的天棚上掏出了一窝还没长出毛的小家雀儿，嫌太小又放了回去，十几天之后我再去掏时，小家雀儿们却都飞走了。虽然我因失去了一窝家雀儿而恼火了好几天，但我也从中获得了重要知识。从那以后，我知道了家雀儿从出壳到初飞到底需要多少天——仅仅需要半个月的时间。

　　有时，孩子们还恶作剧地把刚刚到手的小家雀儿拴上尺余长的线绳钉在地上，周围支上一圈夹子，就能打到前来探望孩子的家雀儿妈妈和家雀儿爸爸。小家雀儿稚嫩的声声呼唤，能让平时聪明的大家雀儿智商急剧下降，面对可怜饥饿的孩子，大家雀儿们只能看到夹子上肥硕的虫子，竟然无视巨大的阴谋和致命的危险了……

往事不堪回首。现在想来，无论是在乡村还是在城市，孩子们的娱乐方式都实在是太残酷了，而对于那些可怜的小家雀儿来说，真是显得过分血腥了。孩子们是无比快乐的，却浑然不知家雀儿的苦难和疼痛。

这些年，城市里的家雀儿比乡村都多了，原因是家雀儿们在乡村已经无法生存下去了。农药和化肥的大量使用是一个方面，有些农民为了防范鸟类偷食种子，种地时，很多种子都是带毒的。长时间没食儿吃，家雀儿们就不得不逃离乡村，无奈迁徙到拥挤不堪的城市里来求生。家雀儿们很难在城市里找到昆虫和谷类，更多的是捡拾城市人的残羹冷炙，与城市人呼吸着同样污浊的空气，饮用着同样可疑的水源……

家雀儿的羽毛本来是褐色的，但我经常能在城市里看见各种颜色的家雀儿，有黑色的，有白色的，还有红色的，甚至还有黄色的和粉色的……工业污染日益严重的城市正在把家雀儿打扮得"五颜六色"。

人类的无节制开发使家雀儿们的生存空间越来越小了，但家雀儿们还在顽强地活着。眼下的它们正在尽最大努力适应着本不适应的城市生活。可以说，更多的时候，家雀儿在城市里的生活并不好受……

家雀儿们真的太不容易了，以后真得善待它们才是。

夜深了，想到窗外的小鸟邻居，我再次调低了电视机的音量……

3

为了提升北方城市居民冬日的舒适度，同时又能相应地美化市容，这些年我所居住的北方城市正在大规模分期分批地进行着一种居民楼保暖改造工程，俗称"暖房子工程"。据说，施工过的房子到冬天时室内温度平均能提高3至5度呢。对于取暖一直不太理想的小区居民来说，这真是相当于天上掉下了一个大馅饼。盼了好几年，这回终于轮到同泰家园了，常年饱受寒冷困扰的小区居民们个个喜形于色、奔走相告……

我当然也是这群期盼者中的一员，而且还是个亟待解决问题的"重灾户"。早在几年前我就开始热切盼望了，希望这一天能够早点到来。因为我家把着西山墙，就是人们常说的那种不折不扣的"把山房"。本来小区供暖就不好，我家室内温度就更要偏低一些，害得我每年冬天不停地打喷嚏、流鼻涕不说，更让我烦恼的是，一冬天整个西山墙都在返潮。由于空间有限，我的衣柜和书柜只能安排在我整个居室的西侧。冷山让衣柜和书柜的背面一直在上霜，强大的返潮水汽还让整个西山墙都长满了丑陋的黑斑。在我家，追求美观是不现实的，那已逐渐演化成一种奢望了。衣柜里的衣服潮不潮我并不太在意，我最大的担心是我书柜里那些心爱的小人书会不会受到污损。我没啥别的爱好，唯一的爱好就是收藏小人书，所以每年冬天和春天我都要细心而伤感地倒腾好几回书柜。

一楼邻居张大爷祖籍是山东的，常操着浓重的山东口音说："厦（啥）都莫学（说），做完暖房子工程以后，把山房这些又潮又冷的问题就厦（啥）都解决了。"张大爷还说："怪事不？好些个小区从前不好卖的把山房现在都成抢手货咧。反倒人们印象中上下左右都居中的好房子现在却不好卖咧。"

记得我的一个同事也说过，说居中的房子有时上厕所味大，有时油烟子也不好往外抽……把山的房子往往都拥有开放式的卫生间和通透性的厨房。

有那么一段时期，我对与城市暖房子工程有关的事就特别上心。据我观察，城市的暖房子工程往往是从春天开始的。工人们把自己悬挂在城市的半空中，升降于高矮不一、新旧不齐的楼体上，给原本灰色的楼体穿上了严严实实的白色外衣……城建部门一个街道一个街道地规划，工人们一个小区一个小区地施工，日复一日，月复一月，年复一年，他们每年都要忙到上冻前的深秋时节。虽然工人们很辛苦、很危险，但我还是期待着他们的身体能尽早地也悬到我们小区的楼体上去。有时利用送货空隙，我就长时间地盯住他们中的某一位，经常能看见他们用沉重的双臂在高空中轻轻挥去额头上污黑的汗水。有时，我还能看见他们在高处的风沙中吃着卷饼或干豆腐卷大葱之类的简陋午餐……因为他们从令人眩晕的高处下来一次太难，需要太多的时间。我不知道他们想上厕所时该怎么办，对于这件事，我还一直善意地心存好奇。

4

父亲的小区在城东，暖房子工程早在一个月前就完工了。父亲节那天，我抽空去看望父亲，也想捎带看看施工后的小区变成了啥样。

整个小区焕然一新，我都认不出来了。原本凌乱不堪的旧楼，经过工人们的装裱和粉刷之后，已变得和新楼一般。各种野广告、脱落的墙皮、人为的伤疤，以及一切不堪入目的东西一下子都不见了，真是太漂亮啦！

据父亲说，好多出远门回来的人，也都不认识自己的家了，就是因为前前后后的变化太大了。

因身患风湿一向怕冷的父亲高兴地跟我讲述了暖房子工程即将带来的诸多好处。父亲还拿出一张报纸说，报上都介绍了，做完暖房子工程，房子不仅保暖，而且隔音，甚至还能防火，这可是事先万万没有想到的……

父亲兴致勃勃地罗列完暖房子工程的好处后，又讲了春天里的另外一些见闻。父亲还说起了唯一让他不舒服的一件事。

父亲说："暖房子工程好是好，人是暖和了，但家雀儿可遭罪了。工人们施工时，屋檐下的家雀儿窝就只好拆除了。家雀儿哪见过这阵势呀？就没好声地乱飞乱叫。有一天，整整叫唤了一白天，连午觉都睡不了。现在都过去一个多月了，一些家雀儿还在无家可归地到处乱飞呢……看着可真怪可怜的。"

一开始，我并没太往心里去，只是礼节性地跟着父亲唏嘘几声。但后来，我突然间莫名其妙地忧虑和担心起来了。对呀，我家对面楼那个鸟窝到时候可怎么办呢？也得拆除？我的心情变得越来越沉重……本以为这回鸟窝也能跟着我们保暖呢，怎么能拆除呢？难道最安全的地方会一下子变成最危险的地方？

我们小区暖房子工程的时间安排也实在太不理想了。如果在早春施工，小麻雀还没孵化出壳，大麻雀弃卵而走就是；如果在晚秋时节动工，小麻雀就已经初飞了；不早不晚，偏偏安排在仲夏，这个时间点的小麻雀正在成长……麻雀不同于一些哺乳动物，面对危险时，成年麻雀并不具备随时转移小麻雀的能力。

担心导致我重新搜寻起童年记忆来：大麻雀何时建窝、何时下蛋、何时抱蛋？小麻雀多少天出壳、多少天丰羽、多少天初飞……我一丝不苟地计算了一遍又一遍。到时小鸟来不及初飞可怎么办呢？暖房子工程也不会中途停下来呀。

我当初为聪明的麻雀选择弃用的空调管道孔叫好过，也曾为人们留下了弃用的空调孔道叫好过。但我现在开始发自内心地抱怨麻雀、谴责人类了：麻雀呀麻雀，你们也太大意了，怎么能轻信越来越不靠谱的人类呢？人类啊人类，你们也太不负责任了！为什么不及时将废弃的空调管道孔堵死呢？为了更好地生活，你们装上空调也无可厚非，但你们不用了就该把那个废弃的孔道堵上啊！那样的话，麻雀就不会选择在这里安家，也就不会面临这种让人担忧的结果了……

这些天，我就是在这种担心和忧虑中度过的。我每天下班都尽量早点儿回家，拒绝一切外事活动，时刻关注着暖房子工程的具体进展，俨然一个与工程有着密切关联的工程监理人员。

也许到时候工人们会想出好的解决办法吧？工人们不会无视那些可怜的小生命吧？多日来，我每天只有这么想着，才能在午夜后勉强入睡。

5

我本以为我家所在的 C 栋完工之后，我就能一心一意地去忙工作了。可是，对面楼 D 栋何时施工、怎么施工，却成了我更加密切关注的焦点问题。

C 栋居民楼已经完工，正常情况下，用不上几天就该轮到 D 栋了。每天早晨上班时，我都担心有可能要动工了，所以每天干活时都是心神不宁的样子。

接下来的几天里，我一直都处于这个状态。我总是行色匆匆，晚走早归。只要快递公司的活儿不打紧，我抽空儿就往家里跑，生怕我不在现场的时候，D 栋墙壁上的洞孔鸟窝被工人们给堵上。

因为我手上的几个邮件没能及时送达，客户就把投诉电话打到公司总部去了。一向温和的主管经理"眼镜"都跟我发火了，连问了我三遍"能不能干了"。后来，"眼镜"还在总结会上含沙射影地点了我好几句。

每个周五快递公司的活儿都多，我不敢再有半点差错。急三火四地送完所有邮件已经是五点多了，我迫不及待地往家赶。路上高峰期堵车，我到家时已是傍晚时分，工人们果然正在给 D 栋居民楼施工。工人们正从下至上往墙上贴泡沫砖，我进小区院门时，工人们已经干到二楼了。

本来应该做晚饭了，可我的目光一直透过玻璃窗注视着对面的 D 栋，我要等着看工人们如何处理那个洞孔鸟窝和窝里的那些小鸟。这时，我很容易就发现了那两只焦急的麻雀父母，它们口衔着汁液饱满的虫子正焦急不安地在工人们的头上飞来飞去……

同泰家园绿化做得很好，居民楼下是一丛丛的丁香树，枝头上正怒放着粉红色的花朵。麻雀父母实在飞累了，就落在丁香树的顶端枝头上。但休息片刻马上又飞向它们最揪心的那个方位……

悬在半空的工人们并没有停下来处理洞孔鸟窝的迹象，继续熟练地把一块块泡沫砖快速拍在墙面上……工人们头上的红色安全帽已经顶到那个洞口了，手里的泡沫砖也正比向那个地方，只是还没来得及抹上黏合的胶泥……这时，那两只成年麻雀开始声嘶力竭地尖叫起来，它们尽着最大的努力、冒着最大的风险不断地向洞口冲击着。哪怕是在洞口处一秒钟的停留，都显得弥足珍贵了……

暮色中，我远远地望去，那已不是两只鸟在心急如焚地飞翔，更像是两块石头在不断地砸向那个黑色的洞口……

我迫不及待地推开窗户，对着工人们喊了起来："喂！你们想想办法呀，别堵死那个洞孔啊！没看出来吗？那可是个鸟窝呀！那里面还有好几只小鸟呢！"

可工人们好像并没听懂我在喊什么，只是表情麻木地顺着我的喊声望了我一眼，仍然没有停下手里的活儿。

在我正想奔下楼去阻止工人时，工人们突然收工了。

我听见一个工人正在远处高喊着："要下雨了，咱们收工喝酒去吧……"

看来酒的力度比我的喊声大多了，我心有余悸地伏在窗户上喘着粗气。

工人们刚一下来，两只成年麻雀就迫不及待地先后钻进窝里去了。天已经暗下来了，就算两只成年麻雀知道这是和孩子们在一起的最后的晚上，它们也没有能力让孩子们吃饱上路了。因为雀盲眼的缘故，暗下来的天色已经不允许它们外出寻找食物了。一天没怎么正常进食的小鸟们注定要饥肠辘辘地挨过这个怪异的夜晚了，只是它们还不知道，这也许是它们与父母在一起的最后时光。

但无论如何，麻雀父母总算得以和窝里的孩子们团聚了。聪明的麻雀父母也许知道这是它们和孩子在一起的最后一个晚上，它们安静极了，不再发出任何声音。动荡了一个白天的鸟窝终于在夜色中安静下来，黑洞洞的圆孔仿佛在颤抖中逃避着下一个可怕的黎明……

一阵滚雷过后，瓢泼大雨就下了起来。天顿时变得更加阴暗，借助闪电，我隐隐约约能看见风雨中那个湿漉漉的求生洞口。

没有人会想到，人类的幸福安居工程竟会给同一屋檐下的麻雀们带来万劫不复的灾难。对于麻雀一家来说，从这年的仲夏时节开始，平安街 66 号的同泰家园真的就不再那么祥和了。

一夜无眠，回想起童年时代孩子们对鸟儿的种种迫害场景，我一度沉浸在对鸟儿的同情和忏悔之中……

6

第二天是周六，我是下午的班。一夜没合眼的我也不想睡早觉，早早地趴到窗前向外张望……可是整个小区却静得出奇。好在我不用去上班，一直等到上午九点多，仍然没有工人出来干活儿。

我觉得很奇怪。仰望天空，我很快就搜索到了那马上就要被白色泡沫砖掩盖的洞口和穿梭于白色泡沫砖上面的两只成年麻雀，两只麻雀似乎对突然停工也很意外，但只能似梦非梦、不知所措地不断飞入飞出，本能而机械地为时日不多的孩子们做着最后的奉献……

后来我才发现，附近其他小区的工人们好像也突然都停下了手上的活儿，集体静静地坐下来，像是在开会，而又没有一个主持人或者召集人。

我想，一定是又有人拖欠工人们的辛苦钱了，报上说很多工人都以这种方式讨要工钱。

两个小时后，我才从张大爷那里知道了事情的真相。原来是昨天突发的雷雨导致另一个小区的两个农民工从作业架上意外滑落，造成了一死一伤的揪心惨剧。我的心情也随之一下子沉重起来了，都是上有老、下有小的，他们的家人以后可怎么活呀？为了城里人冬天能过得更温暖一些，两个农民工却付出了宝贵的身体和生命。他们远在家乡的老人、女人和孩子没有得到温暖，又失去了一家人赖以生存的顶梁柱……

家属们终于从各自遥远的家乡赶来了，突然失去亲人的家属们当然要死去活来、肝肠寸断地哭闹一阵子。但哭闹过了也就哭闹过了，死者不会复生，生者还得继续。无非是活着的人向另外一些活着的人多讨要一点儿赔偿，最终以伤亡者亲人的名义向无亲无故的人尽可能多地要点儿钱财。

从那以后，我觉得小区的空气中总是弥漫着一种不祥的征兆似的。过去好几天了，仍然没有复工的迹象，进行到半道儿的工程就一直那么撂着……据张大爷说，工人们正集体帮着死者和伤者的家属向承包商讨要说法呢。

张大爷还说，暖房子工程虽然是政府行为，但具体实施工作由承包商负责。工人也都是由承包商直接招募的，有了人员伤亡当然是承包商最头疼的事，这里就涉及巨额赔偿的问题，弄不好这一年就要白干。所以这里就牵扯到工人是否违规作业、是否上了人身意外保险、是否持有城镇户口等一系列复杂问题，需要核实，需要谈判……

我倒是希望暖房子工程长久停滞在这里，一直等到洞孔鸟窝中的小鸟初飞。但那一定是不可能的，暖房子工程会随时复工的，只是暂时不能确定具体复工的时间而已。用不了几天，平安街 66 号同泰家园的暖房子工程肯定还得继续进行。

工人们高空作业确实危险，可千万别再出什么事故了，安安全全、顺顺利利地施工吧。工人安全，麻雀一家也安全……我在心里默默地祈祷着。

因为每天必须要外出工作，所以我根本无法做到时刻在家守望。后来，我就找到了楼下的张大爷，把我的担心说给了他，并让他时刻帮我盯着点儿鸟窝，必要时一定要给我打个电话。

张大爷好像一直没太领会我的意思，老人家一直在以同一个句式询问我："你介是厦（啥）意思呢？你介到底是个厦（啥）意思呢？"

最后，张大爷总算很给面子似的答应了我的请求，记下了我的电话。但末了，他还是倔倔地补了一句："莫用，依我看哪，莫用。"

7

两天后，我正在快递公司食堂吃午饭呢，张大爷的电话突然打进来了。张大爷越着急，山东口音就越浓重。他在电话里喊着说："介个学（说）都莫用，工人们马上要复工咧，抓紧回吧！"

我没顾得上吃完碗里的饭菜，拎包、下楼、骑车，向着平安街66号一路狂奔……

当我赶到家时，工人们已经干上了。还是那几个工人，正在按部就班地接着那天留下的活茬儿干着……他们干得有条不紊、一丝不苟。一个黑瘦工人已经把那天比量好的那块泡沫砖抹满了胶泥，正准备按到那个洞孔上……

而此时，那两只成年麻雀就盘旋在他们头上。两只麻雀比前些天那个黄昏叫得更加急切、更加悲惨……

黑瘦工人机械的行动固然可怕，他那麻木的表情更让我心寒。他们就像没有了正常情感，竟对一直绕在头上揪心惊叫着的麻雀们视而不见、充耳不闻。我想，难道是生存的压力太大，让他们无暇顾及本来应该顾及的一些生活细节了吗？

我飞快地向前又跑了几步，几乎喊着说："难道你没听到鸟在叫吗？求求你了，就费点儿事，在泡沫砖上割个圆孔，给鸟留个出口不行吗？"

无论我怎么说，黑瘦工人都没有反应似的。过了好久，黑瘦工人操着憨厚的东北口音和我说话了："大哥，不成。怎么可能呢？城市楼体上的鸟窝多了去了，都留着，整个墙面不成筛子了吗？"

"咱们破破例不行吗？就留这一个？"我继续恳求他。

"大哥，真不成。怎么可能呢？"黑瘦工人再次举起那块泡沫砖。

我急得都要说粗话了："我去……为什么不可能啊？"

黑瘦工人还是一脸憨厚地说："大哥，就是不可能。"

我终于控制不住了，高声喊起来："靠！你没长良心哪？实在不行，你帮我把小鸟掏出来行吧？"

黑瘦工人并没和我对喊，仍不紧不慢地说："大哥，那你也养不活，麻雀崽儿气性老大了。俺是农村出来的，还是相当了解麻雀的。"

"难道就只能这样闷死它们吗？"我强忍住火气。

"大哥，嗯哪，那啥……这是最好的结果了。说实话，俺也不忍心让小鸟们闷死啊，俺都不忍心细看哪！这不也是实在帮不上忙嘛。但俺也只能敲一敲，尽量让能飞的都飞出来。"

"扯淡！这有啥用啊？那小鸟刚开始长毛，哪会飞呀！"我怒吼起来。

　　黑瘦工人并没有还嘴，又讲出另外的道理："大哥，再说，墙上留洞，工程验收时也通不过呀，那样的话工钱就没了，我们就白干了，我们还得养家糊口呢，大哥。"

　　"咱就留这一个孔，就这么定了，我给你加点儿工钱行了吧？"我气哄哄地在做着最后的努力。

　　"大哥，那也不成，真的没有用啊。就算破例留了这个孔，天性多疑的麻雀也不会轻易再回窝的。大哥，俺只能这样了……"说着，黑瘦工人就把手中的泡沫砖向洞口按下去了。

　　我的心剧烈地抖了一下，没想到匆匆赶回的我仅仅充当了一回看客，还是眼睁睁地看着那块巨大的白色泡沫砖终于严严实实地盖在那洞口上了。

　　那可是个里面有着好几个嗷嗷待哺小生命的洞口啊！洞口内那几只小鸟的最后时刻会是什么样子呢？小鸟们肯定不能像以往那样等着父母来送食了，再也等不来父母了，哪怕是一缕阳光、一点新鲜空气也没有了，小鸟们只能在黑暗中慢慢死去了……我心如刀绞。

　　不一会儿，整面墙都变成白色的了，我从没想到一面墙会白得如此恐怖！两只成年麻雀无所适从地在白色泡沫覆盖的楼房墙体上疯狂地上下翻飞着，持续发出刺耳的嘶鸣……像是在恶毒地咒骂这个世界。麻雀父母极度的哀鸣声引来了另外一些同病相怜的麻雀，越来越多的麻雀加入到这个嘶鸣的队伍……我相信它们的眼里都记录下了真正的白色恐怖！

8

接下来的几天，那窝黑暗中的小鸟总是萦绕在我的睡梦中，总让我联想起从电视新闻里看到的汶川地震中映秀中学废墟下的孩子们……当年，我一直不忍心去细想孩子们生命的最后时间。而眼下，我同样不忍心去细想小鸟们接下来会如何结束它们幼小的生命……

我开始讨厌起城市所有的空调管道。一看见裸露于城市楼体上形态各异的鸡肠子一样的空调管子，我就能联想到城市人一贯的苟且甚至虚伪。金玉其外、败絮其中的假象岂止是这些，在其他的领域里更是比比皆是。我尤其看不得城市楼群里弃用的空调管道孔，一看到那些赫然黑洞，我就情不自禁地毛骨悚然、心惊肉跳……

半个月过去了，每个清晨也渐渐变得宁静起来，不再有鸟鸣声打扰我的早觉，可我的生活倒显得无聊起来。窗外的树梢上不再有叽叽喳喳的鸟儿停落，丁香树们似乎也变得平庸无为，每天还要漫无目的地寂寞空长……

三个月过去了，我一直没再见到那两只成年麻雀。它们是找到新的藏身之处了，还是已经气绝身亡了？我无从得知。

冬天如期而至了，整个小区果然变得暖和起来。我家比从前温暖多了，我不再打喷嚏，也不再流鼻涕，洁白如雪的西山墙上也不再上霜、反潮、长斑……我还拥有了自己的小公司和可爱的女朋友，但我没事的时候还是经常从窗口向对面楼的拐把处张望。我好像越来越淡化了对面楼小区居民的真实存在，总是觉得，同泰家园 C 栋的对面不是 D 栋，而是小鸟们的幽幽墓园。

又一个春天来了，窗外偶尔传来遥远的鸟鸣声。我还是习惯性地从窗口向 D 栋的拐把处深情凝望，那可真是一大片平整而又结实的墙壁啊。日子久了，我好像染上了一种幻听的毛病，尤其在夜深人静之时，总能听见小鸟们在"嘤嘤嘤嘤"地低声歌唱……

2016 年 2 月 5 日于长春平安街

原载于《作家》2016 年第 4 期

选载于《小说选刊》2016 年第 6 期

入选《2016 年中国小说排行榜》

平安县的长跑冠军

平安县一年一度的运动会使一个叫程海生的青年男子家喻户晓。

自从程海生参加万米决赛以后,他就一直是平安县的第一名。他非凡的速度要把与他竞争的第二名甩掉一圈(平安县人把这种现象叫"扣圈")。

平安县的万米冠军一度没了悬念,人们关心的只有结果,就是看程海生扣第二名几圈。这足以让生活平淡的平安县人奔走相告、趋之若鹜。这也正符合平安县人"痛打落水狗""见好也不收"式的性格。

相比之下,其他比赛在平安县人看来就显得很平庸。他们对百米决赛的激烈场面也没有太大的兴致。去年他第一,今年你第一,明年又是另一个。就那么回事儿吧,水平都差不多,就看谁的运气好了。再说,比赛前后就那么十几秒钟,没啥意思。而万米比赛就不同了,可以上趟厕所回来接着看,一点儿也不耽误事儿。

时间长了，平安县的运动会好像就是程海生一个人的运动会了。在那个青年人普遍上山下乡，基本没啥机会的年代，前途无量的程海生无疑是那个时代平安县的骄傲，更是平安县所有年轻人心中的偶像。

我们今天要讲的故事与平安县的运动会关系不大。平安县的运动会充其量也只能算这个故事的一个历史背景。

那些年，平安县和全国各地的许多城镇一样，在男青年中正流行着军帽。可见军人在那个时代有多么高的地位。而那时真正的军帽并不多，多数人戴的仅仅是仿军帽。

仿军帽没人抢，而真军帽是经常被抢来抢去的。

好好儿地走在路上，男青年头上的军帽"嗖"地一下就没了，接着是一阵喊叫："还我军帽，还我……"最后总是以令人心疼的破口大骂而告一段落。这是平安县常有的事。所以，有些人就把好好的军帽钉上布带，牢牢地挂在下巴上，看上去虽极不雅观，但要相对安全得多。

当然，平安县绝大多数男青年不忍心那样做。他们觉得那样的话，看上去就实在是太不潇洒了，几乎失去了戴军帽的意义。他们拒绝在军帽上钉带子，没有风险那还叫戴军帽吗？在他们心目中，风险也是戴军帽一种不可缺少的感觉。所以那些钉了带子的人不论是在形象上还是在精神上就都显得有些小家子气。他们怎么能算得上平安县真正的男青年呢？

一些爱美的男青年先把一块叠好的手绢垫在得来不易的军帽夹层里，然后再小心翼翼地戴在头上。这样，头顶上就不大不小地凸现出一个小包儿（这样做也许能显得自己高一些？而那些高个子的也这样做呀），就觉得自己看上去相当帅、相当精神。现在想起来，那些男青年的样子一定十分滑稽。但那是那个时代的风尚，用现在年轻人的话说，那肯定很"酷"。

平安县的男青年们聚在一起时，也总是要以拥有军帽的人为中心，连平时不怎么让人尊重的人戴上军帽后也会被另眼相看。如果聚会时碰巧有两个以上的人戴着军帽，他们总要认真地比一比，看谁的军帽颜色更纯，出品更正宗，里面的红色印章更清楚……

平安县男青年们的军帽基本不洗，并不是说他们不讲究卫生。这与讲不讲究卫生无关，也许他们中的一些人还有洁癖呢。他们只是担心，那样的话就很可能会把那红色印章洗掉色或洗得不那么清晰。那样的话鉴定起真假来多麻烦啊。

那些被鉴定拥有真军帽的人一年四季几乎都要把军帽戴在头上，所以，有的军帽看上去就很脏，但这并不妨碍它对平安县男青年构成巨大的吸引力。哪怕到了数九寒冬季节，都能看到平安县的男青年头戴军帽，一边一歪一滑地走在东北的风雪里，一边轮换着用手捂住青红色的耳朵。这是许许多多小男孩眼中最美丽的风景。

毫无疑问，军帽是那个时代男青年的梦。

为了这个梦想，平安县的男青年们有自己最直接的方式。皇帝都要轮流做呢，好看的军帽怎么可以总戴在同一个人头上呢？实在眼红了，平安县人就开始了霸道的弱肉强食的强抢行为。为数不多的几顶真军帽就以抢来抢去的方式戴在了平安县很多男青年的头上，大有各领风骚三五天之势。抢军帽一度成了平安县的一个民间景象。失而复得，得而复失，都是很正常的事情。民也不举，官也不究。

可谁也没想到长跑冠军程海生能去抢军帽！竟去抢一个现役解放军的军帽！这和平安县男青年们之间的抢夺游戏相比，性质就大不相同了。

春天里某个黄昏晚些时候，程海生走在回家的路上。正巧一个骑着自行车的解放军从对面驶过来（那时自行车也不多），而以黄昏为背景的自行车、解放军和军帽构成了一种最佳组合。精神！太精神了！程海生先是正面看，再是侧面看，最后是回头看……程海生的视线一直被那个神圣的解放军牵引着。

工人家庭出身的程海生没有军帽。母亲是家庭妇女，父亲是县大修厂的工人。程海生有的只是劳动服。那时能穿上劳动服也相当不容易了，劳动服也是一种很好的"时装"。程海生长得很有男子汉味，穿上劳动服就更加男子汉了。遗憾的是，平安县的人们只见过穿劳动服的程海生，没见过戴军帽的程海生。

程海生自己也没见过头上戴着军帽的程海生，如果再戴上军帽，想必更会英俊许多……程海生一边回头望着解放军一边想。

现役解放军头上的帽子准不会是仿的吧？那肯定是最正宗的军帽。解放军就要消失在暮色里了，程海生突然有了这样一个想法。

然后程海生就不由自主地从遥远的背后追赶上去……程海生从小就非常崇敬解放军，此时他绝对是怀着欣赏和崇敬的心情逐渐向解放军靠拢的。他心脏狂跳着，想：这个人要是自己的哥哥该多好啊……

程海生在后面尾随了好半天才利令智昏般地下了最后的决心。他闪电般地从那个骑自行车的解放军头上一把捋下军帽，然后，选择了平安县通往县郊的那条土道狂奔起来……程海生尽可能地在改变了平时奔跑姿势的基础上加快速度。

那天虽有一些风，但不是很大。年轻的解放军拼足了力气在程海生的身后穷追不舍。解放军一边奋力蹬车，一边一遍遍在心里默念：下定决心，不怕牺牲，排除万难，去争取胜利；坚持到底就是胜利；一不怕苦，二不怕死……解放军充分发扬了人民军队善打硬仗、打恶仗的优良传统，表现出了坚韧不拔的钢铁意志和英勇不屈的战斗精神。可是一直和前面奔跑的人拉着一段距离。

前面人出奇的速度使解放军一边追一边想：这个贼可真行啊，赶上平安县的万米冠军程海生跑得快了。

任凭年轻的解放军拼命地把自行车蹬得咯咯作响，他和前方那个贼之间的距离也没有缩短，反而越来越拉长了……

年轻的解放军从平安县一直追到高家窝棚，足足有二十里地，最后也没能追上程海生。暮色中，解放军只好万分遗憾地望着贼消失在高家窝棚高低错落的民宅区中……

程海生成功地抢到了军帽。

对于长跑冠军程海生来说，从平安县跑到高家窝棚，也就是平时训练的运动量，不同的只是比平时紧张一些。程海生之所以选择跑向高家窝棚，只是他觉得那段路不很平，有利于他和骑自行车的解放军周旋。另外一个重要因素就是能给人们造成一种错觉——像个乡下人干的。

程海生在高家窝棚的巷道里徘徊了一阵后，没有发现解放军追上来，就决定往回跑了。说不准家里人正等着他吃晚饭呢。

程海生往回跑还不到三分之一的路，就追上了那个没了帽子的解放军，也许解放军刚才太累了，车骑得不是很快。凸凹不平的土路让自行车干涩地舞蹈着，那自行车真是除了铃不响，哪儿都响啊。

这时天已经完全黑下来了，荒郊野外的，程海生就有些害怕，真想撒腿往回跑。但他又不敢超越那个解放军，只能不远不近地在后面尾随着……

借着云层里时隐时现的月光，程海生也隐隐约约能见到解放军亮亮的额角，解放军流了不少汗啊，真有些对不起人家。程海生不时地把手中心爱的军帽敷在脸上，没想到军帽上的汗味竟是如此好闻。程海生就不由自主地嗅了一路……

程海生还是比较顺利地回到了平安县城里，到家时并不比平时晚多少。大修厂工人出身的父亲这天破天荒地买回来半斤"高温肉"，晚饭程海生吃得格外香。

不过，没有抓到贼的解放军并没有太沮丧。他多多少少有些欣赏这个贼的奔跑速度，从某个角度来讲，他也是一个人才呢。他跑得可真快啊！解放军同志汗淋淋地回到连队时还在想：抓不到那贼也未必是件太坏的事，说不定明年平安县的万米决赛就更有看的了。

想是这么想，原则性很强的解放军同志并没有因为他对贼那非凡速度的欣赏而不去报案。当天晚上，他就来到了平安县派出所。因为从他眼前跑掉的毕竟是个胆大包天的强盗啊!

本来抢军帽在平安县不是事,一是抢的人太多,有的还是闹着玩儿;二是军帽不是什么特别贵重的物品,也不好立案。但抢现役解放军头上的军帽性质就大不一样了。平安县派出所对此案非常关注。

专案组由平安县派出所所长和副所长亲自挂帅。他们多次来到那个解放军所在连队了解情况,还多次来到高家窝棚……那天天已经快黑了,没看清那贼的模样。除了是个男的之外,唯一的线索就是那贼跑得太快了。

专案组和那个解放军一样,首先想到了程海生。但程海生是第一个被想到的,也是第一个被排除嫌疑的。因为在那个除了上山下乡,青年人没啥出路的年代,才华出众的程海生早已被县体委相中,高中毕业后程海生到县体委已是板上钉钉的事了。除了一年一度的平安县运动会,程海生还可以代表平安县参加市运动会、省运动会什么的,程海生将来还可以当教练……自然就是国家干部了。这可是一般的平安县青年做梦都不敢想的事啊!程海生会去抢一个解放军的帽子?他傻呀?平安县的警察要是怀疑程海生,平安县的老百姓得骂他们是天底下最笨的笨蛋、最草的草包。

不过后来,派出所还真的把程海生找来了,不是怀疑程海生,而是求他帮忙。怕程海生误会,派出所事先一再强调没别的意思,只是配合破案,仅此而已;同时,还把那个解放军也动员来了,让他们在那条尘土飞扬的土道上一遍遍演习那日的情景……

不知是因为解放军早已养成了认真对待每一次行动的习惯,

还是因为程海生远没有那天那么玩儿命，总之，仿真演习中每次都以解放军胜利追上程海生而告终。

几天下来，解放军和程海生培养出了很深的友情。最后那天，他们亲切地握手话别时已经俨然一对老朋友了。解放军说，以后常到我们连队去玩，有机会给你弄个军帽戴戴。你长得真精神，要是戴上军帽，肯定比我这个军人还要像军人。听了解放军朋友的话，程海生就有些后悔，心想，要是没有那天的事就好了。

程海生那天晚上再度失眠，他很想把那个军帽还给那个可爱的人。可一想到如果那样的话，自己的一切可就全完了。他可是平安县人心中的偶像啊，他无法想象，也无法面对自己名声扫地、被万人唾骂的情景……

派出所因此得出了一个极为重要的结论：那个盗贼要比程海生跑得快，先不要声张，早晚会露出狐狸尾巴的。

在把真正的案犯排除在嫌疑人之外以后，案子再有进展也是毫无意义的进展，破案的难度肯定很大。

日子一天天过去，最后没办法，派出所所长话里话外就有了这样的意思：要有耐心，等等看吧，说不定平安县秋天的全县农民运动会上就能找到一些线索。

实际上，这次逃跑对程海生来说是一次极为难得的训练。单从训练角度来说，这次逃跑无疑是非常积极的。在当年秋季的全县农民运动会上，程海生以表演者的身份参加，他跑得更快了，也许与那次特殊的训练有直接关系。

令人遗憾的是，平安县派出所没有在秋天的农民运动会上发现那个可以和程海生一决高低的人。显然，"解放军军帽被抢案"在平安县彻底没有了进展的线索。

直到第二年春天,程海生的事才意外地败露出来。平安县人终于知道了一个特大新闻:那个抢军帽的人竟是程海生!就是几天前人们还在为他喝彩的那个程海生!

一年一度的平安县春季运动会又让程海生大放异彩,他又一次破了自己保持的万米纪录。扣了第二名足足三圈!高兴使程海生犯了一个致命的错误——也许是他太喜欢刚刚处上的女朋友了,竟把一直珍藏于箱底的军帽借给女朋友的弟弟戴了两天。那个如获至宝的弟弟唯恐天下有人不知他戴着的是真东西,逢人就要把帽子摘下来"验明正身",而他的一个眼红的同学又恰好是派出所所长的小舅子……

平安县总是有许多意外的事情发生,但程海生抢军帽这件事让很能接受意外事件的平安县人也很难接受。他们由衷地感到意外,几乎异口同声地说:"不可能!程海生能抢个军帽?他疯啦?"

程海生的两个崇拜者还因为这事打了起来,打得磨磨叽叽、一塌糊涂。

但事实毕竟是事实。

"抢个军帽干啥?这个程海生!眼看就要到县体委了,下一步就能进市,弄好了还能上省……那不是要啥有啥,前程一片光明吗?这个程海生啊!"县体委的人听说后直拍大腿。

程海生因为抢军帽事件以及后来的隐瞒表现,被平安县法院以反革命罪和抢劫罪判处有期徒刑五年。

事后,程海生大修厂工人出身的老父亲就永远地抬不起头来了，不久，就因病退休了，再不久，就因病去世了。

程海生服刑那几年，平安县的运动会显得毫无生气，万人运动场显得空空荡荡的。

没有人看见程海生戴过那顶正宗的军帽。准确地说，程海生的军帽一次也没有在公开场合上戴过。后来据审讯他的人透露，他只是在家里没人的时候才偷偷地拿出来戴上一会儿，也只是从他家那大半块镜子里看见了戴着军帽的自己。

在反复审问中，程海生只对抢军帽这一事实供认不讳，但对为什么抢军帽拒不回答。据说还因此多受了不少皮肉之苦。

程海生为什么抢军帽这一问题，一直是平安县人心中多年的谜。

有人说："程海生肯定是觉得他的长跑才华在平安县没啥意思才抢骑自行车的解放军的帽子的，不是为了得到军帽，就是想和他比试比试。"

有人说："程海生少年得志，一直被荣誉的光环笼罩着，一时没能把持住自己。说句到家的话，程海生再有名气，还不就是一个半大小子吗？一个孩子，有时真就很难正确把握自己。"

还有人说："程海生个人品质有问题，觉得自己是个人物了，把解放军都不放在眼里了。幸好发现得早，要不以后说不定干出什么大事来呢！"

还有种种说法……

直到二十多年以后，平安县人百思不得其解的谜才有了最后的答案，但毕竟是二十多年以后的事情了。

当年的程海生现在已经是县大修厂临时烧锅炉的老程了。坐过牢的老程头发已经花白，布满皱纹的脸上总是浮着洗不净的煤灰。因为又是新年了，这个月的工钱就比平时多了二十元。老程把三百二十元钱拿到手里非常高兴。过年了，大家喝顿酒吧。老程也拿出十块钱，就有机会和工友们喝了一顿年夜酒。

由于高兴，老程终于在改革开放的 21 世纪的第一个夜晚，和工友们有了一次难见的酒后真言。老程干下最后一口"老白干"，用黑色的糙手捡起一块猪头肉塞进嘴里，一边有滋有味地嚼着，一边激动地讲出了他埋藏于心底二十多年的隐私……

其实概括起来很简单，用今天的话说，程海生也是坏在一个女人的身上。

有一天，也是在路上，一个女孩甜润地跟另一个女孩说："昨天我还看见程海生了呢，程海生身上穿着劳动服，头上戴着军帽，特精神。"而那时，程海生正走在两个女孩的身后。程海生还从来没有过军帽，显然那个女孩把程海生理想化了。但这已经足以让还没有恋爱史的程海生激动不已了。虽然程海生说不清当时自己为什么飞快地从她们身后跑掉了，但他自从听了那个女孩的那番话，就有了极其强烈地拥有一顶军帽的念头。

直到现在，老程也不知道那个女孩是谁，家住哪里，除了漂亮的背影，老程只记着那甜甜的梦一样的声音……

原载于《作家》2002 年第 7 期

选载于《小说月报》2002 年第 9 期

站长老谁

　　王一文犹豫是回家吃午饭还是到楼下买盒饭的时候，美术部主任张山水推门走了进来。

　　"一文，先别走，中午差不多有酒喝了，千万先别走，等一会儿。"张山水一脚门里一脚门外地站住，整个头仍留在身后的走廊里。

　　"有酒喝好啊，肯定你是又画个什么鸟画卖给老外了？"王一文习惯于以这种哥们儿不见外的方式和张山水对话。

　　"哪呢？有个文化站长从下边来了，说好了，中午就到这儿。一定是火车又晚点了，想必他不敢和我玩轮子，要不早该到了。一文，你可千万等着，我一个人跟个乡下人喝酒有啥劲？就当他请客，咱哥俩儿喝酒，你一定要等一会儿。"张山水又说了一遍后调整出严肃的表情穿越走廊回自己办公室去了。

　　大学毕业到省群众艺术馆工作以来，王一文经常能喝到下边人的"事先明白酒"和"事后感谢酒"。王一文的很多午饭都是这样解决的。既然如此，那就等着吧，反正也没啥事。正好还能把上午没看完的那篇稿子看完。稿子也是下边一个业余作者写的，乱是乱点儿，但还有点儿意思，讲一个村长以权谋私的故事。

过了一会儿，张山水又匆匆跑进来："那老谁来电话了，说十分钟就到。"张山水有些眉飞色舞，踌躇满志的样子，"一文，你今天的任务就是喝，要想喝痛快，你只要对老谁说上一句话，你就说'这奖可得之不易呀'！就这一句，你就说吧，保证好使。那老谁非常实在，肯定陪好你。"

"啥奖啊，是不是又是由你当主要评委唬下边人的农民画呀？"王一文想起张山水每年一次的全省农民画展。

"那算个啥奖啊！这回的奖可不一般，你没看前几天中央电视台的新闻吗？这可是新中国成立以来首次针对基层搞的评奖活动啊！虽说意在鼓舞基层文化艺术创作，但那也是正儿八经的国家奖啊！这样的证书拿到手，可就啥问题都说明啦！"张山水本人就得了不少证书，他能评上副高职称也全靠那些证书。王一文知道，张山水把最够档次、最有价值的证书称作"能说明问题"的证书。

"这奖一个省可就一个呀，说句到家的话吧，连哥们儿我都眼红，恨不能立马变成个乡下人，不管好孬，那是国家奖啊！话又说回来，哥们儿我都画多少年了，奖状证书也没少拿，可真就没拿过名正言顺的国家奖。"张山水说得颇富自怜意味。

"那老谁肯定画得相当不错了？"王一文不由自主地生出几丝敬意来。

"操，基层人画的，好能好哪儿去？就那么回事吧。这种事就看省里这块儿往上推荐谁了。"张山水压低声音说。

"谁画得好就推荐谁呗，那老谁肯定还是画得相当不错的，要不你也不能推荐人家？当然，那得看跟谁比了，跟你这干专业的比肯定是不行。"王一文很认真地说。

"都差不多，我亲自一张一张审的我还不知道？"张山水抻着脖子向门外张望几回，然后贼一样贴在王一文的耳朵上说："哥们儿不瞒你说，哥们儿选的时候谁也不认识，说到家，农民就是农民，就没有一个在送画的时候多少表示一点儿的，哪怕带点土特产意思意思呢。最后没办法，你说哥们儿我想个啥招？哥们儿我给他们抓的阄！这可是决定命运的大事啊，我可不能自己定，得看看天意。"张山水很有悬念感地半张着嘴巴把话打住。过了好半天，他才接着说："最后就是这个老谁命好，号对上了。叫老……老什么来着，是下边的一个文化站长，操，他那个姓我咋总是记不住呢。"

"这国家奖就这么得了？这小子点儿也太高啦！"王一文似乎有些激动，很像眼红又找不着对象的感觉。

张山水又想说什么的时候，走廊里传来敲门声。

张山水从王一文办公室出去后，走廊里传来很实在的乡下人的声音："您就是张老师吧？学生让您等了一个中午，这太不好意思了，火车晚点了，俺下火车时就快十二点半了，看把俺急得呀，都快那啥了……出了一身汗哪。"

"不用着急，咱这就下楼，别进屋了，这就走吧。"张山水的语气不像是去吃请，倒像要帮来人出去办啥要紧的事。

"张老师，跟前好像没啥像样的馆子，要不咱们打个车走远点儿？"乡下人的客气声。

"哎？我说老谁，咱可千万别太破费，去个差不多的地方就行。"张山水说着推开王一文办公室的门。

"来，老谁，我给你介绍一下，这是我的铁哥们儿，编辑部主任王一文，著名青年作家，听说过吧？小说写得不错，国家级刊物都发过。"张山水把一位看上去能有五十岁的乡下男人拉了进来。

"这个名熟，好像听说过。幸会，王老师。"五十岁的乡下男人深鞠躬和王一文热情握手，"俺姓秦，王老师，您就叫俺老秦好啦。"

"我这人就是直性子，从来不会拐弯抹角，今天老谁这不是来了嘛，咱们谁也别客气，今天就咱们三个人出去喝点酒。一文，你先和老谁下楼，到老地方吧，我得给我媳妇挂个电话，怕喝多了接不了孩子。你们先走，我随后就到，咱们得照一下午喝呢。"张山水吩咐着到收发室打电话去了。

下楼梯时，来人很小心地又告诉王一文："王老师，俺姓秦，您就叫俺老秦好了，别看俺比你们大几岁，实际上还是弟子。张老师总管俺叫老谁，听着也挺亲切的。你们在上边，找你们的人多，俺的姓也不好记。下边人，多少年才来省里一回，见过的人也就记得清。像你们，俺见了面就一辈子都不会忘的。"

"秦始皇不姓秦咋谁都知道呢？还不是觉得你是个坷垃，像你这种人确实该吃！"王一文表面应付，心里却不怀好感地这样说。王一文对老秦的过于客套和他刚才说的"大几岁"很有看法，你五十岁，我三十岁，该大多少就大多少，这件事犯得着谦虚吗？王一文因此莫名其妙地生出些许不怎么善良的想法：这种人该吃，不吃白不吃！

老秦很客气地把王一文让进饭店，反倒显得王一文像个客人。老秦给王一文敬上一支烟，就开始张罗点菜。

直到老秦要到第八个菜，王一文才装模作样地阻止："够了，够了，再要可吃不了了。"

老秦矜持着，还要接着点时，张山水进来了。张山水骑在凳子上看了看服务员手上的菜单，说："操，仨人能吃多少啊？我说老谁，这就行了。"

"那就先要这些，不够再上。"老秦终于放下菜谱，问："咱们喝茅台？"

"不用不用，差不多的，我看古井贡就行。老谁，我跟你说，都不是外人，咱们实惠儿的，你又不是什么大款儿。"张山水半开玩笑地说。

于是，老秦就要了一瓶古井贡。

等菜的时候，老秦又很礼貌地掏出烟给张山水点上，"张老师，这烟软乎。"

上来两个菜后，老秦抖着手把两位老师的酒杯斟满，再抖着手把自己的酒杯斟满，说："今天两位老师赏脸和俺这下边人喝酒，是俺的福分。酒菜不好，两位老师别见笑。"

"不错了，这就不错了。"张山水一边大口嚼着凉菜一边心不在焉地应付道，主要精力仍放在和王一文谈本单位的事上。

老秦频频给张山水和王一文倒酒，每次都是毕恭毕敬地称老师、称弟子，然后就坐下来听两位老师很神秘地说这说那。

不到一个小时，一瓶古井贡就进去了，老秦站起身来请求再上一瓶。酒过三巡的张山水和王一文也想借此机会一醉方休，就同意老秦再上一瓶。

王一文想起张山水事先说的"要想喝好，只要对老秦说'这奖得之不易'"。王一文抽空就跟老秦说一句。

喝第二瓶酒的时候，仍然是老秦一杯一杯地倒。但不同的是，老秦每次提杯不再说不能喝，而是越喝口越大……

第二瓶酒喝到一多半的时候，三个人都进入醉态了。张山水和王一文的对话越发显得不着边际，渐渐把目光对准老秦，扩大成三人谈话。张山水说自己的画在省内已如何如何有位置，省美协已如何如何重视……王一文则说自己小说已写得怎么怎么到家，将来会在全国怎么怎么有影响……

喝醉酒的老秦不如先前那样处处赔着小心，每言也不再谈老师如何如何栽培，而是能插上话就谈他这次获全国大奖的事儿，而且谈得更多的是获奖的必然性。老秦说："俺约莫着俺起早贪黑地画，早晚能有个说法嘛。"接着，老秦还以此为论据地说："人活着就得有个奔头儿，要不活着干啥……很多人不是白活吗……"

张山水和王一文不愿听老秦说这种狂话，就不想给老秦留插话的空隙，但酒喝得太多了，总能让老秦找到插话的机会。

到后来，老秦似乎一直在论证一个论题——功夫不负有心人。老秦的主要论据便是他此次能获奖这一事实。

张山水和王一文就越来越反感老秦这个人了，偷着互相递眼色，不安好心地轮番提酒灌老秦，老秦也没看出来。

张山水小声说:"后悔当初瞎了眼,怎么就选中了这个老谁了呢!"

"是呀,还有这样的主儿。"王一文跟着附和。

张山水还好几次趴在王一文的耳朵上说:"等老谁结完账,我肯定把他得到这个奖的来龙去脉都告诉他,那时候他就知道他这奖到底是怎么回事儿了!"

"对,一定要告诉他,你不好意思我替你说!"王一文和张山水每次耳语后都要喝下一大口酒才解气。

显然,酒喝得不如张山水和王一文事先想象得那样痛快。所以,在老秦问是否再要一瓶时,张山水说:"就瓶中酒吧。"

老秦没再坚持要酒,继续寻找机会说全国大奖。

这时,张山水的手机响了。张山水看了一下,说:"这里说话听不清,我得出去接电话。"说着张山水就站起来摇摇晃晃接电话去了。

剩下王一文和老秦两个人,老秦就更有机会谈他的奖了。王一文盯住老秦,心想:"老秦这个人酒喝多了咋这么烦人呢!老秦的本来面目是现在这样还是喝酒前的样子呢?"不论怎样,王一文都已经很讨厌老秦了。从这时起,只要老秦举杯,王一文就跟他干,用心仍不良好。

过了好半天,张山水回来了,急匆匆地说:"我得先走一步,家里有点急事儿。老谁,让一文陪你喝好,噢——"张山水说完就大步流星地往外走。走到门口时又把王一文喊过去,小声说:"我岳父从乡下看病来了,我得马上回去。等那老谁付了酒钱,你就把实情给他讲喽!操,没想到是这么个山炮。"

张山水走后，老秦又要了两瓶啤酒。老秦很直地望着王一文说："今天俺非常高兴，俺叫你一声王老弟可以吗？"

没等王一文回答，老秦又说："我三弟就跟你这么大，他要能出息到你这样该多好。"

王一文看到有晶莹的泪花在老秦的灰色眼睛里转动，心里骂："熊样儿，喝点酒，值得这样吗！"

老秦突然站起来说："俺先去把酒钱付上，回来咱俩消停儿地慢慢喝。"老秦去结账时，王一文又在心里回忆一遍老秦获奖的经过。王一文想，等老秦回来就跟他说，看他还知不知道天有多高、地有多厚。

王一文一直很深沉的样子，也许老秦根本就没觉察到王一文对他的不很友好，把椅子往王一文跟前挪了挪，很亲切地说："王老弟，俺说俺今年三十八岁你信不？"

王一文心里又多了一些愤怒："你才三十八岁？扯淡！"

王一文就要当头一棒地戳穿老秦的大奖，然后马上走人时，老秦把身份证推到王一文眼前："这是俺八年前的照片，还像不？"

王一文莫名其妙地一惊，他盯着身份证上那个叫"秦树才"的憨厚朴实小伙子看了半天，确认那真是老秦。身份证上的照片必须是当时照的，此身份证的有效期是十年，没错。可是……王一文不明白一个人八年的时间怎么能老成另一个人。除了好奇之外，王一文心里还突然间涌出一股同情来。

接着，老秦又从口袋里掏出一份诊断书说："王老弟，你八成笑话俺了。俺还真把那奖当回事了？其实，俺对自己很了解，俺这水平能画出什么俺还不清楚吗？"老秦停了一下，语调有些颤抖："但是，俺为俺的文化站高兴啊。俺做梦也没敢想过一个乡村文化站站长能在他肝癌晚期的时候获得国家奖励。不管这奖有多么侥幸，但毕竟让农村的文化人看到了一线希望。这奖哪里是俺得的呀，是整个农村文化站得的呀！是农村的文化人得的呀！"老秦越说越快，越说越激动，也越来越显得很有些文化。

王一文拿过老秦的诊断书迅速地看了一遍又一遍……

"俺活不了多久了，但俺现在一点也不怕死了。一个人一生中最大的梦想都成为现实了，他还怕什么呢？过去那些年里，俺确实很怕，怕一事无成就死了，怕农村的文化人永无出头之日，要不俺不能老得这么快……"老秦的语气又平缓如初了。

王一文陪着老秦不知又喝了多少瓶啤酒，他们一直喝到晚上十点多。王一文和老秦说了很多话，后来他只记着他给老秦讲了那大奖得的如何如何不易的事。他说，张山水没来得及讲，据张山水说，这是正儿八经的国家大奖啊，说咱们省就一个名额，有的省还没有，是北京文化部组织二十多位专家评委从成千上万件作品中精心挑选出来的……王一文讲得详细而认真。

后来，王一文和老秦就谈得不分你我了似的，或者老秦真的把王一文当成了自己的三弟，最后竟把不该说的话也说了。老秦说："为了来感谢省馆、感谢张老师，俺把家里的全部积蓄538块钱都带来了。怕不够，临走女人还到集上卖了四十五个鸡蛋。你看，这才花三百多一点儿，还剩了……"

王一文一度想替老秦重新结账，可是兜里没带那么多钱。

他下意识地摸了好几次衣兜。

从酒店出来后，王一文和老秦一直走在城市午夜的街上。他们还说了很多很多话，王一文喝多了，竟还答应一定要把老秦写进下一篇小说里……直到最后把老秦送上了翌日深夜两点钟的火车上。

早晨一上班，王一文就在单位的走廊里碰上了张山水。

"昨天那老谁可真是拿鸡毛当令箭了，一文老弟你可千万别见笑，下边人不懂事，真的什么人物都有。"张山水似乎想表现出一些歉意来。

王一文突然感觉张山水的话有些不着边际似的，什么话也不想说。

"后来你跟老谁说了吗？"张山水又问。

"说什么？"王一文仍在云雾中。

"你忘了？昨天请咱俩喝酒那个老谁。"

"你能把他的地址给我吗？"

"你要他的地址干啥？"

"我要把酒钱寄给他。"

"喂呀喂呀，你疯了吗？"

"我一切正常。"

王一文若有所思地盯着张山水看了好半天，最后很严肃地对张山水说："你当初应该很郑重地向我介绍，他是我省唯一一位获得国家级美术大奖的乡村文化站站长——秦树才。"

"这都是哪儿跟哪儿呀？"张山水愣愣地盯住王一文，就像个陌生人一样……

　　"这回你该记住了，你说的那个老谁，是荣获国家大奖的文——化——站——长——"王一文最后一字一顿地说。

原载于《时代文学》1999 年第 5 期

选载于《小说月报》1999 年第 11 期

制造威信

不知为什么，大学毕业后，老翟每况愈下。这一点，是随着毕业后同学们不断聚会而逐渐显现出来的。

老翟一直是个有名的老实人。上学时大家学的是油画，你画我也画，老翟的画说不上太好，可怎么说也说不出太差，比上不足，比下有余，过得去吧。

可是，毕业后这些年不同了，同学们一个个都混得风生水起的，老翟的平庸就显眼了许多。原来班上画得最差的王老笨都能把日元成百万地挣到手了，而老翟却连省美协的会员都没弄上。

老翟是那种不太爱走动的人，对他本人来说，平平淡淡地活着倒也没啥，只是他那得来不易的在区政府工作的老婆姜玲越来越让老翟感到为难。好在姜玲不是搞美术的圈里人，要是圈里人就更坏了。如果那样的话，她会看出老翟比她想象的还要平庸许多。

记得前些年他们处对象时，每次聚会姜玲都尾巴一样跟着老翟。那时，天生活泼的姜玲常常伏在沉默寡言的老翟背上半真半假地说："我就喜欢你们这些搞美术的，别看表面上一个个脏兮兮的，但都很有内秀，都很有性格。"说到这儿，姜玲好像有些不好意思了，觉得有变相夸奖老翟之嫌，就又补充说："不过，我家老翟除外。是不是老翟？"姜玲挺着两只丰满的乳房天真地歪着头问老翟时，她一定觉得自己相当谦虚谨慎，她当时心里肯定在说，我沉默寡言的老翟多有城府啊，这些同学中将来最有出息的说不定就是我的老翟呢。

看着姜玲那股欲盖弥彰的虚荣劲儿，大家很是为老翟捏把汗，觉得老翟的实际情况和姜玲的要求不太一致。老翟确实是那种平凡的好人，他的画也如其人。姜玲活泼可爱，人也蛮性感漂亮，大家一点也不嫉妒老翟，就是隐隐约约觉得将来他们俩生活在一起不是很合适似的。

可是不久，老翟和姜玲就宣布结婚了。这样，大家就只有去祝贺的份儿了。

婚后，姜玲仍旧热衷于参加老翟的同学聚会，与以往不同的是她更大方些，她的眼睛就有机会转来转去地研究老翟的同学们。时间长了，姜玲就发现了一些问题：今天你请，明天他请，迎来送往的，和老翟交往的这些人好像个个都是主角，而唯独她家老翟一直像个配角似的。总是这样，姜玲就有些不悦，对老翟也日渐冷淡。有时，在老翟看来姜玲莫名其妙地就生气了，本来好好的，怎么说不高兴就不高兴了呢？开始老翟不知道是怎么回事，后来就知道了，但知道了也没办法解决问题，只能哄姜玲别生气。

为了不生气，老翟就尽量不带姜玲参与同学们或者朋友们的聚会了，但姜玲有时还是能赶上。

有一次，喝完酒已经很晚了，大家送来送去的，都送走了，最后就剩下老翟和姜玲他们两口子。加上北方冬季冷飕飕的风，姜玲就觉得很不是滋味。老翟一般不打出租车，就张罗坐小公共汽车回家。姜玲生气，硬是连小公共汽车也不坐。十几里地的长路，两个人一前一后硬是走回家去的。回到家后姜玲和老翟大闹了一场。姜玲说："以后你们同学聚会这种破事我不去了，跟你丢不起那人！"并进而发誓不再参与老翟的任何活动。

面对姜玲，一向唯唯诺诺的老翟无可奈何。他除了好言相劝真就什么也说不出来，憋了一肚子气，直到后半夜也没睡着觉。

后来，朋友聚会时老翟就不带姜玲了。这样虽好些，可也没好哪儿去。

又有一次，一个叫刘大明的同学自费从日本搞完美展回来，大家为他接风。喝得很尽兴，大家就天南海北地扯，后来话题就习惯性地落到了男女问题上。

一向爱开玩笑的老肥见刘大明老婆也在桌上，就借着酒劲儿有意难为刘大明："我说刘大明，你小子这回出国给没给中国人报仇啊？"

刘大明知道老肥说"报仇"的意思是指干没干上外国妞，就半真半假地说："我是时刻准备报仇的，刀都磨好了。就是你嫂子心太软，说孩子太小，要报也得找她们的姥姥或奶奶。"

弄这种半真半假的笑话是刘大明的绝活儿，不仅换来了大家的一阵大笑，还把老肥出的难题给化解掉了。

老肥就说："刘大明你没实事求是，以后我要是出去肯定复仇。"

"当年八国联军只是侮辱了咱们的女人，老肥你要是出去的话，我担心咱们的男人也要被污辱喽，那外国女人可猛着呢。"刘大明的话又让大家笑了一阵儿。

搞美术的人大多比较开放，在一起总是无话不说。大家又讲了一大堆玩笑话，其中也有一些可能是真事。对于这些，大家早已见怪不怪了。

后来老肥又弄出个更尖端的节目："有个问题我已经想了好久了，今天气氛不错，咱们就在这儿较较真儿。我今天给大家出道稍微难一点儿的题，咱们一定要本着实事求是的原则。题目是这样的：在座的各位先生，到目前为止，除自己老婆外，没和别的女人上过床的请举手。"

大家面面相觑时，老翟举到一半的手又悄悄地放了回去。因为老翟发现刘大明的手都没有举起来，而他的老婆就坐在他的身边。现在这个气氛下，要说没有过别的女人真就不是什么光荣事。

老肥发现了老翟那个手部细节，就问："翟哥，你怎么不举手？你外面也有过女人？"

"当……当然有。"所有的人都能看出老翟在故作镇静。

"真的有？有几个？"老肥故意追问。

"两三个呢。"老翟回答得很没底气。

"到底几个？这事还记不清？"老肥不依不饶。

"两个。"老翟颤抖着伸出两个指头。

"好哇，翟哥在外面还有两个女人，我这就告诉嫂子。"老肥说着就往出掏手机。

"别别别，其实我……我一个也没有，我举手行了吧？"说着老翟把两只手都举了起来，样子滑稽得很。

这件事后来不知怎么就传到了姜玲耳朵里，姜玲把老翟好顿损，"你可真丢人啊！谁都不举手你举什么手？不举就该坚持到底！后来还举起来干啥？就你有手啊！再说你是那样的吗？我还能怀疑你有那能耐……"姜玲恨不得让老翟马上出去找个女人回来。

老翟越是想在姜玲面前站直就越是站不直。画画也没少努力，就是没成果。当官？当官又能当上多大官，再说自己也不会当官呀。

后来，老翟和姜玲的关系越来越紧张，不采取点措施看来真就不行了。

从本质上讲，老翟绝对不是那种想当官的人。他自己也知道，自己思维太简单，不是当官的那块材料。后来老翟有了当小官这种想法，绝对是和姜玲结婚以后的事，最根本的原因就是想在姜玲面前站直些，巩固住自己的丈夫地位。

老翟所在的单位是市文化馆。当馆长、副馆长他这辈子就别想了，就是馆长、副馆长下面的各部主任，凭老翟的水平也很难胜任，所以说在文化馆老翟基本上没有机会了。再加上他所在的美术部现任主任李三平仅仅比他大一岁。除非李三平调走或提升，否则老翟就更没机会了。

急于在老婆面前证明自己的老翟就到了没人愿意去的"业大",当上了"业大"教务处副主任。这里所说的"业大",其实就是市文化馆和市业余职工大学联合增办的"市业大歌舞分校"。市业余职工大学的教务处副主任相当于副科长,而"业大歌舞分校"的教务处副主任也就是那么个叫法吧,一个有职无实的称呼而已,实际上,连"相当于副科长"这个概念也没有。

但不管这个副主任相当于啥,并不耽误有人当着姜玲的面叫孙主任。一天"孙主任孙主任"地叫着,让老翟很是受用了一段时间。

老翟姓孙名翟,以前一直都是有名无姓。单位人称他老翟,大学同学们也叫他老翟,很多人都以为他姓翟呢;现在不同了,来来往往的学生们都尊敬地叫他孙主任。老翟想,还是当主任好,要不姓都没了。这些年什么人都"老翟老翟"地叫,其实就是对自己这种啥也不是的人没有办法的尊称。你以为啥呢?老翟想一下什么都明白了,对当官的意义也茅塞顿开般地理解上去了。

就这样,老翟过上了一段很幸福的"孙主任"的日子。

让老翟没想到的是,他去"业大"还不到半年,市文化馆美术部主任李三平竟真的要走了——据李三平本人说,他要去市美术学院当教授——而且走的可能性相当大。老翟知道李三平是那种很有路子的人,没有把握的事一般不说;一旦说了,就意味着他已经办得差不多了。

市文化馆美术部主任是别人并不怎么看在眼里的小官,但老翟对这个位置心仪已久了。对老翟来说,眼下突然就出现了这么一个机会。老翟想,要是抓住这个机会,努把力当上这个主任，在市里也就算行了，这辈子也就算行了。老翟当然十分清楚，他目前这个说有就有、说没有就没有的"业大"教务处副主任，和名正言顺的市文化馆美术部主任可无法同日而语和相提并论。再说，当美术部主任还不耽搁老翟搞自己的专业呀。

老翟的想法不是没有道理的空想。他对市文化馆美术部再了解不过了，李三平一走，剩下的人中，不仅老的老、小的小，而且有大学本科学历的人还真就没有。这正是个青黄不接的关键时期，如果这个时候能回到美术部，主任这个位置就非他莫属了。除非从外面调人，那就另当别论了。老翟不想失去这个千载难逢的机会。

为这事，老翟好几宿没睡好觉。眼前真的有一个好机会呀，怎么运作一下呢？如今老翟也知道凡事需要运作了。

想来想去，老翟还是决定先给主管美术部的陈副馆长打个电话，从他口中透透风再说。老翟这步走得很对，主管副馆长这关当然是重要的。

老翟在电话里说尽了好话，甚至把自己的家庭隐私也说给了陈副馆长。

陈副馆长很受感动，在电话里说可以帮他考虑考虑这件事。

当天晚上，老翟就背着姜玲，买了厚礼来到陈副馆长家登门致谢。

陈副馆长说："老翟，你这是客气个啥？"还请老翟喝酒，酒桌上说："老翟，你的为人和水平我还是了解的，我这关没问题，等李三平一走，一定马上就向一把手肖馆长力荐。"

从酒店出来时，老翟已经泪流满面了，"知我者，陈馆长也……"

然后老翟又找了主管"业大"的张副馆长，声泪俱下地说明了自己的意思。

张副馆长和陈副馆长的意见有些不同。张副馆长有两个出发点：一是从老翟的实际情况出发，觉得老翟不一定能行，回去也是白回去；二是从"业大"目前人手紧缺的现状出发，认为老翟还是留在"业大"比较妥当，可以人尽其才。张副馆长一遍一遍苦口婆心地说："这儿不是挺好的吗？走啥呀走？"

老翟就可怜巴巴地求张副馆长给他一次机会。

说到最后，张副馆长为了留下老翟，还说下一步可以给他扶扶正，提他为"业大"教务处正主任。

此时已铁了心的老翟哪里还在意"业大"的什么主任、副主任，说："这次就算是上刀山下火海，我老翟也要试一次了。还是让我回到馆里的美术部吧。"

最后弄得张副馆长很不高兴，说："那就随你便吧，事后你别后悔就行。"张副馆长一向是个很正直的人，老翟丝毫不用担心他会在一把手肖馆长面前说他坏话。

老翟感恩戴德地紧紧握住了张副馆长的手，能让人联想起《驼铃》那首歌中送战友的情景……

紧接着，老翟应趁热打铁再去找肖馆长才对，但老翟在这里终于暴露出了他的小家子气。老翟不想再送一份礼（当然，也许老翟送礼，肖馆长还不要呢。但老翟在这里就是缺少了一个极其重要的环节，这也许是老翟犯下的一个致命的错误）。

　　不错，老翟在这件事上太依赖陈副馆长了，连象征性地征求肖馆长意见的过场也没有。而此时最为不妙的是肖馆长正看陈副馆长不顺眼呢。肖馆长在一次中层干部会上有过一次讲话，话里话外曾流露出对陈副馆长的不满，只是没明说要把他拿下来而已。肖馆长原话是这样说的："有的人，总是自以为是，办事耍小聪明。我今年一共让他办五件事，一件事也没办明白。"在座的几位主任都知道肖馆长是在说陈副馆长，但谁也没把这话反馈给陈副馆长，所以陈副馆长还一直不知道肖馆长对他已经有了成见。相反，陈副馆长还以为自己是肖馆长眼里的红人呢。

　　接下来，就是由陈副馆长来具体运作老翟的事。

　　馆务会上，陈副馆长说美术部缺人，让老翟回来，肖馆长没有反对。老翟本来就是美术部的人，又是搞美术的，回来就回来吧。

　　但后来李三平走了，陈副馆长推荐美术部主任人选时情况就不一样了。陈副馆长越是力荐的人选就越是遭到反对也就是正常的事了。肖馆长说老翟年轻，也没画出啥名气，最后决定提五十二岁的老关当美术部主任。说老关虽然高中毕业没有大学文凭，水平虽然也就一般，但搞活动还是很有经验的；再说毕竟是年龄大，能压住点阵；非常时期，用人也要不拘一格。

　　这样，老翟就一度被悬了起来，又和原来一样，还是美术部的普通一员。"业大"那边又不好回去了。老翟突然间又什么也不是了。老翟那段时间可真上火啊！

　　对当官很敏感的姜玲很快就弄清了事情的本来面目，说老翟啥也不是，净瞎整……

想当美术部主任这件事的破产，使老翟刻骨铭心般地尝到了一次鸡飞蛋打的感觉。同时，这件事的发生也使老翟和老婆的关系达到了危险的边缘。

老翟也清楚自己的老婆就是那种很势利的小市民，但他不能失去她，依他目前的水平，也只配娶这样的老婆，失去她，老翟连这样的老婆也找不着。所以在大家的眼里，老翟手里就像捧着个刺猬，却又一直不肯（也舍不得）放手。就像人们常说的那样：刺猬扎手是扎手，但那好歹是一块肉啊。

同城的同学们一开始还拿老翟开玩笑，后来了解到老翟的真实处境后又都很同情他。于是，刘大明、老肥等人就提议大家献献爱心，帮帮老同学。有人说："对，事在人为，这有什么难的？大家找机会为老翟制造一些威信就是了。"

大家一致认为可行，于是决定：借全班出息最大的大师级画家老木这次回国过春节之际，把老翟两口子找来。这么多大能人，给一个普通人制造点儿威信还不容易嘛。

老木一下飞机就让同学们接进了香格里拉大酒店。大家聊得差不多的时候，把想借此机会给同学老翟制造点儿威信的事和老木说了。老木也很感兴趣，说道："有意思，没想到我还能帮上这种忙。老翟的画要是进步不大的话，我还真能说出几个特点来，没问题。"

刘大明说："老翟的画基本还是那个样儿，好像比以前强点也强不了多少。这也不是强求的事，老翟的悟性就那样了。但到什么时候都得承认，老翟还是个老老实实的好人。大家这样做，就是不愿意看到老老实实的好人受气。"

老肥也说："像老翟这样的老实人现在可真是太少了。看他那个可怜样儿有时我都想哭。有时我也不明白，怎么外面没有女人都成缺陷了呢？"

王老笨也要说点儿什么，但大家七嘴八舌地没留太大的空隙，他张了半天嘴没说出话来。

在找老翟的时候，大家没想到会是如此艰难。

老翟因文化馆美术部主任一事闹得很没有面子，这段时间一直不去上班，说在家里画画。家里电话欠费停机，传呼不回，手机不开（老翟的手机从来不开，手机也只是他作为男人的一种符号。大家都有了，他也不能总没有）。联系不上，大家就开车、打车直奔老翟远在市郊的家。

敲开老翟家门时，只有他老婆姜玲在家。见是老翟的同学，姜玲表情冷冷地说："老翟一天天的也没个准儿，不知道又死哪儿去了。"

大家说："老木从法国回来了，这次谁也不想见，就想见见老翟，老木在国外都听说老翟的画已画得相当了得。"

直到这时，姜玲的脸上才有了些半信半疑的笑容，"哪能呢？老翟哪有那两下子？"女人就是女人，话是这么说，心里还是宁肯相信自己的丈夫真的如大家说的那样，就不由自主地说了几个老翟可能去的地方。"或许在东大桥头看热闹呢？也说不定在花鸟鱼市溜达呢？还有可能去了农贸市场，早上我让他抽空去买点农村干豆腐……"

实际上，大家同情老翟、找老翟只是即兴之举。老木这么大的画家回来一趟不容易，一时半会儿又不走，哪次找老翟都一样，实在找不到也就算了。但见姜玲认认真真地说着老翟可能去的地方，大家也就不好意思就此打住。于是，就有了下面兵分几路、声势浩大的寻找老翟的场面——老翟好像一下子成了这个城市举足轻重的大人物。

主力部队带着姜玲，由刘大明开着车，穿梭于城市的大小胡同，目标是那几个相对集中的地方。

小分队由老肥、王老笨等人组成。他们分头打出租车去另外几个老翟可能去的周边地带寻找。

一个多小时后，主力部队和各个小分队在香格里拉大酒店会合时仍然不见老翟，这时又不好再把姜玲一个人打发回去。最后没办法，就越来越升级，大家不得不动用市电视台，打出寻人启事……

播晚间新闻时，城市的很多人都看见"急寻大画家老翟"的启事以字幕的形式在电视上一遍又一遍地播出。

同学们最后总算在晚上七点二十左右找到了老翟。当时老翟正和一个开食杂店的老头下围棋呢，是老头的孙子发现了电视画面下的飞字并喊出声来："真有意思，大画家还有叫老翟的。"

老翟最后绝对是硬着头皮来见同学的。

晚餐时，老翟似乎比老木都受人关注，真的成了中心人物。

同学们难得和大师当面切磋技艺，就你一言我一语地说得很热闹。但大家仍不忘给老翟制造威信的事，说着说着，经常插上一句："您认为呢？老翟？"

老翟就僵硬地笑笑，不知内情的姜玲看了，还以为老翟很谦虚呢。

喝到差不多的时候，老木还对老翟的画进行了一番认真地评价。上学时老木就知道老翟的画有三大缺点：意境差、匠气足、色调乱。老木就把这三点反过来说，说老翟的独到之处就在于他的画做到了三位一体：意境朦胧，一般人无从把握；技法上又有种与众不同的古拙美；色调从来不是单一的，而是多重的。这三个特点单独做到哪一个并不难，但三个特点有机地融合在一起，就不是一般人能够做到的了。

老翟当然很快就明白了同学们的良苦用心，一阵阵感动得要哭的样子。但信以为真的姜玲大有夫贵妻荣的感觉，更多的时候脸上洋溢着的是自豪。

老木怕一脸兴奋神情的姜玲日后对老翟有更高的要求，最后还是收了一下："我认为老翟的作品是大智若愚式的作品，国内市场和国际市场目前都认识不到这种画的真正价值。但确实是真东西。"

最后，老木话锋一转像有意教育姜玲："钱是个啥？官是个啥？真正画画的谁盯着钱和官？凡高的《向日葵》现在值几千万美元，他本人活着时看见了吗？没有。花到一分了吗？也没有。凡高有生之年贫困潦倒，但并不影响凡高成为全世界永恒的大师，这对凡高来说就足够了……"

"还是大画家说话有水平。"姜玲像一下子有了很高的境界，还高兴地给大家献上一首《像雾像雨又像风》。姜玲高兴时歌唱得确实不错，不仅赢得了大家的争相敬酒，还赢得了极其热烈的掌声。

聚会结束后，大家送完了老木，紧接着就送老翟和姜玲。刘大明亲自为他们叫好了出租车，又把他们让上车，关好车门。

老翟极不自然地从车窗里探出头来向大家挥着小手："好了，你们别再送了，不早了，都……都快回家去吧。"

以后的日子里，老翟没事就在家里画画。一般情况下，不论谁找，老翟都不出去，老翟的架子好像越来越大了起来。

据说，姜玲对老翟的态度也一下子就变了，有时还毕恭毕敬地立在旁边帮着老翟铺纸研墨地打下手……

就在大家一直为老翟捏着一把汗，担心好人老翟能撑多久的若干年后，在老木等人的撮合下，老翟也应邀在国外搞了一回个人美展。没想到他从此名声大噪起来，竟然真的成了大师。除了姜玲之外，几乎所有认识老翟的人都为此而感到震惊。

原载于《春风》2003 年第 3 期

选载于《小说月报》2003 年第 5 期

入选《2003 中国短篇小说经典》

入选《2003 中国短篇小说精选》

女　孩

那些年平安镇经常停电，停电的时候，平安镇人就点上本镇产的那种昏暗的黄蜡。那时盛行各种学习材料，很多单位的学习材料就是在这种昏暗的黄蜡下被宣读的。

小学教师方淑贤下班时已是晚上七点钟了。

出乎预料的是，十一岁的女儿已经把饭做好了。方老师想，女儿长大了。

十一岁的女儿正哄着弟弟不让黄蜡流泪。方老师心情逐渐好起来，看了他们一眼，继续做着鸡蛋甩袖汤。

"燕儿呀，中秋节了，你替妈去大姨家看看吧。"方老师一边从锅里往出端饭一边吩咐女儿。

"嗯——行吧。"女孩犹豫了一下，但还是答应了。

从大姨家回来时乘车的人特别多，女孩费了好多的周折总算挤上了火车，还幸运地找到了一个靠窗的座位。

女孩很高兴，想，和来时一样，坐六站就到家了。

火车走走停停，到第四站已近晚上十点钟了。女孩晚上没吃饭，开始一阵阵不由自主地打瞌睡。

到第五站的时候，女孩不断地用吐沫将眼皮弄湿，以使自己保持清醒。再坚持一会儿吧，眼看就要到家了。她强撑着麻木的眼皮一遍遍说给自己听。

恍惚中，火车重重地抖了一下，把女孩从睡梦中惊醒，她以为这回到站了，可是火车分明是在启动呀！

女孩紧张了一会儿，火车越来越快起来。她越发紧张了，拿好东西跑向乘务室："阿姨，我得在平安镇下车。"十一岁的女孩羔羊一样站在乘务员面前。

乘务员样子很不高兴："谁知道你是不是有意坐过站，耍这种把戏的乡下人可多着呢。"

"我，我可不是那样的人，真的，我真的是睡着了，我家就住在平安镇呀。求求你了，阿姨。"女孩下意识地用手揉着眼睛。

"既然你不是那种人，那我就让你下一站下车。"乘务员似乎很宽容地说。

"阿姨，我得下车。"女孩又不知所措地用嗓子眼儿说。

"就算下站让你下车也得等火车停下来呀。"乘务员关上了乘务室的门。

女孩回到自己的座位上，再无一丝困意。她把纤细的脖颈抻得很长，慌乱地东张西望……

漫长的期待之后，火车终于又停下来。

火车里比较亮，往外看什么也看不清。女孩下车后的几分钟内没看清什么。直到火车开走了，女孩才万分恐惧地发现：夜色中，长长的火车上只下来她一个人，这一站不过是个叫什么程降所的荒原小站！

"不，我不下车了！别把我一个人扔下呀！"女孩呼唤着远去的火车。

然而火车的轰鸣声淹没了她的声音。

夜风习习，渐行渐远的车轮声更增添了荒郊野外的阴森。

女孩一时连哭都不会了，好半天才发出一声奇怪的声音。那声音在风中打着旋儿，毫无回响地遁入空野……

开始时，哭声还体现出一些毛骨悚然的感觉；后来，哭声就越来越显得空洞而无意义。女孩有生以来头一次知道这种无助的感觉。哭，原来什么也不是啊！

女孩透过朦胧泪眼，发现远方一点依稀可见的灯光。于是一边哭着一边深一脚浅一脚地向那辽远的灯光摸去。

女孩一度想到狼，实在弄不清萦绕耳边的是风声还是狼叫。她一边疾走一边惊慌地左顾右盼。她一路磕磕绊绊，很像一片被风卷着的干叶……不知是第几阵风吹过，女孩感到一丝凉意，这才发现自己的裤子不知什么时候尿湿了。

越往前走，那灯光越辽远似的。这时，女孩已适应了一些黑暗的环境，借助星光能看到更远一些的地方。可是能看到比看不到还可怕，视野内竟是茫茫一片灰色草浪，灰色草浪不停地起伏摇滚，藏着一切可怕的东西。

女孩不敢再往前走，可停下来回头看时，身后比眼前更可怕。前面遥远处毕竟有一线闪闪烁烁跳跳跃跃的灯光啊！

女孩手里仍死死地攥着那个装有一斤猪肉和二斤豆芽儿的绿书包，是那个年代为数不多的军挎，上面还印着"一不怕苦，

二不怕死"的红字呢。东西都好好的，一样也没少。女孩有些
使命感似的，像平时男孩子那样将书包斜挎在身上，迈开颤动
的小腿，重新走向那灯光……

女孩终于安全地走近了灯光,这才看清楚,那是用"刺滚儿"
围成的巨大草场，空荡的草场中央歪立着一根木杆，木杆上拴
着一只昏暗的灯泡，正在风中晃荡。女孩惊恐地站在"刺滚儿"
旁，一时没了主意。

直到听到一声真正的怪叫之后，女孩才意外地发现那个小
屋——在草场东边一个阴暗的角落里。她不顾一切地从"刺滚
儿"的缝隙中钻进去，铁刺刺进了皮肉，她没感觉到疼，只是
看到胳膊上留下一条条血丝。女孩拼命地向小屋跑去……

到了小房门前,女孩竭力止住自己紧张的喘息。正要敲门时,
听到里面传出雷一样的粗重的呼噜声。女孩颤抖的小手定格在
半空中。

女孩像一只失群的雏鸡，彳亍在房檐底下，最终也没敢叫
门。后来，女孩就依在门旁坐下。如果狼什么的来了再叫门吧。
女孩胆怯地想着，眼睛一直在不停地四下打量，身体也一直不
停地抖动着……直到天亮。

好像经历了一个漫长的冬天，女孩终于盼来了朦胧的曙光。
可是随着曙光的到来,她又多了另一种担心。等屋里的男人出来,
万一他是个坏人呢？女孩又是一阵紧张。突然她有了个聪明的
想法：不就坐过一站吗？只要沿铁路线往回走一站地，不就能
到家了吗？

女孩来到铁轨旁，可是无论如何判断不出往哪边走是回家

的路。她知道有太阳的那边是东边，大姨家在东边，可眼前的铁轨却是南北方向的。长长的铁轨上，女孩来回走着，试图找到下车时硌了自己脚的那块石头。找到那块石头，就能辨别出方向了。女孩想。

女孩的眼睛都看花了，也没找到那块石头。最后她押宝似的选择了向南。这时，太阳已经出来很高了，女孩迎着阳光走，就像昨夜走向飘摇的灯光一样。

女孩一边走一边想，白天不会有狼，白天不会有的……她走出大约十里地的时候，碰上两个去上坟的中年妇女，两个中年妇女证实了她选择的方向没错。

女孩是在走出二十里路后遇上狼的。

女孩觉得肚子有些饿，就从书包里捏出几根豆芽儿吃了，没顶事儿似的，又想到路边找找有没有"黑天天"。就在这个时候，她听到那微弱但又声嘶力竭的喊叫："小孩呀，快躲一躲呀，狼来了！"

女孩循声望见几百米外一个车夫正把大鞭甩得噼啪乱响，呼喊的就是他。接着她也看见一只与田野同色的大狼波浪一样向她飞奔而来……

女孩愣住了，怔了好几秒才别无选择地跑下路基，钻进距离最近的那片茂盛草丛。

女孩刚趴下，那只狼就耸立在铁轨上了。透过草的缝隙，她能清晰地数到那只狼的胡须。她感到心跳得都要把她从地上弹起来了。

狼在铁轨上嗅了几下，就一路低垂着头向女孩栖身的这片草丛移来……

女孩紧张极了，她想再爬起来跑，可是腿抖得像面条儿。

正在这个时候，一股巨大的旋风奇迹般地从狼和女孩之间徘徊刮过。女孩觉得那风像要把她连同草丛一起拔走，狼也被刮得高扬着头原地打转转。

狼似乎因旋风而失去了线索。风过之后，狼又重新回到铁轨上，和先前一样又嗅了嗅，然后沿着女孩走过的铁路线狂奔而去……

没等狼跑开太远，女孩就惊惧地从那片草丛中站起来，她还望见了狼那条粗大的尾巴在奔跑中向后硬板板地飘着。此时，女孩什么也不会思考了，她连继续趴在草丛里等狼跑得更远些，在更安全的时候再站起来都不会了。当然，她更不会再次跑上铁轨。求生的第一信号支配着女孩背对着狼没命地奔逃……

狼竟真的没有再回过头来看上一眼，也没听见女孩最初连续跌倒的声音。

女孩追上那辆马车时，瘦若干柴的车夫还惊悸地向后张望着："狼呢？那么大个狼没跑过你这个小丫头儿？我以为这下完了呢，快上车来吧。"

女孩没有上车，也没有回答车夫，而是继续向前奔跑。

车夫则狠命地打马，边追赶着女孩，边继续不停地回头张望……

女孩跑到家时，全家人正在吃午饭，弟弟迎过来："带回什么好吃的了吗？"说着就从姐姐手里抢过军挎。"啥也没有。"军挎很快就被失望的孩子丢在墙角。

"正好赶上吃饭。"方老师给女儿盛上一碗饭。"快吃吧，一会儿凉了。"

女孩就坐了下来。

过了一会儿，女孩说："我碰上狼了。"

"是吗，你大姨家挺好的？"母亲问。

女孩说："那狼可真吓人啊。"

"你大姨夫最近没出门，也在家？"母亲问。

"我差点儿让狼给吃喽，多亏……"女孩说。

"对了，布票带回来了吗？"母亲突然想起她最关心的事。

女孩默默地把带回的布票交到母亲手里。

也许由于又渴又饿的缘故，女孩觉得今天的饭菜格外香。

第二天，一切都和往常一样。

原载于《作家》1998 年第 6 期

选载于《小说月报》1998 年第 8 期

选载于《小说选刊》1998 年第 8 期

狼群早已溃散

从莫莫格镇下车，到生我的故乡还有三十几里的土路。二十多年了，这条土路仍和从前一样荒凉、没车。

时值春末夏初，科尔沁草原香味正浓。整个视野如一张巨大的绿毯，毯上缀着星星点点的野花，草原风呼呼啦啦荡过时，能让人感到大草原底气十足的雄浑……

我是满载着一个正宗科尔沁汉子的良好自我感觉带关琼重返故土的。似乎此行目的很简单，无非是想借着给祖父等先辈上坟的机会炫耀一下王氏后代已今非昔比，娶个漂亮都市姑娘不成问题，是轻松随便点儿事。

我一边走，一边给琼讲当年科尔沁汉子在野狼滩骁勇猎狼的故事。琼昔日的活泼大方，在踏上草原第一脚的时候就消失得差不多了。走入大草原后，她更显得娇小，手紧紧抓着我的胳膊不敢大声喘气，听我神气十足地讲故事……当琼奶声奶气地问"要是狼来了咋办"时，我的心突然抖了一下。我几乎没来得及告诫自己要显得勇敢些，就已经剧烈地颤抖了。我多么希望我没有发现这与科尔沁汉子水火不容的丑陋动作，可是我已经确确实实地发觉了。我不是一直以一个英勇无畏的科尔沁汉子自居吗？而眼前的事实毫不留情地证明着我是个彻头彻尾的懦夫。科尔沁大草原掀起一拨又一拨黄绿交错的浩荡草浪，似乎嘲笑着向我宣布：算了吧你！你们王氏家族从来就没出现过像样的爷们儿！

我感到草浪迅速变幻成马群的脊背、牛群的脊背及狼群的脊背……最后奔涌成血味十足的肉浪。

"现在没几只狼了，碰上算我们走运。"我还是故作镇静地回答了琼。先前明朗而雄劲的心情渐渐暗淡下来，衰萎下来，不堪回首的往事在呼啸的荒原上升腾如烟……

1

我还是个孩子的时候，科尔沁野狼滩就铁着脸向我喊了：这里是强者的乐园,这里的一切都属于强者。懂吗？小兔崽子！似乎那时我就根深蒂固地认识到，女人属于强者，尤其是美丽的女人一定要属于强者。弱者不仅得不到女人的爱，连最丑陋女人的身体都得不到。直觉在我幼小的心灵深处刻上这样一种不可动摇的理解：一个男人猎取美丽女人的能力就是他的生命能力和生命价值。这种畸形的理解一直伴随着我未来的生活，十几年的文明教育也一直没能把它从我心里淡化出去。耳畔至今仍回荡着我八岁时的呐喊："等着吧，别用那种眼光瞅我。会有一天，科尔沁野狼滩的美女任我挑选！"喊声真挚而清晰。

当年，野狼滩冬猎队这个名字深入每个人的骨髓。就是它，一直以缔造者的形象把野狼滩民划分为两类——强者与弱者。能选入野狼滩冬猎队的男人是公认的强者，再丑的男人都会有成群的女人垂青。在所有滩民心目中，能加入野狼滩冬猎队就有一切。野狼滩冬猎队要比历史上任何国家的王牌军神圣得多。在那个人们不太知道外面世界，或知道一点也不放在眼里的野狼滩，野狼滩冬猎队在每个滩民心中的崇高程度绝不亚于二战时期的诺曼底登陆盟军，冬猎队队长的自我感觉更是无比良好。如果他当时知道世界上有拿破仑、蒙哥马利、巴顿等元帅、将军，也不会感到半点逊色。

我曾以幼小的野狼滩滩民的身份体验过冬猎队的辉煌。在我至今的回忆中，野狼滩冬猎队还仍然时时让我无条件地崇敬，让我于不知不觉中诚惶诚恐地羡慕。虽然我早已知道他们到底是些什么乌合之众，是些什么滩野粗民，但我还是无法不向他们俯首。尤其在我面对大草原瑟瑟发抖时，我更是由衷地感到上苍给人们恩泽的分配是那样公正，环境绝对真实地对待每一个生命。

不知从哪个年代起，野狼滩就开始了筋肉与利齿的残酷较量。野狼滩这个名字叫得最响时，也正是狼群最旺的时候。狼群昼夜用绿眼威慑着野狼滩滩民及属于滩民的一切可供充饥的肉体。在狼群的包围下，野狼滩平凡的百姓有了轰轰烈烈的事业。为了使事业更像事业，有了野狼滩冬猎队及其狩猎规则。于是，有了强者，有了英雄，有了美女们更合理一点的分配……天长日久，狼群越来越演变成一种历史的凝重，渗入人们的生活氛围，人们也日渐无法接受或想象那种无狼的日子。

我家族遗传的羸弱使我们一直与野狼滩冬猎队无缘。我六岁那年冬天，我祖父没过去他五十四岁的生日就无奈地离开了人世。据我祖母说，凡是她知道的我们家族的所有男人，未曾有一个被选入野狼滩冬猎队。祖母说自从她嫁过来那天起，她看到的王家所有的男人几乎都是一个形象。那就是他们每个人都时刻不遗余力地处于苦难挣扎状态，妄图改写家族的弱民历史，但所有的努力又均以惨败告终。祖母说在强者看来，我们不过是一群奄奄一息的可怜蚂蚱，在秋天里毫无希望地挣扎，而那暗无天日的苦难只有我们自己才能真切地体验到。

我不知道祖母当年是如何才肯嫁给我祖父的。从老年的祖母脸上看，祖母年轻时一定非常漂亮端庄。在我童年的印象中，祖母大半生真心实意地为王氏家族操心、上火，分担那一切能够承担和不能够承担的灾难。祖母常说，王家男人弱是弱，但不熊。也许就是因为我祖父那代王氏男人的强烈抗争意识于某个暗蓝色的不眠之夜感动了我祖母，她才赴汤蹈火般地委身于弱者，才没去计较那个时代漂亮女人应该计较且唯一可以计较的事情。

2

关于我家族的很多事情都是我祖母一边做饭一边讲给我的。我祖母说的话并不生动，却句句真实，至今仍完好地留在我的记忆里。我对野狼滩的最初印象就是从祖母那里获得的。

野狼滩冬猎队入队条件从它产生那天起几乎一直没变，一直代表着绝对的公正和威严。一般情况下，入选赛在每年秋天进行。每逢那时，野狼滩男女老少们都无一例外地站到东门外大岗子上去。人群如参加隆重的节日盛会，而又不见节日的热闹和欢快，表现出更多的是那种奇特的紧张和沉闷，人群几乎没有多余的声音，甚至有点像屏住了呼吸，静悄悄地向大岗子涌动……

连吃奶的孩子都知道入选野狼滩冬猎队那几项最主要的规则：首先，必须具备过硬的骑术，要能在飞速行进的马背上用一尺半长的"掏捞棒"击中坐骑前后左右两米内的一切目标。因为冬猎队队员除了手中的"掏捞棒"，不使用其他任何武器对付科尔沁野狼，这是野狼滩冬猎队的传统尊严和祖传倔强；其次，必须兼有足够的力量，要能徒手摔翻千斤重的公牛，以避免对付狼群时心有余而力不足的丑态；再次，就是个人的意志了。

我家族史上曾有人出色地闯过骑术大关，却因无力扳倒高大的公牛而遭到残酷的淘汰。我的老爷就是其中最为典型的一个。

在我祖父那代人中，我老爷虽不是我家族体质最好的男人，但是具备超人的灵气。全家人都认为我老爷能创造奇迹，打破压抑全家族多年的沉寂。于是，就在我老爷刚刚满十八岁那年秋天，伴着全家老少的热切关注，老爷格外潇洒地进入赛场。

在马术竞赛上，我老爷做得太出色了。他先让马奔跑入场，然后自己连着几个闪电空翻飞上马背。只见他在飞奔的马背上忽左忽右，上下翻腾，让观者眼花缭乱。所过之处，事先设置的三米范围内的目标均被击中。他的绝活是一脚蹬着马镫，另一只脚钩住马鞍，横在奔驰的马上，整个身体与地面平行，击打到更远的目标。老爷的骑术已远远超出比赛标准，赛场内外不断爆发出热烈的喝彩声……

我家族所有成年人都不可控制地泪流满面了。我祖父简直激动得哭出声来。家族世代的沉痛负荷就要因此而解除，王家子孙同样有英雄！我祖父相信我老爷也定会以巧劲扳倒一头公牛。退一步说，就算他扳不倒，也完全可能被冬猎队破格录取，他的马技太出色了！

那天的公牛是头正当年的壮牛，是那几年里野狼滩最烈性的一头黑牛，还从未有人把它摔倒过。面对想征服它的汉子，大黑牛"哞"的一声冲过来。

世间总有无法解释的怪事发生。按理说，凭着我老爷的机灵，任何老牛是很难顶到他的。可事实恰恰相反，他已迎面抓住了大黑牛的两个犄角，彼此相持了好半天，而且牛头已被拧转九十度。人们都以为那黑牛要倒了，正想喝彩时，他却意外地倾斜着向天空飞去，足有两丈高……

这场面使所有围观的人大惊失色。我家族的奇迹，神话般地发生了，又噩梦般地破灭了……

我祖父比我老爷大十岁。我祖父在可爱的老弟转眼之间变成残废后悲痛至极。长兄如父，几天里我祖父真的老得像我太祖父了。那是我家族那一代人最后一个希望的响亮破灭。

以后的日子就说什么的都有了，有人说王家的体质不行，有人说王家祖上就没那么大造化，种儿不行，咋的也白扯……

沉痛如乌云压顶，一日比一日浓重。

我老爷摔成瘫痪不到半年就死了。与其说是病死的，不如说是憋屈死的更确切。我老爷的一生很短暂，没来得及成家，所以那一代人繁衍后代的任务就都由我祖父承担了。我老爷死那年，我祖父已有三个儿子。大儿子九岁，二儿子七岁，三儿子三岁。他们就是我的父亲和两个叔叔。

我家族呈现出严重的青黄不接局面。寂寞无为的生存气氛简直要把整个家族窒息，但我祖父仍然满怀信心地默默关注着分析着几个儿子。从体质上相对来看，我祖父认为大儿子肯定不行，还是趁我老爷辉煌没有彻底散尽让他赶快成家为好，以滋润后代。所以，在我父亲十八岁那年，我祖父花了全家所有积蓄给他娶了个憨壮的媳妇。

同时，祖父一点也没放松对他另外两个儿子的培养和训练。除了春日的农忙、夏日的捕鱼，其余时间他都用来训练两个儿子。连续几个冬天，爷儿几个都是在雪地里滚过来的。他们先后打断了几十根"掏捞棒"，青红、摔伤一直在两个叔叔脸上交错出现。

我二叔谎报了年龄，才十七岁那年，终于被全家人盼到赛场上。经过苦难的挣扎，终因体力不支败下阵来。以后的几年中，二叔年年参赛。虽然每年都有所进步，但还是得不到当选冬猎队队员的资格。

四年后，我老叔也上阵了。我家族的形象并没有好转，只是由于败阵人数的增多而显得更加狼狈。与此同时，我家这两个正当年男子正面临着打一辈子光棍的威胁。这直接关系着王氏家族命脉的兴衰……

就在我的二叔和老叔做最后挣扎那几年里，我真切地感受到了野狼滩关于女人公正而无情的分配原则。我家的娟秀女子们被一个个娶走，先后成为强者的媳妇，却不见有别人家的女人嫁到我家来。我二叔已经二十好几了，远远超出了野狼滩男子十八岁婚娶的正常婚龄。我老叔也一步步走向烂在家里的老童男。虽然他们在长相上都很英俊，但连野狼滩最丑的女人都得不到，原因只有一个——他们是野狼滩的弱民。我就是从这时开始喊出关于女人那第一声誓言的，那年我才八岁。

祖父在两个儿子屡战屡败又讨不上媳妇的极度悲伤中死去了。祖父最后那些日子的焦灼神态给我留下的印象极为深刻。每当冬猎队队员在村头威风凛凛地拉开阵势，豪饮壮行烈酒时，我卧床的祖父无论如何都要挣扎着坐起来，透过布满霜花的玻璃窗缝隙向外贪婪地扫描。直到那些剽悍的汉子们的身影及喊声淹没在苍茫雪野深处，祖父才更加沉痛地从窗前坐回来。然后匆匆地装上一烟袋锅儿旱烟，颤抖着点燃，狠狠地吸上几口，接着便一阵紧似一阵地咳嗽……这年野狼滩的雪格外大，冬猎队的活动也格外频繁，好像在故意刺激我自尊心极强的祖父。我相信祖父每次都承受了一整套的从美好幻想到残酷现实的回归过程。在他抻着瘦骨嶙峋的脖子向窗外看时，一定觉得他的儿子或孙子也在嘶鸣的马队之列；等到他坐回原位吸烟时，则不得不接受一种巨大的侮辱。这时，死神便又狰狞地向他逼近一步。

祖父晚年对我的极端重视，说明祖父对自己的儿子已经彻底绝望，他已经无奈地把希望战略转移般地寄托到他年仅八岁的孙子身上了。祖父临终时那双浑浊不堪的眼睛让我永远也不会忘记。那是一生都想做强者而一直未能如愿的无限凄凉的眼睛，那是一双苦难深重的不再有任何机会的垂暮老人的眼睛。那眼神已不再顾及什么是一位老人的慈祥和深沉……直到今天，我一回忆起那眼神就顿感浑身坠满重荷。

3

祖父死的那年冬天，二叔单枪匹马走进了白色原野。那是在一连几天大雪初停的早晨，二叔向着野狼滩冬猎队的反方向挺进了。

这不难理解。当时二叔正偷偷地打邻村二丫的主意。二叔是在一个偶然机会下巧遇二丫并发现二丫有足够的恻隐之心后才斗胆表示意图的。野狼滩的女人属于强者，弱者绝对不敢公开找什么女人，在野狼滩，强者可以随便搂抱别人的女人而无可厚非，只要女人愿意。而弱者不存在什么艳遇，多数连媳妇都没有。关于弱者的婚恋事宜只有几段半真半假的传说，都是弱者偷腥被打折腿或剜掉眼的真名实姓的例子。传说远比今天的婚姻法令想越雷池者望而生畏。

二丫的善良是出了名的，她明白了我二叔的意思后没说行也没说不行，只说了句得回家问问她爹，就红着原本就挺红的圆脸跑了。这就足以让我二叔激动了。从那以后好几个夜晚，我二叔都瞪着圆圆的眼睛，苦想自己如何才能像个强者，最好能像点英雄……

　　我二叔又一次见到二丫时，二丫沮丧得要哭了，说她爹坚决不同意，骂她没用，说除非姓王的小子抓条活狼在村里遛一趟……

　　我二叔就是一气之下为了证明自己不孬，二丫嫁他不赔，才不顾生死只身走向雪原深处的。他走谁也没想到，中午父亲让二叔垛马草时才发现二叔连人带马都不见了。

　　四点多钟，仍不见二叔的影儿，父亲就厚着脸皮来到冬猎队队长孙二愣子家，哆哆嗦嗦地说："二弟不见了呢，能不能帮着找找，要是……"

　　孙二愣子刚刚领着冬猎队打狼回来，气还没喘匀，耷拉着眼皮，看也没看父亲一眼："净事儿！"然后不耐烦地走出门，不紧不慢地吆喝一些队员散上雪野。父亲和老叔龟孙子似的跟在后面。

　　傍晚时分才找到我二叔出事的现场。很远就能看到灰暗的雪地上零零乱乱乌七八糟地散落着一大片，很明显是人狼相搏后狼胜人亡的残迹。我二叔丢在雪地上的尸体已不很完整，身边卧着一只死狼，狼头上有红色弹孔和血迹。离他两丈开外的地方躺着他常骑的那匹红马，只剩一个壳了。周围斑斑点点都是暗红的血迹，我二叔那杆摔弯的双筒猎枪半隐半现卧在雪中。

　　孙二愣子下马后正好踩在那杆猎枪上，他飞起一脚把那枪踢出老远，表情透出毫不掩饰的轻蔑。野狼滩冬猎队最忌讳用枪，更看不起用枪对付狼的猎手。孙二愣子那一脚就代替了人们对死者的精确评价。

　　"埋了吧。"孙二愣子像征求我父亲的意见，又像命令我父亲就这么定了。于是大伙儿就赏光一样下了马，帮着我们埋我二叔。野狼滩的强者们从前还不曾给弱者亲手送葬，眼前破天荒的不同寻常使我父亲和老叔有些不知所措，忘了去想他们的兄弟死得是否悲壮……

4

　　随着我家族成员的减少和我年龄的增长，我越来越受到家族的重视。父亲没有辜负祖父临终时的眼神，常常带着我到草原上去练马术，到很远的采石场去搬石头长力气。我十岁时比祖辈和父辈当年都要强壮得多，全家人的希望一齐向我涌来，我常能感到希望隆重运行时那种浩荡的声响……

　　肩负着隆重的希望，我于童年晚期开始了拯救家族的史诗性创业。我苦难的自觉性没有让祖父太着急，有空儿就练骑马举石头。每个人都知道以野狼滩崇尚的方式对付科尔沁狼群需要的是些什么，生在科尔沁草原的每个生命都知道，科尔沁野狼集凶残、狡猾和耐性于一身，战胜它们的人也从不敢说轻松。

　　科尔沁草原之夏如一个成熟而苗壮的母性。蒿草密集得只好往上挤，无暇闲散，似乎每一阵风吹过都能抻长一节骨。踏在柔软而富有弹性的草地上，复合的草香味诱人一阵阵迷醉，直想往上躺。

　　草原诱惑着所有的孩子。我常跟着老姑去河湾挖菜，目的就是想去趟那片必经的草原。我觉得草原和老姑似的，芳香、美丽、丰润……我过十周岁生日那天，就是在那片令我痴迷的草原里，体验到一次真实的生命接受挽救和生命交换生命的感受。

那天风和日丽，本来祖母不打算让我跟老姑去河湾挖菜。祖母让我在家帮她捯线，就是人们常见的那样，小孩撑着线套，老太太不厌其烦地缠成线团儿。祖母说她要给我织双好看的毛袜子，冬天穿。我执意要去，祖母留不住，就在我走出大门后喊着叮嘱："加小心噢，早点回来！"我拐过房山头儿时才答应："嗯——哪——"

我记得那天去的路上老姑一直教训我以后要如何如何听话，我则拐弯抹角地和老姑顶嘴。后来，老姑为了治我的任性就喊"狼来了"吓唬我。我知道夏天狼群散了，不易碰上。我虽然装作不怕，但心里也直哆嗦。开始时，我还装出英雄样子说："来了我就活捉了它。"后来就露出真实面目了，喊叫着跟老姑往前跑。老姑跑得快，甩我在二三十米之外，逗我在身后狼一样地嚎……

"以后还听不听奶奶的话？"老姑在前边问。

"啊，听——噢——等我一会儿。"跑在后面的我比平时驯服多了。

"以后听不听我的话？"老姑又问。

"不，啊听、听——噢——"我没好声地答。

"到底听不听？狼就在你身后呢。"

"听听听——噢——"

老姑说我是胆小鬼，终于停了下来。我抓住老姑的手后又不害怕了，眼泪没干又笑了，于是又在行动上表现出故意不听话。

我一边走一边踢野花，这是老姑一向反对的。老姑装作没看着，我的挑衅一会儿也就自消自灭了。

回来的时候，我仍不忘惹老姑生气。老姑背着一大袋野菜，我则揪了一大把老姑最爱惜的野花。

突然，老姑喊"狼"，但声音不高。

我撒腿就跑。因为老姑跑得快，我必须先跑，好在老姑要超过我时抓住她的衣服。

老姑一直没有追上来，我以为她这回背着菜跑不动，回头看时，老姑肩上的袋子已不见了，却仍远远地落在后边。她并没有跑，一边疾走着，一边慌张地回头张望。老姑见我回头看她，便又低声喊："快跑！狼来了！"这时，我才发现，在老姑身后三五十米处真的跟着两只狼，那两只狼跟草一个颜色，几乎是绿的。狼很大，能看见深色的脊背和尖尖的耳朵在草浪间隐约闪现……我哇地一声哭起来，两条腿好像不听使唤了似的。我真的跑不动了，我绝不是怕老姑让狼吃了才不肯跑，绝不是。

这时又传来老姑声嘶力竭的喊声："大侄儿，快跑，快跑啊！"我看到那两只狼已被老姑拦住，她要以自己的血肉之躯与狼周旋而为我创造逃生的时间，可我只能号叫着爬行了……

一阵响亮的马蹄声避免了我身后那场悲剧。两个骑马的汉子正好从这里经过，他们将狼追向草原深处……

老姑不顾一切地从后面追过来，紧紧地抱住我，连声呼唤："大侄儿！大侄儿！……"

我感受到一种胜似母爱的真情，我把脸紧紧贴在老姑十八岁的胸脯上，我有生以来第一次学会默默地哭泣，这种哭泣远比哭天喊地来得真实。我觉得我正依附着的身体就在几分钟之前曾从容地决定为我而毁灭，而现在侥幸地生存下来，仍然满载着亲情，满载着草原，满载着天空……老姑快速的心跳让我眩晕，让我颤抖，让我轰鸣……

以后的日子中，我不知多少次认真地想象：如果那天不是碰巧遇上两个骑马的汉子，老姑注定要与狼周旋，她定会不遗余力地挣扎到生命的最后一息，好让她的大侄儿跑得更远，直至脱险……从那以后，我更加承担不动自己的价值，生活更加沉重。我常用心苦想：难道我也不能为我家族争一口气吗？我苦苦地练着，苦苦地期待着十八岁的到来。

5

同一年冬天，野狼滩的狼群格外嚣张。这年的雪出奇的大，野狼滩草原简直成了雪原了。雪原上超乎寻常密集的狼印让人毛骨悚然。由于狼多肉少的缘故，野狼更加经常向村里的人畜进犯。不只是小孩小羊常被叼走，连二三百斤重的肥猪也常被野狼衔住耳朵从雪原上奔过。我老叔的命根子——我用五十石高粱米换来的纯种小黑马驹就是这年冬天葬身狼腹的。老叔对小马驹的关爱胜过一切，为了防狼，他每天都把马棚的门用粗绳绑得牢牢的，宁可第二天解绳时多费些劲。为此，他的指甲都抠出血了。

野狼滩上的野狼虽凶残，但它们并不总是明火执仗地强攻。从它们对付小黑马驹这件事上，就足以看出野狼滩野狼的阴险。

　　我家当时养的那只大黑狗在村里凶得出名，然而那天晚上它却像销声匿迹了一样。事发后第二天清早它才没命地用爪子挠门。老叔风一样奔到马棚时被眼前的空荡惊呆了：只见绑门的绳子都被啃断，棚门洞开，小黑马驹无影无踪……

　　大黑狗畏罪一样头紧贴着积雪趴在老叔脚下，尾巴狠命地摇。老叔飞起一脚，它竟没动，也没叫。

　　雪地上已不太清晰的狼迹和马迹，把老叔一直引到雪原静处。小黑马驹粗大一点的骨头光溜溜地剩着，小马头和四只坚硬的小蹄子在雪中黑得鲜明。

　　我老叔恨引走大黑狗的那只媚狼，更恨大黑狗，当天晚上就哭骂着把大黑狗吊死在老榆树上。第二天，野狼滩冬猎队准备进行该年规模最大的一次出猎。一大清早，冬猎队队员们就汇集到东门外大岗子上去了。老叔几乎用乞求的语气央求队长孙二愣子给他一次机会，说了半天，孙二愣子竟青着脸吼："远点儿闪着，熊色！"老叔一向自尊，他仰着脸承受孙二愣子训斥的神态让目击的我也感到一阵阵窒息，那简直是对我家族尊严的粗暴强奸。

　　孙二愣子没再正眼看我老叔一眼，领着队员们炫耀般地在大岗子上兜了两圈，把马勒打得阵阵嘶鸣。最后，每人哩哩啦啦喝下一碗烈性老白干，吆喝着冲向雪野。

　　各色狗皮帽子，各色骏马，在蹚起的茫茫雪烟衬托下，显得无限雄性……

　　我躲在不远不近的一棵老榆树后望着那群望尘莫及的汉子们的背影，心像要爆炸一样！我用脚使劲踢老榆树，厚厚的积雪从树上塌下来，灌满我那磨得有些油亮的小棉袄舌领。我是在骂汉子们吗？好像又不是，我真的说不清我到底骂了谁。我不知道别的十岁的孩子到我这时还有什么高明做法。雪在我灼热的小脖颈上融化了，顺着脊梁向下流淌……

当天晚上，我老姑嫁给了当年搭救她的那两个汉子中更壮一些的那个。因为他在这次狩猎中表现出色，争得了娶野狼滩最佳女子的资格。

我老叔则磨了一宿刀，扬言要杀了孙二愣子。但日后他并没去杀，而是更加拼命举石头。

后来，野狼滩突然来了两车戴红袖标的背枪人。雪原上响了半个多月的枪声，狼群分崩离析，野狼滩冬猎队名存实亡。

队长孙二愣子和往日一样唬着嗓子骂："坏孙子才开枪打狼，没种！"没想到也挨了枪子儿。另外那些队员们挨了无数枪托后不再出声。事后，野狼滩不论强者弱者都不再骂狼，野狼滩像得了瘟疫一样没了神气。

我老叔再拼命也没有机会加入野狼滩冬猎队了。他沉默多少天后背着猎枪和铺盖走了，说是到北方森林里去。

老叔走后很久，父亲才如梦方醒似的套上牛爬犁，把我和母亲喊上，向南拖去……父亲像怕给茫茫的原野吞噬似的，狠命地打老牛。我至今还记着那老牛留在野狼滩上的"哞哞"叫声有多么凄凉。

两年以后，父亲奇迹般地考入了一所大学，我和母亲得以过上城市生活。

我考上大学那年，父亲终于收到了老叔的来信。得知他已成了大兴安岭某林区的伐木工人，并被评为全国劳模。但老叔的字里行间仍透着浓浓的忧郁，有种历史的失落……

　　我和琼总算完好地穿越了那片草原，那片草原实际上已相当文静、相当祥和。这更让我在心里无法原谅自己的怯懦。

　　来到我家族的墓地，琼以纯粹的城市淑女的形象极认真极礼貌地把事先准备好的纸钱一张张摆好烧起来时，我简直不敢用手去碰那些纸。我坚信，如果有阴曹地府的话，先辈们也不会从我这里得到任何安慰的。我现在考虑的不是我那丑陋的颤抖，更多的是我不明白自己哪来那么多良好的感觉。

　　我越来越觉得科尔沁轰轰烈烈铮铮作响的血缘已不再是我及后代人的骄傲，生活还是平平淡淡些容易让我接受。

原载于《芒种》1994 年第 6 期

选载于《小说月报》1994 年第 9 期

公园里发生了什么

我上大学的时候和我的一个同班同学决斗过一次。的的确确，直到现在仍有很多同学还在这样说。

提起决斗，很多人会很浪漫地想象——肯定是为了一个美丽的女孩。不，他们想错了，绝对不是，那场决斗与女人无关。说到底，我们是为了一种所谓的"尊严"或者说"面子"而进行决斗的。相反，我可爱的女朋友晓雯却在我决斗胜利之后永远地离开了我。

我是一个很虚荣的人，喜欢出人头地，也就是说喜欢比别人强。很多人都有这个毛病。正因为这样，那天晚上我的心情不是很愉快，连女朋友晓雯的情绪也被我感染了，我们从图书馆回宿舍楼时一路无话。晓雯到了女生宿舍楼后，没有像往日那样温柔地说 Byebye，而是头也没回一下就轻风一样地走了。我一个人来到男生宿舍楼时，心情就更加坏了起来。这时候宿舍楼进进出出的人很多，我一度横着膀子走，很想和人（任何一个人）找碴儿干上一架。我打别人或者别人打我，都行。

　　有好几个人都让我撞得有些趔趄，可就是没人和我理论。也许他们都认为我喝醉了，不和我一般见识。我很顺利地就穿越了那么多的楼梯和那么长的走廊以及那么多的大活人回到自己的寝室，我很失望。

　　就在我无聊至极地往下脱硬板板的牛仔裤准备上床躺下时，外号叫"日本武士"的伊峰醉醺醺地进来了。

　　校足球队上周惨败之后，主力前锋伊峰的心情一直不好。伊锋在这之前已经来过一次了。也就是说，他已经逞过一回威风了。记得昨天晚上我回来时小个子老五就说过："伊峰又喝多了，挨个儿和大家闹，手没轻没重地往脸上摸，不喝酒好人一个，喝多了酒真是烦人啊。有劲儿你到足球场上用啊。足球场上咋就跟瘫了似的呢。"

　　昨天我的心情远不像今天这样糟糕，我还半开玩笑地劝老五说："酒喝多了的人心情肯定不好，同学嘛，犯不着和他计较。再说输球也不能全怪伊峰，咱校那个号称中场发动机的 8 号就像大脑失灵了似的，加上后卫也太弱了，上半场就让人家连进三个球，前锋再牛也不行。"

　　可是今天不同了，今天我似乎不会宽容任何人，哪怕是眼前这个就要耍酒疯的同学。我突然停下来像在等待着什么，心中有一种不祥的感觉，因为我要面对的是威武强壮的伊峰。

　　老五的床铺靠近门口，伊峰在老五的脸上划拉一把之后，竟径直向我走来，嘴里还发着醉调："好哇，你小子也在，正好把昨天的补上。你以为你个子高我就怕你呀，就算你有个漂亮的女朋友也不好使。"伊峰平时话不多，喝多酒后话才多些，说着，伊峰笑嘻嘻地把一只手伸向我的脸。

如果是平时，我装着投降，摆出求饶的可怜状，伊峰舞扎两下也就过去了。可是今天我不知哪儿来这么大的火气。

"滚！"我有些怒不可遏地吼了一声。

"你说啥？你再说一遍！"伊峰脸上的笑容一下子消失了。

"我让你滚！"我又喊了一声。

伊峰定格一样望着我，表情凶恶。

"我——让——你——给——我——滚——出——去！"我一个字一个字地说。

"你说什么！"伊峰趔趔歪歪地飞起一脚。

幸好他仅仅穿了双拖鞋。我一侧头，拖鞋底带着风声贴着我的脸皮擦过去。

我一下就出离愤怒了，恶狠狠地盯住他说："你让我把裤子穿上，咱们到外边去打！"

"好！"伊峰怒气冲天，却顺从地退到了寝室门外去。

也许我真的想打一架。我迅速地将脱了一半的牛仔裤重新穿好，躲过同学们的劝阻，谎称和他谈谈，很快就杀气腾腾地来到门外。

"我们到宿舍楼外面去！"我说。

伊峰没再出声，但我能感觉到他浑身上下也有一股杀气。

我们几乎是并排走在宿舍楼长长的走廊里，如刮过一阵大风。

我们走到门口的时候，门卫正在锁门。门卫是个很倔的老头，他并不知道我们出去干什么，但说啥也不肯让我们出去。

我们就马上来到二楼的一个水房，因为从这里我们可以跳出去。正当我们想问谁先跳时，我寝室的同学们赶来了。他们的到来就意味着我们的战争不得不中止。

"明天。"伊峰最后说。

"明天就明天。"我说。

回到寝室，大家劝我不要和伊峰一般见识，他毕竟喝酒了。

"他凭什么那么凶呢？"我仍在气头上。

"你不该说'滚'字，伊峰最讨厌别人说他这个字。"老五说。

"让他滚又怎么样？怕骂他就别来挑衅！"我说。

"要不我也不知道，有一次也是他和我闹着玩，我说滚，笑嘻嘻的伊峰马上非常严肃地向我声明不要在他面前说'滚'，并阐明'滚'在他家乡是极其侮辱人的话，好像比骂他是狗都难以令人接受。你当时说他时我就感到事情不妙了。"老五说。

听了老五的解释，我对伊峰的行为理解了一些，但表面上还是不想马上软下来。"骂他'滚'是轻的，我还管他那么多！"我仍表现出愤愤不平，这很符合我爱虚荣的性格。

第二天是周五，上午是外语课，过得很忙乱。外语课全年级分甲、乙、丙3个等级9个班授课，又在不同的教学楼上课，我和伊峰一开始就没分在一个班，所以整个上午我们没有机会见面。

中午吃饭时，我在远处看见伊峰在另一张桌子上吃饭。

我想昨天的事就不了了之吧，当时大家都要面子，又都在气头上。吃完饭我走到伊峰那边，半开玩笑地对他说："都是老大不小的人了，以后别闹了。是不是，哥们儿？"

伊峰看着我，什么也没说。他平时总是这个样子。

直到我要走了，伊峰才很认真地说了一句："后来不是。"

"对，就算后来不是。"我轻描淡写地说着就向食堂出口走去。

在路上，我碰上了晓雯。

晓雯问我："下午去不去图书馆看书？"

我说："我下午有事，你自己去吧。明天上午我到你宿舍找你，我请你去看一个大型展览。"

也许因为见到了晓雯，我的心情好多了，还睡了一个舒服的午觉。

我多想和晓雯一起到图书馆看书啊，但我只能一个人来到中文系教学楼里。多少天来，我的心一直不静，我想专心致志地把中国古典美学课上留的作业写完。那是一篇要多烦人有多烦人的关于"意境"的论文。

大约三点钟的时候，两个粗壮的手指头轻轻地敲了两下我的书桌。

我顺着那两个手指头抬起头来，看见了表情严肃的伊峰。

接着，伊峰向外指了一下就一声不响地往外走了。

我似乎一下就明白了伊峰的意思。我简单地收拾了一下钢笔和书本，就跟随着伊峰来到中文系大楼外面。

伊峰走在前面，我紧随在后面，我们始终保持着五六米的距离。

走过一大片花坛，走过一大片草坪，又走过几栋教学楼……

我们就像一对有着共同目标的猎人，一前一后快速行进，很是默契。

伊峰翻过了校园高高的围墙，我也毫不示弱地跟着翻了过去。

伊峰躲过飞奔的汽车穿过城市最宽的那条马路，我也紧随其后……

没想到伊峰会又翻上城市那座著名的老虎公园更高的围墙，然后消失在高墙的那边。

我要是翻不过去可怎么办呢？就此输给伊峰吗？我突然觉得这和刚才那一系列行动都是我们之间较量的组成部分。不知是一种什么力量支撑了我，竟也成功地一下就翻越了那高高的围墙（让我再翻我可绝对没有把握翻过去）。

伊峰终于在老虎公园深处的一片开阔地带停留下来。

"我们决斗。"伊峰终于说了我们见面后的第一句话。

决斗？有点儿小题大做了吧？我想说，但没说出来。

一向沉默寡言的伊峰竟非常认真地强调了三点注意事项，这让我始料不及。

伊峰指指地上的石头，然后又指指自己的小腹："第一，无论任何情况发生，不允许用石头；第二，不许故意伤害对方要害；第三，决斗过程中不准停下来，直到一个人把另一个人打趴下，或者一个人向另一个人跪地求饶。现在我们都有五分钟准备时间。"说完他旁若无人地走到一棵大树后撒了泡尿，然后很认真地将脚上的回力牌运动鞋的带子紧了又紧。

我开始时想笑，但没有笑出来，后来就有些紧张。强壮的伊峰是有备而来呀，而我脚上穿的却是一双皮鞋。虽然我们的个头差不多，但我比他单薄得多，我能是他的对手吗？我心里真的一点儿底也没有。但是，我又不好意思因此而跪地求饶，只好硬着头皮准备接受伊峰的拳脚。

五分钟后，伊峰走过来，摆出一副要开始的架势。

"咱们俩无冤无仇，谈不上什么决斗。既然来了，那就摔一跤定胜负吧。"我尽力掩饰着内心深处的胆怯。

"少扯。"伊峰一本正经地说。

"怎么能打得出手啊？要不你打我几下得了。"我装出很大度的样子说。

"少扯。"伊峰说着开始进攻了。他似乎想激起我的愤怒，用他那踢足球的脚一脚踢在我屁股上，让我疼痛难忍。

"给你脸你不要是不是？"我用愤怒为自己壮胆，象征性极强地用脚还击之后，我们之间的战斗无法控制地展开了。

伊峰没有出声，只有我不断地叫骂。

因为没发现有人观看，我就觉得我发出的任何声音都显得有些多余。

伊峰不愧为校足球队前锋，他一直不出声，功夫都表现在脚上，他的脚的确有力量，落到我身上的每一次都显得货真价实。

看来我根本不是伊峰的对手。面对他的强大攻势，我真的说不好我能坚持多久。但即便这样，我还是可以明显感觉到伊峰没有用全力，否则我的腿早就该断了。正在我想是否趴在地上求饶时，伊峰似乎动了恻隐之心，抬起的脚又犹豫着放下了。

低着头的我正好看见了这个不是机会的机会，孤注一掷的我一头向伊峰的小腹撞去……

强壮的伊峰竟被我这一下撞倒了。伊峰艰难地往起爬，已经从地上跪起来时，我冲上去胡乱地在他的头上一连打了许许多多下……

这时，跪在地上的伊峰连连摆手，示意我停下来。

我已经无法马上收住手，又惯性十足地打了几下才停住。

伊峰的脸和鼻子上有一些血迹，表情万分痛苦，他输球输得最惨那次也没有这样过，似乎在说："我怎么这么无能啊！"

望着极度痛苦的伊峰，本来不想说真话的我还是吞吞吐吐地说了真话："是我故意撞了你的小腹，我犯规了，我认输。"

伊峰沉默着摇了摇头站了起来，他的小腹明显不那么疼了，但面部表情看上去还是那么痛苦。

我把同样意思的话又说了好几遍，伊峰一直沉默着。后来，他走到一棵大树旁坐下来，头一直仰视着远方。

过了好久，伊峰说："但你不是故意的。你可以走了。"

我没想到我就这样胜利了。其实我是故意的，但我没有再坚持。我说："走吧，咱们还是一起回去吧。"

伊峰摇了摇头，没说话。

"我们一起来的，还是一起回去好。"我说。

伊峰仍旧无声。

"哪怕我们一起走出门你一个人再回来也好，那是你自己来的了，就与我无关了。"我说。

过了许久，伊峰突然说："既然你不走，我有一个请求，今天的事就到此为止，谁也不要说出去，否则承担一切后果。你能保证吗？"

"这没问题，我保证不说出去就是了。咱们走？"伊峰能来求我，我真是很得意啊。

"好。你走吧，我一个人再坐一会儿。"伊峰平静了许多，但他的眼睛似乎一直看着远方。

"那我就先走了，我还有事。"我和伊峰实在无话可说，只好一个人先走了。

我的腿虽然有点儿瘸，但还是尽力走出了一些胜利者的姿势。

大约走出了几十米我才发现，我们并非没有观众。不远处的地沟里不时地伸出两个头来，目光是审视的，是两个挖土的南方民工。我想我们的一切他们可能都看到了。我有些不好意思地加快了脚步。

我一个人就要走出公园时，还能看见远处的伊峰仍沮丧地坐在那棵老榆树下，依旧是一动不动地仰着头。虽然大家都叫伊峰日本武士，但我想伊峰不会因此怎么样吧。

我没再去写那个论文，下午余下的时间我一直都在宿舍里讲我和伊峰的事。我越讲越兴奋，一直讲到去食堂吃晚饭。为了衬托自己的伟大，我违背诺言，把公园里发生的一切都说给了同学们。我不仅说我打败了伊峰，而且还说得很夸张。

我说："我们在公园里决斗了好半天，后来我瞄准机会一脚踢到伊峰的要害上，伊峰当时就向我跪地求饶了……"

我说："战胜伊峰并不难，别看他是足球运动员……"

我还说：“伊峰已经向我保证了，今后不敢再来闹……”

总之，我向大家宣布我已经光荣地打败了伊峰。我因此而骄傲。

快乐之后我仍没意识到自己的错误。当时我是答应过伊峰保证不说的，否则我要为后果承担责任。而在我炫耀自己的时候这些都被我疏忽了。

晚上，我还怀着胜利的喜悦把下午没写完的那篇美学论文写完了。

第二天上午很早我就来到女生宿舍找晓雯，我站在女生宿舍门口等晓雯时仍觉得自己是一个英雄。

一见面，晓雯就关心地问我：“听说你昨天下午和伊峰到老虎公园打架去了？晚自习回来时我听说的，要不是太晚的话，我昨天晚上就去找你。这是真事吗？”

我说：“这有什么大惊小怪的呀，当然是真事了。”

“同学之间，怎么能这样呀？”晓雯不解地问。

“你们女生不懂，有些事是必须得靠武力解决的。”我仍在兴奋中。

那个大型展览真的很不错，我和晓雯看得很开心。一路上，我还把我和伊峰的事以更加能衬托我伟大的方式一遍遍地说给了晓雯。

回来的路上，就要进校园时，记得我还对晓雯说：“伊峰让我不要将此事说出去，还说否则承担一切后果。”

正当我眉飞色舞地回过头来突出强调我的胜利时，晓雯却突然说：“没想到你会这样不讲信誉，以前我怎么没看出来呢？”

"你说什么？"我不解地盯住晓雯。

"你后来不是答应过伊峰你不说的吗？"晓雯有些声嘶力竭。

"是、是啊。但我为什么不说呢？"我说。

"伊峰肯定会来找你的。"晓雯说。

"他来找我又如何？我怕他？"我气哄哄地说。

"你不怕他？你行，你是英雄行了吧？"晓雯的声音都有些变了。

"我就英雄了怎么样？少给我灭自己的志气，长别人的威风！"我火气十足。

"以后你的事我不再管！"晓雯气愤地走了。

"不管就不管！"我声嘶力竭地冲着她的背影喊。

等我意识到自己错误的时候已经晚了。伊峰于几天后一个醉酒的晚上找上门来了。醉酒的伊峰极不冷静地找来了他能找到的所有醉酒的哥们儿，并扬言要用木棒把我这个不信守诺言的人打死。

同学们费尽了口舌怎么劝都不行，伊峰那种武士精神完全支配了他。他挥舞着棒子冲在前面。

伊峰悲愤地哭喊着："我没有退路了，我们只是先死后死的问题！"

"有啥呀？不就是死吗？我怕你呀？"当着同学们的面，我表面上逞能，实际上为了逃过这一劫，我多么想立刻跪地求饶啊！

我还是被好心的同学们推回寝室里。

"我们死定了！"伊峰和他的打手们向寝室里涌着。

这时，躲在寝室里的我才真正理解了什么叫"大丈夫可杀不可辱"。

最后，瑟瑟发抖的我同意给伊峰道歉也无济于事了。

传话的同学说伊峰什么也不想听了。

关键时刻，晓雯来了。

美丽的晓雯穿着白色连衣裙，一向高傲的她竟在男生宿舍昏暗的走廊里给眼睛都红了的伊峰跪下了。

伊峰也许被眼前这个美丽女孩的义举感动了，已经冲到门口的他恶狠狠地望了我一眼，然后就扔下了手中的棒子。

谁也不会想到，伊峰竟真的因此带着他的"武士们"走了。大家过了好久才确信这是真的，渐渐散去。

再有两个月我们就毕业了，伊峰没要毕业证。他于第二天就彻底地告别了大学校园，说："人都这样了，那毕业证要不要还有啥用呢？"

晓雯救了我，只是看在我们曾经是恋人的面上。在之后的两个月里她没有再和我来往过。

大学毕业后不久，漂亮的晓雯就嫁给了中文系公认的那个最老实、最平淡的男生，让所有人都感到意外。但据说他们一直过得很好。

据说伊峰去了中国北方一个最偏远的地方当小学体育老师。大家要搞同学会，可直到现在也没有人能够联系上他。

十几年过去了，大学时代的很多事都渐渐淡化了，但我似乎对那日公园决斗的记忆越来越清晰，我想我很有必要告诉大家那天公园里到底发生了什么。

原载于《作家》2003 年第 11 期

选载于《小说月报》2004 年第 1 期

入选《2004 小说月报年度精品集》

入选西南交大留学生教材《汉语梯级阅读》

北方往事

我一直固执地认为：如果不是无比英勇的祖父因参加抗日战争而身受重伤，我家族不会像现在这样无为，也不会离开神圣的北大滩，我家族的子子孙孙会一直英雄一样驰骋在北方无边的大草原上……

可事实却恰恰相反。三十年前，我家族无奈地从北大滩逃离之后，所剩无几的家族成员一直躲在这个细皮嫩肉的南方城市里，没再敢参与任何形式的钓鱼事宜。父亲曾一度板起威严的面孔，甚至不准我提及与钓鱼有关的词句。似乎钓鱼这件事本身是我家族蒙受灾难的根源所在。

可是，在我去中原一所大学读硕士这几年，独守家园的父亲竟重新置备了一套现代化的渔具，并通过一次全市规模的钓鱼比赛当上了市钓鱼协会会长。这件事令我吃惊，这应该算我家族史上的一次不大不小的变故。

我怎么也想象不出父亲能在钓鱼这件事上有什么造就。难道父亲晚年真的能以实际行动抹去当年我家族遗失在北大滩上那片耻辱吗？难道父亲能用他那颤动的老手为感知到那些耻辱的亲人们找回一点点心理平衡吗？还是父亲认为感知到那些耻辱的亲人越来越少，一切渐渐在心中淡化了？还是……

毕业前一年的暑期，我费了很大劲，终于争取到和父亲同去钓鱼这次机会。我实在想看看父亲是如何领着一群城市人去对付鱼的。

我不很仗义地待在大客车最后一排座的角落里，面对钓手们精良的钓竿、神气的表情和一路上对钓术的高谈阔论，我想这次一定能让我超出以往对钓鱼的全部理解。我竟有些激动地设想：那上百根进口碳纤维钓竿高悬于水岸周围时一定非常壮观。

大客车在白鲢湖水库边上画了半个弧，还没等停稳，人们便大包小裹地跳下来，拖拖拽拽向水边跑去。父亲和另一个被称作副会长的老头儿也跟跟跄跄跑在人群中。

不知先跑到岸边的谁给我父亲和那个老头儿占了两个所谓好位置。我父亲便以会长的身份客套两句后坐了下来。当我来到岸边时，人们已经各就各位。我看看整齐的水岸，觉得到处都是一个样儿，根本不存在什么地理优势，也看不出什么好坏之分。我随便拣个没人的地方坐下来，正好能看见父亲和那个老头儿在右侧四十米开外的地方。

人们先是轰轰隆隆向水里投掷一阵豆饼、玉米饼、馒头等食物，说是喂喂窝子。然后就很程序化地坐下来拴钩理线……

白鲢湖七月的太阳和当年北大滩的一样烤人。人们先后从口袋里掏出各式遮阳帽扣在头上，拉开一种要打持久战的阵势。

半个小时过去了，没有人钓上鱼来。

又半个小时过去了，仍没有人钓上鱼来……

这时的岸边不如先前那般平静了。一些人开始来回走动，嚷嚷这儿根本就没鱼，话里话外埋怨挑头儿的。

"咋带到这地方来了？这不白挨晒吗？还不如找个凉快地方打会儿扑克呢！"……一些人就三五成群地躲到远离水岸的树荫下，铺上塑料布，拿出扑克和随身携带的啤酒、火腿肠……

又过了好半天，突然有人喊起来："咬钩了！"

我顺着喊声望去，只见我父亲的钓竿绷得弯弯的。喊的就是他身边那个老头儿。那个老头儿正高举着一柄闪闪发光的大操网，随时准备隆重地操起那条尚在水下挣扎的鱼……人们纷纷围拢过来。顷刻，我不再能看见父亲和那老头儿了。

一阵阵沸腾的欢庆之后，人群三三两两散开时，我又能看见父亲和那老头儿了。我也看见了大操网里悬着的那条鱼，鱼身上洞穿着一把锋利的钢叉，那是一条顶多有三斤重的红鲤鱼。我不知道是谁将那把钢叉插到鱼身上的，那钢叉弄得我极不舒服。

不知为什么，我一点也没有因为父亲率先钓上大鱼而高兴。望着不断从远处跑过来又跑过去的钓手们，我的反感裂变一样在胸中翻涌起来。一种突如其来的陌生感让我不知所措地迷惘。当年，父亲为了活下来，带着家族残部来到这个城市，竟辉煌地充当了二十几年的文化精英。可我一直觉得父亲以及我活得都很不真实。我们不是北大滩的弱民吗？我尤其觉得父亲实在不该在二十多年之后重操钓鱼旧业，他似乎应该再回到北大滩去，或者他起码应该把北大滩讲给这些城市里的钓手们……

虚华浮躁的城市生活常使我由衷地怀念起北大滩。我向往北大滩上那让人心惊肉跳的黑鱼群和那些不屈不挠的人们。虽然黑鱼群始终残酷地评判着人群，虽然人群的激烈竞争一直使我家族沦为弱民，但我还是觉得北大滩无比可爱，那里的气氛深沉而美好，那里的生活真实而壮丽。

我那遥远的北大滩深邃而博大，我童年的记忆就零星地散落在那黑色的大滩上。

能记住北大滩的时候，我已经七岁了。在我童年的印象中，北大滩人似乎总是披星戴月地劳作。尤其是北大滩的男人们，一个个都极其强悍。春天，他们雄劲地吆喝着公牛，用笨犁蹚开黑油油的土地，撒下饱满的种子；秋天，他们隆起的肌肉释放出嚯嚯的镰声，大滩上到处都闪烁着红亮亮的脊背。最令人振奋的季节还要数夏季，间或有汉子从大滩里拽出大黑鱼来，使北大滩世代不息的雄风一次次得到鼓动……

不知从哪个年代起，北大滩人就以其独特的倔强形式与生活相伴而行。每代人的大脑深层都印刻了同一种土生土长的崇高，每代人的灵魂全部都不得不接受同一种最简单而又最真挚的陶炼。

我对北大滩的深刻印象，更主要的还是来自祖父的讲述。遗憾的是，我祖父给我讲英雄故事的时候，他已经彻底地与英雄绝缘了。那时祖父已经五十二岁了，又由于在抗日战争中身受重伤而失去一条腿，他要依靠一把坚固的木拐才能走路。即使是这样，我也没从祖父身上看到过半点弱者无奈于生活的畏缩。祖父除了给我讲述抗日战争时期中国人民浴血奋战的英雄故事之外，更多的还是给我讲北大滩历史上最令人振奋的人和事。祖父说人是离不开自己的根的。我时刻都能从祖父的眼睛里看到那种深沉的饱经风霜而又热切十足的期冀。在更小的时候我就能感觉到，祖父时刻在默默地期待他的儿子或孙子有朝一日传奇般地成为北大滩顶天立地的汉子。面对苦难的现实，祖父毫无希望地生活在欲望中。他背着鱼钩在夏日里早出晚归，也许就是为给后代做出个奋争不息的样子。

祖父劳累一整天，晚上再累也不会耽误给我讲北大滩的故事。祖父说，北大滩上真正的汉子从来都是用钩钓大鱼，尤其是在夏天对付滩里最凶的大黑鱼。祖父说他也不知道是谁立的规矩：北大滩人捕鱼不准用网，只准用钩钓。现在看来，这规矩体现着一种对生活的深刻理解。我想，北大滩的先人中一定有一位极圣哲极有远见的长者。那长者银髯飘洒，在一个极庄严的黄昏向全体滩民宣布了一条血味十足的消息，然后就神圣异常地颁布了这条规矩。我好像从坐在祖父膝上听讲故事的第一天就这样觉得。在以后的岁月中，那位长者一直活生生地留在我的心灵深处。我一直煞费苦心地琢磨着长者所立规矩的具体内容，但一直未能如愿。不过，城市人对待交通规则及一系列法律法规的态度，更让我觉得那位银髯长者所立规矩的不同凡响。

就像祖父说的那样，北大滩人一直没有人肯去破长者的规矩。世世代代，北大滩再犟的后生都只是用钩去钓鱼。就是在大旱大涝庄稼绝收之年，滩民贫困交加饥肠辘辘的时候，也没有人破那个规矩。

北大滩另一个让人费解的事物是以实体形式出现的。那就是傲立在滩头的那个不大不小的老古庙。祖父说不清那庙是哪年修的，祖父的祖父肯定也没说清。北大滩人只是毕恭毕敬地来到古庙跟前，多少年来，古庙一直是北大滩人心中的圣地。古庙里供奉的不是神仙鬼怪，也不是帝王将相，而是一些硕大的鱼骨架。北大滩人把每十年钓到的最大黑鱼的骨架悬挂在古庙里，作为全滩的图腾。因为钓大黑鱼不仅需要力量，更需要清醒的头脑和非凡的勇气。实际上，大黑鱼骨架是人类力量、胆量和智慧的象征，北大滩人世世代代以此为荣耀和骄傲。北大滩人知道每根大鱼骨都是北大滩人流血流汗的惊心故事。也正因如此，北大滩人给予那些能钓上大鱼的汉子以发自肺腑的尊重和地动山摇的厚爱……

在我祖父那个时代，北大滩上最受人尊敬的汉子要数胡老大。胡老大长得并不英俊，但他有一身结实的肌肉，常光着红通通的膀子从大滩上拍马喊过。

胡老大没成名以前，他和祖父是滩里滩外最要好的兄弟。因为他们俩都发自内心地觉得对方很优秀，他们一起参加抗战时就被战友们誉为龙虎兄弟。后来战争进入尾声阶段，祖父在一次战斗中不幸身受重伤，从那以后，祖父再也没能和胡老大结伴而行，直到抗日战争胜利后他们才在回归北大滩的路上重逢。

抗日战争胜利了，同样是凯旋，同样是英雄，但一向要强的祖父心情和胡老大肯定不会完全一样。胡老大威武雄壮地走在队伍最前面，而紧随其后的祖父却被人抬在担架上。

正因为如此，在回到家乡之初，祖父仍然没有放弃和胡老大继续争第一的想法。祖父很快就从病床上爬起来，又很快扔掉双拐。如果他能单腿行走，他会连单拐也不要的。但现实是残酷的，在几次由于瘸腿而使大黑鱼脱逃的尝试之后，祖父不得不默默地承担起一代人希望无情破灭的沉重负荷。两年的时间，祖父像老了二十岁，同龄人叫他大叔都有人相信。

就在祖父无奈地拖着一条瘸腿的时候，北大滩里的黑鱼群空前地繁盛起来，常能看见一人多高的大黑鱼在外滩遥远处猛地蹿出水面。那个时代男人的梦都给大黑鱼搅得浑浊，哪怕是最瘦弱的老男人和最稚气的小男孩也认认真真地期待着自己将有奇迹发生……

从夏初到夏末，祖父每天都挂着拐执着地站到滩边去。他如饥似渴地望着大黑鱼杀气腾腾地从北大滩上游的江岔子顺流而来。黑色鱼群一路翻腾跳跃，搅得滩水比其他季节汹涌而血腥。大黑鱼是北大滩里绝对的强者，它们肆无忌惮地追杀滩里的一切生命，甚至连北大滩人的钓钩也不放在眼里。有时，大鱼群在一夜间能把半边滩水搅拌得腥味十足。胡老大就是在全滩男人的眼睛都被滩水映红后的一个傍晚名扬北大滩的。

祖父说胡老大钓那条大黑鱼的全过程他都看见了。祖父说他拎着木拐三天三夜坐在离胡老大不远不近的地方窥视着。

那天，胡老大钩上销着的是北大滩上最稀少的那种叫"大花鞋"的青蛙，胡老大选的又是成熟饱满的雌蛙，能吞食这种肥硕青蛙的只能是够重的大黑鱼。天气也难得的好，一丝风也没有，滩水和天空一样幽静。

多年的经验使每个北大滩人都清楚，从外罩"大花鞋"的钢钩生动地沉入水底那一刻开始，大黑鱼就已经不停地向它庄严地扫描了。大黑鱼天性残暴而狡黠，未成年的小黑鱼相对胆小，它们围着诱饵转悠，急得直往水面上跳。胡老大像知道这些小黑鱼没有一条敢冒险咬钩似的，漫不经心地蹲在岸上大口嚼着大葱大饼子，不时地将掉在地上的饼渣抛向滩水……

在天空变得越来越昏暗、滩水越来越平静的时候，胡老大将随身携带的一块破苇席垫在屁股底下，他开始全神贯注地用手来感觉钓绳。平静的滩水下，人和鱼已经开始了紧张而默契的角逐……

那条老谋深算的大鱼绕着胡老大的钩转悠两天了，它一直在试探如何把胡老大钩上的美味弄下来吃掉。

经验丰富的胡老大早已把一切看在眼里，他不动声色地盯着水面的波纹，细心体验着手中绳线的手感。胡老大两天两夜没合一下眼，祖父竟也足足陪了他两天两夜。终于，在第三天天刚放亮的时候，在人困倦难忍想闭一会儿眼睛的当口儿，那大鱼张开巨口向北大滩最优秀的钓手挑战了。

就在大鱼把肥硕的青蛙轻轻地含在嘴里，准备更轻一些把美味嘬下来时，胡老大下意识地清醒过来。他瞄准那千钧一发的机会，把粗大的钢钩抖进了黑鱼的上腭骨。

老成的大黑鱼并没有因剧痛而惊慌失措地挣扎。它把青蛙从钩上吮下来吞掉，同时向前上方缓缓游动，试图吐掉锈味浓重的钢钩……

岸上的胡老大似乎看透了大黑鱼的路子，就势缓缓地收拉钓绳……胡老大深知自己还远远不能说已钓住了这条大鱼。他和以往一切优秀的钓手一样冷静，一样沉着，全方位地监测着大鱼的一举一动。胡老大同样明白，当大鱼让人感觉到它的分量的时候，也正是大鱼戏谑地宣布钓者惨败的时候。胡老大进入一种无我的境界，人和大鱼相持的精彩绝不逊色于一场宏伟壮丽的战役。胡老大不能给大鱼足够的余地让它来咬断绳子，又不能用力过大拉豁大鱼的腭骨，同时又必须防止大鱼猛甩头绷断钢钩。这往往是大黑鱼鱼死网破的最后一招。胡老大凭着他的足智多谋和精湛钓技，与大黑鱼艰难地周旋……

弯弯曲曲的滩岸上，已不是我祖父一个人注视胡老大了。祖父感到滩边所有的男人都在屏住呼吸关注着胡老大，他们极虔诚地审视着胡老大的每招每式，期待接下来能有雄壮的场面出现……

太阳从东边滩面上露出了红边儿，滩水有些金汤意味的时候，胡老大已和大黑鱼暗斗了两个时辰。

突然，那大黑鱼就在胡老大眼前十几米的地方一跃而起，带起的巨大血色浪花几乎溅到胡老大的脸上。胡老大和所有的关注者都被震惊了，那大黑鱼太大了，超过北大滩人以往钓上来的一切大鱼，黑亮亮的如一根粗大的树干！没等人们看清，大黑鱼便箭一般贴着水面向远方冲去，黑亮粗壮的背鳍挺立如一把锋利的长剑，"哧哧哧"将滩水一路划开。

多亏胡老大沉着机敏，几乎同时，他抛开了手中的绳线。只见那堆绳线一圈圈跳入水中，速度之快让人眼花。接着，胡老大又熟练地在绳线末端接上更长一些的备用绳……大黑鱼在备用绳放完一半儿时才突然停下来，一切又平静如故。胡老大惊叹之余不失时机地把绳线不松不紧地往回拉，大鱼竟能平平静静地接受胡老大的缓缓牵引。

成群的北大滩人从远远近近赶来，静静地站满大滩可以窥视的各个角落。滩上规矩，钓鱼是不准别人帮忙的。胡老大的兄弟们也只好臂跳青筋地在一旁观战。

又是在人最无防备的时刻，大黑鱼突然跃出水面，转身向远滩冲去。胡老大又恰到好处地放开绳线，绳圈又如先前一样跃入水中……整整一个白天，大黑鱼一直这样反复无常地和胡老大周旋，一次比一次来得猛烈。滩民们一直站在原先的地方观看，和滩边墨绿的草木一样宁静。

下午五点钟光景，大黑鱼进行了那次最壮烈的挣扎。大黑鱼打破了北大滩钓史上的所有记录，它把胡老大最后一根备用绳也迅猛地拖入大滩。眼看岸上只剩下绳线末端的钢圈了，大黑鱼仍然没有停下来的迹象。

在全滩人预感到的后果就要发生，急得扼腕叹息不知所措的时候，胡老大抓起地上的钢圈紧紧叼在嘴里，不顾一切地跃入大滩。胡老大两只粗壮的手臂轮子一样交替出现在水面上，又有前边大鱼的拉力，胡老大转眼之间就像红色赛艇一样飞驰在滩心了，夕阳给水和天都增添了许多血味……

黄昏晚些时候，胡老大才从大滩里头钻出来。他身上的小裤早已不见了，几乎接近裸体，全身上下让水草、菱角秧刮得一道道殷红。他已筋疲力尽，连滚带爬起伏于浅滩浓黑的污泥里，嘴里仍死死地叼着钢圈，血从嘴角不停地流出来。

胡老大一上岸便拼命往岸上拉绳子。不一会儿绳子已如小山一样堆满岸边。大黑鱼被从遥远的外滩匀速地拉回来。这时的大黑鱼显然已施展完了全身的解数，来到浅滩时，大尾巴绝望地高高竖起来，巨尾笨重地拍打滩水，溅起冲天的泥浪。随着胡老大双手飞速地捯动，大黑鱼轰鸣着向滩沿移来……

大黑鱼刚刚被拖至近岸的泥沼，胡老大就势把整个手臂伸进大黑鱼急促翕动的鳃里，跟跟跄跄地把它拖到真正的岸上。污黑的血从大黑鱼翕动的鳃缝里流淌到滩上，大黑鱼"咕咚咕咚"地在干涸的塔头墩里悲壮翻滚……

胡老大高高举起血淋淋的手臂，紧握的拳头在火红的天空中狠狠地抖了一下，便一头栽倒在大黑鱼身上昏睡过去。相比之下，人们又一次看清大黑鱼到底有多大。

英雄再现！当年抗日英雄凯旋的景象再现！全滩人都被胡老大征服了。整个北大滩通宵达旦地沸腾起来。男人羡慕得不停地点头伸大拇指，女人纷纷公开地向胡老大投来热浪一般的媚眼。直到多年以后，北大滩上都在流传这个令人激动的故事。

在北大滩生活的男人差不多都做一样的梦，梦想自己会有那么一天成为光宗耀祖的汉子。所有的男人都时刻在为那个目标不遗余力地拼搏着。

我家族的男人多数体弱多病，一直与英雄无缘。到我祖父这代，终于出了个壮汉，可希望又奇迹般地毁于战争。飞来之祸使寂寞无为的家庭气氛更加浓重，好像每个成员都在那巨大而沉重的历史包袱下无望地爬行。

在我父亲还是个不太懂事的孩子的时候，祖父就时常梦到他的儿子有一天从滩里拉了一条巨大无比的黑鱼，滩头古庙放不下那大鱼的骨架，滩民们不得不兴高采烈地重新建庙……祖父一直满怀希望地教儿子如何判断大鱼咬钩，如何机智地消耗掉大鱼的体力，如何在关键时刻勇敢地抱住大鱼……祖父把希望全部寄托在儿子身上，对儿子倾注了全部心血。

可是，父亲长到二十五岁了，也没能为家族创造出任何荣誉。父亲身体并不单薄，甚至可以说很强壮。父亲十八岁以后，对钓鱼就越来越不感兴趣，缺乏祖父想象的那种雄心。一天从早到晚，父亲就知道没完没了地看书，或干些跟男子汉无大干系的琐事。人们都说我祖父在那些恨铁不成钢的岁月中又衰老了不少。

事实一次又一次证明父亲果然不是祖父希望的那种虫鸟后的几年里，我感到祖父开始凝视五岁的我。祖父常把我放在他那残弱的伤腿上给我讲关于英雄的故事,绘声绘色的,认真极了。我就是那时开始真正仔细观察祖父的。祖父额头已满是深深浅浅的皱纹，花白的胡子在说话时和善地颤动。如果忘却祖父对父亲那些威严怒视，祖父实际上是相当慈祥的。

当我再大一些的时候，常望着祖父深沉凝重的眼睛情不自禁地在心中责备父亲：祖父不幸失去了继续争做英雄的能力，当儿子的就不能给可怜的老人一次如愿以偿的感觉吗？父亲真是太无能！最后，我总是誓言般地暗下决心：等着，祖父！您的孙子长大了一定为您钓上北大滩最大最凶的黑鱼，一定让您梦想成真！

父亲而立之年刚过，就被北大滩人命名为仅次于滩东赵干巴的北大滩第二号草包。我家住在滩西，父亲便和赵干巴遥相呼应。他们被编入滩谣，连刚学会说话的小孩都会喊：滩东有个赵干巴，滩西有个王蔫巴……

父亲好像不大在乎人家喊他什么，依旧不声不响地看书、干家务。也时常恶声恶气地教训他自己的儿子——我。

我十二岁这年，胡老大时代过后平淡多年的北大荒奇迹般地飞来一个传说，整个北大滩都被那传说搞得不安分。传说滩里来了一条百年不遇的大黑鱼，说北大滩又到了出好汉的时代……

机会当然属于父亲这代人。是年，胡老大的二儿子——胡二勇子堪称父亲这代人中最壮的后生。春天刚露头儿，他就带着一群汉子扛着钩绳跑到大滩上去吆喝，使本来就很逼真的传说更增加了一些现实感。

传说连同滩上后生们一阵紧似一阵的吆喝声又唤起祖父对父亲沉寂多年的幻想。祖父又用极威严的目光把父亲赶到滩上去。

不知父亲从哪儿借来两本很厚的书，背着祖父将书塞在渔具的尽底层，这才气呼呼地走向大滩。这些我都看见了，也许因为我怕惯了父亲的怒视，才没敢将要害告诉祖父。不过，我执着地要跟父亲一同到滩上去，父亲琢磨了半天，没说反对，也没说同意。我就怀着监视父亲的诡秘心理一路跟在父亲身后，提心吊胆地来到滩边。

父亲的心思果然不在钓鱼上。他几天才给钩换一次饵，钩上的青蛙常常已变得紫青或腐臭。有时，钩上的饵早已被滩水涮得精光，父亲却仍歪在岸上有滋有味地看书。一次，我实在看不过去了，就大着胆子提醒父亲：祖父要是看到你现在这个样子会发火的……父亲则对我大骂：小兔崽子，滚回去，不然我扇你！

其实，我早就应该明白，父亲只是为了应付祖父才在他觉得祖父可能光临的时候换上一只新鲜的青蛙。父亲肯定有父亲的想法，因为父亲知道就是那大鱼赏脸咬了他的钩，他也没有能力最终把大鱼拉上来。父亲从前已在这事上丢尽了面子，他当然最了解自己面对钩上鱼时的状态。所以对父亲来说，还是没有鱼咬钩为好，最好能平平静静地混过夏天。我充分肯定父亲怀有这种无能心理后，气愤也渐渐消失了许多，接着，心中充斥着无可奈何的绝望……我也不想让祖父再生这没用的气了，就没把我看到的事如实向祖父反映。

夏天就要过去了，热情满怀的钓手们熬红的眼睛里多多少少流露出些许遗憾的时候，那大鱼竟真的福音一样给了北大滩人一次机会。它终于咬动了钓手们数以百计的钢钩中的一把，而且咬的竟是我父亲那把无精打采的蔫钩！这简直是上帝在和我们家族开国际玩笑！

那条大鱼咬钩老半天，父亲才懵懵懂懂地感到些什么，还是由于周围汉子们狼一样的提醒:狗鸟,你的钩! 你的钩,快看! 喊声激动而气愤。

　　胡二勇子急得直跺脚,眼睛都紫了。可是他不能破北大滩的规矩,只能牛一样憋足了火气。汉子们不知不觉中已扔下各自手中的钓绳,他们盯着我父亲的眼睛也都在热烈地燃烧。他们似乎在准备如何再接受一次莫大的悲憾,看看我父亲这个草包此次如何葬送这个价值连城的机会。祖父不知什么时候也来了,我和祖父也只能焦灼地站在一旁观望。我不知道祖父的心情比我的紧张多少,只是感到祖父领将的手攥得越来越紧,我都疼哭了,他还不知道……

　　父亲犯了几次汉子们看来是钓鱼大忌的明显错误,每个动作都显得惊慌失措。要不是那大鱼咬了死钩,早就脱钩了。父亲哆哆嗦嗦放完地上有些杂乱的钓绳时,大鱼仍然飞速向外滩冲刺。他没有能力极迅速地在钓绳的末端接上备用绳,而钓绳的末端的钢圈旋即就要跃入水中……父亲只好模仿着以往的钓手,将钢圈胡乱地叼在嘴里向滩里猛跑猛游……可是父亲没有以往汉子游得那样快,而且大鱼体力正盛,没坚持多久,就见父亲慢慢往回游来。

　　见父亲回游之慢,很多人以为父亲拉住了大鱼。直到他上了岸,人们才发现,他手中根本没有绳子。不是他拉豁了大鱼的腭骨,而是大鱼挣脱了他嘴里咬着的钢圈!

　　父亲爬上岸之后,伏在地上紧着咳嗽,肯定是让水给呛的。祖父失望的眼神几乎囊括了天地间所有的憾事,拉着我的那只手无力地松开了。我木木地想:父亲平时对我的那股英勇劲头哪里去了呢？父亲啊，只要你能为咱家争口气，回家打死我我都高兴啊，父亲！

人群死气沉沉地向归途挪去，人们扫兴得连一句话也不想多说。我和祖父极沮丧地跟在人群之后。我没再回头看父亲，我好像在心中恶毒地骂着父亲，骂得难听而真切。哗哗啦啦的滩水向人群宣告：此年钓鱼大事到此为止。

父亲又一次在北大滩出了名，我家族的声誉更加狼狈。祖父当天下午就不能下地了，日夜不断地咯血。

父亲一声不响地陪在祖父身边那些天，让我看到了世界上最无奈的形象。我实在承受不了父亲那种可恨的无奈表情，常常一个人孤独地来到大滩上静坐。这时，夏日那青青的水草和肥绿的滩水已在北方初秋的风里消失殆尽。草丛中，一只负伤的蛤蟆正从一个水洼爬向另一个水洼。我突然觉得那蛤蟆艰难的举步如同我沉重的童年。

生活需要每个人去为之奋斗。可是我的父亲，你每天都做些什么呢？我多想没有你这个父亲，可是你已经武断地当上我的父亲了！我童年的心灵曾在北大滩荒凉处怒吼。

就在当年秋天，北大滩人都不再幻想那条大鱼，而是话里话外蔑视我父亲，衡量我父亲和赵干巴谁比谁更恶劣的时候，赵干巴却经常一个人出没在北大滩上。他手里抱着长长的竹竿，肩背一大捆钓绳，在深秋刺骨的滩水里游来游去，像很不甘心我父亲就那么轻易地放走了大鱼，那么轻易地丢掉了一次做人的机会。我有时能听到他一遍遍叨咕：谁说我不行？我行。我怎么不行？我行……

人们从来不很重视弱者，北大滩人更有这种风尚。人们说赵干巴可能有点儿不正常了。时间长了，赵干巴的不正常也就正常了。

由于我经常一个人到滩边来，所以经常能看见赵干巴柴一样的身影。不知为什么，从前我也看不起窝窝囊囊的赵干巴，可现在却对他另眼看待，我觉得他精神很正常，而且比我父亲更像一个男人。渐渐地，我有些羡慕他了。望着他顽强而执着地跋涉在冰凉的大滩里，我眼前常出现：赵干巴高高举着一面丝丝缕缕的家族大旗，冒着枪林弹雨，率领伤残家族穿越苦难历程……

已经是深秋了，北大滩夏日风波渐渐平息下来的时候，滩外传来一声悠长的喊声，喊声揪紧了所有滩民的心，说不清是兴奋还是悲痛。顷刻，全滩的男女老少都给那直透心脾的喊声扯到大滩上去。

滩边，赵干巴正一边号叫着一边往外拉绳子。那绳子竟是我父亲脱手的那根。人们惊奇赵干巴是如何重新抓到那根绳子的，人们观看奇迹一样瞪圆眼睛呆呆注视着眼前的景象——赵干巴浑身上下像用泥浆刷过一样，连五官都辨认不清，人们只能根据他那独特的身材来判断他是赵干巴。他摇摇晃晃竭尽全力在拉着钓绳，一会儿，大鱼便闷雷般滚于浅滩……

眼看大鱼就要上岸了，突然"嘣"的一声绳子断了，赵干巴四仰八叉重重地摔出近丈远。大鱼逶迤着向大滩深处游去。

正当人们为眼前的功亏一篑而捶首顿足时，赵干巴竟又以出人意料的毅力跳起来，不顾一切地向正在浅滩中滚动的大鱼扑去。赵干巴张开双臂紧紧地抱住大鱼，大鱼竟带着他掀起一路泥浪，冲向大滩深处……所有围观的人都被震惊了，半天才反应过来到底发生了什么事。人们焦急地等待滩面上立刻漂出一个人来，可是滩面一直静悄悄的。十分钟……二十分钟……半小时……最后，人们终于不能再等下去了，似乎都一下改变了对赵干巴的一贯看法。所有的渔船一齐驶向大滩，所有的滩民都开始了声嘶力竭的呼唤……

晚上，船上点起了火把，岸上也支起了火堆，再加上男女老少此起彼伏的深情呼唤，北大滩俨如一个繁华而喧嚣的夜市。晚秋的空气让火把熏得灼热，汹涌的滩水让火把映得沸腾如铁水。北大滩人怀着肃然起敬的心情一连找了几天，找遍了整个北大滩，也没能发现赵干巴和那条大鱼的任何踪迹。

后来，在北大滩早晚结有冰碴儿的时候，红色的日出下慢悠悠漂起一座黑色小山。好奇的滩民中有勇敢的后生，前去探查究竟。原来那小山竟是条巨大的黑鱼，已经死了。滩民们把大黑鱼拖到岸边时才惊恐地发现，在大黑鱼底下还有一个肿胀的男人。男人并不粗壮的双臂从大黑鱼的两鳃交叉穿过，牢固得几乎无法把他和大黑鱼分开。有人从死者额上的黑痣看出正是赵干巴。滩民都不无悲壮地奔走相告：赵干巴到底把那大鱼给抓住了……

不久，赵干巴的大号——赵福强连同那根巨大无比的鱼骨架被庄严地陈列到滩头的老古庙里。举行盛大仪式那天，赵干巴的老父亲和小儿子都没有表现出太多的哀痛，他们脸上洋溢着更多的却是经过多年压抑后解脱出来的洒脱。似乎从那一刻起，赵家历史上的懦弱形象终以赵干巴的英勇悲壮而宣告结束。

祖父早已经不能起来了，听到外面响亮的人声，瞪圆了那双衰老的眼睛让我给他讲赵干巴的故事，祖父听得老泪纵横……

父亲那天没敢到老古庙去，他一直躲在家里干活，把家里该洗的衣物都洗了，晾了满满一大院子。我回来时掀过那些衣物，像走过千层屏障。

我那天回来后格外勇敢而公开地观察了父亲，父亲比以往一切时候都显得胆怯不安，脸色苍白得吓人。

祖父当年冬天就在极度的忧郁中去世了。父亲为祖父匆匆办完平淡丧事的第二天，就将我和母亲强行拉上马车。

皑皑的雪野中，父亲恶狠狠地鞭打那匹瘦弱的老马逃出北大滩口那一瞬，我看到了父亲真像一个北大滩汉子……

在我回忆往事的时候，水库岸边又响起了几次人群的笑声。我想肯定是又有谁在大家的帮助下弄上鱼来了。但我连想看一眼的念头都没有。我只是在笑声过后抬头瞄了一眼遥远的父亲，看到父亲安然的侧影。父亲在想什么呢？父亲肯定忽略了他的儿子对他的历史的敏感，要不父亲此时怎能如此安详？我越来越觉得父亲前些年做得真挺英明。如果那样坚持到最后的话，记忆中的苦难一定会在漫长的岁月之后渐渐淡化，最终化为永恒的虚无……可是父亲在他威严之后又要重温历史，而那历史曾使几代人感到难堪……

盛夏午后六点钟远不是黑天的时候。由于有云的缘故，天色渐渐暗下来，远处伴有隐隐约约的雷声。我本来就不算太浓的钓兴此时就更加难以维持了。望着浪花逐渐增多的水面，我考虑更多的是如何能尽早回去。可事先讲好的，大客车明天中午才往回返。这对我来说将是多么难挨的漫长时光啊。白鲢湖水库地处偏远山区，很少有其他过往车辆，晚上就更加冷清了。我心烦意乱地坐在岸边一秒钟一秒钟地默数时间，如承受一次无望的流放……

其实，每个人都很热爱生活，都在竭尽全力弥补生存环境中的不足。我不想以自己的一孔之见责备任何人。人们谁都没错，每个人都在竭尽全力地活着。不同的生存环境造就不同的活法，北大滩和我们现在这个城市在时间和空间上都毕竟是两回事，我知道我无权苛求这些城市人应该如何如何。

但是，我无法对父亲无动于衷，因为父亲是北大滩人。父亲的大半生都是在北大滩度过的，他应该比我更理解什么是生命的崇高，他应该比我更清楚什么是生活的底蕴。虽然父亲一直扮演着北大滩的弱者，但北大滩那铺天盖地的自强不息、不容苟且的奋争意识是任何灵魂都无法逃避的。父亲如今能这样安然地带领一群城市人以另一种方式对待鱼，已经改变了以往钓鱼的全部含义，我相信父亲内心绝不会如他表面那样坦荡。

一阵凉风吹过，天开始下起雨来，并随着惊雷在周天滚荡而变得愈加滂沱。这时我才发现，人们早已钻到远岸支起的防雨帐篷中去了。豪华的渔灯从帐篷里透出耀眼的光来，能让人感到帐篷里三五成群的男女将扑克牌摔得很热闹。借着明亮的闪电我又看到水库岸边一片狼狈不堪的渔具正在风雨和水浪中痛苦摇摆……

说不上什么原因，恶劣的环境中，我突然有了钓鱼的欲望。我重新理好钓竿换上新鲜诱饵，郑重地将钩甩了出去。我突然觉得一个人沐浴在暴风雨里垂钓很美好。对我来说，真正的钓鱼好像刚刚开始。我借着一个闪电看了一下手表，已是深夜十一点四十分。

不知又过了多久，当夜空被一个巨大的雷电击得亮成一片时，我透过朦胧的雨丝看到右侧四十米开外的地方竟也坐着一个人。

我没敢再仔细分辨那人，我想那人最好不是我父亲……

原载于《十月》2004 年第 6 期

爱喝小酒儿的老周

　　《群众文化》是省文化馆主办的内部刊物，发行量虽小，但并不影响全省各地文化馆、站的"论文"从四面八方寄送过来。《群众文化》的主编由省文化馆的领导兼任，领导大多数时间都是忙于各种行政事务，极少有时间字斟句酌地看稿子。这样一来，干具体活儿的编辑部主任——老周就既是三孙子又是绝对的权威了。

　　中学语文教师出身的老周为人厚道，早在十几年前就当上《群众文化》编辑部的主任了。当上主任的老周也和当年做普通编辑时一个样儿，一点儿架子也没有。老周一直很清楚自己的平凡造化，虽说再往上走一步就能熬上省文化馆的副馆长，但那绝对不关老周的事了。老周深知，自己不具备那好高骛远的本事。在单位所有人的眼睛里也是这样，如果不出大的意外，老周会十分稳定地一直坐在省文化馆《群众文化》编辑部主任的位置上，直至有一天从主任这个位置上安静退休。

　　天生本分的老周除了认真工作之外，就是喜欢读外国作品。

在全国范围的文化馆人里，常年自费订阅《译林》和《世界文学》的人也不会太多，但老周是其中的一个。老周唯一的毛病就是好喝点儿小酒儿，所以，下边人来送稿子时，就顺便找他喝点儿小酒儿。只要老周时间上能安排得开，他基本上都不会拒绝。"好事儿啊，喝酒不是好事儿吗？"老周欣然前往时也从不扭捏造作。

如果喝完酒回来发现稿子实在太差的话，老周也不后悔。那就不给发呗，也没啥大不了的，这个问题老周从来不怕；老周就怕那种情况发生——拿到手里的是有点玩意儿又没啥大意思的稿子。一碗鸡肋似的，没啥可吃的，又舍不得马上扔掉。遇到那种情况，好心的老周就得摊上两三个晚上来慢慢帮着修改，因为老周一向办事认真，又不会抄近道。有时，老周几乎就是为人家重新写了一篇，直到稿子四脚落地发表出来才算了事。

时间长了，下边人也摸透了老周的脾气，不管什么稿子他们都敢给老周拿上来。碰上老周心情好，就可能帮着他们改一改；等到哪一期实在缺稿子时，没准儿就能以打打补丁的方式给用上。万一呢？下边人也想开了，这样的稿子发了算拣着，不发也没啥损失。不就是请老周喝顿小酒儿吗？大老远来到省城了，就算不发稿子不也得借机喝点儿吗？再说了，自己不是也跟着喝了吗，不也一起高兴了吗？真的没啥。甚至还有人觉得占到了大便宜，让老周这么有意思的厚道人陪着喝点儿小酒儿，不给人家掏出场费就不错了。人家那可是省文化馆的大主任啊，你寻思啥呢！

省文化馆的同事有时就看不下去了，见老周汗巴流水地趴在办公桌上改那些破稿子时，有人还表现出了难得的同情："老周，你这是图个啥呀？有的酒啊，咱干脆就别喝了，这是何苦呢！"

老周就慢条斯理地边吧唧嘴边开玩笑地说："这酒得喝，这酒可不能不喝，这酒要是不喝了，那还哪有群众文化了？"他有意把"这"说成"zèi"，并说成又长又重的去声。接下来，老周会停顿一下，再吧唧几下嘴，意犹未尽地接着说："但这酒呢，也不能白喝，这酒要是白喝了，不喝出点儿感情和感觉来，以后的群众文化工作还咋做？再难，这酒咱们也得坚持喝下去……"老周把玩笑说得很认真，好像要就此写出个论文似的。

大家听着是玩笑话，可仔细一琢磨，老周说的似乎又非常在理，甚至可以说很精辟。搞群众文化工作，整天苦巴苦业的，没啥油水不说，也不怎么风光，那还不行图个乐呵呀？大家不都是人吗，谁不想让平凡枯燥的生活多点儿乐趣呢？

也许是因为老周平时太老实的缘故，酒喝多的时候，本分的老周就常常有点儿走板儿，就多多少少表现出一些穷文化人的臭毛病来。比如，一本正经地和别人撒着小谎啦，把平时的文明词儿恰到好处地演化成模棱两可的脏话啦，和单位那几个已经没啥姿色的中老年妇女开几句半荤半素的玩笑啦……但随着年龄的增长，老周已开始注意改掉自己的毛病，尽量控制喝酒次数，也尽量控制自己不往多里喝。

那些年党风廉政建设抓得还不够严格，文化馆人的一些小酒儿就睁只眼闭只眼地喝了。就算实在的老周不想喝多，但盛情还是经常给他喝多的机会。喝多了酒从外面回来的老周，就神仙一样走在省文化馆并不宽敞的走廊里。由于脚底下发飘，远远望去，他就像在东一下西一下无比亲切地抚摸着文化馆长长的走廊……用老周自己的话说，他在画腾云的大龙呢。每当这时，省文化馆的整个走廊就都是老周的了。

老周喝酒后的一次开门最为经典：老周个头儿不高，钥匙用一条不太长但很油亮的枪纲拴在裤带上。办公室的钥匙孔稍高一些，平时老周脚后跟一抬，钥匙准确入孔，没问题，开门绝对是件很轻松的事儿。这天老周小酒儿真的喝多了，想和平时一样去开门，可开了好半天，就是无法把钥匙插到锁孔里去。看着老周摇摇晃晃，脚后跟一抬一抬地开门，管收发的胖二姐腰都笑弯了，一身肥肉直颤，把很多人都叫出来看热闹。有人就喊："老周，你干啥呢，开个门都赶上配老牛费劲了？"老周则旁若无人的样子，脚后跟又从容不迫地抬了无数次，最后总算把门打开了。他一边往里走一边叨咕："世上无难事，啥事你都急不得，你得坚持到底，这不就成了，群众文化工作不坚持哪行？"

玩笑归玩笑，但老周酒后开门还是给人们留下了深刻的印象。老周真的没啥太出众的地方，但老周总是有让人一想就笑的绝活儿。

牛大力是平安县文化馆的调研部主任，研究群众文化理论、写群众文化论文是他的本职工作。但他酷爱写小说，业余时间基本都用在了写小说上，挺倔的一个人。一般上边来人，牛大力都不太当回事儿，但他唯独喜欢老周，说老周是省文化馆为数不多的几个人物之一。所以，牛大力每次和老周见面都要好好地喝上一顿小酒儿，酒桌上再唠上几句没大没小的闲嗑儿。

据说，牛大力写的群众文化稿子老周从来不用改。用老周的话说，"牛大力写群众文化稿子用半拉脑子就行，真就像玩儿似的"。在发稿这个问题上，一开始就不是牛大力求老周。如果老周哪期刊物想要点品位和文采，有时又不凑手，他就得打电话求牛大力。他们之间不是常见的有求有应的上下级关系，而是难得一见的平起平坐的君子之交——业务上互相欣赏，交往上清清白白。牛大力来省城，由老周请顿小酒儿；老周去平安县，由牛大力简单安排。老周和牛大力的关系真就是这么个难得一见的平等关系。

这年夏天，全省群众文化工作会议破天荒地选在平安县召开，北京的相关领导和专家也被邀请来了，把负责会务组的老周和干具体活儿的牛大力都累够呛。会议总算圆满结束了，各路大小领导坐飞机的坐飞机、坐小车的坐小车地走了。省里来的人中只有老周是个大头兵，兵有兵的待遇，老周得等第二天晚上的火车才能回到省城去。

正赶上第二天是星期天，中午喝完酒没事儿可干了，牛大力就陪着老周可平安县县城乱转悠。县城小，就那么几条小街，连个正经书亭也没有，就那么几个破商店，转了个够，既没啥好买的，又没啥好看的。后来，牛大力就在一家打折的专卖店买了一双相对看得上眼的旅游鞋，说给孩子穿。

从那家专卖店出来后，牛大力就拎着那双旅游鞋和老周在平安县的暴土扬尘里又枯走了一会儿。虽然挺遭罪的，但老周还是心存感激，这离家在外的，又不能回宾馆干躺着去。好歹还有个牛大力陪着，要不就更惨了。

看着老周汗涔涔的样子，牛大力感觉有些对不住老周似的，心想，平安县真的没啥好看的，要山没山，要水没水的。要说风景呢，也就是这几年不断增多的洗头房了。可牛大力总不能带着老周去洗头房找小姐吧？天可真热啊，一对这么要好的朋友都觉得活着没啥意思，就更不用说别人了。

老爷们儿天生不是一起逛街的料。俩人顶着大太阳又坚持走了半条小街，实在不想继续走了，牛大力终于想起了一开始就想着的事儿。

"我说老周啊，我看咱们还是找个小馆子喝点儿小酒儿去吧。"牛大力空着那只手扇子一样遮挡着火辣辣的大太阳说。

"还喝？不是刚喝完吗？"老周说。这几天老周没少喝酒，酒量不错的老周也有些扛不住了。

"不喝？这大热的天，那咱们还能干啥呀？"牛大力说。

"要不，我回宾馆看稿子去，你就回家吧。"老周说。

"大热的天，看什么稿子呀？能不能不扯犊子！"牛大力有些急了。

"可也真是没啥干的，那就喝吧。"听牛大力这么一说，老周也只好同意。

于是，两个人就来到路边一个叫"东来顺"的小酒馆儿。

"天太热，咱们不喝白酒了，就喝点儿冰镇啤酒吧。"牛大力说。

"听你的，其实我是啥酒都不行了。"老周无可奈何的样子。

"来，服务员，先给我上'一提溜'冰镇啤酒，要拔拔凉的。"牛大力拿过菜单，简单地点了几个小菜。

"对，要拔拔凉的，越凉越好！"老周也跟着吆喝，"不过，酒是不是要多了，'一提溜'六瓶子呢！"

"什么多了少了的，咱俩就喝着看，能喝多少就喝多少，咱随意，还不行吗？"牛大力挥手示意服务员，意思是照他说的办。

"我是喝不了多少了，就以你为主吧。"老周有些告饶的样子。

牛大力是酒喝得越多越真诚那种人。老周嘴上说不能喝了，却架不住牛大力好言相劝，最后老周还是得一杯一杯地往下喝。

喝到了一定程度的时候，牛大力动情地说起了感谢话："老周啊，这些年你没少帮忙，好几年以前我这副高职称就评上了，还当上了调研部主任，多亏你在《群众文化》上给发了那么多论文啊。下边的文化局、人事局就认这个，光发小说还真不行。就算有的小说被《小说选刊》选载了，评职称时还不如你这内部刊物的一等奖好使呢！"

老周就说："你牛大力文章写得确实好，在《群众文化》上发表是支持我工作。得一等奖呢，是正常的，也是应该的。那一等奖不给你给谁？有些'二五眼'都得了，何况是你这高手了。按理说，我该感谢你牛大力支持我工作才是。"

"不管咋说，我也得感谢你，老周！写得再好，你不给我发表也是白扯。"说着，牛大力又让服务员上了"一提溜"啤酒。

"写得好不给发表，那就不是我老周。"老周也喝得动情起来。

哥俩儿越说越近乎，越说越真诚，不咋吃菜，只是喝酒。

开始时，老周还是一口一口地喝，说："还要坐一宿火车呢，咱们就少喝点吧。"

一向爱憎分明、酒逢知己千杯少的牛大力怎么会同意就要离别的老周少喝呢？就说："喝多了也没事儿，上车一觉睡到天亮。一睁眼睛就到省城了，那样不是更好吗？少遭多少罪呀。来，喝吧，都是喝一杯少一杯了，你还以为啥呢！"

到后来，两个人越喝越高兴，就你敬我一杯、我敬你一杯的杯杯见底……

两个人整整喝了一下午，菜没吃多少，却喝了"五提溜"啤酒。

"全省群众文化系统，咱……们俩是最好的哥们儿。"老周说。

"咱们俩不知道为啥就对……对脾气，真……真就没说的。"牛大力说。

"咱们俩可是君子之交哇，男人和男人之间的感情，最称得上纯……洁……"老周说。

"现在像咱们俩这样的真朋友不多了，别的都……互相利用。"牛大力说。

"别人都……都不行，咱哥俩之间的友谊那……那才叫地……地久……天……天长……"这话谁说的就分不清了。

牛大力扶着老周往出走的时候天已经黑了，距火车开车还有三十分钟。

老周喝多了，一路上就没有想象的那样顺利……最后，牛大力是把老周背上火车的。

好在老周买的是下铺，湿透了衬衣的牛大力总算把老周弄到卧铺上去了。老周沉重的身子一挨上卧铺，就像受伤的游子突然找到了家乡，马上呼噜呼噜大睡起来。

牛大力坐在老周旁边喘了一会儿粗气，一直不太放心的样子。后来，他破例找来列车员为老周提前办好了换票手续，还再三请求关照。这样老周就不会被中途打扰，安安静静地睡到天亮了。

办好了这一切，牛大力才在开车前的一分钟跑下了火车，又有些不放心地在站台上看着火车徐徐启动，载着沉重的老周兄弟驶出了平安县火车站……

老周是睡到后半夜才醒来的，原因是口里发干，实在渴得受不了了。

醒来后，老周就发现床铺边的小桌上放着一双崭新的旅游鞋，还用一个白塑料袋包裹着。"这个牛大力呀，多少年的君子之交，还送一双旅游鞋干啥？当时他只是说给孩子穿，我还以为他是给自己儿子买的呢，没想到他是给我儿子买的呀！这个臭小子。"老周心里说着，拿起那双旅游鞋在手上掂了一下就扔到枕头边上去了。

"这么大，我儿子能穿吗？我的脚大点，也够呛。"老周一边喝水一边瞄那双不错的旅游鞋，心想：牛大力一直挺倔硬个人，怎么也会办这种柔和事儿了？这世道，这么直率厚道的人也变了。可这又是谁跟谁呀？这个牛大力呀……老周把水喝完就又躺下睡觉了。

再一觉醒来时，列车播音室已经在播早间新闻了。

这时，中铺的一个青年人要下来，一只脚踩着老周的床边，一只脚悬在空中找鞋。

老周以为他马上就会下来，歪着身子等。

可青年人一直悬在半空中不下来，不好意思地笑着："对不起大叔，找不着鞋了。"

"啥样的鞋呀？"老周也帮着四下里瞧。

"就是一双运动鞋。不好意思，谢谢大叔。"青年人说。

"是不是过路的人给踢到床铺下面去了？"老周还撅着瘦屁股分别钻到两侧的床铺下面找了半天。"没有呢。难道说这车上还有偷鞋的损贼？"老周真心实意地为青年人着急。

"哎呀，真不好意思，大叔麻烦您了。"这时，青年人已经从中铺上下来了，跷着脚坐在老周的床铺上："大叔，我先借光坐一会儿。"

"出门在外的，年轻人客气个啥。鞋都没了还这么有涵养，坐吧坐吧。"老周一边从地上爬起来一边关切地说。

这时，青年人发现了老周枕头边上用白塑料袋装着的那双旅游鞋，就说："大叔，我那双和您这双真还差不多。"

"你看是不是这双？"老周此时也拿不准这双鞋到底是不是牛大力送的了，就心里不是十分有底气地问。

"不不不，大叔，我不是那个意思。我是说有点儿像，像不等于是。别说像，世上一模一样的东西还多得是呢。大叔，您可千万别多想……"青年人不好意思地解释着。

"我可真拿不准，要是你的，可就再好不过了。这种事可用不着客气。"老周很实在地说。

"那哪能呢？大叔，您是误会我了。您的就是您的，我的鞋一定是让人穿走了。我的意思是说我的鞋就是类似您的这样的。您的鞋是新的，而我的鞋毕竟是穿过的，绝对是不一样的。它们像是有点儿像，但不可能是同一双啊。再说了，就凭大叔您这为人……我年轻是年轻，但好人坏人我还是能看出来的。"青年人很费劲地解释着。

"我没误会你，我说的也是真心话。"老周说。

"大叔，让我怎么说呢？请您也相信我的为人。自己的鞋丢了，就赖人家的，那我成啥人了。如果那样，我的鞋就更该丢！"青年人都要急哭了。

老周把那双旅游鞋拿起来："生活中的蹊跷事多着呢，我是说……"

老周还没说完，青年人就一把抢过那双鞋扔回原处，面红耳赤地说："大叔，我求求您了，就当我什么也没说，行了吧？"青年人说着站起来，深深地给老周鞠了一躬。

老周直到这时才敢肯定这双旅游鞋确实是牛大力送的，心里越来越踏实起来了，就安慰身边这个青年人："别着急，没准儿是谁穿错了呢？也许过一会儿就给送回来了。大热的天，谁还能故意偷一双旅游鞋呢？"

"我想也是呢，咱等等看。"青年人倒是个很乐观的人，还优雅地用口哨吹起了正流行的爱情歌曲《千年等一回》。

后来，没有什么迹象表明有人穿错了旅游鞋，青年人就试探着表达了另外一种意思，转弯抹角了半天，仍非常胆怯的样子："大叔，您、您这双旅游鞋多少钱买的？实在不行，您卖给我行不？"

老周一时真的感到无奈极了："小伙子，说句到家话，这双旅游鞋还真不是我买的。要是我自己买的，别说卖给你，我早就给你了。还用你问？不就是一双旅游鞋吗？但这双旅游鞋是我的一个好朋友送给我、我儿子的。"

"啊啊，是这样，对不起，对不起。"青年人很不好意思地说。

"不过你别着急，我会帮你想办法。大家不会把你扔下不管的。"老周说。

底气越来越足的老周还实实在在地把自己和一个叫牛大力的男人之间十几年的深厚纯洁的情谊讲给了青年人听。老周说："至于朋友之间送礼物这还是第一次，牛大力肯定是怕我不要才来这一手的。"老周还一五一十地把牛大力怎么买的旅游鞋，两个人怎么喝的酒都讲给了青年人听。青年人后来听出一脸崇敬来，连说："这年头儿不容易啊，这也太不容易啦。"还和老周互相留了联系电话，说："丢了一双旅游鞋，结识了一位好大叔。也值了！值了！"

又到一站了，有人上下车。老周觉得每个下车的人都很可疑，就警犬一样留心地看着每一个从自己身边走过的人。老周真想出奇制胜般帮着青年人把那个可恨的偷鞋贼给揪出来。

邻铺的一位胶东口音的老大娘也为青年人鸣着不平："依恶

（我）看哪，这鞋准是让人拿走咧。可真介煞（啥）人都有咧，这人咋介么缺德呀？”

"就是就是。""咋啥损贼都有呢？"旁边还有几个人也跟着附和。这时谁不说话谁就像个嫌疑人似的。

老周一度很想把牛大力送给自己的旅游鞋转送给这个青年人，可话几次到嘴边又几次被咽了回去。不论如何，这也是牛大力的一片心意呀。这哪里是一双简单的旅游鞋呀？这可是一身正气的牛大力难得一见地"表示"情谊呀！这可是两个清贫的群众文化工作者之间的深厚感情具体见证啊！要是给了这个青年人，以后我还拿什么做纪念呢？

再有一站就到本次列车的终点站省城了，青年人的旅游鞋已彻底没有了被送回来的可能。青年人就多多少少表现出一些焦虑来。

老周毕竟是老周，这时还是很大方地说话了："虽然这是我最好的朋友送的礼物，但毕竟是一双鞋。我咋也不能让你光着脚下车呀。小伙子，你就穿去吧，谁穿不是穿呢？这一路下来，咱们也成好朋友了。"老周对这个青年人印象不错。

青年人说啥也不肯穿，说："这鞋我可不能穿。没事儿，我脚上还有棉线袜子呢。再说了，大热的天，地下也不凉。走出站台就有商店了，买双拖鞋就能回家。谢谢您了，大叔！"

老周仍一脸的真诚："这小伙子，可真犟啊……"

胶东口音的老大娘也不知如何是好，叨咕着："介个难咧，我也不知咋学（说）好咧……小伙子穿捏（呢）还是不穿捏（呢）？"

列车终于到达终点站了。伴着一曲欢送乐，老周扶着青年人下了火车。背着一双新旅游鞋的老周挽着一个只穿一双白袜子的男青年。刚刚下过雨，地上湿漉漉的，青年人的白袜底已经是黑的了。这样的奇特景象让过往春城的旅客们叹为观止。

老周陪着青年人来到最近的一家小商店，真的买到了一双塑料拖鞋。两个人还高兴地相互击了一下掌，认真地记下了对方的电话号码，说以后一定要常联系。

穿上塑料拖鞋的青年人跑到马路对面打出租车去了。老周一直站在原地目送着，直到青年人叫住了一辆出租车以后，老周才和他热情地挥手告别……

以后的几年里，虽然老周和牛大力见面的机会不少，但是老周也没好意思和他提那旅游鞋的事。

直到又一年春天，已经当上平安县文化馆副馆长的牛大力来省里开会，在饯行午宴上，借着酒劲儿，老周才第一次和牛大力提起了旅游鞋的事。

就在酒桌上，牛大力说自己长这么大从来没送过礼时，老周才半开玩笑地和他耳语道："我说牛大力啊，什么话可别说得太绝。那年你送给我那双旅游鞋也太大了，家里人谁也穿不了，到现在还好好儿地放着呢。不行你还是拿回去给你儿子穿吧。"

没想到牛大力却满脸疑惑地大声说："旅游鞋？什么旅游鞋？我才没送你什么旅游鞋呢。老周，哥们儿我还用给你送礼？真是的。当着真人面儿咱不说假话，咱从来没有那么多旅游鞋，要有，我还留着自己穿呢。"

牛大力从来不和老周开玩笑，越是这样，老周就越是有种五雷轰顶的感觉。酒没喝完，老周就说家里有事，得先走一步。

老周匆匆忙忙赶回家就到处翻几年前的电话簿，终于翻出了那个青年人几年前留下的电话号码。然后老周就打通了那个电话，在电话里表示了深深的歉意并执意要把旅游鞋还给青年人。

青年人则像老朋友一样在电话的另一头说："是您呀大叔，旅游鞋？我都忘了。不用还了，就做个纪念吧。"像早有心理准备似的。

老周说："这么说你早就知道了？为啥不打电话跟我要啊？"

青年人笑笑说："当时车厢里有些昏暗看不太清，其实那天你扶我走下火车不久我就在阳光下发现了旅游鞋上那个熟悉的爱心标志，那与众不同的小小标志是我女朋友细心绣上去的。那天我也因离别而喝多了酒，怕我弄脏了，是她为我把鞋脱下并装进塑料袋里的。"

"怎么会是这样子呢？"老周喃喃自语着。

"大叔，在我看出是自己的鞋后，我多么想要回来呀，那可是我女朋友的一片心啊！但我突然觉得那样做不太好，我并不认识你，但我不想伤害你，不知为什么。事后，我女朋友问我那双旅游鞋哪里去了，我就把这件事讲给她听，她也说我做得很对。她现在已经是我媳妇啦！"青年人很幸福的口气。

电话这边的老周好半天没说出话来。过了好久，他竟孩子一样哭了……

很长一个阶段，老周就像做下了毛病，总是自言自语，说世上的事要多蹊跷就有多蹊跷……后来，老周还以自己年岁大了为借口，说得把位置让给年轻人了，坚决辞去了《群众文化》编辑部主任的职务。

　　做上普通编辑半年后的老周才渐渐回到了从前的状态，有时他竟主动和大家提起自己当年那件糗事。不过最后总是一脸无辜地苦笑说："事情也不能完全怪我老周，那毕竟有可能是牛大力的情谊呀……"

　　表面上老周虽然还是喜欢喝小酒儿的老周，但实质上老周似乎又不再是从前那个爱喝小酒儿的老周了。虽然老周每天按时上班下班，认真编辑《群众文化》，还是汗涔涔地给下面的作者改稿子。但是老周很少到下边去开会了，总是躲躲闪闪的，就像害怕出门似的。老周只是偶尔和下边来的人喝上一顿小酒儿，但从来没人见他再喝多过……

　　喝过小酒儿后的老周还是说着从前的话："这酒得喝，这酒要是不喝了，还哪有群众文化了？但这酒呢，也不能白喝……"

2017 年 6 月 26 日改定于长春平安街

原载于《山西文学》2017 年第 9 期

中篇小说

叔恩浩荡

1

临近中午，大哥打来电话告诉我："二良子，咱二叔从乡下来了。"

"二叔已经到了吗？在你那儿呢？"我问。

"是咱爸才从县里往我办公室打电话了，说二叔乘的那趟火车今天下午四点二十到。"大哥答。

倔强的二叔真的来了？我很惊讶。我和大哥大学毕业后留在省城一晃十年了，乡下的亲戚说不来也基本都来过了一两次，唯独二叔没有来过。因为二叔是那种不愿意麻烦别人的人。他一向认为进城就是要来麻烦别人，他一直不来与他的这种认识有直接关系。他在乡下也是这样，从来不喜欢麻烦别人。可是，二叔今天怎么突然就来了呢？

"二叔这次是一个人来吗？他是来办事还是……"我问

大哥。

"咱爸说咱二叔身体出了点儿状况，要到省城来看看病……"大哥在电话那头不很清晰地说。

"那咱得去火车站接站呀。"我觉得下午又多了一件必须办的事。

"这事儿可怎么办呢？我手上正在排着明天的报版，下午恐怕脱不开身。我看这样吧，实在不行，就得你去车站接二叔了。你家里不方便的话，你就把咱二叔直接领到我家去也行。我今天就算晚也晚不了哪儿去，你大嫂下班差不多能准时回家。实在没办法，就得这样了。二良子，我撂了，噢。"大哥电话里挺着急的样子，说完就匆匆地挂了电话。

我接大哥电话时手里也正拿着杂志社当期的校样儿，说好了的，印刷厂的工人明天一早就来拿。二十几万字的稿子，这才是第一校，错别字多得像牛毛。本来我就觉得时间相当紧张，这下就更要命了。我本指望让大哥去接二叔呢，可大哥却先一步把接二叔的任务交给了我。

外来人想在城市成就点儿事业本来就不容易，城市生活节奏快，每个人都挺忙。人们早已经不习惯于陌生人（哪怕是亲人）介入自己的生活了。虽然我也不太喜欢乡下来人，但我和大哥还是不太一样的。我觉得大哥有事也好，没事也罢，他多半还是故意推托。在很多事上我都明显能够感觉得到。大哥确实有点儿害怕乡下人来，时间一长，竟养成了"能拖就拖，拖一会儿是一会儿"的怪毛病。

不过话又说回来了，我有时也挺同情大哥的。说句心里话，又何尝是大哥一个人害怕乡下来人呢？和他处境相类似的人们，比如我的一些家住外地的同事们，情况也都大体上差不多。坦诚地说，连我自己有时也很畏惧乡下来的亲人们。他们大老远地投奔咱们来了，咱们就得无条件地全方位接待。可是咱们的接待水平远远达不到他们坐在乡下火炕上想象的那个标准。我一直闹不清楚他们为什么把进城的我们想象得那么好？其实，我们时刻都有一种活不起的感觉呢。最后，常常是把自己折腾够呛，人家还不太满意……

记得有一年，那时我还和爸妈一起住在县城上中学，一个曾经对我祖上有过恩情的农村亲戚老胡二舅相中了县农机局新到的一种手扶拖拉机。老胡二舅手上没钱，听说农机局的刘副局长是我爸的高中同学，就亲自登门找到了万事不求人的我爸。为了偿还老胡二舅多年前的人情，我爸竟硬着头皮答应给帮忙。当天下午，我爸就有生以来第一次低三下四地去了，去找他从来都没看得起的那个高中同学办事儿。老胡二舅挎着一筐鸡蛋非要同去不可，我爸也只好同意。老胡二舅在刘副局长面前点头哈腰的样子让一向极度自尊的我爸很是痛苦。因为高中时我爸是班长，刘同学是最差生，俩人一直都很对立。仍然没啥水平的高中同学一脸严肃、一嘴官腔，好说歹说最后总算给了我爸一个不小的面子，答应破例赊给老胡二舅一台手扶拖拉机，但秋收后得马上还钱。又是签字又是画押的，整个过程中，刘副局长家的大狼狗一直在很无理地吼叫着……多少年以后，我爸说他能淡化高中同学的羞辱，但始终无法淡化来自那只大狼狗的羞辱。更让人心酸的是，几年后我爸回老家探亲，偶然遇上了老胡二舅母，她不仅没表示任何谢意，反倒说："那台手扶拖拉机当年可是买贵了，过半年就降价了，买得不合适了。唉，你们这些只会念大书的人做买卖还是不行啊。"说完她还长辈不见外地大笑起来，笑得很宽容。

　　类似的情形不仅发生在父辈身上，我和大哥也亲身经历过。有一回，农村一个远房亲戚的孩子参加高考，分数不太高，在可上可下之间，亲戚就打电话让已在省城的我和大哥帮忙找人。亲戚在电话里说，市场经济，他都明白，办事都得请客花钱什么的，这些都没问题。他让我们把该花的钱先垫上，必要时他马上就带钱过来。刚刚走出大学校门的我和大哥怎么有决定另一个人上不上大学的能力呢？没办法也得想办法，可怜巴巴的农村孩子能考上大学不容易啊。我和大哥就找到一些老师和同学，通过人托人，人再托人，最后总算求爷爷拜奶奶地把事给办成了。不算欠下的人情，光现金就花了我和大哥三千多元。不久，那个亲戚感恩戴德地来到省城了，我和大哥跑前跑后又接待他好几天，临走时亲戚自觉很大度地甩给我和大哥一千元人民币说："让你们哥俩费心了，今儿高兴，多给你们拿点儿，就不另给孩子们买东西了，剩下的钱就随便给孩子们买点儿啥吧。"当时一个月只有二三百元收入的我们有种被噎住的感觉。后来我们终于理解了，就当我们救助了一个穷困大学生吧，尽管我们自己尚未脱贫。同时，这件事的发生也让我们明白了一个道理：对于城市里的我们和乡村的穷苦农民来说，对"请客"和"花钱"的理解，绝对是天上人间两种不同的概念……

　　想到这里，我又觉得很对不住就要到来的二叔。二叔和那些一般意义上的乡下亲戚还是不太一样的。我说过,二叔是那种不愿意麻烦别人的人,一向都很倔强。如今二叔终于要来"麻烦"我们了,肯定是他实在没有别的办法了。再说,二叔除了是我们的二叔之外,他还救过我和大哥的命呢。我二叔可和那些一般的乡下亲人不一样,和人们印象中一般的乡下人也不一样。我们的二叔英俊洒脱,沉着整洁。救我和大哥命那年,三十几岁的二叔正在当着生产队的队长。可以说,那时的二叔正是人的一生中最美好最有意思的时候。那时候,二叔也是有两个儿子的人了。在我少年的印象中,我二叔总是喜滋滋地跟人们说,他有两个可爱的大儿子,还有两个可爱的大侄子,希望他们将来都能有出息……

我上一次见二叔还是在十四年以前。记得那年高考刚刚结束,我正在等录取通知时,我爸还远远比现在年轻,也比现在脾气大。一天,我爸终于有了一份难得的好心情,决定带我和大哥回阔别已久的嫩江边儿上——我的祖母家——走上一趟。

祖母家东北壕外那绿色飘带式的嫩江是我们童年最美丽的记忆,多少年来一直对我们它有种莫名其妙的诱惑。十几年之后,我们魂牵梦绕的嫩江水还如当初那样碧绿吗?嫩江边儿上还有当初那么多小鱼和小虾吗?儿时的那帮小朋友们都在干什么呢?我们一直惦记着回故乡去看一看。

在去江边儿之前,我爸就义正词严地和我们交代好了:"到江边只许钓鱼,不许下水。"

我和大哥答应得十分干脆:"肯定不下水。"

可是,那天实在太热了,不谙水性的我和大哥怎么下的水我们事后都不曾回忆起来，我们只是心有余悸地记着那天我们手挽着手，被湍急的江水裹挟着一步步滑向深渊……

当时，我们亲爱的爸爸好像在江的对岸正割着芦苇和蒿子什么的，当他发现水中挣扎的我们之后，就拎着镰刀跑了过来。然而，当年过早地进了县城的我爸同样不会游泳。我爸在江岸上急得团团转，先是挥舞着镰刀，怒火中烧地命令我们如何如何……无济于事之后，我爸就开始了更无济于事的捶胸顿足，呼天喊地，最后哭得声嘶力竭……我至今认为那天的我爸是我有生以来看到的最绝望、最无奈的男人。

两个活生生的儿子就要没影儿了，眼瞅着就要完了，一切都完了……

可后边事情的发生，让唯物主义的我不得不唯心主义地确信：骨肉亲人之间肯定存在着心灵感应。关键时刻，负责给生产队护青的二叔骑着一匹红色大马遥远而意外地狂奔过来了。

二叔没有来得及下马，而是和大红马一起直接跃进了汹涌的嫩江水……

江水湍急，二叔冒着巨大的生命危险把我和大哥一个一个从虎口样的旋涡里拉了出来，然后再拼尽全身力气把我们一个一个托举到江岸上去。最后，精疲力竭的二叔自己反倒险些被永远地留在汹涌的旋涡里，搭救二叔的是他那匹极通人性的红色大马。

事后，一向讲究三纲五常的二叔破天荒地给了他的大哥——我们的爸爸——一记十分响亮的大耳刮子，还凶狠地向他的大哥怒吼了三遍："你是干啥吃的！你这么大人是废物吗？我两个侄子要是真没了，我要你命……"

十几天后，也就是我接到来自省城的一所全国重点大学录取通知书那天，二叔在不怎么富裕的小村奢侈了一回。二叔借钱买了十挂被村人称作"十响一咕咚"的鞭炮放开了，他激动得泪流满面，说："老王家又出息个大学生。"还说，"我侄儿福大命大造化大，将来肯定能有大出息。"二叔那惊心动魄的十挂鞭炮响彻村庄，经久不息……

整个中午，我都深深地沉浸在那段难忘的往事之中……我总是试图想象那属于二叔的当年情景：在那遥远的北方乡村大地上，晚归的乡路上英俊的二叔骑着他的红色骏马蹚起一路红尘……那时的二叔肯定比我后来在电影院里看到的美国西部牛仔还要剽悍许多，二叔骑着的那匹红色大马凝聚了我对马这种动物的一切美好想象……

我没时间和同事们出去吃饭，就买了一份盒饭，一边吃一边看着校样儿，一边还誓言一样跟自己说着："千万千万不能忙忘了，今天再忙也得准时去接二叔啊……"

整个中午和大半个下午，我过得相当忙乱，时间似乎都被我挤得要窒息了。但即使这样，我还是没能把二十几万字的校样儿看完。

眼看就要到四点钟了，坐小公共汽车从我单位到火车站至少也得二十分钟。我匆匆地把校样儿装进包里，剩下的就得晚上回家再看了。

出门前，我给远在市郊工作的妻子杨杏挂了个电话，告诉她说："我二叔从乡下来了，我得去接站，可能晚回去一会儿，还得你去接女儿啊。"我怕她有什么想法，还特意强调："就是曾经救过我和大哥命的那个二叔来了。"

"早上不是说好了吗？我今天下午值班，五点之前根本就走不了。你今天必须得去接孩子，实在不行，你就让大哥去接一回吧。"杨杏在电话里很着急的样子。

我说："大哥今天也有事脱不开身，都说好了，我今天必须得去火车站接二叔。女儿只能由你去接了，晚就晚点吧，你好好和托儿所的老阿姨解释一下。"

杨杏好像不太高兴，说："咱孩子太小，人家老阿姨本来就不想收，咱还不按时去接，人家得多闹心！大哥咋总那么忙呢？轮大襟也该轮到他了。他家离火车站才几步远啊？再说，他家的房子也比咱们的宽绰一些……"

"大哥确实是有工作脱不开身，你别小肚鸡肠的！"就像杨杏伤害了我对二叔的感情，我突然不耐烦地在电话里埋怨起了她，然后力量不小地撂了电话。

2

我紧赶慢赶，总算踩着点儿赶到了火车站。

这时，候车室的广播里正说我二叔坐的那趟列车大约晚点四十分钟。我长舒一口气，也好，火车晚点就晚点吧，总比自己来晚了强啊。我就靠在出站口旁边的铁栏杆上，把班上没看完的校样儿拿了出来。

我一边看一边想着如何安排二叔的住宿问题：就算大哥家

离这儿近也别去了，他家是一室一厅，也不是很宽绰。再加上大嫂这段时间正教小侄子弹钢琴，钢琴放在厅里了，二叔要去住的话，钢琴还得搬来搬去的，也不方便。干脆，还是让二叔到我那儿搭地铺对付几宿吧。我家虽然是两室一厨一卫，但是两家住。另一家是本单位的老杜家，老两口儿带着个智障儿子。人都不错，就是六口人共用一厨一卫太不方便。不过，二叔又不是外人，还是那种从不在乎吃苦的人。七月份的天气，在地板上睡几宿又算得了什么？不行的话，就我和杨杏、女儿睡在地板上，让二叔睡在床上……

五点十分了，出站口处的人不断多起来，我收起校样儿，往出口处凑了凑。从下车的人中打听到，二叔所乘的第 ××× 次列车还是没有进站。

我就又退回来，和从前一样靠在铁栏杆上，这样可以同时关照几个出口。我一边扫视着每个从出站口出来的人一边想：二叔得了啥病呢？二叔一向吃苦耐劳，这些年，我们老家那一带的乡村盐碱地得到了开发，许多旱田都已改成了水田。据乡下来的亲戚们说，二叔和年轻时一样，可能干了，说他整天兴高采烈地带着大伙儿开垦稻田，为了抢工时，开推土机创造过三天三夜连续作战的劳动纪录呢。二叔的胃一直不太好，肯定是胃出了什么毛病……

又过了十几分钟，广播里说第 ××× 次列车终于进站了。这回，我听得清清楚楚。

我开始一个个仔细打量从出站口涌出的旅客，审视那一张张因长途旅行而憔悴不堪的面孔。我和二叔有十四五年没见面了，二叔一定老了吧？他是不是都变了模样儿了呀？

人都出得差不多了，可我怎么就没发现我的二叔呢？是二叔没上来车吗？还是……我有些着急了，突然有了一种望眼欲穿的感觉。

不再有旅客从出站口出来了，出站口和车站里面的地下通道之间的那块广场上也不再有一个旅客了，我仍然没有发现我的二叔。

就在我犹豫是否到站前广场搜寻一下，最后向车站里回望一眼时，地下通道突然缓慢地并排走出三个人来，两个年轻人搀扶着一位长者。我认不出那位长者，也认不出那两个年轻人，但我的目光被他们牢牢地吸住了。难道那位长者就是我的二叔？那两个年轻人就是我二叔的两个儿子——我的大弟和小弟？

最后，直觉告诉我：我今天要接的应该就是他们。

这时，他们像刚刚看到我，似乎都认出了我，冲我招着手，脚步也比先前快了一些。

肯定就是他们了。我迎上前去，亲热地握着他们的手，我一时像不会说话了，说得竟和平时很多人见面时乏味的套话一样："多长时间没看着你们了，都快认不出来了。你们挺好的，家里都挺好的？"

"挺好的，都挺好的。"二叔很艰难地微笑时，我终于捕捉到了他十几年前的影子。

小弟模样虽然变化很大，但还是小时候那么爱说话："二哥，我一眼就认出你来了！咋还那么年轻呢？城里人和乡下人就是不一样，城里人可真禁老呀，看你小弟，都快成小老头了。"小弟的话说得极其亲切，一下就拉近了时间和空间造成的距离。

"走在大街上我也能认出二哥来。"不太爱说话的大弟也说。

"二侄子呀，你也挺好的？二叔到底还是来麻烦你了。"二叔声音极低沉地说。

"二叔你这话说哪儿去了？到你侄儿这儿还有啥客气的？您老就放心吧，无论如何，我们都会竭尽全力为您把病治好的，您不是有两个大学毕业的侄子在省城工作吗？看个病多大个事儿！"我亲热地握住二叔的手，说得轻松加愉快。

二叔眼中好像闪着泪花，"唉，人老了，不中用啦。你们都挺忙的，我这又来给你们添乱。"二叔说完想忍住咳嗽，可他没能忍住。

二叔咳嗽时，我叫了一辆出租车，分别把他们让进去。我让二叔坐在前边，我和大弟、小弟坐在了后边。

出租车开起来后，大弟趴在我的耳边说："二哥，我得先告诉你，乡医院说我爸是肺结核，县医院看片子说他是肺癌。现在就得看省里的医院怎么确诊了，眼下我们跟我爸说的就是肺结核。"

"我二叔得的不是胃病啊？"我想说，但没说出来。我觉得脑袋一阵轰鸣。

"二哥，咱家离这儿挺远的吧？"这时，会说话的小弟问。

我好像是突然间改变主意的。就在那一瞬间，我突然决定不把他们带到我家里去了。我显得有些慌乱地说："挺远，正经挺远呢，咱家离这里可远着呢。咱们还是先找个住的地方吧。"

我这时感到了他们的不自然。

"二叔，我家地方太小，我大哥那儿也不怎么宽绰，城里不比乡下，我们还是创业阶段，都没混上大房子呢，一家就那么十几平方米的地儿，没办法，咱们就得住旅店了。"我边解释边让司机往省医院的方向开。因为我无法把患有肺结核病的二叔带回家去（我不愿意怀疑二叔得的是肺癌），我那十几平方米的小屋里还生活着我八个月的女儿呢，我不为自己着想也得为女儿着想啊。真的，我真的一点儿这方面的心理准备也没有，我无论如何没想到二叔得的是这类病。

"行，咱们就住店，住店吧。"二叔也像没啥心理准备，但又必须得表个态一样地对我说。

"二哥，那今天就看不成病了吧？"小弟有些急切地问。

"看不成了，都五点四十多了，医院早下班了。"我无可奈何地说。

"那就得多住一天了。"小弟失望地说。

我们在省医院招待所下了车。住旅店是要身份证的，可他们三个人只有二叔带了身份证。显然，他们在来之前并没有做住店的准备。所以我在为他们办理住店手续时就遇到了麻烦，服务员只肯给有身份证的二叔办理住宿登记手续。

两个弟弟怎么办呢？"美女，他们是一起的，他们是父子关系，两个儿子是来照顾生病的父亲的。乡下人不容易啊，美女，求您帮个忙吧……"

我说了老半天好话，服务员才很给面子地回了一句："除非那两个人有派出所出的证明。"

我问："哪个派出所？"此时，我同样不想把两个弟弟或其中的一个弟弟带回家里去住，我觉得他们身上也布满了那种肺结核病菌似的，我宁愿为他们出住宿费。

不知为什么，女服务员似乎并不欢迎招待所来更多的顾客，这在市场经济时代相当少见。她过了半天才说："红星派出所呗。"

"就是人民广场那个？"我马上意识到我问得相当愚蠢，但已经晚了。

"市里一共有几个红星派出所？你这人咋这么磨叽呢！"女服务员不耐烦的声音一点儿也不出乎我的意料。

我单位的单身户口就落在红星派出所，三年前我住单身公寓时认识红星派出所一个姓孙的户籍员，这么晚了，不知他还在不在了。我就叫了出租车直奔红星派出所。

谢天谢地，姓孙的户籍员仍然在！并且又赶上他值夜班。我就把刚买的一盒红塔山扔给了他，说了要开证明的意思。

"都是哥们儿，你的事就是我的事，你还客气拿烟干啥！"姓孙的户籍员拍了我一下。

这么晚了，如果没有认识的人，这种事按理说应该很难办。可事情的进展顺利得几乎令我难以置信，我竟然很快就开回了红星派出所的治安证明。

我一回来，小弟就满脸敬佩地笑着说："我二哥可真没白在省城混这么多年，这么一会儿，派出所的证明说开就开回来了，真行，我二哥真行啊！"

从小弟的表情上看，他无疑是在说他的二哥"神通广大"，也许他没想起或不会说这个词语。

　　小弟充满敬佩的表情使我一度非常紧张。实际上，我相当了解我自己，我远远没有小弟想象的那样有能力、那样有道行。我就很认真地解释说："行什么行啊？你二哥还是个小人物，刚刚混上个传呼机，连手机都没混上呢。之所以这么快办回来，是因为碰巧有个我认识的人在红星派出所当户籍员，正好又赶上他值夜班。"说完，我坚硬地笑了笑。

　　小弟就过来羡慕地摸了摸我的传呼机："真好，还是摩托罗拉汉显的呢！挺贵的吧？"

　　"不是我买的，是单位为开热线栏目给我配的。"我似乎想解释贵重的摩托罗拉汉显传呼机不应该装备在我身上。

　　"二哥，其实我们两个都好说，只要你二叔能住下就行了。你何必又去跑了一趟派出所呢，太麻烦你了。"大弟看着小弟说。

　　"这儿的住宿费是最便宜的了，二哥没本事，还没混上宽绰房子呢，真没法让你们到家里去住"。我望着两个弟弟歉意地说。

　　把他们安排妥当之后，我在附近的一家小酒馆给二叔和两个弟弟接风。

　　吃饭过程中，我到包间外面用饭店的座机给大哥家挂了个电话，是大嫂接的，说大哥还没回来呢。我就把二叔他们所住的房间号告诉了大嫂，让她转告给大哥。

　　回来后，我又发挥想象地说大哥有多忙，向二叔解释了一遍大哥没来接站的原因。

　　二叔就说："你们现在正是好时候，能不忙吗？二叔不挑这个，这就够一说的了。二叔能怪你们吗？要怪就怪二叔这身子骨不争气，好好儿的，还得上病了，真是老了，不中用了……"

"二叔，哪能这么说呢，人吃五谷杂粮，谁能保证总也不生病啊？"我说。

吃完饭已经八点多钟了，我们回招待所陪二叔唠了一会儿家常。这时，我的摩托罗拉传呼机响了，是杨杏传的我。留言是"回来时别忘了给孩子买奶粉"。

"是不是谁找你有事呀？快忙去吧，可别误了正事。"二叔很为我着急的样子。

"没事，都下班了有啥事。"不知为什么，我很想回家帮杨杏照顾八个月的女儿，但又不忍心撇下二叔和两个弟弟。

不知又坐了多久，传呼机又响时我终于坐不住了。我说："二叔，我真得回去了，孩子太小，你侄媳妇一个人还真不行，明天我带她们娘俩来看你。"

二叔极难为情地挣扎着坐起来："哎呀，看我这记性，是不中用了。我怎么都忘了呢？二侄子你赶快回去吧，孩子还那么小，你媳妇上一天班儿也够累的，兴许晚饭还没吃到嘴里去呢，快回，快回去吧，我就怕来了麻烦你们，这不正整的？对了，没啥给你们拿的，临来你二婶给炒了点儿瓜子儿……"二叔一边把一布袋子瓜子儿拿给我，一边又剧烈地咳嗽起来。

我说："大老远的，还拿这个干啥。"

二叔一边咳嗽一边说："没、没啥好拿的，就是这么、这么个意思吧，可千万别嫌弃。"

"那我就先走了，明天早上再来。"我说着就匆匆地往出走。

大弟和小弟送我到楼梯口，我让他们留步，大弟非要坚持出来再送送我。

　　路上，我又问了大弟家里目前的一些情况和打算，大弟一直遮遮掩掩不肯说，问到最后才吞吞吐吐地说："……这些话我真不该说，我和小弟现在都很困难，也不怕二哥笑话，农民挣点儿钱太难了。为了给我盖房子、说媳妇，勤劳了一辈子的我爸也差不多倾尽了所有的积蓄，他要是得个肺结核，我和小弟就是倾家荡产也得想办法治，要真是得上了肺癌……真不是我们当儿子的不孝顺，我们也就、也就只能等着他老人家死了……"

　　我听得很震惊，也很难受。想来想去我也没有办法，就说："是啊，实际上我们当侄子的也帮不上什么太大的忙儿。在别人看来，我们大学毕业能留在省城各方面都不错了。实际上我们又有什么，也不过是工薪阶层啊。不过大弟，你也别着急上火，先确诊，完了再说。你毕竟还有两个哥哥混在省城里。"

　　大弟似乎还想说点什么，但他没有继续说。

　　回家的路上，我尽力回忆着大弟下车后的种种举止，虽然在付住宿费和饭费时大弟也一直在和我争着由他来买单，但他每次都没有底气做到坚持到底。大弟天生不是那种虚头巴脑的人，从这些细节上我也足可看出他经济上确实很拮据。

3

　　我回到家时，杨杏的晚饭果然还没有吃上，八个月的女儿正在哇哇哭闹。

　　还没等我换完拖鞋，迎出来接我的杨杏见我手上并没有奶粉，突然变得急躁起来："孩子都快饿死了，让你买的奶粉买哪儿去了？"

我只觉得脑袋"嗡"地一下，我怎么把这么重要的事都给忘了呢？

女儿生下来身体就弱，加上杨杏的奶水不足，一直离不开奶粉。说起来也怪，一般的奶粉她还吃不消，小家伙儿吃惯了大批发市场上才有的那种特殊味的"婴儿奶粉"。可是这个时候了，大批发市场也早关门了。再说，预计买十袋奶粉的那二百块钱，从下午到晚上我已经花得差不多了。

杨杏没像我预想的那样第一时间问问我二叔的情况，这很意外。我虽然不很痛快，但还是很自觉地到楼下的食杂店买来了一袋普通奶粉。

我很被动地把奶粉袋剪开，熟练地用小勺取一些奶粉放到杯里，又把开水倒成温水，再将调匀的温奶小心翼翼地倒进奶瓶中……

"你们家总来人总有事，我算是倒老霉了。"杨杏一边悠着已经睡着了的女儿一边说。

我想说：我们家就这样，谁家没有个三亲六故的！但我还是没有说出来。我只是说："是我愿意让他们来麻烦我呀？"我看了看可怜的女儿，强压住心头之火，没有发作。

女儿一小会儿就醒一次，"啊啊"叫着，小嘴直吮被角，显然是饿的。可杨杏把装有普通奶粉的奶瓶子放到她嘴里时，她只是狠狠地吮几口又马上吐出来，愤怒地"啊啊"叫着……

屋子小，又不太通风。看着杨杏被汗湿透了的后背，我又觉得很对不住她。自从有了女儿，她起早贪黑，白天上班，晚上回来还要带孩子。她早已不再是从前的那个女大学生了，也不再是从前那个娇气十足的独生女了。

可是，又有什么办法呢？我们目前的处境就是这样。也许我们应该满足才是，在很多人眼里，这已经相当不错了。在这个拥挤的城市里，有多少年轻人连这样的小房子还没有呢。

我更多的还是想起了我们同甘共苦、一路走来的种种不易，来到厨房亲自动手给一直不太高兴的杨杏做了一碗热汤面，还打上了两个荷包蛋。

杨杏毕竟有文化、有修养，也不是那种得理不饶人的主儿，吃了热汤面和荷包蛋（还必须分给我一个）也就好人一个了。杨杏还一边吃一边热心肠地打听起我二叔的情况："二叔住在哪儿了？咋不带回家来住呢？"她的问话反倒显得我对自己的亲人不够热情了。

我说："担心二叔得的是肺结核，怕传染，就不好让他和两个弟弟来家里住了。"

"来那么多人啊！肺结核？那可得抓紧治呀！"杨杏显得有些着急。

"再抓紧也得等明天医院大夫上班呀。"这时我感到我和杨杏真的还是相亲相爱的一家人。

接着，我和杨杏又像一家人一样唠了一些关于二叔和两个弟弟的事……

后来，杨杏还帮我看了下午没看完的校样儿。她戴上眼镜，很认真的样子，竟比我看得快，我们一直看到后半夜两点多才看完。睡觉前，杨杏还打着哈欠说："这样你明天就能安心为二叔看病了……"

大哥这时才给我发了个传呼，留言说："回来得太晚了，明天一早去看二叔吧。"

大哥的传呼发得太多余了，突如其来的"嘀嘀"声虽然没吓着正准备睡觉的我和杨杏，却把女儿给吵醒了。女儿再也不肯睡了，一直哭闹到天亮……

4

我和大哥都是到单位点了个卯就来到二叔的住处的。

到省城看病远不是想象的那么简单。我在这个城市生活十多年了，虽说享受着国家给的公费医疗，可真就没怎么到大医院来过，更谈不上住院了。有个头痛脑热的小病，更多的是到附近的药店或小诊所买点儿药。我替二叔排了半上午遥遥无期的长队之后，才有些真正认识了省人民医院。这个城市的人确实太多了，生病的人也确实太多了。

一上午眼看就要过去了，我仍然在排队。在看病这个问题上，我们好像没有任何进展。我和大哥还要上班的，这样下去让人有些承受不了。说实话，我心里急一阵火一阵的，又不能让二叔和两个弟弟看出来。中午休息，我们的午饭吃得没滋没味。

后来的事情还多亏了大哥。下午，大哥通过他的一个同学，费了很大劲才走成了后门儿。大哥的那个同学的什么人是省人民医院另一个科的大夫，但他是第二天的班，让我们先回去等着，明天一早再来。

就这样，我们总算在二叔到来的第三天的上午给他做上了
ＣＴ检查……

又等了 24 小时（也就是二叔到来的第四天），我们终于等
到了那个可怕的会诊结果——肺癌晚期。

这个结果既在预料之中，又在意料之外。我们面面相觑
了一阵之后，还是很快地接受了这个残酷的现实。但一时间
好像谁也没了主意，是不是得治呀？怎么治呢？两个弟弟也
没有了章程。

那就听大夫的吧。大夫的意思是，患者才五十一岁，虽然
癌细胞已经开始扩散，但不忍心放弃对患者的治疗，建议家属
住院化疗观察一段时间。

后来就来到了医务室，那位姓张的主治大夫一遍遍责问我
那位老实的大弟："你为什么不早把病人带来？在癌细胞扩散前
做手术至少能维持五年。当儿子的舍不得花钱给老爹看病，是
不是？农村这路事儿最多，一个老爹能养活一大炕儿子，一大
炕儿子最后不管一个老爹！"

姓张的主治大夫是主任，说话嘴挺黑的，说得大弟眼泪汪
汪的，使本来按原计划不打算继续治疗的大弟迅速有了另一种
决定——"哪怕倾家荡产，也要住院治疗。"

姓张的主治大夫让手下人马上给二叔办理住院手续，让家
属先交三千元押金，准备下一步的治疗。

大弟这次没有犹豫，从里怀里掏出一个旧钱包，里面顶多
有六七千块钱。大弟一张一张地数了好几遍，才小心翼翼地把

三千块钱递进了窗口，让我看到了一个已经习惯于精打细算的农民。

20世纪90年代初，医院对癌症患者的治疗程序是这样的：先打针吃药控制住癌细胞的进一步扩散，然后视具体情况实施化疗、放疗。我不太了解那些具体的治疗究竟是怎么一回事，但我知道医院对癌症的医治恐怖而痛苦、漫长而昂贵。几年前，我单位有位癌症患者治到最后弄得皮包骨头，苦不堪言不说，也基本上折腾得倾家荡产，那还享受公费医疗呢。

回过头来，我们还得瞒着二叔，就很认真地对他说："这回确诊了，是肺结核，这病好治。"

在楼下长椅上等结果的二叔微笑着，看不出来是相信还是不相信。

办完了所有的住院手续，把二叔安置在病房后已是十点钟了。

大哥说："单位脱不开，不行我下午再过来吧。"说完就匆匆忙忙地走了。

我给单位打了个电话，还好，我的那份校对工作已经让一个要好的同志代劳了。我就和大弟、小弟来到住院部楼下的花坛边坐下来假装唠家常。因为要想知道二叔的真实病情，必须得避开二叔。

"我二叔这病是什么时候得的呢？"我问两个弟弟。

"你二叔你还不知道？有病不吃药，干活不要命。现在啥啥都发展得飞快，就连咱老家那边的盐碱地也被开发利用上了！老多低产旱田都被改造成水田了。以前父老乡亲们一年到头也吃不上几回大米干饭，现在可好了，家家户户都种起了水稻。你二叔就整天兴致勃勃地带着大伙儿开垦那大片大片的盐碱地，梦想着有一天自己也能承包上二十垧地的水稻田。对了，二哥你们也听说过那件事吧？为了抢时间，你二叔还创造过三天三夜不下推土机，连续作战七十二小时的劳动模范纪录呢。"

"听说过，我二叔也太要强了，是不是给累的呀？"我说。

"你二叔半年前突然咯血，大伙儿就劝他上县里瞧瞧，可他还坚持呢，说啥也不去，还说一把老骨头了，没那么金贵，还不如省点儿钱给他就要出世的大孙子换糖球吃呢。"小弟又快言快语地说。

"那最后是什么时候，我二叔又同意上医院了呢？"我问。

"这才几天儿的事儿呀，也就是两个礼拜以前吧。"小弟答。

"才半个月？"我又问。

"可不是咋的？两个礼拜前那天半夜，你二叔疼得直砸炕沿，实在挺不住了才同意我们套车拉他上乡医院。乡医院说是肺结核，可是吃药打针一个多礼拜也没见效。没招儿了，我们才坐汽车上县医院看，县医院拍了片子后初步诊断是癌。当时我们哥俩都傻眼啦！这可咋整啊？啊？咋整啊……后来我们就呼啦一下想起了大哥二哥在省城里，就寻思到省里的大医院再看看吧。"又是说话爽快的小弟抢先说。

过了好半天，大弟说："我爸原本不同意到省城来看病，他怕麻烦你和大哥。我也不想来，只是……"大弟有些语塞。

"别着急，我们会尽最大力量的。"见大弟欲言又止，我说。话说完了，我又感觉到自己的底气好像不是很足。

　　静了一会儿，大弟声音很低地说："其实，县里确诊后我对我爸的病就已经绝望了。我们是农民，我们怎么有能力来治疗癌症这种病呢？那时我就想：爸，您只能等着慢慢死去了，您一辈子再要强再倔强也没有用了，谁让您是个花光了积蓄的农民啊？谁让您不争气的儿子同样又是没有钱的农民啊？后来我又想，我爸没来过省城，就带我爸来省城走一趟吧。我压根儿就没敢想是来治病的，只敢想是走一趟，顺路再看看，万一不是癌呢。可是……可是省城的医院再一次宣布我爸得的是癌症……这一点儿也没出我的意料，一点儿也不意外。可是……可是在那一刻以后，我渐渐地不敢再正视我爸那孤独无助的眼神儿了。我从来没见过我爸有这样的眼神儿。二哥你也知道，我爸是从来不愿求助别人的……但是他现在真的在求他的儿子呀！我爸瞅我的眼神儿和瞅别人的眼神儿不一样，这一点我时刻都感觉得到，他为我付出那么多，我是他的长子，他一定认为他的命就掌握在他的长子手里，可他可怜的长子什么也无法为他做呀！二哥，真的，如果我死能换来我爸活我都干。二哥，咱们说他得的是肺结核，你以为他相信了吗？他只是没有勇气相信他得的是肺癌，他最了解他的大儿子，他的大儿子拿什么给他治癌症呀？我爸的眼神儿只有我能看懂……"大弟声音越来越低，可句句让我撕心裂肺一般。大弟一向老实厚道，我知道他说的话毫无水分。说话时，憨厚的大弟和会说话的小弟对我二叔的提法都是不一样的：小弟总是"你二叔"，大弟则是"我爸"。

　　大弟没有直接说要我们帮他一把，但我似乎有这样一种感觉：一双颤抖的手一直在向我和大哥伸举着，就像我常在上班的路上见到的那种无能为力的乞讨人的手。我不知道心中是一种什么滋味，我真的能如我初见他们时说的那样尽力去帮助他们吗？做到什么程度才算"尽最大力量"呢？我好像正在回避着什么，虽然口头上仍很真诚地说着："别着急，咱们慢慢想办法。"

"二哥，这几天可把你和大哥折腾够呛，都是当弟弟的无能。走，咱去食堂吃饭吧。"小弟一向机智，这时他却尽量表现出了一种轻松。

中午，我们把饭打到二叔的病房里。二叔说他不饿，没吃几口就放下了，一遍遍跟我说："二侄子，你和你大哥都有一大摊子工作呢，正是人生最好的时候，也是最扛劲儿的时候，赶快忙去吧，千万别把你们的正事儿给耽搁喽。我这不是已经住上院了嘛，已经把你们折腾够呛了，下午快回单位去上班吧。"

我说："单位下午没啥大事，我坐一会儿再走。"

后来，我留意观察了二叔，觉得大弟的话很准确。虽然大家都瞒着二叔，说他得的是肺结核，但从二叔偶尔流露出的表情上看，他就像早已清楚自己得了什么病。二叔偶尔挂在面部的表情是那种知道自己生命有限的人所特有的表情，是绝对的对生存下去的渴望。尤其是在我按照他的意思要离开病房，和他告别那一瞬，我终于看懂了二叔那种近乎贪婪的目光，表象是一种大气憨厚的拒绝，实质却是一种小心翼翼地求助。我有生以来第一次觉得我的二叔也是惧怕死亡的，以前我一直错误地认为二叔冒死救我们很正常，因为二叔给我的印象似乎他生来就是那种"一不怕苦、二不怕死"、勤劳勇敢的人。

回来的路上我一直都在想，当年二叔冒死救我和大哥的时候，他自己不正是我们现在这个年龄吗？用他自己的话说，不正是"人生最好的时候"吗？而那时他为了他的两个侄子，却能纵缰跃马，义无反顾……

5

我觉得弟弟们随时都有张嘴向我和大哥借钱的可能性，或者说我和大哥随时都有把手里的钱借给弟弟们的可能性。总之，我们要尽我们最大的力量了。

如果我仍是单身一人，我会毫不犹豫地把所有的积蓄都拿出来救二叔，但我已经是个组成家庭的人了。对于一个家庭来说，倾其所有地往出借钱毕竟是一件大事，得和家人共同商量后才能决定。晚上回到家，我就晓之以理、动之以情地做杨杏的工作。我铺垫了好半天，最后终于鼓足了勇气说："二叔已经确诊了，真的是肺癌，并且还是晚期。医院让住院治疗，我看咋也得花上几万。两个弟弟都没钱，看来关键时候，咱们还真得借给他们点儿钱用。"

没想到杨杏并没有像我想象的那样不愿意，而是惊讶地张大了嘴巴："肺癌？得的真是肺癌呀？太可怕了，你咋不早点儿告诉我呢，我还以为二叔得的是普通的肺结核呢。"

杨杏在确信并进一步了解了我说的是真事之后，沉默了许久。然后，她满怀深情而又不乏理性地说："咱家现在确实有两万块钱，如果这两万块钱真能救了我们二叔的命，别说借，就是给，咱也得拿出来，行。可是，如果要用这两万块钱起到让一个晚期癌症患者多活几天的作用，我真的觉得有些不太值得了，你说呢？其实，不用我说，你自己也清楚咱们这两万块钱是怎么样一块钱、一块钱积攒的。当然，这只是我个人的看法，不一定对。如果你觉得必须得拿钱，那你就拿去，我也绝不反对。人心都是肉长的，谁还没有个骨肉亲人呢？再说二叔还是你和大哥的救命恩人呢。"

杨杏并没有说不同意，又说出这样一番颇有见解的话，反倒让我一时没了主意，我似乎也有些觉得杨杏的话充满了道理。医生没说能活多久，一年？半年？三个月？可也是，让二叔受着罪多活一年半载的又能怎么样呢？可是，大家大眼瞪小眼地看着二叔得病了不给治，让二叔等死？也不是那么回事啊……我哪能让我亲爱的二叔在我眼皮底下等着死呢？那我可太不是人了。

过了一会儿，杨杏又说："在我们现在居住的这个城市里，有两万块钱实际上跟过去说的穷光蛋是一码事，只是我们不忍心承认罢了。如果没有这件事我还从来没有认真想过这些，其实我们自己也是穷人，我们拿什么去奢望拯救别人呢？万一我们自己或者我们自己的父母病倒了，我们又能怎么样呢？"

我那坚强的尽最大力量挽救二叔的想法此时突然显得不堪一击了。是啊，我们有能力抵御灾难吗？只是我们尚未摊上灾难而已。我们实际上还远远没有拯救自己的能力啊，更谈何去拯救别人啦！

夜已经很深了，我只是出于习惯才选择躺到床上去，其实毫无困意。我一直在琢磨：二叔这病治还是不治……治吧，还真就没钱；不治吧，那也说不过去呀。我真的太无奈了，我无奈至极。

（后来，我偶然发现我头上已经有了白发，我想跟那个无奈的夜晚有关。当然这是后来的事了。）

这天午夜时分，电话突然响起来。又是大哥打来的。

"二良子呀，是这么个事儿，我刚从我的同事家回来，他老爹就是晚期肺癌，目前在肿瘤医院化疗呢。三个月，花进去十多万了！人家哥兄弟几个都是开公司的，有的是钱，任老爹剩下这几天一寸光阴一寸金地过。我的意思是啥呢，咱们一家人不说两家话，咱们实话实说……二叔跟人家老爹比不了，人家有好几百万，二叔哪儿有钱哪，二叔的两个儿子也没钱，最后没招儿了不就得跟咱们借吗？你说咱们借不借吧？两个弟弟根本就不具备偿还能力，咱们借给他们钱咱们怎么办？再说咱们也没啥钱啊。二良子啊，大哥不瞒你，大哥手上确实有三万块钱，可年底我单位集资盖房子，孩子还得上中学，大哥也是奔四十岁的人了，不能总住一室一厅吧？今天下午，我还打电话让我同学问了他那个在医院工作的哥们儿，让我同学套点儿实话，问从现在开始给二叔用最好的药，二叔还能维持多长时间？我同学那哥们儿开始不说，后来才说。你猜他是怎么说的？他说：'唉，怎么说呢？跟哥们儿我得说点儿实话，但你可千万别说出去，像你同学二叔这种情况，顶多也就能再活半年，一个月两个月也是可能的，治疗价值已经不是很大了。'我当时脑袋忽悠一下子，咱二叔这不完了吗？他才五十出头啊！咱们也不能就这样让他等死啊？后来，我冷静下来还是觉得确实没办法。回来后我一直琢磨：治，不就是让病人多活那么几天吗？等人走了，让子女们都背上沉重的债务，这到底值不值呢？人道不人道呢？难道说盲目地尽孝道、负债给抢救没有希望的晚期癌症患者就人道了吗？"

"事儿是这么回事，可我们怎么也不能跟大弟和小弟说'就这么着啦，救不了啦'呀！二叔总是用那种无助的目光盯着大弟，大弟心理压力相当大：救吧，没有钱；不救吧，所有的人尤其是二叔本人还都眼巴巴地盯着他。大弟想放弃也不容易呀！"也许是因为我刚才已经和杨杏探讨过类似的话题，所以我没觉得大哥一直赔着小心的想法如何缺乏人情味儿，我竟然还顺着大哥的思路说了上面这样的话。

大哥听我这样说，后边的话就更加坦诚了。"我们怎么能直接去劝这种事呢？这事得让大夫去做工作。对了，我同学还帮咱们分析了咱们目前面临的形势：现在情况已经相当紧迫了，最好还是抓紧回老家去。有一个首要问题，关键就是设法让大弟决定放弃治疗。但是，大弟自己不能说不治了，这样有不孝之嫌；当侄子的就更不能张罗打退堂鼓，那样显得太无情无义；只能去做主治大夫的工作，让主治大夫从医疗的角度来当众说服大弟放弃治疗才是最好的办法。我同学说，别看有些大夫满口的仁义道德，实际上也都是普通大众，免不了人间烟火，只要给上钱，让他们说啥他们就说啥。我同学还说，只要偷偷塞上五百块钱，这事儿就能搞定。二良子，你可别多想，在这件事上，我们真是一点儿办法也没有了，我们还不具备那份能力啊，这也是没有办法的办法。"

"大哥，你看这么做好吗？"我突然觉得我们的二叔好像在远处看着我们呢。

"现在也没有别的更好的办法呀。对了，我还没跟你说呢，我同学说了，咱二叔目前这个身体状况，说不行就有可能不行，万一不行在这个城市里，据说火葬场接收外地人手续相当烦琐，弄不好咱们还得雇车往回运，大热的天，费劲着呢，整不好车都雇不着。让我同学说的，我现在都担心啊，二叔要真老在这儿可咋办啊？二良子，咱们可不是见死不救，还是那句话，咱们确实是没有那个能力呀！就这样吧，没有别的办法呀，这事真得快点儿办呢，我先让我同学托人给姓张的主治大夫打个招呼，咱们明天一早就去办吧。二良子，大哥撂了，噢！"

我一夜未眠，觉得人是最会寻找理由和借口的残酷动物……

6

大哥很早就来了电话，说他的同学已经托人和姓张的主治大夫联系过了，说那人虽然嘴黑，但人并不坏，对上脾气了也好说话，说是能行。大哥说："我同学说他托的那个人明天一早就去医院，亲自帮咱们把红包给送上去。为了保险起见，咱们就得多给点儿了。我同学说拿五百差不多就能办成。咱们还是得争取一棒子打住，万一姓张的主治大夫嫌少不干，那咱哥俩成啥人了？你说呢，二良子？"

"你就看着办吧，这事我还能怀疑你能拿回扣咋的？"我突然觉得有些心烦意乱。

"那就这么定了，咱俩就别一人出二百五了，也不好听，就一人出五百吧。"大哥说得好像在和我做买卖。

"行行行，我都出也行。"我觉得我们每人拿五百也无法逃脱掉"二百五"的形象，还是两个加了倍数的"二百五"。

上午八时三十分，我和大哥怀揣着用红纸包好的一千块钱准时来到了省人民医院。

一路上，我一直有种惶惶不可终日的感觉。我觉得我们怀揣着的不是红包，而是一个巨大无比的阴谋，或者是一枚巨型的炸弹。我觉得我和大哥就像小时候看的电影中那种最坏最坏的狗特务。不论怎么说，姓张的主治大夫从本质上都是二叔生命的最后一个守护者。无论他的真正目的如何，只要他坚持主张给二叔治病，二叔的生命就有可能得到一定程度的延续。而我和大哥却要用这一千块钱的红包把这个举足轻重的守护者给拿下，我们要像儿时看过的战斗故事片中解放军攻克敌人最后一个碉堡那样，用这个巨型炸弹把这个举足轻重的主治大夫给炸掉。而此时的我们又不像是那些英勇无畏的解放军战士，我们更像那些苟延残喘、胆小怕死的敌人……

就像事先约定的那样，我们贼一样把红包交给了大哥同学托的那个人……

大哥同学托的那个人就像地下工作者一样走向了姓张的主治大夫的办公室……

我们又贼一样从二叔所在住院处门口溜过，等在三楼姓张的主治大夫办公室不远不近的门外……

我们还影影绰绰地望见姓张的主治大夫竟然一个人候在屋里，就像事先预约好的一样……

过了好久，我们终于看见了大哥同学托的那个人从姓张的主治大夫办公室里出来了，那个人大功告成地向我们挥了挥手说有，他还有事，就先走了……

我和大哥这才怀揣着不可告人的秘密，灰溜溜地来到了楼下二叔的住院处。我们忐忑不安地敲门走进二叔的病房时，两个弟弟正在给二叔喂早饭。

二叔看见我和大哥来了，早饭也不吃了，热情地让我们坐下并和我们说话："你们俩不去上班，这么早就跑来看我，这可不行啊。唉，我这一来，我的两个大侄子可受罪喽……"

二叔一定认为我和大哥是为了拯救他而来的，他绝对不会想到我们会给他来上背后一手。我有些不敢正视二叔，也不知道还应当对我亲爱而可怜的二叔说些什么。我这时格外羡慕起那些我平时不怎么瞧得起的大款来，如果我或大哥有一个人像他们那样富裕，我们在做人上可能就不会像今天这样自责和猥琐。

大哥一直很亲热地和二叔唠着家常，我不知道他的心情是否和他的表情一样平静。

后来，当二叔说到再有三个月就能看见到他的大孙子时，他显得格外激动。二叔的脸色也显得红润了许多，一点儿也不像一个重病缠身的晚期癌症患者。

不过，唠了一会儿二叔却突然说："死，二叔倒是一点儿也不怕。二叔就是想看看大孙子长得什么样儿，咋也得让二叔看看自己的大孙子再死呀。"二叔说得很认真，像在开玩笑，又不像在开玩笑。

心灵感应？骨血反应？就像当年二叔从遥远的地方骑着骏马狂奔而来搭救我们一样。而这回却是反着来的。我又一次有了这种切实的内心感受，心里堵得慌……难道说二叔知道我和大哥及大哥同学托的人刚才在楼上的举动了？我正心惊肉跳地思考时，一位护士走进来通知道："3号床（二叔的床）家属，请马上到三楼主任室去，张主任要谈一谈下一步的治疗方案。"

除了二叔之外，我们就都到三楼的主任室来了。姓张的主治大夫和其他几位大夫早已等候在那里，我们一进屋，姓张的主治大夫就吩咐一位值班大夫宣读几日来的医疗报告和临床表现。

我忘了我们是如何堂而皇之地切入主题的。只记得大哥极不自然地坐下又起来，起来又坐下。在大哥吞吞吐吐地想要说明内心深处的意思时，姓张的主治大夫先说话了："谁家有了病人谁都闹心，常言不是说嘛，'有啥别有病，没啥别没钱'。这年头儿，老百姓得了这种难治的癌症，谁家摊上也是够呛的事。治吧，倾家荡产？不治吧，心如油煎。十指连心，都是亲人！"

我没想到印象中话直嘴黑的张姓主治大夫竟然也是个很有人情味的人，说起话来通情达理，实实在在，也比从前和蔼多了，就像换了一个人。

然后，姓张的主治大夫又表情极其严肃地说："医院从不放弃对任何患者的治疗，医生的职责就是治病救人。然而，从一位医生的职业道德出发，我不得不深表同情地透露给患者家属真实情况，患者已是肺癌晚期。"

一时间，整个房间里鸦雀无声，就像所有人都窒息了一样。

姓张的主任医师停顿了一会儿接着说："又鉴于患者是位农民，家庭状况比较困难，我个人建议还是保守治疗吧。手术也是白遭罪，而且治疗的价值已经不是很大了……噢，我说多了。按理说，我是医生，应本着治病救人的原则，不该谈这些的。好了，至于下一步怎么走，我还是要尊重患者家属的意见，我不该在此感情用事。"

大弟瞅瞅大哥，瞅瞅我，又回头看看小弟，大弟明显已经没有了主意，好半天才说："张大夫，您看我爸这病是不是一点希望也没有了？张大夫，我们是没钱，但哪怕有一点点希望，我们也不忍心放弃呀。既然您已经把实底儿都告诉我们了，还是请您帮我们出个主意吧，我们就听您的了。"

"这种事我可不好替你们做主，治与不治还得你们自己定。"姓张的主治大夫表情复杂地说。

"大哥、二哥，你们说呢？"大弟更加没有了主意。

"主要是我二叔已经是肺癌晚期了，要是早点确诊就好了。"过了一会儿，大哥不得不表个态似的说。不过他几乎说了一句废话。

我又能说什么呢？我不敢抬头去看任何人。我想，那些大夫，尤其是那个姓张的主治大夫一定会发自内心地看不起他们眼前这四个姓王的男性公民。

大弟又用征求意见似的目光看看大哥、看看我。

我想躲开他的目光又没躲开时，大弟咬了咬牙说："大哥二哥，那就得麻烦你们了，想法儿帮我多弄些杜冷丁吧。我爸一辈子尽干活儿了，他真没享几天福，死前就让他少遭点儿罪吧。既然已经到了这步，我们还是回去吧。"大弟极其艰难地做出了最后的决定，说话时，眼泪就在他的眼圈里转着。

大弟果然决定回去了，默默哭泣着匆匆走出门去。

几位大夫这时也出去了，我和大哥也要走时，却被姓张的主治大夫给叫住了。他从衣袋里掏出那个我们都熟悉的红包扔给大哥："你们的情况你的朋友都跟我说了，我只好无奈地对你们表示同情了。但我还是为你们的行为感到悲哀，你们对亲人的道德和良心我不好评价，但你们多少还是有失社会公德的。本人说话有时嘴黑，但从来不收取患者红包，请记住，不是所有的医生都吃你们这一套的。对不起，送客！"

我头一次遭遇如此奇耻大辱。下楼时，我的心脏更加剧烈地跳动，腿也颤抖得厉害。我觉得四个姓王的男性公民又被姓张的主治大夫给赤裸裸地审判了一回⋯⋯

杜冷丁是严控麻醉药，只止疼，不治病。癌症患者疼到挺不住时，打上一针能缓解疼痛。这是很多人都知道的常识。

我们下一步就是想法儿把这种止疼药帮我们的二叔多弄来一些，好让他心满意足地带回家去"治病"。

为了让事情进展得更加顺利一些，以免发生变故，大哥马不停蹄地去做他不得不做的事情去了。他没有来到楼下二叔的病房，而是直接下到一楼，打了个出租车找他同学弄杜冷丁去了。

　　和两个弟弟来到二叔的病床前时，我心里极不是滋味。二叔一直在用一种询问的目光望着我们。

　　大弟不等二叔开口，抢先说："爸，刚才大夫们会诊了，说你这结核病见强。大夫说这里费用太大了，建议咱们回家去治，打针吃药就行。"

　　小弟也声音不大地说："人家让咱回去，咱就回去吧。"

　　这时，我的传呼机响了，是大哥在传我。正心如刀绞、做贼心虚的我得以从二叔的病房里走出来。

　　我到一楼的公共电话亭给大哥回的电话，大哥在电话那头说得很激动："二良子啊，我在我同学这儿呢，我同学这回可又帮了咱大忙了，他一个电话就给咱弄到几十支杜冷丁。再等一会儿，我和我同学这就去找他的另一个哥们儿，那个哥们儿还能给咱弄一些。弄好了的话，还可以多弄点儿呢。"大哥话语中充满着胜利者的喜悦。

　　放下大哥的电话，不知出于一种什么心理，我独自来到住院处外面那长长的走廊。我漫无目的地来回走着，不知走了多少个来回，才下意识地想起可能就要出院的二叔。说不定二叔他们正等着我呢，我三步并作两步地向二叔的病房走去。

　　我来到二叔的病房时，他们已经基本上收拾好了东西。我试图为他们最后做点儿什么，可绕来绕去得好像一点儿也插不上手，我不知道还能为我的二叔做些什么。

　　后来，我就坐在二叔的床边，一遍又一遍地昧着我的良心跟二叔说："二叔啊，大夫让咱们回去治，咱们就回去治吧。在这儿住院也一样是打针吃药，费用还挺高的，真不如回家去治方便。大夫还是挺理解我们的情况的，他也是这么说的。"

二叔就微笑着看着我，看着大家，能看出他心里并不情愿，嘴上却说："实在不行，那就回去治吧，我听你们的。"

下午两点钟左右，大哥总算带着一大包子杜冷丁回来了。大哥进门后和二叔说的那几句话竟与我刚刚说过的话惊人地相似。不知为什么，我觉得恶心极了……

我们刚强而善良的二叔没有让我们的灵魂在最后的时刻更加猛烈地颤抖。"那就抓紧买车票，下午就走吧。"

我没想到所有这一系列本应非常烦琐的事情会让并不高明的我和大哥办得如此顺利。就在这天下午三点钟，我们如愿以偿地为我们的二叔办理完了一切出院手续。接着，我们很快又为我们的二叔和两位老实的弟弟买到了当天晚上五点多的回程火车票……

我一阵阵觉得道貌岸然的我们已经把我们的二叔提前打发向了那亘古无返的黄尘古道，而我们的二叔还一边走一边微笑着回过头来，朴实地和侄子们亲切挥手，还善良地让侄子们保重身体……

但愿那些止疼的药能好使啊！我偷着出去擦了好几次泪水，我觉得那也许就是人们常说的"鳄鱼的眼泪"。

最后护士来清理床位时，二叔一度拉住我和大哥的手说："本打算到家里去看看孩子们的，可肺结核这病犯说道，去不了啦。"二叔还颤抖着手从腰包里拿出二百元钱，说："二叔的一点心意，就替我给两个没见过面的小孙女买点儿糖球儿吃吧。"

我和大哥说什么也不要，大哥说："二叔都有病了，正需要钱呢，我们本应该给二叔拿一些才是，这样怎么好⋯⋯"

"这些天你们都没少破费，二叔就这么点儿意思，听二叔的。"二叔要生气的样子，直到我们把钱收下。

后来，二叔还信誓旦旦地说："等我的病治好了，我就承包村里的水稻田，每年我种上他二十坰地的水稻，就会挣到很多的钱，到那时我再来看望孩子们⋯⋯"

在我的记忆里，那天二叔一直都在微笑着。

7

微笑的二叔被我们搀出了住院部⋯⋯

微笑的二叔被我们搀上了城市的出租车⋯⋯

微笑的二叔又被我们搀上了开往北方乡村的普快列车⋯⋯

8

没到两个月，父亲又打来电话，说乡下来人转告了二叔去世的消息。他们说，二叔回家后不再有那种求助的目光，但他仍然一直坚强地微笑着。直到死那天，二叔也在微笑，除了叨咕想见一眼大孙子，他几乎一句多余的话也没有再说。

三个月后，大弟的儿子——我二叔一直都想看看的大孙子——出世了。据说那大胖小子生得虎头虎脑、见人就笑⋯⋯

论起来，那个孩子管我也应该叫二叔，我应该高兴才是。可我隐隐约约感到心口有点儿疼似的，我还有些慌张，就像害怕那个孩子叫我二叔似的。

人们都说我们的二叔是得癌症死的，可我却分明记着——二叔死于一场温情脉脉的谋杀，而那场拙劣的谋杀伪装得一点儿也不高明。

因为我们都知道，如果二叔不是被谋杀了，曾经三天三夜连续作战的威武二叔还要为他的孙男弟女们种上二十垧地的水稻呢。秋收以后，二叔还要带着水稻换成的好多好多钱到城里来看望他的侄子和侄子的孩子们呢。

以后的日子里，我一直做着关于亲人二叔的梦。梦中，我勤劳、智慧、善良、勇敢的二叔已经征服了北方的盐碱大地，二叔手里捧着黄灿灿的水稻，仍然微笑着……

（后记：至此，小说好像写完了。其实，一切还远远没有结束，好像问题更多了。面对梦中微笑着的二叔，回想起那浩荡叔恩，心神不宁的我更加手足无措了。文中的"我"好像就是生活中的我，可是文中的"大哥"又是谁呢？在此，我不得不向诸位看官透露一个难以启齿的秘密：我根本就没有什么"大哥"，那"大哥"不过就是另一个我……）

2018 年 9 月 30 日改定于长春平安街

发表于《山西文学》2018 年第 11 期

选载于《小说选刊》2018 年第 12 期

公鸡大红

1

　　望着熟悉的干草垛，嗅着垛底枯秸与泥土混合后发出的独特腐香味，公鸡大红象征性地伸了几下腿，振了几下翅，最后看了一眼曾经的幸福家园，就永久地闭上了那双已经有些皱纹的黑色眼睛。

　　冥冥中，大红仿佛还能听到女主人张玲玲假惺惺的慈悲声："小鸡小鸡别见怪，你本人间一道菜；今朝早去阎王府，明年托生再回来……"女主人张玲玲这个人，在大红生命的最后一刻也没留下太好的印象，言行多多少少还是有那么一点可笑。

　　就连人生活在这个世界上都那么不容易呢，何况是一只小鸡了。大红此生虽谈不上辉煌，但也还算说得过去。张玲玲下刀的手依旧和往常一样有些笨拙，杀得不够专业、不够利落。张玲玲像拉锯一样在大红的脖子上锯了五六下，刀刃在割断喉管之前还锵到了结实的颈骨上，大红清清楚楚地听见了刀刃嵌入颈骨后发出的"咔嚓咔嚓"的钝响声。大红死得虽然有些遭罪，但毕竟还算得上寿终正寝。

大红想，如果自己最后能死在男主人刘长顺手上，那可就再好不过了。最起码，自己会死得比这痛快，比这利索。可是，光想不行，生活中没有那么多"如果"。唉，自己都已经踏上黄泉古道了，可别想那么多没用的了。再说了，尘世间的生活本来就是充满着各种遗憾的，一只小鸡怎么可以奢望凡事都要尽善尽美呢？

2

五年前的夏天，在平安镇幸福村的一户普通农家的炕头上，大红幸运地出壳了。太不可思议了，一颗天衣无缝、溜光锃亮的鸡蛋里竟能蹦出一个活生生、毛茸茸的小鸡来！

大红并非形单影只，和它脚前脚后一起来到这个世界的还有一大帮兄弟姐妹呢。它们是五颜六色、生龙活虎的一大群小鸡崽儿，总共有三十多只呢。那时候，兄弟姐妹们每天都跟随着妈妈出去觅食，就像上前线打仗一样。队伍阵容庞大，队形又总是在不断地更新着、变换着……但一切行动必须要听从妈妈的指挥。以妈妈为首的鸡群每天都有不同的经历，每天都有不同的收获。

很多人都管妈妈叫"老抱子"，大红觉得这种称呼不太好听。在大红心目中，一身洁白羽毛的妈妈不仅丰腴、美丽、健康，而且勤劳、善良、勇敢，妈妈不仅是妈妈，更是统帅三军的总司令。

　　大红记忆最深的是那片青草地。主人家房后很远很远的地方有一片神秘的青草地，那里似乎永远蕴藏着无穷无尽的宝贝，那里似乎永远述说着扑朔迷离的故事。那里不仅有蟑螂、蚂蚁、花大姐等常见食物，还有蚂蚱、蜻蜓、扁担钩等稀有美味。走着走着，你还有可能意外地碰上蜘蛛、蚯蚓、甲虫等上好佳肴；刨着刨着，你还可能惊喜地发现蟋蟀、蝼蛄、蜈蚣等难得珍品……这些都能让小伙伴们突然间兴奋异常地叫喊起来，然后欢欣鼓舞地奔走相告。由于那里的草很深，妈妈的视野有时就不那么开阔了，无法看到所有的孩子，就得不停地招呼着。有一次，一个外号叫"豹花点儿"的小妹妹就意外地在那片青草地里失踪了。这可把妈妈急坏了，带着大家找了半下午也没找回那个小妹妹。后来大家就你一言我一语地猜测起来：有的说豹花点儿可能是被时常出没在那里的黄鼠狼给拖到洞里去了，有的说可能不慎落入那个深不见底的废弃枯井里去了，有的说可能是被神出鬼没的灰狸猫给叼走了，还有的说也可能被一掠而过的老鹞鹰给抓去了……猜测归猜测，总之，那个可怜的小妹妹豹花点儿说不见就不见了，真是太可怕了！这也是大红心里对屋后那片青草地最大的阴影，同时也更加衬托出那片青草地与众不同的神秘感。

　　另一个让大红记忆深刻的地方就是大粪堆。主人家大门前不远处有一个用来积攒农家肥的大粪堆，妈妈也经常把孩子们领到那里去找零食儿吃。因为那里既有富含高蛋白的小虫子，又有饱含粗纤维的谷麦壳，而且相对青草地来说那里要更安全一些。只是那里多少有些肮脏，气味也不太好闻。但为了孩子们快快长身体，妈妈已经顾不了那么多了。妈妈每刨出一片新天地，都要"咕咕"地召唤孩子们过来吃，恨不得让每个孩子都能吃上一口汁液饱满、口味新鲜的虫子。有时候，其实只有一只小小的毛毛虫，妈妈也"咕咕"地叫，大家也都争先恐后地跑过来。有限的毛毛虫当然要属于跑在最前面的捷足先登者了，跑在后面的"倒霉蛋"们只能当练习奔跑了。没有吃到虫子的孩子们似乎并不失望，失望的好像只是妈妈。但妈妈失望得似乎也很幸福，因为下一次妈妈还是这么做。也许妈妈就是要享受孩子们蜂拥而至地向自己奔跑来这个过程吧？反过来从孩子们的视角看也是一样的，孩子们亮着小翅膀扑向妈妈时，那小样儿看上去也是无比陶醉的。

生命历程中虽然有很多美好与温馨的记忆，但也经常有危险的敌人和深不可测的陷阱。成长是要付出代价的，只是大红那时还小，还不谙世事。

妈妈的孩子太多了，以至于它有些照顾不过来。除了时刻防止孩子们发生意外，妈妈还要不断地和身边不太友好的公鸡母鸡斗，和时常挑衅的家猫家狗斗，和偶尔来袭的野猫野狗斗，有时还要和突然降临的天灾人祸斗……

自家的花猫并不是十分可怕，它只是在最初时为了自己缺少奶水的孩子们偷吃了大红的一个小弟弟"三道杠儿"。但男主人刘长顺及时发现后痛打了花猫一顿，之后就再没见花猫有过类似的举动。虽然花猫仍然一副张牙舞爪的样子，但它没再敢对小鸡们动真格的。小猫崽儿有时都饿得"喵喵"直叫了，花猫也只能边舔着舌头边无奈地望一望肉乎乎的小鸡们。有好几次，大红都看出来了，花猫还弄出了一脸痛定思痛的愁容。

自家的黄狗也不是十分可怕。黄狗似乎一开始就很领会主人们的意思，望着一只只散发着血肉气息的小鸡，黄狗虽然心里很馋，但它从来没有真正叨咬过任何一只小鸡。有几次，黄狗撒欢儿地跑向了鸡群，在它马上就能得手时，又撒欢儿地跑开了。大红想，黄狗肯定是实在馋得不行了，是馋急眼了，只好想象一下，表演一下了。那也许相当于人类的军事演习，是在和小鸡们闹着玩儿呢。否则，黄狗那大口一张，是能吞下整只小鸡的。

真正可怕的，是从外面突然造访的野猫野狗们。它们无人经管，可以肆无忌惮、毫不负责地制造各种事端。什么大鸡小鸡的，什么公鸡母鸡的，哪只容易得手就去叨咬哪只。从来不用担心对后果负责的它们经常把鸡群弄得鸡飞蛋打、魂飞魄散……

而野猫野狗中，最凶的要数块头最大的那只大黑狗了。它长着一双阴森森的小眼睛，伸着一张臭烘烘的大嘴巴，拖着一条脏兮兮的长尾巴，总是以强取豪夺的方式扑向鸡群。它喘着粗重的气息，滴着贪婪的口水，长驱直入，杀气腾腾，傻了吧唧的从来不知道扭捏造作。有一次，大黑狗一张嘴竟吞下了大红的两个兄弟，真是太可怕了。

不过，大黑狗再凶，也是明火执仗的，来去有踪。而灰狸猫则不然。灰狸猫个头虽小，却是鸡群最恐怖的敌人。它来无影、去无踪，行动迅捷而又悄无声息。它的主要进攻方式就是偷袭。幸存者就算这次逃过一劫，下次仍然防不胜防，直至灾难再次突然发生。幸存者从来不知道自己是如何逃生的，也从来不必介绍逃生经验。侥幸活下来的小鸡，也只能远远地听着小伙伴临死前疼痛无助的哀鸣声。

在大红的印象中，妈妈疼爱每一个孩子，为了保护孩子们，妈妈好像谁都不怕。别说是面对家猫、家狗，就算是面对灰狸猫，哪怕是面对那只最凶恶的大黑狗，妈妈也毫不示弱。有时，再强大的敌人也没有勇气正面面对妈妈，尽量避免和妈妈发生直接冲突。真是应了那句老话：软的怕硬的，硬的怕横的，横的怕不要命的。正是妈妈为了孩子们不要命的这种精神震慑了敌人，敌人再强大，也只好偷偷摸摸地对孩子们暗地下手。好在有个勇敢的妈妈在前面阻挡着啊，妈妈虽然并不高大，却一直视死如归地充当着孩子们的保护神。否则，孩子们用不了多久就会被众多凶恶敌人风卷残云般地消灭干净的。

3

夏季炎热，小鸡们时常口渴难忍，饮水问题有时就成了小鸡们必须要面对的天大难题。主人不是总能想得那么周到，加上有时主人备好的水碗也经常被个别调皮捣蛋的小伙伴蹬翻，有些自作聪明的小鸡就飞到主人喂猪用的泔水缸上去找水喝。泔水缸里的临时水位当然不一定是小鸡们理想的高度，所以就经常会有小鸡掉到泔水缸里去，由于小鸡天生不会游泳，只好在水里拼命挣扎。每到这时，再勇敢的妈妈也是无能为力的。妈妈顾不得一身洁白的羽毛了，它会第一时间飞到泔水缸沿上去，焦急地冲着小鸡不停地喊叫，以此向主人们报信求救。如果主人们闻声及时赶来，小鸡就能得救；如果主人们有事来迟了，小鸡就可能被活活淹死。每年都有一些小鸡以这种方式和妈妈告别，和伙伴们告别，和主人们告别。但每次最悲痛的只有妈妈，它总要无比悲伤地再叫上一大阵。

猪槽子附近，也是小鸡们非常喜欢去的地方。每次家猪们吃完大餐，小鸡们都要涌上去吃它们剩在角落和夹缝中的"点心"。因为总有意想不到的发现和收获，小鸡们总是乐此不疲地蜂拥而上。有时，没等家猪们撤离，心急的小鸡们便飞奔了上去，就常会有危险发生。有一次，一个姐姐不慎落到了猪槽子里面，竟被家猪的大嘴拱折了一只翅膀；还有一次，一个兄弟的大腿夹在了两头家猪身体中间，也生生地被两头只顾进食的家猪给挤断了……

对小鸡们来说，诱惑最大的还要数门前大粪堆旁边那个危机四伏的老牛圈。一向警惕性很高的大红也没扛得住巨大诱惑，也曾冒着生命危险去过几次。现在想起来，都让大红感到后怕啊。老牛圈不仅让大红自己体验到了绝望的滋味，还让大红的几个兄弟付出了年轻的生命。那里虽藏着无穷无尽梦境般美味可口的虫子，但也布下了无声无息吞噬生命的阴暗陷阱。

雨季的老牛圈常常积满了泥泞的牛粪汤子，闷沤发酵，气味浓重，成了蚊蝇们繁殖后代的理想温床。在炎炎烈日持久的照耀下，荡漾的汤水表面看上去更像坚实的大地。而实际上，这些只是错觉。虚假的干涸表层下依旧是大酱缸一样的牛粪沼泽。为了梦想中的蛆虫，一些年幼的小鸡会毫不犹豫地飞跑上去，总有倒霉者因年幼无知和掉以轻心而深陷泥淖……

有一次，因为实在禁不住肥美蛆虫的诱惑，怀揣侥幸心理的大红经过几次试探，终于也跳到牛粪沼泽上去了。大红全神贯注地贪食着美味的蛆虫，随着身体的不断加重，大红的双脚不可抗拒地陷入牛粪沼泽表层下面去了。大红急了，就奋力地猛蹬双脚，可大红越是用力蹬，身体反倒越是往下沉……不大一会儿，大红的大半个身体就淹没到稀泥里去了。眼看大红就要喘不上气来了……幸好被岸上留心的小妹妹"芦花"发现了，芦花拼命地"耶耶"鸣叫，向主人发出了强烈的求救信号。

不巧的是，这时男主人刘长顺和女主人张玲玲都到田间干活去了，只有主人的宝贝儿子小宝子一个人在家。正常情况下，小宝子会等着小公鸡大红慢慢死去，再美滋滋地用竹竿子把死鸡崽儿挑取出来。这样，等晚上张玲玲回来，小宝子就有柴火烧小鸡吃了。可这天小宝子一反常态，并没像以往那样等着小鸡陷死后再用竹竿子去挑，而是及时地跳到肮脏的粪水中把大红给救了出来。

事后，弄了一身臭粪浆的小宝子还让女主人张玲玲给狠狠地训斥了一顿。张玲玲说："为了一个小公鸡球子害得我宝贝儿子去冒险，太不值得了！"她又是给小宝子罚站，又是给小宝子打手板儿的，让小宝子哭了好半天。张玲玲最后还警告小宝子说："以后坚决不许再干这种傻事！你给我记住喽！听没听见？"

"听见了，再也不敢了。我就是喜欢那只小红鸡……"小宝子哭泣着。

伴着小宝子委屈的哭声，意外捡回一条小命的大红心中暗暗发誓:再也不去老牛圈了。尽管老牛圈依旧释放着强烈的诱惑，尽管不断有兄弟姐妹成功地从那里叼回好吃多汁的蛆虫，大红最终还是克制住了自己，坚决不为所动。同时，大红对芦花也心存感激，那时，它们之间的情感还绝对是恩情，那是小公鸡大红对小母鸡芦花最初的情感行为，或者说情感记忆。

当然，有关小鸡崽儿死于老牛圈的噩耗也不断传来。有好几次，爱莫能助的大红都要急疯了，而在现场玩耍的小宝子和胖大龙却眼睁睁地看着小鸡崽儿一点点陷入深渊直到死去，最后他们如愿以偿地吃到了香喷喷的柴火烧小鸡。

大红一直没弄明白，那么爱吃柴火烧小鸡的小宝子当初为啥冒着那么大的风险到老牛圈里去救自己呢? 那可真是太不可思议了! 只能说自己的运气实在太好了，是空前绝后的好。

主人家的宝贝儿子小宝子虽然善良可爱，但有时也是大红和兄弟姐妹们必须重点防范的"小敌人"。因为小宝子毕竟还是个不懂事的小毛孩子，不仅拥有着一双不知轻重的小手，而且还伴有着一系列难明是非的幼稚行为。

小鸡发生意外死亡时，张玲玲就用柴火烧熟了给小宝子吃。对于孩子来说，那是难得的美味。但好在小宝子从来没因贪图美味而去故意伤害小鸡。

小宝子天生对小鸡崽儿出奇地喜欢，比之于香喷喷的柴火烧小鸡，小宝子更喜欢活着的小鸡崽儿。

　　只是小宝子喜欢小鸡崽儿的方式不尽相同，有时，难免就对小鸡崽儿造成了事实上的伤害。比如，小宝子经常用他那小手握着小鸡崽儿玩，由于用力不够均匀，小鸡崽儿有时就被他捏了个半死，小宝子却全然不知。大红也曾被抓在小宝子手里玩耍过一回，有时他明明是在稀罕你，却把你弄得非常疼痛；有时他明明是在抚摸你的羽毛，却像要拔掉你的羽毛。那并不是出自小宝子的本意，那确实是一双没轻没重的小胖手啊。

　　一天傍晚，小宝子把一只刚出壳不久的小黄鸡崽儿爱惜地拿在手里玩。玩着玩着，小宝子躺在火炕上就睡着了。当他醒来再找小黄鸡崽儿时，才意外地发现它已被压在自己的身下，然而，那已经是被压得扁扁乎乎的小黄鸡崽儿了。刚出壳儿的小鸡崽儿只知道哪儿热乎往哪儿钻，它哪知道小宝子会睡着啊！小宝子心疼地捧着小黄鸡崽儿温软的尸体哭了大半宿……

　　小宝子因为小黄鸡崽儿哭红了眼睛。第二天早晨起来，张玲玲像往常一样把小黄鸡崽儿扔到灶坑里烧上了，可小宝子说什么也不肯吃。最后，无可奈何的张玲玲就把烧好的小鸡给村长的孙子胖大龙送去了。据张玲玲说，她还没走出院门呢，胖大龙就把小鸡给吃掉了，竟然没吃够，哭喊着还要吃。张玲玲只好哄骗他说：等下一次去我家的，大姑给你烧个大的……

　　还有一次，小宝子坐在小板凳上一边吃发糕一边哄小鸡们玩。小宝子一高兴，小屁股也跟着不停地摇晃起来。突然间，小凳子就被小宝子给坐翻了，酿成了连小宝子自己也不想看到的惨象：大红的一个小妹妹脑袋都给压扁了，当即死亡；大红的一个小弟弟给压冒肠子了，拖拖拉拉地，竟然还在挣扎着……

小宝子也摔得不轻，还被惨象吓得"哇哇"大哭起来。这事能怪小宝子吗？能说小宝子坏吗？他真的不是故意的。小鸡们都在欢快地抢着小宝子故意掉在地上的发糕渣，谁能想到这么祥和的氛围下会有悲剧发生呢？但悲剧就那么真实地发生了。那场面确实太吓人了，好在大红那一瞬间离得稍微远一点啊。

同样都是小孩，大红喜欢小宝子，却十分讨厌村长的宝贝孙子胖大龙。

村长领着胖大龙走到哪里，哪里的小鸡可就要遭殃了。村长这个宝贝孙子，最爱吃的就是柴火烧小鸡。大红觉得胖大龙根本就不是个小孩子，他就是个小魔鬼，实在是太可怕、太可恨了。

每次一进院儿，胖大龙肯定就会扑向院儿里的小鸡们。小鸡们吓得四处纷飞、东躲西藏，张玲玲却总能装出很高兴、很大方的样子，并嗲声嗲气地喊着假话："胖大龙好可爱啊，胖大龙好勇敢呀，胖大龙真是好棒呦！"

张玲玲平时凶，可见到村长之后就立马变得无限温柔起来。尤其村长要是领着孙子胖大龙，那就更不够张玲玲张罗的了。张玲玲一会儿给胖大龙拿这个玩儿，一会儿又给胖大龙拿那个吃。对待村长和胖大龙，张玲玲大有清朝末年那个老太太"量中华之物力，结与国之欢心"之虞。有一次，张玲玲竟然当众把翅膀剪出血那个"五道杠儿"小弟弟给活活地捏死了，还一脸诌媚地在村长面前笑弯了腰，才乐颠颠地给胖大龙做柴火烧小鸡去了。

大红能理解小宝子，甚至也能理解胖大龙，因为他们毕竟还是小孩子。但大红不能理解村长，村长是个大人啊，村长为什么总是指使别人故意把小鸡们往死里弄啊……

大红从小就学到了妈妈的品质，善良、勇敢且仗义。为了保护芦花和兄弟姐妹们，大红经常与猪鹅对峙，与猫狗抗争。有一次，大红还愤怒地扑向了想动手抓小鸡的村长……

4

也许延续了鸟的天性，飞，一直是所有小鸡的梦想。小鸡们似乎总在想方设法飞到更高更远更宽阔的地方去。

大红和伙伴们每天都在长知识、长本领。它们的小翅膀也一天一个样儿，个人能力似乎每天也都有新的突破。上窗台、上墙头、上栅栏……伙伴们都在较着劲儿地上蹿下跳、争相展示。

直到有一天，很多小鸡都能飞到那个最难落脚的扣着大铁锅的酱缸上了，才引起了女主人张玲玲的高度重视。

张玲玲显然不希望小鸡们飞得太高，她最讨厌小鸡们经常飞到她那心爱的酱缸上去蹲着。为了控制小鸡们的飞跃能力，张玲玲早就在心中打起算盘了，她要找个合适的机会，挨个儿给小鸡们剪一剪翅膀。

有一个经常飞到酱缸上屙屎的小弟弟背上长有五道杠儿，可让张玲玲给记住了。在给五道杠儿剪翅膀时，她剪子就下得深了一些。五道杠儿的翅膀根被剪得鲜血直流，疼得小弟弟惨叫不止。大红也被吓得不知如何是好，剪翅膀咋还剪肉呢？这不是要命吗？大红就和伙伴们一起拼命地乱飞乱跑、四处躲藏……一旁观看的妈妈终于看不下眼了，为了保护孩子，勇敢的妈妈竟转过身来直面女主人张玲玲，摆出了一副拼死也要捍卫孩子的架势，致使女主人张玲玲只好半途而废、草草收场，以后也没再给其他小鸡剪翅膀。

女主人张玲玲给小鸡剪翅膀其实也是为它们的安全着想，但被剪了翅膀的那些小鸡有时会更不安全——有飞不上窗台掉进水缸里的，有从高处往下飞摔断了腿的，还有飞不上墙头被野猫、野狗给活活逮住吃掉的……

总之，小鸡们长出翅膀危险，被剪短翅膀同样危险。为了生存，小鸡必须得快快长大，但小鸡们的每一次成长都需要付出非常昂贵的代价。

小时候，大红就喜欢芦花。不完全是因为芦花救过大红的命，更多的是芦花自身的可爱，加上大红与生俱来知恩图报的性格，大红在成长过程中对芦花就格外关照。虽然大红还远远不具备保护芦花的能力，但大红还是能做到尽力设法帮助芦花避开危险或者远离困境。

有一回，为了争夺芦花正在吃着的食物，黄狗恶狠狠地向芦花扑来。碍于主人的威慑，虽然黄狗不敢直接把小鸡咬死吃掉，但它还是有可能在主人背后将小鸡扑伤或咬伤的。眼看黄狗就要咬到芦花的腿了，大红勇士般地冲了上去，狠狠地一口啄在黄狗的屁股上。黄狗以为是主人呢，夹起尾巴要溜，回过头来发现是一只小公鸡，一时怒火中烧，向大红猛扑过来……大红灵活地躲开之后并没有被动逃窜，而是对黄狗发起了反扑。大红真是拼命了，不知哪里来的这么大的勇气，有生以来头一次向黄狗发起了进攻。更没有想到的是，黄狗让大红啄得连连退步，一时间竟也难分上下……这时，正巧男主人刘长顺从外面回来了，他大声地喝退了准备再次反扑的黄狗。

还有一回，由于连续天旱，女主人就天天用大水缸囤井水浇菜园子。正在大红担心早晚要出事时，芦花因口渴难忍一头栽进了大水缸里。又是机警的大红及时地发现了万分危险中的芦花。大红学着妈妈当年挽救孩子们的方式，也是不顾一切地飞到水缸沿儿上拼命地喊叫，硬是把正在睡午觉的女主人张玲玲给喊叫了出来。张玲玲哈欠连天地一边往大水缸那儿走一边还骂骂咧咧地训斥大红：“穷叫唤个啥呀？大中午的！”

直到她发现大水缸里挣扎得快要精疲力竭的芦花时，才真正清醒过来。张玲玲这时还是麻利地，一把就将芦花从大水缸里给拎出来了。

也许是因为救出了一只小母鸡，张玲玲觉得还算值个儿，没睡好午觉的她没再更多地抱怨什么，进屋接着睡午觉去了。

而刚刚经过惊心动魄、生死存亡的大红心情久久不能平静下来，一是庆幸芦花及时得救，二是感谢好心的女主人，大红就情不自禁地又多叫了一会儿。

最后，女主人张玲玲还是被大红叫得不怎么高兴了，站在窗台上没好气地对大红大喊：“行了行了，咋还没完没了的呢？你咋没掉进那大水缸里去呢？一边叫唤去，哪儿凉快哪儿歇着去！”

虽然遭到了女主人的谩骂和诅咒，但大红心里还是无比幸福的。女主人哪里知道，这里面正滋润着的不仅仅是一场英雄救美式的伟大爱情，这还是大红以实际行动对芦花回以的最重要的一次帮助和报答啊！大红不知道这是不是人类常常说起的爱情，但大红知道这是它发自内心的对一个可爱异性最深厚、最原始的无私情感。

三个月大的时候，兄弟姐妹们已经是半大孩子了。它们渐渐能够自己照顾自己了，妈妈这才越来越放开了操劳的手脚。妈妈深知以后的路得靠孩子们自己去走了，但是有时发现哪个孩子不守规矩了，妈妈还是要狠狠地教训它。有一次，一个姐姐跟长辈争抢食物，妈妈啄着她的后背把她拖出队伍，让姐姐非常没面子；还有一次，一个兄弟对长辈没有礼貌，妈妈就狠狠向它头上啄了一口，那兄弟的头皮都让妈妈给啄出血了，那个兄弟再也没敢越雷池半步……

大红有时也对妈妈的行为感到不可思议。在这些问题上，妈妈一点儿情面也不留。和从前那个无微不至保护孩子的妈妈相比，她就像换了一个人似的。在大红它们小的时候，可从来没见妈妈这样做过。

直到后来又长大一些了，大红才知道，妈妈这也是用心良苦啊！她那是在严厉地教育着她的孩子们。因为她懂得孩子现在吃点儿苦头不算啥，以后没有妈妈关照的生活道路还漫长艰险着呢，只有处处小心谨慎，不犯错误或者少犯错误，才有可能最后平安走过完整的一生啊。

5

历尽艰辛，一晃秋天来到了。当初那群小鸡崽儿最后长大的只有十七只。也就是说，当初那三十多只小鸡崽儿只有一半存活了下来。

十七只幸存者，加上主人家原有的五只大母鸡，鸡群里一共是二十二只鸡。鸡群里算上大红一共有九只公鸡，其余十三只则是母鸡。不同性别不同年龄的它们，从此组成了一个新的大家庭。大红并没有什么特别之处，只是这个新家庭中的普通一员。

谁也不知道秋天会不会发生鸡瘟（禽流感）。要是那样的话，这个新家庭还要继续减员，甚至还有全军覆没的危险呢。大红听妈妈说，它们出生那年秋天就赶上了鸡瘟，三十多只小鸡最后仅存活下来五只。现在比过去好多了，鸡瘟已经得到了一定的控制，不像以前规模那么大了，也不像以前气势那么凶了，但还是没有彻底根除。妈妈还说，有时直到冬天也没有鸡瘟发生，但第二年春天万物复苏时，鸡瘟却突然暴发了……妈妈有一次还说到了小鸡们出生以前的事——每只小鸡来到这个世上都是非常偶然的，能被选上种蛋就已经够幸运的了。小鸡们只能看到出壳之后的种种危险，出壳之前还闯过好几道鬼门关呢。单说说这窝鸡崽儿吧：有妈妈翻蛋时不慎弄破坏死的，有孵化过程中忽冷忽热闪死的，还有最后没叨开蛋壳活活憋死的……最后能顺利出壳的都算命大呀！总之，妈妈说，活着就得面对各种各样的天灾人祸，有时真是防不胜防啊！

大红好不容易才长大。只是大红还不知道，长大的公鸡更危险。

当大红它们懵懵懂懂知道公母有别之后，鸡群内部兄弟姐妹之间的残酷较量就逐渐开始了。

大红从小就喜欢芦花，现在就更加喜欢了。小时候看上去有些弱不禁风的芦花，现在已经出落成人见人爱的大姑娘了。用人类流行的话说，芦花就是这个团队中的头号女神！芦花身体虽然丰腴，但走路的样子非常轻盈，羞答答的小脸总是躲躲闪闪，举手投足也日渐风情万种起来。再加上芦花发出的声音又总是那么温顺柔和，其他公鸡似乎也很容易就看到了芦花的可爱之处，于是都纷纷向芦花大献殷勤。尤其是大老白，总是明目张胆地往芦花身边凑合，大有死缠烂打之势。而芦花看上去并不喜欢大老白，甚至明显有些讨厌它。碍于面子，芦花总是有意躲避大老白，可大老白还是一有空儿就跑过来纠缠芦花。经常能看见的情景是：大老白在后面追，芦花在前面跑。有时，芦花实在没地方跑了，就往大红身边跑，用大红来把烦人的大老白隔离开。

大红知道芦花的意思，当然不想眼睁睁地看着美丽的芦花被野蛮粗暴的大老白所占有，就经常心领神会、仗义十足地横在它们中间。后来，为了避免过多地跟大老白正面交锋，避免抬头不见低头见的尴尬，大红决定和芦花尽量远离鸡群，就经常领着芦花单独到房后远方的青草地去玩。那里虽神秘，但清静；那里虽危险，但浪漫。那里曾一度成了大红和芦花的幸福乐园。时间长了，大红和芦花渐渐喜爱甚至可以说迷恋上了那个地方。只有它们才真正领略到了那片青草地的美好，其实那里一点儿也不像表面上那么阴森可怕——那里有风有雨，有悠悠飘过的白云；那里有蜂有蝶，有悄悄开放的花朵；那里有情有爱，有默默凝视的眼神；那里有鸟叫有蛙鸣，还有远处惬意游走的牛羊们的轻声呼唤……那里竟然是大红和芦花梦想中的人间天堂。原来，那片神奇的青草地就是为了见证相亲相爱的它们而刻意存在着、一直等候着的呀！那里不再是印象中的空旷和荒凉，那里的空旷是为它们俩精心准备的空旷，那里的荒凉也是为了谢绝第三者干扰而特意订制的荒凉……

直到有一天它们被大老白意外地跟踪了，大红和芦花才无限眷恋地中止了那段无比美好的幸福时光。

随着时间的延续，大红不得不重新审视这些曾经情同手足的兄弟们了。

公鸡们就像一夜之间突然变成了另外一种生物，对姐妹们越来越客气，对兄弟们却越来越显得六亲不认了。一个个变得生性好斗，火气十足，生死之交的好兄弟也能于一瞬间反目成仇。公鸡们都像喝醉了酒的莽汉，脸色越来越血红，冠子越来越膨胀。随着脖子上长出金光闪闪的剑状颈羽，尾巴也越来越结实、越来越修长，如同佩带上了无数把锐利的弯刀……每天都能看到它们瞪着一双双挑衅的眼睛在你死我活地相互争斗……直到对方永远俯首称臣，终生甘拜下风。

鸡群里并不是所有的公鸡都在同一水平线上，武力出众的公鸡总是能凸显出来。经过几轮残酷的较量之后，贼瘸子、黑大腿、银箍头等率先被淘汰出局，势均力敌的公鸡就剩下为数不多的五六只了。除了大红之外，有实力竞争鸡群统领的只有大老白、杂毛儿、金脖子和大胡嘴了。

此外，傻大个儿有时仗着一身力气心有不甘，总试图竭尽全力做最后一搏。有一天，呆若木鸡的傻大个儿终于鼓足勇气向几个强敌发起了挑战。经过几个回合的厮杀，终因灵活性不够和智慧不足而被对手啄得鸡毛横飞、满面血糊……最后，傻大个儿不得不接受屡战屡败的悲惨结局，无可奈何地低下了它那倔强的头颅，退出了王者之争。

为了让自己能永远立于不败之地，大红需要不断地完善自己，不仅要有勇气和力量，还要有智慧和定力。大红渐渐知道了"木鸡养成"和"呆若木鸡"是截然不同的两种境界。勇气从哪里来呢？大红认为建立自信心非常重要，然后才是技术和战术。没事的时候，大红经常单腿站立，保持沉思状态，时刻寻找"木鸡养成"的境界，潜心修炼"战无不胜"神功。

有那么一段时期，鸡群秩序相当混乱。就像人类历史上的战国时期，大家势均力敌，谁也不想轻易认输。兄弟间不断地产生争端，唇枪舌剑地相互试探，你争我夺地相互挑衅，不知疲倦地相互征讨……那才叫生命不息、战斗不止啊。每天公鸡们都在全方位地、立体交叉式地混战着，从来没有平静过半秒钟。

直到冬天将至，大红才通过不断的努力拥有了一些"木鸡养成"的良好境界，渐渐脱颖而出并且身体里还蕴藏着巨大的攀升潜力。大红的头脑总是保持在冷静状态，打斗中经常是后发制人并完成致命一击。能与大红抗衡的公鸡不多了，大红真正意义上的竞争对手只剩下大老白和杂毛儿两个了。只要不被主人提前杀掉，大红就有望修成正果，登峰造极，成为鸡群最终的统帅……

6

按照以往的惯例，新年后春节前这段时期，是公鸡被大量宰杀的极度危险时期。一般的农户家，除了母鸡之外，第二年春天到来之前，只有一只或两只公鸡能够作为种鸡存活下来，其余的公鸡都要被杀掉吃肉。

美味的鸡肉不仅吸引着野猫、野狗、黄鼠狼以及老鹞鹰等外来猎手，也成了主人款待客人最实惠、最便利的选择。多数情况下，主人是舍不得杀掉母鸡来款待客人的。虽然"下蛋鸡"早已被排入民间"四大香"的第二位，但母鸡不到万不得已时还是不会被主人杀掉吃肉的。因为主人更要依靠母鸡来生产鸡蛋呢。而公鸡除了打鸣和配种之外，就别无他用了，而且公鸡的出肉率又远远高于母鸡的出肉率。有时，哪怕你是鸡群里最后的一只公鸡，也存在被主人杀掉用来待客的危险。所以，对于任何一只公鸡来说，危险都是随时随地存在着的，死亡警报一刻也得不到解除。"警钟长鸣"这个词好像就是为公鸡们创造的，"举步维艰"是每只公鸡生存境况的真实写照。

除了逢年过节，有意料之外的喜事发生，或者是主人家突然出现了迎来送往的陌生客人，都有可能是公鸡们无法逃避的灾难时段。

每当这时，鸡群都会显得高度紧张。这一次主人又要杀谁呢？说实话，谁的心里都没底，就得看运气了。大红只是隐隐约约地知道，叫声不要太高，动作也不要太夸张。就算再害怕，也不要没完没了地乱叫。那样做会很烦人，就算这次主人没杀你，下次也极有可能被主人优先选中。

开始时，由于不是所有的公鸡都是同时发育到位，主人总是抓那些体重大、奔跑慢的早熟者。因为它们不仅看上去已不是小鸡雏了，而且身上的肉也要相对多一些，用它们做出的菜肴招待客人也能显得丰盛大方一点。傻大个儿就是在彻底战败之后，满脸伤痕尚未痊愈之时被主人杀掉待客的。

后来，随着公鸡数量的减少，而且公鸡们也都相继发育成熟了，主人就不怎么刻意挑选哪只大哪只小了。哪只容易得手，主人就抓哪只来杀，反正最后随便剩下一只公鸡做种鸡就是了。

每次主人来抓鸡，公鸡们都要各显神通表演一番。那可真是"八仙过海，各显其能"啊。除了反应机敏，还要看谁跳得高，看谁跑得快，看谁飞得远……真有点儿像人类的大型运动会。几乎每次主人抓鸡，鸡群都要把农家小院弄得暴土扬尘、乌烟瘴气，大有世界末日就要来临的味道。

相当于全能运动员的大红虽然身手敏捷，但是有一次，还是让女主人张玲玲以突然袭击的方式抓到了手里。大红还在疑惑不解：今天不是什么节日，也没有意外的喜事发生，更没看见有什么客人来家里呀，怎么好好儿的就来抓我了呢？大红后来才知道，是女主人张玲玲要给小宝子过生日。小宝子以前过生日只是煮几个鸡蛋吃，可这次怎么突然又改成杀鸡了呢？也是后来才知道，这是女主人张玲玲的临时创意。对了，大红想起来了，张玲玲大清早起来时就已经透露信息了："儿子已经六岁了，从来都没给我宝贝儿子过一回像样的生日呢……"

大红这个后悔呀，不停地在心里埋怨自己："大红啊大红，你那机灵劲儿哪里去了？多么明显的信号啊，你咋就没走走心呢……"

女主人张玲玲正喂鸡时就出其不意地把大红拎在手里掂量起来了，还喊着男主人刘长顺过来看："刘长顺，你过来！你看看，这只红公鸡看上去并不胖，你来摸摸，它身上的肉还挺成实呢，羽毛长得也挺密实的。"

"都说养个红公鸡，日子会过得吉祥。这只红公鸡还真挺精神的，咱留着做种鸡好不好？我看咱们还是换一只来杀吧。"善良的刘长顺和小宝子一样，都对大红有着某种特殊的"好感"似的。

女主人张玲玲犹豫了好半天，才不大情愿地放掉了大红，还一边放一边说："这只红公鸡可机灵了，我好不容易才抓住的。它看上去好像挺瘦，其实浑身都是肌肉，分量还不轻呢。"说着，张玲玲一撒手的同时就又扑向了离她最近的大老白。

大老白同样机灵，早已有了警觉的它"咯咯咯"一路尖叫，扑打着翅膀一下就飞出去十几米开外。大老白的尖叫声引起了整个鸡群的骚动不安，害得张玲玲抓了好半天也没再抓到一只公鸡。张玲玲一度非常生气，就骂刘长顺："尽多管闲事，真是个成事不足、败事有余的傻老爷们儿……"

最后大老白的一只腿意外地夹到了榆木垛的缝隙里，才被张玲玲很偶然地抓住了。更让张玲玲生气的是，在她跨上榆木垛时，不小心把自己的膝盖碰破了一块皮。

张玲玲拎着大老白从榆木垛上下来时脸都青了，气呼呼地又向刘长顺抱怨起来："不都是公鸡吗？杀哪只不一样啊？非要换，你看看，把我的膝盖都整秃噜皮了！依我看，过生日杀只红公鸡才吉祥，那只红公鸡就是该杀，换什么换哪？什么红的白的，就不够你嘚瑟的啦！"说着，张玲玲重重地将大老白塞给了刘长顺，弄得大老白又是没好声地惨叫起来。接着，张玲玲还向大红恶狠狠地指了一下："都怪你这个扫帚星，害得我受这皮肉之苦！你给我好好等着，下一次非杀了你不可！"

大红可不希望惹张玲玲生气，恨不能去和女主人解释：怎么能怪我呀？要怪你也得去怪大老白呀！是大老白不让抓你才受伤的啊！这跟我大红有什么关系呢？

女主人张玲玲总是这样怪怪的，莫名其妙，不讲道理。大红读不懂她，大红想男主人刘长顺也不一定能读得懂她。好在男主人刘长顺还是个通情达理的人。大红心中暗自庆幸：哎，万幸啊，好歹这次遇上刘长顺这个大贵人了，总算是躲过一劫呀！

大红远远地躲开，真的有些后怕。因为每逢杀鸡，多数情况下都是由张玲玲来抓。刘长顺要是在家，就由刘长顺来杀；刘长顺要是不在家，就由张玲玲自己来杀。好在刘长顺今天在家，如果今天刘长顺不在家的话，那可就真的坏了。就算刘长顺杀得好、杀得利索，那也是挨杀呀！

这次刘长顺仍然是在干草垛旁边杀的大老白，大红虽躲得很远，但还是看得真切——

刘长顺事先准备了半碗水，把菜刀在盘子底儿上钢了几下，麻利地将鸡头折到鸡脖子上，随着大老白喉管处几撮白色羽毛的飘落，刘长顺手中的菜刀已经神不知鬼不觉地完成了任务放到了水碗边上了。若不是刀刃上沾着新鲜的鸡血，大红还以为菜刀没派上用场呢。刘长顺刚才拎着菜刀的手现在正向上扯起大老白的双腿，如注的鸡血就流到了那事先准备好的水碗里了……

整个过程真是出神入化呀，几乎没再听到大老白的叫声，大老白死得一点都不痛苦。当然，公鸡生命力都是很顽强的，大老白血被放净之后在干草垛底下蹬腿的机会总是有的。

刘长顺杀鸡的高超技艺把大红和鸡群都看呆了。鸡们好久才缓过神来，几只胆小的母鸡象征性地低音惊叫了几声，似乎在相互安慰着："啊，死是这么轻松吗？啊，死是这么容易啊！啊，死其实并不像传说中的那么可怕呀……"

大老白一直是大红最强劲的对手，它们之间的关系一直僵化，甚至是敌对。尤其在芦花的归属权这个问题上，它们就是彼此的劲敌。如果大老白活着，它绝不会善罢甘休的。大老白一直在和大红较着劲，每当大红走近芦花时，大老白都会跑过来干扰；相反，每次大老白围着芦花献殷勤时，大红也会跑过去冲散它们。已经有好几次了，它们先是长时间地对视，然后试探性地相互进行了有所保留的局部进攻。虽然双方目前都没有伤筋动骨，但最后大规模的决战已经不可避免。一场你死我活的终极恶战一直在等待着它们，如箭在弦上，一触即发……但现在这场战争因大老白的意外死亡而突然被取消了，大红心中一下子就少了那种心惊肉跳、轰轰烈烈的期待，一时间竟感觉英雄没了用武之地，有些空空落落……

　　虽然是情敌，但在看到大老白突然替自己被主人杀掉时，大红心里还是非常不好受。大红想，应该在大老白死前战胜它，也好让它心服口服地上路。可是没有办法啊，残酷的生存法则和生存空间不允许大红想得更多。对大红来说，眼下还活在这个世界上已经很侥幸、很知足了。只有活着，才是最硬最硬的道理啊！

　　侥幸活下来的公鸡更要好好表现。大红每天早晨都要按时打鸣，但又不能没完没了地打，因为主人尤其是女主人张玲玲最喜欢睡早觉。大红从来不犯那些低级错误，什么爱出风头地半夜鸡叫啦，什么没时没晌地引吭高歌啦，什么大惊小怪地通风报信啦，还有什么自作多情地站脚助威啦……这些错误大红都一概不会犯了。同时，大红也时常告诫群里的其他成员，大家千万不要再犯那些小儿科的错误了，尤其是中午和半夜时分，绝不可以乱喊乱叫惊扰主人。到那时可怪不得别人动狠了，那可真叫活腻歪了。

　　没有了大老白，鸡群相对安静了许多。算上大红，鸡群里虽然还有四只公鸡。但除了杂毛儿有时心怀鬼胎之外，金脖子、大胡嘴实际上都早已放弃了对鸡群统治权的争夺。

　　鸡群不同于狮群，更不同于狼群。鸡群允许多只公鸡同时存在，统领鸡群的公鸡并不能完全剥夺其他公鸡的交配权，只是尽可能使它们边缘化。一般情况下，最出色的那一两只母鸡总是要属于统领鸡群的那只公鸡，其他的普通母鸡往往是群雄共享的。

公鸡还有一个特点——经过格斗，一旦战败，永远称臣。胜者对已经臣服了的公鸡也不再攻击，只需它在自己面前把头低下。胜者拥有优先交配权，败者就只能到旁边伺机拣剩了。母鸡对公鸡有时也是很挑剔的，尤其是那些形象出色的女神级母鸡，它们更是挑剔，通常并不向落魄中的公鸡示好，更不会轻而易举地向它们就范。

7

没事的时候，大红总是想鸡如何与人和平共处的问题，可怎么想也想不出个头绪来。看来，人类杀鸡已经是天经地义的事情了。对鸡来说，这个人杀不杀鸡已经不是衡量这个人好与不好的标准了，好人和坏人都是有权利杀鸡的。对鸡来说，不仅坏人可以经常做残忍的事，好人也一样可以经常做残忍的事。

鸡只有考虑如何死得靠后、如何死得体面、如何死得不痛苦的权利。像男主人刘长顺杀大老白，干净利落，只一刀就结束了，大老白就死得挺舒服、挺体面。而要是换了表面看上去胆小怕事、缩手缩脚的女主人张玲玲去杀就是另外一回事了。她也许会战战兢兢一直拎着大菜刀，大老白的喉管还没割断她可能就会收手，大老白就会死得相当遭罪，垂死挣扎的场面也会相当难看……

大红一直没想出个子午卯酉来，觉得想再多也是没有用的，大红就说服自己，不要再往深想了。总之，自己和身边的公鸡们迟早都会有那么一天，最后要是能死在刘长顺手上就算自己有造化、有福气了。

大红曾在人类的报纸上看过一张漫画——一只被杀的公鸡在痛苦地哀求："请别用锯拉我啦，求求你们了，赶快换把刀来吧！"但漫画并不能解决多少问题，现实生活中还是有很多鸡死得非常遭罪。

大红还看过邻居的两个小孩子杀公鸡，一个押腿，一个执刀。那鸡杀的，那可真叫鸡犬不宁啊！落了一地鸡毛不说，两个孩子舞舞扎扎老半天，并没有割中公鸡的要害。他们只放出一半鸡血，就战战兢兢地松开小手将公鸡扔到了地上。虽然公鸡那红色的大鸡冠子已经变得苍白，但它还是晃晃悠悠、无比顽强地站了起来，赤裸着血淋淋的喉管儿，开始了惊慌失措地四处飞窜……能让所有人想到人类常说的一个成语——血雨腥风。

大红还在主人家的电视上偶然看到了一个养鸡场的流水线，小鸡们死得那才叫痛快，不仅死得步调一致，而且死得整齐划一。连小鸡的零部件都被机器摆放得井然有序、一丝不苟。把大红看得眼花缭乱，目瞪口呆。但是死得再美观也是死啊，大红终于理解了人们常说的"好死不如赖活着"。当得知那些看上去体形很大，实际上都只是出壳仅仅四五十天的小鸡崽儿时，大红心里像被什么扎了一下，就不敢再去细想了。

大红还听说，南国的一些城市发生了禽流感，竟然传染给了人类，导致有些地方竟然盲目地倡议全城杀鸡。好在后来又有人怀疑真正的元凶是果子狸，鸡们才得以避免遭到更大规模的屠杀。否则，那些城市可就变成鸡的悲惨世界了……

大红只有暗自庆幸的份儿。好在自己没落入那两个小孩子手里，好在自己没出生在养鸡场，好在自己生活在北国的普通乡村……

总体来看，大红对人类既感恩又怨恨，真是一种很复杂的情感啊。人类辛辛苦苦地把自己养大，最后自己又注定还要被人类杀掉吃肉。鸡的命运和猪的命运有些相似，人类每天也在杀猪，但总是有猪可杀。鸡也一样，只要人在，鸡会永存。

大红深知，生命历程中与天斗，与地斗，与猪、猫、狗斗，与黄鼠狼斗，哪怕是与同类斗，都是暂时的，而与女主人张玲玲一个人的周旋，才是终生的。

大红对女主人张玲玲也不是一点好印象都没有。有一次，邻居春秀家的大黑猫正值哺乳期，一连叼走了好几只小鸡，张玲玲疯子似的去追打那只大黑猫时，还是给大红留下了挺深的印象。只是张玲玲类似的举动不太多。更多的时候，大红对张玲玲只能保持一种最合适的姿态，那就是敬而远之。

以往的经验告诉大红，除了对女主人张玲玲要处处小心，对于公鸡来说，肥胖是另一个最可怕的敌人。肥胖的公鸡总能勾起人类的食欲，就算主人不杀你，路过的外人也会贪婪地多看上你几眼的。

春、夏、秋三季还好办，为了让自己不致肥胖，大红可以不惜体力地去与其他公鸡战斗，为母鸡们刨食，给母鸡们踩蛋。尤其是还有可爱的芦花，大红可以更多地和它缠绵。就算女主人讨厌大红的这种勤奋，大红也得坚持住。

不过，当着女主人的面，大红总要收敛许多。因为女主人最讨厌花心的男人，同样也会讨厌花心公鸡的。

　　而冬季则是大红最难熬的、也是最危险的季节。母鸡产蛋进入冬歇期，生殖欲望也随之骤然减退。很多公鸡都在母鸡这个性欲减退期而食欲大增，肥胖的它们很容易引起主人杀掉吃肉的想法。已经有了经验的大红，绝不能让自己在这个季节肥胖起来，怎么办呢？只好严格控制住自己的食欲，尽量饿肚子，少吃食。

　　人类最重要的节日也正好集中在这一时期：圣诞、元旦、除夕、十五、二月二……如何安然无恙地混过多事的冬天，总是大红面对的最沉重的生存课题。

　　而春天从来都是鸡瘟的高发期，还不知道开春时会不会赶上鸡瘟呢。整个冬天，大红总是无法控制地处于烦躁状态，内心深处常常掠过时浓时淡的莫名忧伤……

8

　　大红由于日渐出色，越来越吸引母鸡们的目光……

　　大红最喜欢的母鸡当然是芦花，就希望和芦花生出更多的孩子。一天的绝大多数时光，大红都是和芦花厮守在一起的。当然了，二美人黑里俏、浪妹子小白鸽和假清高花孔雀等也愿意和最好的公鸡大红纠缠在一起，前呼后拥地不离大红左右。大红一度就显得十分忙碌，常常有种妻妾成群的君王感觉。由于大红身边的母鸡越聚越多，大红渐渐地就成了鸡群的核心。

　　趁大红无暇兼顾时，杂毛儿、金脖子和大胡嘴它们也本能地追逐着最外围的母鸡要求配种，也总能心有余悸偶尔得手。

大红虽然不太高兴，但也只好睁只眼、闭只眼地隐忍着了。大红也正忙着，只能等腾出手来再去教训它们了。不过，有时大红也设身处地地为那哥几个着想过，大家不都是公鸡吗？自己吃饱了，也不能让兄弟们太饿呀。这样想着的时候，大红也就宽容了许多。

说来也怪，大红最烦的并不是时常偷腥的那哥几个，而是那只又蠢又胖的大花母鸡。大花母鸡既不美丽也不善良，总是仗势以大欺小，大红从小就烦它。而女主人张玲玲则希望得到大花母鸡和大红的种蛋，就强迫大红去给大花母鸡踩蛋。她明知道大红心里不愿意，还是把大红和大花母鸡单独关在栅栏里一个上午。张玲玲就坐在一边，像个监工似的看着它们。

大红暂时被女主人张玲玲隔离起来，这可给了杂毛儿、金脖子和大胡嘴等公鸡们千载难逢的好机会。一直压抑、久经煎熬的它们决定抓住时机，实现梦想。

它们先是向二美人黑里俏、浪妹子小白鸽和假清高花孔雀等几只平时靠不上前的上等母鸡发起了进攻。它们穷追不舍、强行霸占……先后得手之后，它们又一齐扑向了最高傲、最圣洁的女神芦花。因为芦花的死命坚守和兄弟间的相互野蛮干扰，最终导致大好城池久攻不下。三只公鸡只好暂时放下眼前的进攻目标，决定相互间先比试一番，优胜者才拥有对芦花的进攻权。

经过一番你死我活的较量，最后杂毛儿以微弱优势勉强胜出，才得到全力进攻芦花的宝贵机会。只见杂毛儿像个老色鬼一样围着芦花团团转，不断地用尖嘴鸽住芦花那美丽的脖子。眼看芦花就要坚守不住了，大红在栅栏里高声向杂毛儿发出了警告。杂毛儿只是下意识地退缩了一下，但还是抗拒不了美丽芦花的强大吸引力。杂毛儿终于牢牢啄住了芦花粉红的冠子，就是不松口，久久地僵持着，芦花随时都有被攻陷的危险……

实在没办法了，大红只好跳到大花母鸡肥厚的背上去，完成了那件不想完成的任务。早已经出离愤怒的大红不停地咆哮，这才得以被女主人张玲玲从栅栏里释放出来。

怒不可遏的大红一下就飞到了杂毛儿的背上，同时狠狠地啄住了它的大冠子。冷眼看上去，有人会以为一只公鸡要给另一只公鸡踩蛋呢。

正要得手的杂毛儿瞬间被大红啄瞎了一只眼睛，鲜血直流的杂毛儿没好声地叫着躲到远处去了……

今天差一点儿就让杂毛儿得手啊！大红想想都后怕。以后的日子里，大红就更加珍爱芦花了，它们俩几乎就是形影不离了。

杂毛儿因瞎了一只眼睛而被主人预定为下一个宰杀目标。任凭它如何闪转腾挪，如何上下翻飞，也没能逃过五月节的家人宴会。都已经拎在主人的手里了，杂毛儿还在没命地叫着。还叫唤啥呀？大红就挺为杂毛儿脸红的。大红心想，叫声是苍白的，号叫有什么用啊？主人想杀你，你是永远逃不掉的。此时若是换成自己，一定会选择安静。

后来，金脖子和大胡嘴也相继成了主人的刀下菜，主人的鸡群里终于只剩下大红一只公鸡了。大红在自家的鸡群里不再有任何敌人了，大红的日常生活也因此平静了一段时期。

大红第一次迎来了生命中的幸福时光。在鸡的世界里，大红一度成了妻妾成群的国王。它曾独自拥有过一大群母鸡，最多时有二十几只。重要的是鸡群中还有一个它最宠爱的芦花；而更重要的是，大红再也不必担心自己疏忽时会有其他公鸡去骚扰芦花了，随时都可以无忧无虑地睡上一小觉。

除了大花母鸡老气横秋、东施效颦似的"咯咯哒"的叫声，母鸡们下蛋后幸福而满足的歌唱都会令大红陶醉不已。尤其是芦花每次下完蛋兴奋无比的、相当于人类女中音的歌唱更是让大红备感幸福。有时，大红真想与它一同大声歌唱，歌唱它们美妙的缘分，歌唱它们伟大的爱情，歌唱它们心爱的宝贝……但碍于面子，大红却始终站出很威严的样子，只能在心里偷偷跟着芦花的节拍默默地吟唱……

有很长一段时期，大红的日子过得悠闲自得、从容不迫，啥叫有质量地生活呀？啥叫有尊严地活着呀？这才叫有质量地生活，这才叫有尊严地活着。

大红并不是人们印象中那种迷恋美色、过度纵欲的君主。其他都是尽义务，大红真正喜欢的母鸡只有芦花一个。只要能够永远和芦花在一起，大红就觉得很知足了。而在鸡的世界里，情感是公开的，爱恨情仇也都是公开的。对谁好，对谁不好，一切都摆在明面上。这样，就难免有些鸡会产生嫉妒心理。不受待见的大花母鸡就经常欺负芦花，也经常怂恿其他的母鸡合伙来孤立芦花、打击芦花，还给芦花制造各种障碍、编造各种绯闻……

连女主人张玲玲有时都很嫉妒芦花。她经常无缘无故地把芦花扣进花篓里，不让大红和芦花接触。张玲玲不仅嫉妒芦花，同时也嫉妒大红。女主人有时就像个半疯儿，大红除了忍耐，实在没有别的办法。

不过，大红觉得男主人刘长顺的注目不像是嫉妒，而更像是羡慕。一天早晨，鸡群刚从鸡舍放出来，大红就跑向在树下独自觅食的芦花，想把憋了一夜的能量都释放出来。这时，大红发现男主人刘长顺正注视着自己，就想：他会不会也嫉妒自己呢？大红不得不放缓了奔赴的脚步。因为就在前一天，刘长顺还因多看了几眼漂亮的邻居春秀被张玲玲骂了好半天呢。

但芦花的强大诱惑还是无法让大红终止自己的行动，只慢走了几步的大红还是加快速度跑向了心爱的芦花。很快，大红就矫健地飞到了芦花那温润、柔美的脊背上去了⋯⋯

刘长顺眼睛直勾勾地看着大红给芦花踩蛋，没有表现出丝毫的嫉妒，而更多的是兴奋。刘长顺眼睛眯起来了，是一脸羡慕的表情。就在这次完事后，刘长顺好像是在鼓励着大红，竟把手里正吃着的一大把瓜子扔给了大红。

望着刘长顺羡慕的表情，大红有时就想：刘长顺也够可怜的。其实，在某种程度上自己真的比刘长顺幸福多了。刘长顺就张玲玲那么一个母夜叉似的女人，既不温柔也不善良更不漂亮。远的不说，就说近的吧，张玲玲哪儿也比不上邻居春秀好看啊，再说春秀多有女人味儿呀，不仅年轻漂亮，而且温柔善良。而刘长顺却只能和张玲玲搅在一起，每天忍气吞声地和张玲玲一个人过着毫无激情的日子。大红一直想不明白，春秀和刘长顺挺般配的，春秀为啥要嫁给粗糙的二虎呢？刘长顺为啥要娶这个并不可爱的张玲玲当媳妇呢？大红不喜欢爱喝大酒爱吃烧鸡的二虎，总觉得二虎和张玲玲应该是一家的。

还有一天，美丽的春秀来借大红为她家母鸡踩蛋。春秀弯着杏眼说："就借大红用几天，踩完蛋儿就送回来。"说她家要新抱一窝小鸡崽儿，还说她家的大公鸡铁将军如何如何受伤了，暂时不能踩蛋了什么的……大红没太听清楚。

大红一度很兴奋，还隔着木栅栏向春秀家望了好几眼。其实大红早就注意到了，春秀家的鸡群里有好几只年轻漂亮的母鸡呢。竟然还有一只长相酷似芦花的年轻母鸡，据说叫"雪花"，是铁将军的至爱。去和如花似玉的它们生一大群孩子，还是很有诱惑力的。可它们一向都是属于铁将军的呀，大红怎么会有机会呢？只能隔着木栅栏想想而已，难道真要有梦想成真的事情发生吗？欲望让大红胆子突然大了起来，竟连对铁将军的忌惮也不知何时飞到九霄云外去了，只剩下对美好未来兴奋的憧憬了，那雪花真的不错……

没想到，事情竟坏在了好心的男主人刘长顺身上。春秀来借大红时，刘长顺看上去比大红都兴奋，一直跑前跑后的。平时话语不多的刘长顺一下子变成了话痨，细心的张玲玲不想感觉都能感觉得到，不想生气都无法避免。

"大红真行啊！大红也太有福啦！竟能踩上春秀家的那群鲜花盛开的母鸡。大红真是太有艳福啦……"刘长顺一遍遍发自内心地感叹着。

"你是不是看人家春秀长得好看呀？"强撑笑脸刚送走了春秀，张玲玲就把刘长顺重重地推进了屋里。

"这是哪儿跟哪儿呀？大红是去踩……踩那群母鸡，又不是去踩春秀。"刘长顺本来嘴就笨，着急时嘴就更笨了，无奈，只好笨嘴拙舌地解释。

"是不是你想去呀？我看是你想去！"张玲玲狠狠地掐了刘长顺一把。

"我啥时候说我想去了，你咋不说理呢？人家是来借大红的，又不是来借我的。"憨厚的刘长顺强忍疼痛仍笨嘴拙舌地解释着。

"告诉她，不借！我就是不借，我就让她干闲着！"张玲玲不讲理的劲头又上来了。

张玲玲说啥也不同意借大红，喊着说："家里有这么多好母鸡陪着就够它神仙的了，还想到外面拈花惹草去，美得它！吃着锅里的，还要望着盆里的，看它敢出去嘚瑟，不掐折它的腿算我没说！小样儿的……"

大红觉得张玲玲话里话外更多的是在暗示刘长顺。

大红最终还是空欢喜了一场，想想也罢，冷静下来甚至觉得有些后怕。要是那样，日后也不好面对铁将军哪，更不好面对心爱的芦花呀。

日子久了，大红发现刘长顺真正喜欢的确实是邻居春秀，只是刘长顺不好在张玲玲面前公开表现出来而已。就像自己真心喜欢芦花，而不喜欢大花母鸡一样。大红不明白刘长顺为什么不趁张玲玲不在的时候去找找春秀呢？为什么要一味地守着自己并不喜欢的张玲玲呢？就算不和张玲玲分手，刘长顺为啥不趁二虎外出打工之机偷着去会会春秀呢？要是换了自己，肯定是要去的。人类的极其不合逻辑的性情世界，大红实在是看不太懂。

总之，大红觉得男主人刘长顺也很不容易，起码在爱情方面还不如自己这样一只普通的公鸡呢。大红就多多少少滋生出一些满足感，也就多多少少有些怜悯起刘长顺来了。

有时大红就想：死，其实并不可怕。既然最后都得死，死还有什么可怕的呢？大红觉得自己已经活得相当满足了。同样是雄性，不和别人比，就和男主人刘长顺比吧，大红就觉得自己活得太成功了，太有优越感了，太不白活一回了。每每想到这些，大红就更加释然了，马上赴死，它都知足。

9

隔着高高的木栅栏，大红时常能看见邻居春秀家那只黑色大公鸡——铁将军。它和大红一样，也统领着一大群母鸡。别看铁将军凶巴巴地望着大红，但它看芦花、二美人、小白鸽等母鸡时，眼神里却流淌着春水一样的柔情。

显而易见，铁将军是大红目前最强劲的潜在敌人。好在有高高的木栅栏阻挡着，如果有一天铁将军能飞越过来，大红肯定不是铁将军的对手。

关于铁将军的事迹，大红早已耳熟能详。它可真是一只难得一见的威武雄鸡呀！在大红心目中，能称得上"雄鸡"的公鸡并不多，铁将军绝对能算一个。铁将军真的就像人类的电视广告中说的那样，绝对是"公鸡中的战斗鸡"。

铁将军天生一对强健的翅膀、一双粗壮的爪子、一柄锋利的尖喙，又黑又亮绸缎一样的羽毛也好像是为它量身定做的。可以说，铁将军就应该没有对手，因为其他的公鸡与它相比，差距实在是太大了。大红至今仍清晰地记着：铁将军最后那个强劲对手是被它生生啄瞎双眼而毙命的大金翅，那是大红有生以来看到的雄鸡之间最惨烈的肉搏，是大红隔着高高的木栅栏亲眼看见的。

除了担心铁将军，平常的日子里大红并不是一点隐患也没有。大红明显觉察到一个问题：同样是观看大红给母鸡们踩蛋，张玲玲和刘长顺观看的表情却截然不同。

张玲玲似乎希望大红把每只母鸡踩上一遍，好让每只鸡蛋都能卖上种蛋的价钱。见大红总是围着芦花打转转时，张玲玲就生气地骂："人好色，养的公鸡也好色，总围着一个美女转，一见着那个美女就走不动道了。"张玲玲骂大红时总是自觉不自觉地捎带着也骂刘长顺。

有一天，张玲玲为了让大红给其他母鸡踩蛋，竟把芦花扣在了花篓里，她自己却出去打了一大天的麻将，让大红一天没碰着芦花不说，还把芦花饿了一整天，弄得大红很上火，没事就去狠啄那只大花母鸡。

更可恨的是，一天夜里，由于张玲玲疏忽大意，忘记了关闭鸡舍的门，导致一只穷凶极恶的黄鼠狼窜进了鸡舍。所有的鸡都处于雀盲眼状态下，被黄鼠狼吓得不敢动弹。大红虽勇敢，但毕竟也是鸡，夜色中视力同样模糊不清，对身边行动迅速的黄鼠狼也只能无可奈何地咯咯鸣叫，大红顾不得这已是半夜时分，边给主人报信边与黄鼠狼对峙。可是就在主人赶来前，可恨的黄鼠狼偏偏咬住了芦花的脖子，千钧一发之际，大红奋不顾身地冲上去胡乱地朝黄鼠狼的身体狠狠啄了一口。大红这突然一击使黄鼠狼暂时松开了口，过了一会儿，发现偌大鸡群中反抗的只有一只公鸡时，它又壮起胆子，张牙舞爪地向芦花猛扑过去。眼看着芦花脖颈上的一大片羽毛被黄鼠狼撕下来了，伤口处已有血在往出流……雀盲眼状态下的大红根本使不上劲，只能没命地叫喊。好在这时，男主人刘长顺听到大红的叫喊及时赶来了。黄鼠狼见势不妙，扔下芦花，仓皇逃走。大红不仅救了芦花一命，同时也让鸡群完好无损。

或许这就是所谓的否极泰来？大红竟从此因祸得福了。

听了刘长顺对大红的夸奖，张玲玲曾一度对大红表现出了相当的好感。很长一段时间里，张玲玲没再找大红的麻烦，也没再把芦花扣进花篓，更没再把大红和大花母鸡单独圈到栅栏里。

六一儿童节那天，张玲玲还给大红和小宝子一口气照了好几十张照片。张玲玲说大红公鸡越来越好看了，越来越精神了，选大红和小宝子合影就是取红火吉祥健美之意。大红也从小宝子的照片里看到了好看的自己：火红的鸡冠，黑亮的双眼，金黄的尖喙和强劲的利爪，还有浑身遍体以红色为基调光闪闪、亮晶晶、绸缎一样华丽的羽毛……

张玲玲的这一举动，就像大红给吃了一颗大大的定心丸：近期生命有保障了，不会出现生命危险了。

10

天有不测风云，再好的日子也难免会有风雨。尤其公鸡这种战斗角色，就更得时刻面对挑战。

终于有一天，大红一直担心的隐患爆发了。高大威猛的铁将军不知怎么就飞越了那道高高的木栅栏，它太傲慢了，好像根本就无视大红的存在，落地的第一时间就直接奔着芦花扑了过去。

芦花没命地在前面全速奔跑，铁将军威武雄壮地在后面紧追不舍……

眼看着铁将军庞大的身躯就要跳到芦花那美妙绝伦的后背上了，大红来不及寻找最佳时机了，只能别无选择地扑向铁将军。

铁将军被突然杀出的大红惊扰了一下，好半天才缓过神来。铁将军多少还是表现出一些不耐烦来，好像在说："原来是一只不自量力的小红公鸡呀，真想找不自在，难道是活够了不成？"

距离铁将军近在咫尺了，这回大红看得更真切。铁将军真的比自己高大多了，也强壮多了，要比自己整整大上一号。铁将军肌肉发达，行动敏捷，奔跑起来就像一道黑色闪电；就算它站在那里不动，周围似乎都轰鸣着巨大的磁场……那层次分明的颈羽，在阳光的照耀下熠熠生辉、光彩照人；尤其是那错落有致的尾羽，更是在大地的衬托下傲然耸立、剑拔弩张……那可真是一只矫健无比的巨大雄鸡啊！

表面上看，大红和铁将军没有什么可比性。与铁将军对抗无异于人类的拿鸡蛋碰石头，换了谁都会明智地选择避让。大红之所以选择对抗，也实属无奈之举，只能说，大红非凡无比的勇气来源于内心深处那个至爱——美丽善良的芦花。

铁将军明显没把大红当成真正的对手。虽然暂时耽搁了到手的好事，但铁将军也还很有大将风度，回过身来威风十足地站定，居高临下地斜视着大红。

大红这才有了思考一下的机会。大红毕竟一向追求那种"木鸡养成"的境界，既然铁将军没有马上行动，自己更不能贸然行事，大红也停止了进一步的行动。大红旋即决定：就像以往那样，以不变应万变。

大红边与铁将军对峙边告诫自己：没事别惹事，有事别怕事。开弓没有回头箭，英雄自古肝胆悬。既然选择了进攻，那就只能勇往直前。大红于一瞬间竟冷静到了极致——光凭体力，十个大红也未必是铁将军的对手，面对如此强悍的敌人，大红绝不能轻易出手，必须瞅准时机，命中要害，一招制胜。

可以说，铁将军犯的第一个错误就是给了大红一个思考的机会。

接着，铁将军试探性地啄了几下大红的天灵盖，大红头上的羽毛被啄掉了好几根，好像也出了一些血，但大红忍住了疼痛，一动没动。

"小样，不过如此罢了。"正当铁将军心里有了这样的结论、多多少少有些麻痹大意之时，大红发动了突然袭击，它死死地叼住了铁将军咽喉处肥厚"下坠儿"的根部。

这是轻敌的铁将军所犯的第二个错误，也是致命的错误。

铁将军就像一条大蟒蛇被抓住了七寸，任凭它那锋利的尖喙如何转动，都啄不到矫健的大红。眼看着利喙无法派上用场，铁将军只能拼命地用粗壮的爪子向大红的身体猛烈弹击了，大红也只好悬在空中用爪子胡乱地蹬踹抓挠……

四只鸡爪横空出世，令人眼花缭乱。爪到之处，就有带着皮肉的红色和黑色鸡毛纷纷飞落，同时地上不断产生新鲜的血色印迹……

任凭铁将军怎么奋勇蹬踹，任凭铁将军如何凶猛抓挠，孤注一掷的大红就是坚决不撒口……

这哪里是两只公鸡在战斗？更像是两个摔跤选手在近身缠斗。短兵相接的两只公鸡滚作一团，弄得满地都是沾血的尘土和带肉的鸡毛，铁将军一辈子也没看过、更没打过这么独特的仗。这仗打得也太埋汰了！有点像人类的斯大林格勒保卫战。敌中有我，我中有敌，是一场纠缠不清的艰苦巷战。这里根本用不上机枪和大炮，甚至连刀子都没有，只能徒手肉搏……连大红自己也觉得太埋汰了，但这是相对弱小的大红战胜强悍对手的唯一方式。

好像经历了整整一个下午，两只一直合为一体的公鸡终于分开了。它们虽已竭尽全力，但仍然愤怒地对视着，大红把铁将军的整个"下坠儿"全部撕扯下来了，并且仍然叼在嘴里；铁将军虽高昂着不屈的头颅，但整个喉管都血肉模糊地暴露在外了，鲜血仍然不停地往出流淌着……

为了芦花，大红和铁将军真的斗成了你死我活。公鸡咋都这么好斗啊，围观的人们当然无法知道大红和铁将军是为什么而战，实际上它们为芦花而战，和人类著名的特洛伊战争是为了美女海伦而战一样。

铁将军由于失血过多，看上去很难活过当天晚上了。又正好赶上二虎回来探亲，看着铁将军实在太遭罪，最后时刻，春秀只好让二虎给铁将军再补上一刀。这样，铁将军就铮铮铁骨地成了二虎当晚酒桌上的意外大餐。

大红也遍体鳞伤，几近丧命。好在女主人张玲玲待它正好着，也好在主人家里目前尚没有多余的公鸡，更好在男主人刘长顺没一起回来探亲，浑身是血的大红竟然没有被杀掉吃肉……

休养了好久好久，大红才恢复了一些元气。自己怎么会是铁将军的对手呢？事后大红想起来都感到太不可思议了。

铁将军的死让大红复杂的心情持续了很长一段时间。作为公鸡中的骄傲，铁将军应该是所向披靡的，应该是战无不胜的才是啊。任何一只公鸡沦为铁将军的对手都应该是不幸的，战败乃至死亡应该是没有任何悬念的啊。铁将军这样百年不遇的优秀公鸡怎么会死在普普通通的大红前面呢？世间的事有时真是太奇怪了。深受重创的大红对铁将军竟然一点也恨不起来，更多的是对罹难英雄的惋惜与悲悯……

11

因为大红才没有了优秀的铁将军，春秀为了再抱一窝小鸡，就又来借大红了。

有了上一次的经验，刘长顺不再表现出眉飞色舞的样子，有些话他就故意反着说："春秀家现在可大不如从前了，不像咱家有这么多的好母鸡。她家鸡群虽大，可哪有个像样的好母鸡呀？我看都是些老弱病残，咱家大红可不蹚那浑水、遭那罪去。"

"不能什么好事都可着大红啊，我看就应该让大红去体验体验艰苦的日子。不能让它身在福中不知福，必须得去。"张玲玲说。

刘长顺又假模假式地替大红发了半天牢骚，才就坡下驴地把大红交给了春秀。春秀则心照不宣地抱起大红，跟她回家"遭罪"去了。

大红终于面对春秀家这群如花似玉的母鸡了，它的心情一度极其激动、极其复杂，久久不能平静……

头两天，大红总是能想起铁将军，表现出惊魂不定的样子。战战兢兢踩完铁将军生前最宠爱的那几只漂亮母鸡，尤其是踩完雪花时，大红总要心有余悸地颤抖上一阵子。这些可都是铁将军生前的宝贝啊，如果铁将军在身边的话，大红肯定会被活活啄死的。而铁将军现在确确实实已经不存在了，大红还是时时感到莫名的不安和惶恐。从这一点上看，大红不得不发自内心地佩服起铁将军，佩服铁将军身上那看不见摸不着的与生俱来的威慑力和感染力。

直到三天以后，大红紧张的心情才渐渐放松了一些，面对那些风情万种的母鸡们才越来越得心应手、从容不迫了，才越来越像一只人们印象中真正的公鸡了。

大红借给春秀家这些天，刘长顺也显得格外兴奋。女主人张玲玲好像回娘家串门去了，刘长顺经常趴在木栅栏上看大红给春秀家的母鸡踩蛋。刘长顺眯着眼睛似乎在说："大红，你可真有福气啊！那可是一大群跟春秀一样又年轻又漂亮的母鸡呀！"

和别人家的母鸡群在一起确实让大红充分享受到了艳遇的快乐。但大红高兴了几天之后，还是深情地想念起芦花来。芦花才是大红喜欢并真正属于大红的母鸡，只有和芦花在一起，才能让大红感觉到踏实和安稳……

好在没过几天，大红就回到了自己的家，就回到了有芦花陪伴在身边的自己最熟悉的鸡群当中。

在大红印象中，春秀是个知恩图报的女人，最受不住别人的示好。为了感谢张玲玲，她把丈夫二虎在外边打工能挣很多钱的事也跟张玲玲和盘托出了。

张玲玲心就活了，看样子也想让刘长顺出去挣点钱了。大红觉得张玲玲之所以不让刘长顺到城里打工，就是对刘长顺不放心。多少次张玲玲当着大红的面就说刘长顺：你们男人真就像公鸡似的，放出去没人管真不行。城里的狐狸精太多，放出去还了得？

大红认为是明眸善睐的春秀最终让张玲玲下定决心、改变主意的。张玲玲一定认为刘长顺和男人不在身边的春秀总这么眉来眼去的，时间长了一定要出事。与其一天天地盯着刘长顺，真不如暂时把他放出去挣点儿钱省心。毕竟近在眼前的春秀才是刘长顺最大的诱惑，城里的狐狸精不过还只是个传说。再者说了，眼不见，心不烦。

在春秀的热心串联下,刘长顺很快就联系上了二虎。没多久，刘长顺也到二虎所在的城市打工去了。年底的时候，刘长顺还如愿拿回了让张玲玲眼热的工钱。

一切平安无事，尝到甜头儿的张玲玲当然高兴了。张玲玲早就顾不上她过去最担心的事了，更喜欢钱的她从来没问过刘长顺在城里是否有狐狸精。春节刚过，张玲玲就又催刘长顺赶紧进城。时间久了，男主人刘长顺就越来越像个来去匆匆的客人了。

各自的男人都进城打工了，张玲玲和春秀也走得越来越近了。少了防范和猜忌，两家中间隔着的高高的木栅栏慢慢也被拆除了。大红一度就成了两家鸡群里唯一的大公鸡，幸福而忙碌的生活持续了好长一段时间……

12

虽然春秀和张玲玲朝夕共处，但她们毕竟是两个不同类型的女人。春秀的性格比较内向，天生丽质，而且心地善良；张玲玲的性格则比较外向，长相一般，而且爱发脾气。春秀好像越活越年轻了；张玲玲却明显见老似的，还是从前那样阴一阵雨一阵的，情绪飘忽不定，其他的基本上没有什么大的改变。

这些，喜欢晒太阳的大红经意不经意间也都看在了眼里。

身为公鸡，大红空闲的时光经常用来琢磨和观察主人。日子久了，大红多少就能摸出女主人的一些心思了。比如说，张玲玲并不是每年都希望有个母鸡来当"老抱子"，因为想当"老抱子"的母鸡会很长一段时间不再产蛋。更多的时候，张玲玲愿意让母鸡多下一些鸡蛋来食用或者出售。

这样，那些不识时务的母鸡就遭受到了各种酷刑——

蹲小号。这是张玲玲最原始的土办法。她把想当妈妈的母鸡用大花篓长久地扣押起来，不给食吃，不给水喝，大多数母鸡经不住这种忍饥挨饿的折磨，日子久了只好回心转意……

倒悬挂。有人说把要当"老抱子"的母鸡用绳子绑住双腿，大头朝下地吊起来，直到它忘记一切，不再有任何梦想……张玲玲也照搬过来，并且能做到一丝不苟，保证能认认真真地执行好每一个细节。

用水淹。对于那些顽固不化、执迷不悟、一门心思想当妈妈的母鸡，张玲玲就把它们的脑袋长时间地按到井拔凉水里浸淹。每天反复数十次，弄得母鸡死去活来，呕吐不止，直到母鸡彻底心凉，从美梦中清醒过来……

架火烤。炎炎烈日下，再点上一大堆柴火，把蹲小号、倒悬挂、用水淹都不见成效、视死如归想当妈妈的母鸡绑在火堆旁边，让满身厚羽的母鸡只剩下张开喉咙、大口喘气的念头。常常能看见，饱受煎熬的母鸡们打开的双翅就像罪犯伏法了一样，低头悔过，痛不欲生……它们最终就会放弃梦想，回归现实。

此外，还有许多稀奇古怪的招数，女主人张玲玲只要听到谁有对付"老抱子"的馊主意，一定要拿过来亲自试上一试。

这年夏天，看见大花母鸡又当上了妈妈，有了自己成群的孩子，儿女情长的芦花竟然在张玲玲已经抱完一窝鸡崽儿的情况下不识时务地做起了母亲梦。

张玲玲就用历年来对付"老抱子"的手段对待了大红心爱的芦花。由于芦花想当母亲的心太执着，张玲玲几乎把所有的酷刑都用在芦花身上了，但还是无法让芦花放弃心中的向往。

张玲玲又拿出新学来的损招对付芦花。她左右开弓地扇芦花的嘴巴子，打在芦花的脸上，却疼在大红的心里。张玲玲还一边扇一边霸道地骂着："就你不听话，就你不要脸！人家都在好好地下蛋，就你偏偏想当妈！我想让你当，你能当上；我不想让你当，你休想！"

张玲玲后来气得都有些发疯了，竟然把芦花直接用大花篓扣在后院的凉水池子里，好多天都不去搭理它，也不去喂它食吃。让前院望眼欲穿的大红爱莫能助、心急如焚。

经历了太多太久的折磨，芦花总算从梦想中清醒过来了。但从那以后，芦花得了严重的风湿病。芦花的身体变了形，双腿不停地抖动，路也走不稳了，几乎不能跑了。有时，芦花就像控制不住身体的重心似的，站在原地总是往后坐，需要努力地向前撑着才能站住。芦花虽然勉强还能产蛋，但母性体征已经明显衰退，不再是昔日那只轻盈而丰腴的美丽母鸡了。

大红虽然依旧爱着芦花，但已不忍心将自己重重的身体再压到芦花身上。它们只是一有空儿就习惯性地厮守在一起，不可能再有共同的孩子了。

刘长顺这次自春节出去打工，一直没有回来。主人家的钱好像越来越多了，但主人家的日子并没有像想象中那样越过越红火，而是越过越冷清了。不知为什么，大红这些天出奇地想念男主人刘长顺，觉得他回来这家才像个家。

这天难得的热闹了一会儿，好像是小宝子要当班级干部了，张玲玲得请小宝子的老师吃饭。多年来大红已经养成了一种习惯，主人家突然变得热闹可不是什么好事，那往往是公鸡们最危险的时刻。大红多多少少有点担心自己，但又一想自己作为鸡群里唯一的成年公鸡，被杀的可能性也不会太大。大红只是对自己的处境略有担心地惶恐了一小阵儿。

但大红绝对没想到更不幸的事情就要发生了，女主人竟要杀芦花！芦花是母鸡呀，正值产蛋的最佳时节，在鸡群里尚有公鸡的情况下，女主人怎么会选择杀产蛋的母鸡呢？

女主人抓芦花时大红都没想太多，还以为张玲玲想摸摸芦花今天有没有蛋要下呢，而且张玲玲也确实摸了一阵。虽然大红一向讨厌女主人对母鸡们这样做，但它也没有办法阻止女主人去非礼那些母鸡们。就算轮到自己心爱的芦花，大红也只能是无能为力地怒视着。

直到后来，张玲玲一手拎着菜刀，一手拎着芦花走向了干草垛，芦花一路发出"嘤嘤"的哀鸣声，并且脑袋一直转向大红盯着它看，像在与它告别，大红才反应过来接下来要发生什么。

大红奋不顾身地跑了过去，大红是想用自己来替代芦花。开始时，大红死死地挡在张玲玲前行的路上，张玲玲就用脚踢了大红一下；后来，大红见张玲玲拿起了菜刀，才别无选择地走向了极端。惊恐慌乱中，大红竟飞起来向女主人身上扑去，先啄伤了张玲玲的手，又啄伤了张玲玲的脸……

一向视脸面如生命的张玲玲这回可真生气了："你这只该死的公鸡，自己的小命儿都难保呢，还要管这么宽？你以为你踩蛋了，它就是你的了呢？别忘了我才是它的真正主人！"张玲玲说着愤怒地抡起一把大扫帚狠狠地打向大红……

大红并没有躲避，心想：主人你就打死我算了，免得再去杀死我的芦花。

没想到张玲玲随手抓过那个大花篓，一下就把大红扣在了里面，回身又在上面压了一块大石头。"这回我看你还消停不消停！不自量力的玩意儿！"

张玲玲杀芦花时，大红就没命地边叫边向外猛冲，竟把自己撞得头破血流……大红疯了。硬的不行，只好又软下来，大红一直在大花篓里高声地哀求着："求求你们了，不要杀死我的芦花呀！求求你们了，谁能帮帮我啊？快来救救我的芦花呀！"

人们当然听不懂一只公鸡叫喊声中的真实内容，人们只能听到一只公鸡发出了该死的烦人噪音。谁也不知道那是大红发自肺腑的最后的、也是最真实的绝望心声。

伴着大红悲愤的哀叫，张玲玲一边叨咕着杀鸡咒语"小鸡小鸡别见怪……"一边施展了她的拙劣刀法……

在大花篓里，大红眼睁睁地看见了心爱的芦花一点一点地慢慢死去了，大红也看到了小宝子，还看到了春秀，可他们都一脸无可奈何、爱莫能助的表情，好像也根本听不懂大红在喊叫着什么。后来，大红好像还看到了出门在外的男主人刘长顺，刘长顺正焦急万分地从遥远的城市一路狂奔着往家赶着……大红好像还看见了一身洁白羽毛的妈妈也不顾一切地冲了过来……当然，后面这些都是大红的幻觉，因为刘长顺和已经过世的妈妈此时根本不可能出现在这个可怕的现场。

大红的疯狂尖叫一点也没延缓事态的正常进展。芦花挣扎了好半天也没有再重新站立起来，也没能抬起头来再看上大红一眼。像是有些话还要说，芦花不甘心地抖动了好久，最后才绵软松弛、一声不响地躺在了干草垛边上。芦花就这样悄无声息而又无比温柔地死了。接血的水碗已被端走，只有几滴鲜血凝在没来得及拿走的菜刀上。远远望去，菜刀上就像镶嵌着一朵艳丽鲜亮的玫瑰花……

13

事后，大红冷静下来想，主人想杀鸡，鸡是无法阻止的。大红又不是小公鸡了，它当然知道这个简单的常识。大红当时下意识的过激举动连它自己都感到吃惊。大红怎么有能力拯救得了一只母鸡呢？就算那是大红心中的挚爱，就算那是大红心中的女神也无济于事。除非男主人刘长顺在，刘长顺要是真在现场的话，他肯定能听懂自己当时那悲痛欲绝的哀求声……

还好，芦花是为小宝子当班干部而死的。芦花死得还算有价值、有名号，也算用身体为主人家作出了最后的贡献。

芦花是被冠以"下蛋的鸡"，让女主人张玲玲杀掉并隆重招待贵客的。客人们打着酒嗝走出院门时，还在说："张玲玲这人可真好，张玲玲这人做事可真是太讲究了！"还说："张玲玲这人有诚意，重感情，够意思，连正下蛋的母鸡都舍得杀给老师们吃，以后一定得好好教小宝子，争取让小宝子当上正班长……"

芦花死后的第二天凌晨，好像午夜刚过，一向小心谨慎的大红却破天荒地打起了鸣儿。这才是真正意义上的"半夜鸡叫"啊。大红足足比往日多打了二十多遍鸣儿，别说全村的人会烦，全村的狗都会烦。这无疑是大红自杀性的悲情抒发，是绝望至极后一切都无所谓的彻底放下。或许在人类听来都是公鸡的啼叫，但鸡们肯定能听出极度的悲伤。尤其是大红最初那几段沙哑的悲鸣声，分明就是公鸡版的"杜鹃啼血猿哀鸣"。女主人张玲玲只注意到了时辰不对，她肯定不会注意到这些悲伤的细节。话又说回来了，就算女主人张玲玲注意到了，又会有什么用呢？

没有芦花的日子里，大红觉得生活更加冷清了，常有种无依无靠的孤独感。虽然大红身边仍旧有那么多搔首弄姿、风花雪月的母鸡，大红却像视而不见。二美人、黑里俏因成了新女神而日渐容光焕发起来，整天不停地梳理羽毛，精心打扮；浪妹子小白鸽也学会了俯首垂眉，总是弄出暗送秋波的样子；假清高花孔雀也不再清高了，变得温柔体贴起来，常常小鸟依人样偎在大红的身旁……母鸡们不断地争风吃醋、不断地给大红投怀送抱，可心事重重的大红总是打不起精神。总之，身边没有了可爱的芦花，大红的鸡王生活过得不咸不淡、没滋没味、缥缥缈缈、恍恍惚惚……

大红经常站在高处看着什么，看得最多的还是自家园子里那些春种秋收的庄稼。从乍暖还寒的春天万物复苏、小芽伸展开始看，再看各种秸秆在夏日骄阳下如何疯狂生长，看生机勃勃的玉米，看墨绿油亮的高粱，看果实饱满的大豆，看顶花带刺的黄瓜……一直看到那些曾经苗壮的秸秆结完各自的果实之后又在秋风中一点点地干枯死去。老迈的它们连呻吟都不会，只能无助地在风中瑟瑟抖动，借助风声漫无目的地翻滚飘落……时间长了，大红已经养成了每天都要久久注视园内庄稼的生活习惯。好像大红不去认真凝望，那些玉米、高粱、大豆等就不会顺利地生根、发芽和成长，就不会走完时而辉煌、时而平淡、时而悲凉的一生。

又到了秋天，大红仍然沐浴在乡村日渐凉爽的阳光里。望着风中即将干枯的秸秆，大红心中就有了一种为期不远的等待。半梦半醒中，大红好像预感到自己在人世间的生命已经走到尽头了，芦花就在不远的天边等候着自己呢。而大红之所以迟迟不走，也好像是在等待一个人，等待和那个叫刘长顺的男人从远方回来，做个最后的告别……

女主人张玲玲当然看不见大红的痛苦，每次看见站在高处浑身罩着金色阳光、火炭儿一样的大红，本来不怎么愉快的她也会一下子变得兴高采烈起来。常能听见女主人肤浅的调门儿："看！这大红公鸡就是招人稀罕，看着就是喜庆、就是吉祥！"像有了大红，好事就可能随时降临似的。

果然没过多久，村长就来主人家报喜了。村长一脸夸张的笑容，说他已为主人家办成了一件天大的好事，说主人家的农田就要让城里的房地产开发商高价承包了，说以后主人不用贪黑起早种地了，坐在自家的炕头上等着收租子吧……还说全村最好看的春秀求他办多少回了，都没好使……直说得张玲玲面若桃花，由心到脸都有红潮在涌动……

大红终于被张玲玲抓到了手上。不过,这次张玲玲抓大红时,大红一点儿也没有像往日那样机警地飞跃躲藏,大红就是等在原地被主人随便拎起来的。四处尖叫逃窜的,倒是那群惊魂未定、贪生怕死的母鸡们。

女主人张玲玲对很容易就把大红抓到手里颇感意外。她还得意地跟春秀说："我说的呢，大红天天站在高处，就像一直给我报喜似的。"张玲玲还自以为是地说什么："大红到底还是老了，有点跑不动了。否则，我不能这么容易就把它抓到手啊。不过，这回它也总算完成使命了。还是养只红公鸡吉祥啊，看来我明年还得留一只红公鸡。"

春秀一直低着头，只是不置可否地回了一句"是吗"。

张玲玲新抱的那窝小鸡正在成长中，不出意外的话，明年一定会有只幸运的红公鸡存活下来……

春秀说她不忍心看大红被杀掉的场景。"当个公鸡真可怜啊！表现再出色也躲不过这一劫呀。"说着，春秀就匆匆地跑回自家的屋里去了。大红从门缝里看见了春秀美丽的杏眼，美丽的杏眼里似乎含着复杂的泪水。

村长倒是假模假式地走过来阻止了张玲玲一下："还真杀鸡招待我呀？我看就不必了吧？一会儿我还有正事要忙呢。"但村长一直倒背着双手，一直说走却一直也没有走出院门。

大红想：死了也好，死了就再也看不着这么烦人的村长了。

同样是死，芦花因为小宝子上进而死，大红却落得个因张玲玲溜须村长而死。大红感觉自己死得太不值个儿，远没有芦花死得壮烈和光荣，芦花死得重如泰山，自己却死得轻如鸿毛……同样是死，大红觉得自己甚至也不如铁将军死得有价值，让烦人的村长吃了还不如让野蛮的二虎吃了呢，二虎毕竟还是个大男人……

大红一直被女主人张玲玲拎在手里，啰哩啰嗦和村长谄媚了好半天才终于走向大门口那熟悉的干草垛。还好，那里早已经放好了一把菜刀和半碗凉水。

这时，大花母鸡正带着一群刚出窝的小鸡们在大门外的大粪堆上刨食吃，小鸡们一边幸福地吃着虫子，一边无忧无虑地追逐着、嬉戏着。

张玲玲笨拙的杀鸡技术虽然让大红无比痛苦，却延长了大红生命的最后时光。大红没能等回男主人刘长顺，却在疼痛中多看了几眼亲切的家乡。大红一边流着血，一边再一次看到了远处那群尚不谙世事的小鸡们。大红似乎从那群花枝招展的孩子中看到了当年的自己，似乎也看到了当年的青草地，看到了威武的铁将军，看到了善良的妈妈，看到了美丽的芦花……

恍惚间，大红竟真的觉得自己又回到了天真烂漫的童年……

2014 年 10 月 1 日初稿写于长春平安街

2015 年 10 月 20 日二稿改于乌镇

2016 年 7 月 20 日三稿改于长春平安街

原发于《作家》2014 年第 11 期

谁都想好

1

十多年前，平安县还远不具备现在这样的规模。那时的平安县还叫平安镇，白天经常停水，晚上经常停电。但在赵平安眼中，平安镇依旧是个天堂……

赵平安当然不是平安镇的正式居民，他家住在平安镇郊外的赵家村。虽说赵家村距离平安镇也就几公里，但赵家村就是赵家村，是名副其实的乡村；赵平安就是赵平安，是地地道道的农民。

不知是平安镇特殊的文化氛围熏染了近在咫尺的赵家村，还是赵家村的赵平安冥冥中就应该是平安镇的文化人，总之，农民赵平安不像从前那样眷恋自己脚下的黑土地了。越来越多的人都到城里打工去了，这让一向本分的赵平安常常陷入苦闷中，心中总有一股什么火在燃烧似的。劳动之余，他经常凝望着黑土地和东河水若有所思，灵动的目光有时还会不由自主地关注那更加辽远的蓝天和白云……

个头不高的赵平安时常奔走在平安镇和赵家村之间的乡路上，因为他总得把新写的几首小诗或一篇小散文送到镇文化站去。反正家里也没啥要紧的事儿，年轻人走上几公里乡路又算得了什么，赵平安习惯了，有事没事都喜欢到镇文化站去看上一看。一来二去，镇文化站就多了个叫赵平安的业余作者。

没错，平安镇不太规范的几段柏油马路也早已对赵平安构成诱惑。平安镇歪歪斜斜的电线杆、有气无力的百货商店、微薄可怜的现金工资……这些细节都有着无穷的魅力，甚至代表城市的砖瓦结构的公共厕所也同样对赵平安有一种说不清、道不明的吸引力。那叫进城啊！那叫挣工资啊！在强烈的诱惑和吸引下，赵平安的诗文有了长足进步。在平安镇文化站内部刊物《春雨新花》的目录上，赵平安的名字也不断地向前靠拢。后来，平安镇广播电台还播了好几首赵平安的散文诗……再后来，省报的副刊上也偶尔能见到赵平安的散文了。勤奋的赵平安几乎每天都要不知疲倦地来往于城乡之间，如同穿梭于梦想和现实之间的快乐劳燕。

虽然赵平安深知自己所在的赵家村远比平安镇更像文化人理想中的世外桃源，但赵平安觉得自己的情况和大诗人陶渊明的情况不太相同。陶渊明是过腻了上层生活才去采菊东篱下，而自己则正好相反；再者说了，陶前辈当年也并非主动要求，而是被动屈尊。因此，对农民赵平安来说，成为平安镇的正式居民才是他最大的人生理想。

2

和往常一样,这天赵平安又上路了。赵家村外,不远处的羊群"咩咩"地叫着,偶尔有农用车经过时,会掀起久久不散的烟尘。赵平安身着已经泛白的中山装,腋下夹着一个牛皮纸口袋,满怀欣喜地走在通往平安镇那条暴土扬尘的碴石路上。赵平安总是把新写的诗文装在牛皮纸口袋里,他要恭恭敬敬地把它们送到文化站去。

迎面走来的正是赵家村治保主任"胖头鱼"的儿子于大国,堪称赵家村的首富。于大国的姐夫在镇上的向阳支行当行长,据说和于大国一样,也是个飞扬跋扈的主儿。大前年姐夫帮小舅子贷了一大笔款,于大国才拥有了眼下这一百多只羊。于大国每天都要把这群羊放出来,但是他并不总是细心地看护着羊群。于大国看上去更像是在张扬,手里象征性地拎着一个小鞭子,更多的时候,他不过就是在四处闲逛。今天的于大国也没例外,仍然是把羊随意地放着,也许是嫌羊身上的腥膻气味太重,再加上羊吃草的地方路也不太好走,他更是离羊群老远,一边吹着口哨,一边悠闲地打量着村路两旁的风景……

发现赵平安后,于大国和往常一样调侃起来:"这不是赵大作家吗?咋的,又要去镇上啊?"

赵平安不想说话,只好不置可否地点点头。

"还是送稿儿去呗?带上你那漂亮媳妇呀,这回又瞎编个啥呀?"于大国甩了一下鞭子。

赵平安下意识地看一看牛皮纸口袋,系好中山装最上面的扣子："怎么能说瞎编呢？这叫创作。"

于大国眯缝着眼睛："真敢用词啊，不怕风大闪了舌头。还创作，唬谁呢？人家真正的大作家那才叫创作。就你呀，说你瞎编都是抬举了，说句不好听的，你也就是个狗戴嚼子——胡嘞！"

赵平安一脸的庄严："你认为瞎编就瞎编，你认为胡嘞就胡嘞，反正我认为是创作。咱们还是做好各自的事吧，咱们之间没有丝毫干系。"

于大国轻蔑地笑了笑："这家伙的，像要去朝圣似的。对了，回来时别忘了给漂亮媳妇买回一块高温痘猪肉！哈哈哈……"

赵平安每次从镇上回来的时候，都会带回一些镇上才有卖的高温肉、猪肺子等廉价熟食，这是很多赵家村人都知道的小秘密。

赵平安并不太理会于大国的调侃和嘲笑，而是怯懦地向于大国索要起拖欠已久的工钱："去年帮你家盖羊圈的一千五百块工钱，你还一直拖欠着没给呢。"

于大国又甩着鞭子说："那点儿活儿让你干的，稀松加稀弄，哪来的工钱？"

赵平安说："我风里来雨里去地干了两个多月呀，咋也不能白干吧？本来是两千，最后不是说好了给一千五吗？"

于大国怪异地笑了一下："我给你一只羊顶那工钱行不行？你可以挑一只最大个儿的。"

赵平安说："一只羊才值多少钱啊，至少也得给三只吧。"赵平安说着就盯着不远处的羊群仔细看。

于大国说："哎，我这可是进口的优良品种，你看东边壕外那三只咋样？"于大国指着跑到壕外远离羊群的三只羊说。

赵平安把牛皮纸口袋拿到手里犹豫着："你说的是真的假的呀？"

于大国说："那就看你能不能抓住了。有本事你就去抓吧。来，我给你拿着破口袋。"

赵平安就跑向远处那三只羊，费了半天劲，三只羊却跑进了羊群里。赵平安弄得满身泥土，又在羊群里笨拙地抓起羊来，终于抓住了其中的一只大母羊，已经累得气喘吁吁了……

于大国心疼自己的羊："赶紧松开你的脏手，大母羊都让你给吓坏了。你看你那熊样儿吧，我是说着玩儿呢，你还当真啦？今天没带狗来，不过是想让你帮我把那三只羊给圈回来。"

赵平安说："杀人就得偿命，欠债就得还钱啊。我可是认真的呀。"

于大国说："你可真实惠啊。我说，就你这榆木脑袋，还写诗写散文搞创作呢？你可别逗我们乡下人乐了，滚犊子吧……"说着就把牛皮纸口袋扔在了地上。

突然间就刮起了大风，赵平安忙拾起口袋，拍打着飞扬的尘土："别往地下扔啊，反正不给钱就得给羊。今天我还有正事呢，那就回头再说吧。"说着，赵平安顶着大风头也不回地向镇上匆匆走去……

赵平安今天心里高兴着呢，他本来是不想纠缠这些闹心事儿的，今天不单单是去文化站送稿子，孙站长还说请大家喝酒呢。向往也好，朝圣也罢，心情不错的赵平安越走越快……

赵平安在赵家村里确实是个另类，大家都关心家里的母猪生不生羔，母鸡下不下蛋，晚上的小麻将能不能多赢几块钱……可赵平安偏偏不在乎这些，他总是望着天空和远山发呆，让人捉摸不透。在一个村里住着，与众不同是招人厌恶的。在一群没啥文化的人中间有了点儿文化，那就更是格格不入了。

"熊样儿吧，你赵平安要是能当上作家，全屯子人就都得成大文豪！当作家？你就做大梦去吧！白瞎了女人那小模样了，咋就嫁给你了呢……"于大国在风中一边甩着鞭子一边喊着说，然后又不是好声地大笑起来……

赵平安的背影在赵家村外的大风中渐行渐远……

3

张罗有一阵子了，文化站的孙站长想邀请平安镇最具发展前途的文学爱好者到东来顺狗肉馆儿小聚一次。孙站长总算弄到了几个润笔钱，小聚才得以落实。

东来顺狗肉馆里十分简陋，一些底层人在小吃小喝，只有靠里边的一张方桌与赵平安有关。孙站长已坐在正中，郑四眼和李二虎分坐左右，朱多友、朱广友兄弟俩坐在对面，桌子的右侧是马大力，左侧的位置正空着，那明显是给赵平安留的。很显然，平安镇的文学泰斗和几位重要文友都已经先到了。

孙站长说："我今天一共就邀请了六个人，除了目前到位的，赵平安也在其中。我想了好久了，还给你们几个弄了个名分，以后你们六个就号称'平安六骏'吧。"

众人说："这称号好啊，太好了！别说，真有可能叫响！"

孙站长又说："你们六位中，目前赵平安写得最好，我看就让他来当六骏之首吧？"

众人说："行啊，真就数赵平安了，这个大家都得服气！"

大家正说得热闹时，赵平安匆匆跑了进来，一进门就喘着粗气说："实在是太对不起了，孙站长，我路上意外遇上点儿事，来晚了一步。"

孙站长说："快坐快坐，就等你这六骏之首了，要不早就开席了。"

赵平安没想到堪称平安镇文学泰斗的孙站长已如此看重自己，"东来顺"虽小，却让赵平安感到有一种庄严和雄伟渗入骨髓。大家都知道，文化站并不是什么有钱的单位，别说这样的举动不多，就算多，这种档次的重要聚会也不是谁想来就能来上的呀！赵平安小心翼翼地将牛皮纸口袋里的新作拿出来，恭恭敬敬地双手交给孙站长："这几天新写的。"

孙站长接过稿子，半开玩笑地说："你这六骏之首可真行啊！这才几天啊，就又写了这么多？刚才你没到时我跟大家开了个小会儿，宣布了平安六骏，任命你当六骏之首。今天这是给你们喝庆祝酒，你写得再好，按规矩来晚了也得罚酒。"

李二虎说："对对对，罚酒罚酒，说别的都没用，就算你是六骏之首，迟到了也得自罚三杯！"

赵平安觉得幸福来得太突然，面带难色，只喝下了一杯，连说："咋还成了什么之首了？我的酒量真的不行，我真得慢慢来。"

一向神神道道的中心小学语文老师郑全（外号"郑四眼"）打圆场说："慢慢喝，慢慢喝。大家发现没？我们六骏之首赵平安这个名字起得真不错呀，还挺吉祥的呢。冷不丁看字面儿是平淡点儿、土气点儿，可是越细品味越能体现出一些大家风范来，是不是？"

"嗯哪，可不是咋的。"李二虎说。

赵平安有些不好意思地说："我这名字真是太普通了，让郑老师见笑了。"

郑四眼说："这话说哪儿去了？我是说真好。"

赵平安说："平安镇肯定也是我父亲心目中的天堂。没啥文化的父亲本意不过是希望我能平平安安，谁能想到这会是父亲的姓和梦想中的平安镇最简单的组合呢？"

郑四眼说："你父亲一不留神，倒是真给自己的儿子起了个很大气的名字。赵平安将来没准儿真就能出息成个当代文豪什么的，这可没场说去呀！到那时平安镇没准儿也跟着出大名了。大家再品品，赵平安这名字起得确实是太好啦！"

李二虎说："到时候平安兄弟成名了，可别忘了大家呀！"

马大力说："别忘了，咱们可都是哥们儿啊！"

朱家兄弟也跟着附和："那是啊，那是啊。"

相聚的酒桌上，越是底层的文学爱好者，不着边际的豪言壮语就会越多。

孙站长说："平安哪，你也不能太自嘲啊！这名字真是不错，经得住反复琢磨，朴素大方，不卑不亢。郑全的话虽然说得有些飘摇，但绝无嘲讽之意。"

李二虎说："那可不，我们这些底层文学爱好者本来就难成气候，谁都不具备单打独斗的能力，更谈不上什么分庭抗礼，哪能互相拆台呢？"

马大力说："咱们可不怕动静大，谁先整出点儿动静都是好事啊！"

朱家兄弟说："兄弟们就得团结起来。"

孙站长说："这就对了，大家一定要深知团结的好处，咱们底层的作者就得拧成一股绳啊。常言不是说嘛，团结就是力量啊！"

大家就齐声喊："为了团结共进，干杯！"

推杯换盏之间，赵平安感觉到幸福飘摇而至。

赵平安想起家里的女人江水花也许正在喂小鸡，想起正在上小学的女儿赵小苗也许正在学习……还想起了十年前的老父亲曾在田间辛苦劳作，一边擦汗一边望向远方……老父亲好像还在说："平安啊，记住喽，做人到啥时候都要本本分分、实实在在，要有个奔头啊……"

席间，赵平安心里一直在想：就算是老父亲毫无创意地一时闪念，"赵平安"这名字起得还是足够神奇，是挺大气呀，好好写吧，以后没准儿真就能写出点儿名堂来呢。赵平安就更加珍惜起自己的这个名字。

酒至半酣，孙站长说："文化站正缺文学创作辅导人员，想破例招聘一位业余骨干作者到文化站工作。"

郑四眼说："这是好事呀！但是谁能有这个福气呢？"

孙站长说："国家现在特别重视基层文化建设，文化站也正急需像赵平安这样的热爱文学创作并取得一定成绩的创作人员。"

赵平安以为自己听错了，显得毫无心理准备，但还是从嗓子眼儿里轻轻地"啊"出了一声，第一时间里，好像谁也没再发出别的声音。

大家一时间好像都没啥心理准备，有那么一段时间竟然静场了。

最后还是孙站长打破了沉寂，说："虽说文化站是平安镇首屈一指的穷酸文化单位，但由于平安镇的文化氛围一向非常浓厚，在这样一个特定的环境下，文化站在平安镇人心目中还是有点儿地位的。"

郑四眼反应最快："那还说了，文化站可是人人做梦都没敢想能去上的好地方啊！这能是真的吗？如果那样的话，以后，农民赵平安可就是平安镇文化站的工作人员啦！正儿八经的国家干部啦！"

孙站长把酒杯斟满，半开玩笑地问赵平安："你这刚上任的平安镇六骏之首此时咋没动静了呢？你倒是表个态呀，到底想不想来文化站工作啊？"

可能幸福感来得过于突然，赵平安还是有些没反应过来，坐在原地涨红着脸左顾右盼，半天才实实在在地说了个问句："不是说福无双至吗？咋还一起来了呢？还能有这么好的事吗，谁敢想啊？"

孙站长说："来，就当我今天提前透了个风吧，我和六骏之首赵平安单喝一个。"说着就一饮而尽了。

赵平安却愣愣地坐在座位上没动。

反应最快的郑四眼眼镜都急掉下来了："干啥呢？干啥呢赵平安哪？咋还不快点站起来回敬孙站长啊？"郑四眼边扶镜子边在桌子底下用脚踢了一下赵平安。

赵平安这才有点儿醒过神来，慌乱地站起身，十分机械地一饮而尽。但赵平安仍不知说啥好，站在那里有些语无伦次："这是做梦呢吧？孙站长这玩笑开、开大了吧……"站了好半天，才慌乱地坐下来。

在镇大修厂当车工的李二虎是写诗的，不知是羡慕的还是酒喝多了，眼睛都红了："我、我说孙站长呀，这事是真的假的呀？这事能是真的吗？说大梦呢吧？那以后我也好好写，再把我也调到文化站上班呗？那往出一走，要多体面有多体面！"

建筑工程队写小说的马大力也反应过来了："哎哟喂——赵平安！你还想啥呢？赶快再站起来呀！立马给孙站长连敬三杯酒才对呢！你这不是遇上大恩人了吗？你这是一步登天啦！哎哟喂！赵平安！"马大力羡慕得不行了，是真心替赵平安高兴。说话间，自己掏钱又上了两瓶老白干，还一边起瓶倒酒，一边嚷嚷着："今儿喝透，都往透里喝！我平安兄弟有了这么大的好事儿……"

兽医站的朱多友和他的双胞胎弟弟朱广友也都高喊着："我们羡慕、嫉妒，但绝对不恨！"哥俩纷纷跑过来与赵平安搂肩抱背，频繁举杯……

大家又兴奋无比地喝出了无数个小高潮儿，不知又加了多少回酒，也不知又添了多少回菜……所有的人都在争着提酒，反复发表着同样的豪言壮语……

　　腹中已有七八两白酒的赵平安心里溢满了激动。接下来给孙站长倒酒时，他得竭力控制着双手，可不争气的双手还是不停地颤抖。

　　为了让自己平静下来，赵平安还特意去了一趟洗手间。回来后，他又稳定了好半天情绪，可还是无法减缓双手的颤动。赵平安一遍遍暗暗告诫自己："要显得深沉一些，要显得有城府一些，都被叫'平安六骏之'首了，好歹现在也算半拉儿文化人啦，别这样儿……"可是，赵平安就是无法阻止自己那颤抖的双手。

　　到了结账的时候，赵平安想孙站长已经为自己做了这么大的事，这顿饭无论如何都应该由自己来请，就悄悄地找到女服务员要买单："服务员，请你给算一下，我们这桌儿一共是多少钱？"

　　服务员说："去了个人买的酒水，一共是一百六十五。"

　　一听价钱，赵平安下意识地摸了摸衣袋："我兜里就带一百块钱，先给你一百，那六十五赊一下账，行不？"

　　服务员说："对不起先生，本店小本经营，从来不赊账的。"

　　"这……"赵平安面露难色，拿着服务员抛回的一百块钱有些紧张，不知如何是好。

　　孙站长发现了赵平安的异常举动，他当然了解底层文化人的穷酸处境，忙走过来抢着掏钱结账，一边推开赵平安一边说："早都说好了，今天由我做东来请'平安六骏'。"

　　赵平安憨厚而实在地说："太不好意思了，为了我的事，还让孙站长破费了这么多。"

孙站长打着酒嗝说："今天咱们不是高兴嘛，这话说哪去了？"

郑四眼赶过来："平安，你就听孙站长的吧，下次你再安排。"

赵平安说："那好吧，那就下次，下次我请大家。"他觉得欠孙站长的人情真是太多太多了。

孙站长说："你就好好写文章吧，还轮不到你请客呢……"

4

酒局散后已是晚上七点多了，赵平安摇晃着身子往家走时，心里依然兴奋着。他今天不想买高温肉，而是特意绕到平安镇的大西头，在"胡老三熟食店"买了一斤上好的猪头肉。绝不是"东来顺"的酒意未尽，赵平安确实是给家里的女人江水花和女儿赵小苗买的。赵平安以前就曾许过愿，答应过女儿以后再得了稿费给她买猪头肉吃。可赵平安的稿费总是太少，很多情况下都是没来得及揣兜就和文友们买了烟抽，换了酒喝，基本上都是在第一时间就和大家伙儿分享了一部分，只能买得起廉价的高温肉。赵平安今天虽然没得到什么稿费，但觉得今天比得到一大笔稿费还高兴，今天是一个太值得隆重庆祝的日子了。

赵平安家里有一铺大炕，与一般农村家庭不同的是，他家里除了有炕和高低柜之类的正常摆设之外，竟然还有一方书桌，旁边的墙上还钉着一个书架。

赵平安回到家时，妻子江水花和女儿赵小苗已经躺在炕上准备睡觉了。

江水花听见了开门声没有起来，只是在炕上带着睡意地说了一句："才回来啊？"

喝得有些醉了的赵平安没有吭声，他手里拎着一斤猪头肉，特意将猪头肉从女人和女儿的鼻子跟前掠过。

赵小苗闻到猪头肉浓郁的香味，一骨碌就爬了起来。

好看的江水花也下了炕，娇柔地问："这是带好吃的回来了？"说着接过猪头肉到厨房切去了。

赵平安故意保持着神秘，只是笑，不说话。

赵小苗早已经在桌前坐好，猪头肉一端上来，就迫不及待地用手抓了一块，幸福快乐地吃了起来。

江水花拿来碗筷和蒜酱，一家人围坐在桌前，赵平安满眼幸福地看着江水花和赵小苗吃着猪头肉，自己却一口也不吃。

赵平安仍保持神秘，并不说孙站长要将他调到文化站的事。

赵平安沏上一壶浓浓的红茶，往软乎乎的小被垛上一靠，一边滋溜滋溜喝茶，一边打着中午延续下来的酒嗝。赵平安还用眼睛的余光看着江水花和赵小苗愉快地共进晚餐，似乎闻到了一股田园诗的味道。本来就好看的江水花今天更加好看了，本来就可爱的赵小苗今天也更加可爱了。多好啊！太幸福了！一家人就应该这样活着，这样活着多好啊！这不就是诗一样的生活吗？洋溢着浩荡幸福感的赵平安一遍又一遍地暗自感慨着……

一脸天真的赵小苗晃着脑袋："镇上买回来的猪头肉可真好吃啊！"

江水花香喷喷地吃完了猪头肉才想起来问："不年不节的，

怎么想起买猪头肉了呢？"

赵小苗幸福地抢答："我爸一定是又得稿费了！"

赵平安说："今儿和孙站长喝了一场难忘的透酒，今儿就是高兴。"

赵平安觉得把好心情说给江水花和赵小苗太难了，根本不是一句话两句话能说清楚的事。赵平安也不想一下子就把事情说清楚，这么好的事，得多说几遍才能说到位；这么好的事，必须得慢慢去说呀。赵平安头一次切身体验到：不把好话一下子说完，也是一种享受啊。

"他爹，我不反对你舞文弄墨，可咱比不了镇上那些开工资的公家人，到啥时候别忘了咱可是农民。眼瞅着就要打春了，也该张罗种地了吧？"江水花边收拾碗筷边女人味十足地叨咕着。

赵平安只是笑，不时地用酒声询问赵小苗："今天的作业写完没呢？明天的语文课不是写作文吗？预习没呢……"

直到晚上睡觉前，赵平安才把孙站长请客和文化站要人的事很诡秘地说给了江水花。

江水花不敢相信会是真的，但难掩兴奋。她虽说不信，但还是惊喜得双颊绯红，连问："到底是真的假的呀，真的假的呀？就算你说出大天来，我都不信啊……"女人声音好听得让赵平安都不想醒酒了。

"这么大的事儿，我能诳你吗？"赵平安说得极认真。赵平安把孙站长说的原话又学了一遍，甚至还有些夸张地把现场所有人说的话都讲给了江水花……

江水花激动得眼泪都要掉下来了："这么说，好像是真的呀！但能是真的吗？"江水花亮润的杏目格外好看。

赵平安说："要不不年不节的，又没得稿费，我能给你们买猪头肉吃吗？"

江水花说："是不太合常理，哈？"江水花终于激动起来，好看的杏目更加亮润。

赵平安说："真是真的！我啥时候诳过你呢？"

"以前总听你叨咕孙站长、孙站长的，面儿还没见呢，这么大的事都要给办了？孙站长这人可真是个大好人啊！非亲非故的，这年头儿可真不容易呀！咱们可得咋感谢人家呀？这可真是遇上了大恩人、大贵人啦！"江水花相信了赵平安的话后，说得就更加动情，动情得很是有负担。

"以后有机会，咱们真得好好谢谢孙站长呢。"赵平安往回拉着说。

"去年抱一窝小鸡崽儿，赶上秋天闹鸡瘟，就剩下一只红公鸡了，哪怕剩下两只也行啊？咱们手头儿真就没啥送人的东西了。"江水花是那种知恩必报的本分妇人，想了好半天后又很有压力地说。

赵平安说："我也在这么想呢。"

"那可咋整？要不……"江水花很着急的样子。

"别想那么多了，孙站长可是个大好人，人家才不图咱这个呢，咱一个农民能有啥？天不早了，睡觉吧。"赵平安尽量表现出平静。

"今天可真高兴啊！咋不困呢？"江水花紧紧地搂住赵

平安。

　　"以后咱们就不用种地了，再也不用经管那些遥遥无期的白条子了，以后咱们挣现钱了……慢慢地，咱们也搬到镇上去住，挣越来越多的工资，供小苗上高中、考大学……"赵平安说睡也不睡，躺在炕上忍不住兴奋，还是说。

　　"这可真是福星高照啊，咱们咋遇上了孙站长这么个大贵人呢？真没想到啊……"江水花比当年出嫁那天笑得还灿烂、笑得真实。

　　"以后咱们家也有个上班儿的啦，有个挣工资的啦，有个文化人啦，知识分子啦！以后……"

　　"咱们家的日子会越过越好的，咱家的好日子就要开始了……"

　　赵平安兴奋地说了大半宿，江水花就陪着他咯咯笑了大半宿……

5

　　第二天早晨，天刚放亮，赵平安就醒了。没啥事儿，就把那唯一的红公鸡放出来喂食。赵平安从前没大注意观察自家这只大红公鸡，此时才发现，这只大红公鸡还是挺像样的，很是高大威武，很是气宇轩昂，很是能拿得出手的。就算只有这一只，也是不错的。赵平安就趁大红公鸡不备，一把将其抓住，拎在手里用力掂量起来……

　　大红公鸡"咯咯"尖叫时，赵小苗冲了出来。"我们班主任老师生病住院了，我要拿大红去看看我们老师呢。"

"你要把大红公鸡给你们老师拿去？那……"赵平安没再往下说。

"爸，你就别惊动大红了，让它再好好活两天吧。大红还不知道呢，它真的好可怜啊。"

赵平安知道这年头儿老师也不容易，更知道老师在女儿心中的重要位置，女儿那么喜欢她的"大红"，都舍得拿去看老师。赵平安无奈地笑一笑，一松手，放了可怜的大红公鸡。

躲过女儿的视线之后，赵平安失望地摇了摇头，踱出大门，向远方有着磁石般吸引力的平安镇走去。

阳光很好，心情好到极致而又无所事事的赵平安就是在平安镇的街巷里四处走走而已。赵平安觉得脚下的柏油马路格外亲切，他远远地就望见了平安镇文化站那幢灰突突的小平房，也觉得格外亲切。心想：文化站是个多么好的地方，办公场所真不该如此寒酸，文化站要是有税务所那样一座小白楼就更好了。不过，没有也无所谓，赵平安俨然一种很负责的文化站新主人的感觉。

赵平安在平安镇整整走了一大圈儿，准备往家走时，孙站长和一个小伙子推着一车沙子从远处飞奔过来。

赵平安忙迎上前去："这不是孙站长吗？一大早的，推一车沙子做啥用？"

"文化站后院阅览室的后山墙有点往外倾斜，安全起见，我看得加个垛子。早上起来也没啥事儿，就当和儿子锻炼身体了。"孙站长挥着汗水拍了拍儿子说。

"有这活儿咋不找我干呢？我在家闲着也是闲着，这种粗活哪能让您老亲自干？来，给我吧，您哪是干这种体力活儿的人啊。"说着，赵平安从孙站长手里抢过手推车。

赵平安的瓦匠活儿干得也不错，加上孙站长又叫来两个打下手的朱家兄弟，不到一上午的工夫，文化站阅览室倾斜的后山墙外就添上了两个结实的垛子。

干完活回来洗手，见大家都很高兴，孙站长就张罗请客："谁也别走了，中午我请大伙儿到东来顺狗肉馆喝生啤酒去。"

赵平安说："要不我来请吧。"

孙站长拿出刚从邮局取出来的八十元稿费说："赵平安，你负责打电话就行，把'平安六骏'都找来，一个也不能少，咱们今天就照这八十块钱喝。"

赵平安说："那就多余的我添吧。"接着分别给大家拨打起电话……

席间，孙站长又谈到了调赵平安来文化站的事儿。

孙站长说："用人报告已经打到镇政府去了，就等着主管的王镇长下批文呢，估计不会有什么大问题的。"

赵平安惊喜万分："真的呀，咋这么快呀？"

孙站长说："镇政府重视呗。平安哪，你这段时间精心创作个好作品，文化站下个月准备往省里推荐一篇优秀作品参加比赛。"

赵平安激动不已："一定好好写，一定，您就放心吧孙站长。"

孙站长最后还说："平安哪，如果家里环境不好，你就先到文化站来上班也行，反正批下来是早一天晚一天的事了。"

赵平安感激得要哭似的，酒又喝了不少。回家的路上，喝多了酒的赵平安就反复向郑四眼问着同一个问题："到底该如何感谢恩人孙站长呢？没想到孙站长说办这么快就给办了，更没想到要人的报告都打到镇政府去啦！这是多么货真价实的实质性进展啊！"

郑四眼："赵老弟，听哥的，你真得好好感谢感谢孙站长啊，人家真是太够意思啦！能到文化站上班，不仅你自己的命运改变了，连你全家人的命运都改变了呀！要是换了我是你，哪怕是砸锅卖铁，我也得去孙站长家串个门儿……"

回到家时，赵平安就看见了那三只羊。当时，一大两小三只羊正在啃赵平安家房后的李子树呢。赵平安知道那是于大国家的羊，就醉咕隆咚地吆喝了两声，还喊了几声"于大国"，最后又扔了几次土坷，三只羊才慢条斯理地往东边走了。

赵安平自言自语道："难道说，这三只羊真的送上门来给我顶那一千五百块工钱来了？不行，还是少了点儿。要是三只都是大的嘛，还可以考虑考虑……"

赵平安心疼地把自家的李子树扶了扶正，再用脚踢上一些黑土，踩实……

赵平安心里骂着："好好儿的李子树都给啃坏了，羊们还走出了大摇大摆的样子，这真是气人啊！'胖头鱼'家的羊咋的，狗仗人势，羊也仗人势啊？放出来就是祸害人来了。要不是马上就去文化站工作了，绝不会轻饶它们的。"

赵平安啤酒喝多了就犯困，躺在自家的火炕上睡着了。睡了一会儿，起来解手时，在房后发现那三只羊又在啃李子树，赵平安站在茅厕里喊："于大国，管好你们家的羊！于大国呢？老于家人呢……"

喊了半天，既没喊走那三只羊，也没喊来一个人。

又气又恨的赵平安就是在这个时候突然又想起了该给孙站长送点啥，想着想着，赵平安的胆子就出奇地大了起来。再说了，"胖头鱼"家总仗势巧使唤人，至今还欠着包括自己在内好几个农民兄弟的工钱呢，亏就亏点儿吧，就当顶自己那一千五了……

赵平安一伸手就牵住了走在前边的那只大羊，另外那两只小羊惊慌地跑开了，又惊慌地跑回来。阴差阳错也好，顺手牵羊也罢，赵平安没费多大劲儿，就非常成功地把三只山羊弄到了自家的仓房里。待牢牢地锁住仓房木门之后，赵平安的心脏开始无法控制地狂跳起来。赵平安还是狂跳着心脏做好了下一步打算："明天起大早！对，起大早！抓紧把这三只羊赶到大集市上卖了，一定要快，给钱就卖！用卖羊的钱给孙站长买两条好烟，一定是两条上好的烟！要是还能剩钱的话，就请孙站长和圈儿里这几个文友到"东来顺"喝上一顿好酒，实在不行，哪怕能喝上一顿小酒也行……"

江水花接女儿放学回来了，赵平安也没好和她们说羊的事，就是让她们先别去仓房。

赵平安万万没想到，当天晚上事情就败露了。

晚上七点多钟，于大国就牵着一条大狼狗把三只羊从赵平安家的仓房里拖出来了。紧接着，于大国又把赵平安和他的女人江水花、女儿赵小苗从正房里拳打脚踢地拽了出来，并扬言："一定要将盗窃分子绳之以法，严惩不贷！"连打带骂了好半天，于大国又很快把派出所的警察喊来了。

前来办案的两个民警有一个叫刘志刚，外号"刘黑子"，是赵家村的管片儿民警，平时常来赵家村，赵平安认识他。

刘志刚问："这三只羊是谁家的？"

于大国答："当然是我们家的，他这是偷羊！"

赵平安说："他家欠我一千五百块垒羊圈的工钱呢，他曾说过可以用羊顶账的。"

于大国说："开什么玩笑！羊圈墙都给垒歪了，差点砸死一只怀孕的大母羊，没让你赔就不错了！"

赵平安说："他家的羊还啃坏了我们家那么多李子树呢，一棵李子树还值不少钱呢！"

于大国说："啃死一棵了吗？一棵也没啃死吧？"

赵平安说："现在是没死，那得看过些天开不开花。"

刘志刚虽说考公务员入警不到两年，但一问就明白是咋回事了。

刘志刚这才又说话："一码是一码，你这种行为完全可以定性为小偷。好了，你跟我们走一趟吧。"说着，刘志刚就给赵平安戴上了手铐。

当天夜里，赵平安就以小偷的形象被押往了平安镇派出所。

望着满天冷飕飕的星星，赵平安预感到后果比较严重，想起了孙站长，想起了文化站，想起了"平安六骏"……

开始时，赵平安还在为自己争辩："于大国真的欠我一千五百块工钱呢！"

刘志刚说："你说过了。"

赵平安说:"羊啃坏那些李子树也值不少钱呢!"

刘志刚说:"你也说过了。"

赵平安说:"我只是想以羊抵账,细算我还不合适呢。"

刘志刚说:"说别的都没有用,我只想听你说说偷羊的动机和经过。"

赵平安说:"我只是想以羊抵账,我没有动机。"

刘志刚说:"不想说是不是?那你就没机会再说了。"

后来,赵平安觉得实在无法和刘志刚说清楚了,就一路小狗一样央求那位押解他的刘志刚:"刘警官,就算我做得不对,也请您高抬贵手,放过我这一回吧。刘警官,我会一辈子都感谢您的……"

赵平安说尽了好话,刘志刚还是一副无动于衷的样子。赵平安曾一度想把多么感激孙站长、多么想进文化站的迫切心情说给刘志刚听,可又觉得不太好表达清楚。竟然和当初无法一下把好心情说给媳妇和女儿一样,此时的准确表达也同样太有难度,甚至要更加有难度。急得赵平安一再怀疑自己以后还能不能当作家了,还能不能搞创作了……望着刘志刚铅皮一样威严的面孔,赵平安就更没有了把真话讲出来的勇气,只好一遍一遍以同样的内容央求着。

赵平安知道这太表面、太浅薄,但还是得说:"行行好,求求你,你就饶过我这一次吧。"

赵平安的表现不但没获得同情,在刘志刚眼里反倒更像一个小偷了。这些简陋求饶的话对疾恶如仇的刘志刚来说,真就不如不说。赵平安平日里很赏识这个义正词严的黑脸警察，而此时，真希望来抓他的人是那种人们印象中的不太讲原则的劣等警察，那样就可以答应给他们些好处，他们就有可能高抬贵手……

6

刘志刚打开派出所的大门，把赵平安推了进去。赵平安的双手被反铐着，脸就几度贴到了迎面的墙上。赵平安想起平时人们传说的警察如何打小偷，听说小偷要是被抓住，真是往死里打啊……不管说不说，首先就是一个揍啊……除了揍，还不让你睡觉呢……赵平安还想起父亲活着时曾说过，到啥时候，人都不能犯罪，人要是犯了罪就不是人了……想着想着，赵平安就不知第几十遍地又说："刘警官，你就行行好，饶了我这回吧，我从没干过坏事，这真是头一回。"

刘志刚回过身来拉住赵平安，抓小鸡一样把赵平安转过来："像你们这种人我见得多了，在这之前都是好人，都是无辜的。"

"我真的是急需一点钱花呀！"赵平安一脚门里一脚门外时不知所措地说。"屁话！灾区比你更急需钱！去偷？去抢？正赶上严打，你还敢顶烟儿上！"刘志刚说得义愤填膺，就又是一推，把赵平安推进留置室里面去了。

"刘警官，求求您了，我、我……您就饶我这一回，日后怎么的都行。刘警官，我真的求求您了。"刘志刚把赵平安的一只手锁到暖气管子上的那一刻，赵平安又想起孙站长说的可以先到文化站上班的事，就情不自禁地改用"您"了。

刘志刚想说，就你这熊样的，日后又能怎么样？但他想到自己毕竟是人民警察，就没好意思说，只是用很轻蔑的表情看了赵平安一眼，似笑非笑地咧了一下嘴："最后一招了吧？"

赵平安很想说他已经是"平安六骏"之首了，就要由一个郊区农民变为一名国家干部了，以后的日子马上就会好起来了，他的家庭马上就会有翻天覆地的本质变化了，日子会越来越好了，他的命运、媳妇和女儿的命运也都要因此而发生改变了……

赵平安努力了好半天，干嘎巴嘴，也没能把这些话说出来半句。赵平安的嘴就那样定格一样半张半合着好半天，乞求的目光一直无奈地紧盯着刘志刚。

"你最好别跟我来这套！少给我装熊，老老实实地交代这是第几回！"刘志刚的声音极其威严。

"我这是头一回，真的是头一回呀！"赵平安可怜兮兮地说。

"还不想说，是不是？"刘志刚平静的语气中透着无形的威严，赵平安觉得就要挨揍了似的。可接下来，刘志刚并没有动赵平安一根手指头，他异常平静地锁上门走出去了。

时间并不长，赵平安就很不是滋味了。双手被分别锁在宽宽的暖气片两端，站不起来，又蹲不下，因麻木而疼痛的腰胯像钉了一层小钉子。赵平安想，或许叫出声来能好受一些？可又觉得太难为情了，自己可不是以前看到过的那种连喊带叫的小偷。赵平安无法想象自己能这样支撑多久，觉得与其这样，还不如承受一次传说中的那种毒打。

刘志刚把留置室的门关得严严的，又把走廊里的灯都关掉了，显然，人家要睡觉了。

大约半个小时以后，赵平安实在受不了了，张了几次嘴想大声喊叫时，走廊那头传来了一阵轻轻的敲门声。

"这么晚了，谁呀？"刘志刚极具威慑力地问话。

"啊，是……是我呀。"一个不很清晰的妇人声，赵平安听上去好像是自己的女人江水花。

刘志刚开门时，赵平安从铁门中间的瞭望口看到那妇人正是自己的女人江水花。赵平安不想让自己的女人看到自己现在这个半蹲半撅的丑陋样子，下意识地忍住疼痛尽量往下缩，想让身体躲过那个瞭望口。

可是，江水花已迫不及待地来到了门口。"里面的是我男人吗？我要看看我男人。"

"那你就看看吧，最好劝劝他老实配合，坦白交代。"刘志刚对江水花说话温和了许多。

赵平安没好意思回头正视自己的女人，试图调整一下自己丑陋的姿势，可怎么地也都是半撅着。

"刘警官，求求您了，您就高抬贵手放了他吧！日后，日后怎么的都行……"赵平安没想到江水花的话和自己刚才说的话如此惊人的相似。

刘志刚这时才仔细看了看眼前这个女人，女人长得竟然如此标致、如此好看。刘志刚不明白，这么漂亮个女人，怎么就嫁给这么一个没筋没骨的小偷了呢？真是好汉没好妻，赖汉折花枝啊！刘志刚不禁又生出些许怜香惜玉的同情来。

"警察要是都高抬贵手的话，这世界上就没有小偷和强盗了。"刘志刚虽然仍一脸的坚硬，但女人的问话还是有了及时的回应。

"刘警官，求求您啦！他可是我们家的天哪！天塌了，我们母女可怎么活呀？"江水花竟"扑通"一下跪在了坚硬的水泥地上。赵平安清晰地听到了江水花的膝盖骨结结实实落到水泥地上发出的声音。

类似的情况，刘志刚以前肯定也遇到过。他并不慌乱，反倒更加严肃地说："这位女同志，如果这样就能解决问题，派出所就没有法律和原则了。你最好还是自尊自重一些，请站起来讲话。"

江水花跪了一会儿，又无奈地从地上站起来，很茫然地望了望赵平安，落叶一样向门口退去……

"如果只是偷了三只羊又是初犯的话，也就是治安拘留或者惩治罚款。就算赶上了严打，也顶多关押三至六个月。"刘志刚送江水花出门时心平气和地说。

"刘警官，那可不行啊！不行啊，刘警官！您就行行好吧，您就饶过我们这一回吧，我们再也不敢这样做了！"就要走出门的江水花又一次重重地跪在了刘志刚面前。

"不要这样，你又没有犯罪，是你丈夫犯罪了。"刘志刚把江水花扶了起来，并让到值班室里的沙发上坐下来，还试图要把个中道理给江水花讲明白。

"刘警官，他是我男人，他要是完了，我们一家可就全完了，我们的女儿才上小学二年级呀！她爸要是给押起来了，她日后还咋见人啊！刘警官，我真的求求您啦，无论如何高抬贵手啊！"江水花也一度想把如何感激文化站孙站长的事说出来，可又觉得说不得，这事要是传到镇文化站去可就什么都完了……江水花明白这里的微妙，绝对不能说。

"法律面前人人平等。"一向公事公办的刘志刚表面严肃，却又觉得自己心里不如往日那样浩然正气、天地开阔。刘志刚也不明白今天这是咋的了，缺少了平日那种说一不二的威严，好像格外同情眼前这个漂亮女人似的。

"我们当家的祖祖辈辈是农民，到他这辈儿应该说日子越来越好了，他平时老实巴交的，可是没想到啊，就是因为喝了点儿酒啊……"没啥文化的江水花，一遍一遍地哭诉着。

刘志刚越是同情眼前这个女人，就越是痛恨那个小偷。而惩治那个小偷，眼前这个女人就跟着更加可怜。刘志刚入警以来头一次像今天这样拿不定主意，他拿起电话又放下，放下电话又拿起来，犹豫了好半天，才终于拨通了羊主于大国的手机。

刘志刚费尽了口舌，总算半公半私地把事情初步给圆了下来——这还是他第一次这样无原则地办案。这要是让所长知道了，别说入党提干，评优啥的就都泡汤了。刘志刚说不清楚为什么要为这个小偷冒这么大的风险。

"羊主要求最低赔偿精神损失费六千元。"面对这个好看而又可怜的女人，刘志刚尽力使自己显得义正词严一些。

江水花没想到自己绝望的哭诉竟使铁面无私的刘志刚真的网开了一面，她紧紧抓住刘志刚的手，不知如何是好……最后竟说："您真是我们家的大恩人啊！日后，我们一定好好报答您！"

刘志刚不好意思地推开江水花的手，反倒有些紧张："人嘛，都不容易。以后告诉你丈夫，回去得老老实实做人。你们这不是、这不是给我添乱子吗？"一向说话干练的刘志刚此时也变得拖泥带水起来。

很快，刘志刚和江水花就从值班室里出来了。刘志刚把留置室的门打开，声音来得极突然："赵平安，你给我听着！刚才你媳妇和我说了一些情况。押了你，她一个人在农村带个孩子太不容易，人心都是肉长的，我是看在你媳妇和孩子的面上，你听清楚没有？我刚才给羊主打了个电话，人家说，要想私了，最少一万块，看在你媳妇和孩子的面上，我给压到了六千。你听清楚没有？也就是说，你现在有个机会，你想不想要这个机会，说话！你听清楚没有！"

刘志刚也觉得自己的话不太真实似的，刚才还那样呢，怎么这么一会儿就这样了呢？是不是看人家女人长得好看啦？这不是让小偷笑话我吗？想到这里，刘志刚就又突生出一些火气来："说话！"

赵平安一时有些发蒙，不太懂刘志刚究竟怎么个意思，想说于大国还欠我一千五百块工钱呢，我怎么反倒又欠了他的钱？但赵平安没把话说出来，只是小声地说了些什么。

"熊样儿！这便宜上哪儿拣去？还寻思个啥！同意，留个字据，三天内把钱给我送来！不同意，就上法庭！木头脑袋，还做什么小偷呢？"刘志刚要上来打人的样子。

赵平安早已经支撑不住了，也终于明白了刘志刚说的意思，忙说："刘警官，太谢谢您了，我同意，我同意，日后我一定好好报答您。"

"我图你一个小偷日后咋的？你就别说这些没用的了！"刘志刚一边训斥着，一边打开手铐,把赵平安从暖气管子上解下来。

赵平安手脚麻木，像又被钉了一层小钉子，又麻又疼，软绵绵地瘫坐在地上。

刘志刚觉得太便宜了眼前这个小偷，就狠狠踢了他一脚："以后要是再偷，我就狠狠收拾你！听清楚没有！"

赵平安这才强挺着浑身的麻疼，栽栽歪歪从地上爬起来。他扶着墙走出留置室，顺着走廊一步一步往门口挪去。

快走到值班室门口时，江水花迎过来扶住赵平安。赵平安觉得江水花的脸色有些异常。

赵平安写好了字据，又按上了手印，双腿渐渐好使了许多。他觉得自己应该像个男人一样，就挣脱开江水花搀扶着的手。当他走下派出所最后一个台阶时，刘志刚挥舞着那张字据说："三天内一定把钱给我送来，你给我听清楚喽！"

7

一场虚惊？又好像不是这么简单。

赵平安和江水花到家时，天已经蒙蒙亮了。赵平安心里憋得慌，搬起石头砸了自己的脚。他知道，能这么快就出来，是因为女人江水花长了个好看的模样。是女人江水花的漂亮脸蛋救了他，赵平安无声地把江水花紧紧搂在怀里，说："睡吧。"

说是睡觉，哪能睡得着啊？赵平安知道，江水花是个有恩必报的人，她日后会不会去报答刘志刚呢？再说了，刘志刚能不能从此就盯上江水花呢，以后要是找上门来纠缠可怎么办呢？赵平安想来想去，觉得这事可真是事了。不过，有些话还是不说明为好。赵平安认为，紧闭双眼的江水花也没睡着。赵平安难受地想着，脚上的泡都是自己走的啊……

眼下最闹心的是，上哪儿整那六千块钱去呢？赵平安突然想起了这个亟待解决的问题。他就一个一个地想赵家村的亲戚、朋友和邻居，翻过来调过去，能借钱的就那么几个人，也没个有钱人，能拿出三百五百就好大的面子了，凑足六千实在太难了，这不免让赵平安一阵阵感到绝望。

可有点儿总比一个子儿没有要强，去试试吧。天亮了，破窗而入的一线阳光让赵平安多少打起一点精神。赵平安顾不上腰酸腿疼了，起来把院子打扫干净，简单吃口江水花做好的早饭就出去张罗钱了。

整整走了一上午，赵平安把可能借钱的亲友家都走到了，好说歹说，总算借到了一千块钱。其中，有三百块钱还得明天去取。赵平安回到家，有点像被霜打透的茄子，要不是江水花硬拉着，中午饭也不打算吃了。

"不行咱就认了吧，这钱真是没处借了。"赵平安没滋没味地说。

"那咱去不成文化站不说，还得去蹲监狱呀！"江水花眼睛睁得大大的。

"唉，我咋这么蠢呀！"赵平安一拳砸在头上，闷在那里不再出声。

"别着急，咱再想想办法。村里人都不富裕，不行咱再到镇上找找别人？"过了半天，江水花不肯放弃地说。

"镇上也没几个熟人啊。除了孙站长，再就郑四眼、李二虎等几个文友了，他们挣得也不多，都不会有啥余钱。"赵平安说着打了个唉声。

"实在不行，咱就去找找孙站长，看他能不能帮着想想办法儿？"江水花怯怯地说。

"这种事咋能去找孙站长呢？咋跟人家说呀？再说了，孙站长也没啥钱呐。"赵平安有些绝望地说。

"孙站长也许就认识有钱的人呢。"江水花毫不气馁地坚持。

"三百五百的，编个理由也许能借来。还差五千块呢，跟人家借这么多钱，也得有个名目啊！借这么多钱干啥呀？咱怎么也得说清楚了吧？"赵平安仍没啥信心的样子。

"实在不行，就说……就说我爹得、得了癌症，急着用钱。"江水花说着就紧紧拉住赵平安的手哭了，"他爹，事情都到这步了，咱可千万不能半道停下来呀，刘志刚那儿可是高抬贵手啦……"

赵平安下午就去了平安镇。还好，他很快就从郑四眼和李二虎那里分别又借到五百元。这样，总数就是两千了，有了点希望的赵平安又匆匆来到了文化站。

在文化站门口，赵平安正好碰上了孙站长。

"哎，这不是赵平安吗？我正想找你呢。"孙站长一见面儿就说。

"您找我有事啊，孙站长？"赵平安尽力装出平时的样子。

"噯？眼睛都红了，是不是又开夜车搞创作了？"孙站长走到赵平安跟前时关切地问。

赵平安"嗯"了一声，很不自然地挠着脑袋。

"是这么个事儿，昨天下班前，省文化馆又来电话了，说要出版一本全省业余作者优秀作品选集。省里要得挺急的，咱们镇就你一个人选上了，我看就把你目前为止发表的那些东西整理整理邮去吧。你发表的那些作品，我抽屉里基本上都有，不行你下午就在这儿弄出来吧。这是好事，下一步你还要进文化站呢。"孙站长说话一向很实在。

"这，这个……"赵平安一心想找人借钱，心里只装着这一件事。虽然知道孙站长说的是件好事，应该激动一次，但他怎么也提不起精神来激动。

"一个镇才一个名额，平安镇下辖十八个自然村，业余作者里顶属你了。这事你也不必客气，也是实至名归的事。这样吧，你这就到我办公桌去弄吧。"孙站长又吩咐道。

"嗯，好……好吧。"本来是件天大的好事，赵平安却一点也高兴不起来，就心不在焉地在文化站坐了大半个下午。他把自己发表的那些作品从报纸或杂志上剪下来，再贴在一本稿纸上。实际上很简单点儿事，却被心神不宁的赵平安搞得相当复杂。文章贴得缺头少尾，颠三倒四，多亏孙站长最后很认真地又看了一遍。孙站长一边重新整理着文稿，一边半开玩笑地说："赵平安，你有这么笨吗？以前没觉得你这么笨啊……"

望着一丝不苟的孙站长，赵平安没好意思提借钱的事，心想：孙站长这么好个人，咋能欺骗人家呢？几次话到嘴边儿，最终都给咽了回去。

又枯坐了一会儿，赵平安就脚底无根地从文化站的小灰平房里出来了。正是平安镇早春的黄昏时分，不软不硬的西南风把柏油马路旁的马粪末子均匀地扬撒着。赵平安就迎着这马粪末子没精打采地往赵家村的家里走去。

来到家门口时，正好碰上刘志刚往外走。赵平安心就咯噔一下子。"你、你来干啥？"赵平安本来还想着事后要去感谢刘志刚，可此时在自己家门口和他不期而遇却让作为男人的赵平安很不是滋味，于是就用很讨厌的目光望着刘志刚说。

"出来了是不是？又像个好人了是不是？"刘志刚感觉自己遭受到了巨大的侮辱，一个小偷竟敢这样无礼地和警察对话。刘志刚同样很蔑视地望着赵平安："我没想到你不在家，我是来看看你的钱张罗咋样了，能不能趁机溜掉啊？"

"你不是说三天之内吗？今天咋就来了呢？"赵平安问。

"熊样儿，是羊主要得紧，今天一早我就把钱替你垫上了。"刘志刚不明白自己堂堂正正的警察怎么沦落到替小偷平事儿这种地步，说出这话又有些后悔，不想多看赵平安一眼，愤愤而去了。

赵平安进屋时，江水花显得有些慌乱。"刘警官刚走，你碰见了吧？"

"他啥时候来的？"赵平安望着正在洗衣服的江水花问。

"人家是来告诉咱别为钱着急，人家不图咱啥，是咱欠了人家。其实，刘警官这人也挺正直的，人家是好人。"江水花顺着眼睛回答。

赵平安没再说啥。

"那个于大国想变卦，说钱要少了，还要加码，要不就要求严惩小偷。是刘警官又说服了于大国，怕夜长梦多，情急之下，就替咱们先把钱给垫上了，咱这是又碰上贵人啦。"江水花说。

赵平安仍没说话，心想：明天死活要跟孙站长说借钱的事了……

8

第二天，赵平安很早就起来了，心事重重地往平安镇走着。

路过早市的时候，赵平安竟然又碰上了于大国。

于大国嘲讽地说："行啊，这么快就出来了。这么快就没事啦？"

赵平安讨好地说："你欠我那一千五百块工钱，我……我就不要了。"

于大国："想啥呢？这都便宜透你了，你个烂小偷！"说着就狠狠地给了赵平安一脚。

赵平安仍赔着笑脸："那天酒喝多了，也是一念之差，我寻思那就顶账了呢。"赵平安总算忍气吞声地躲开了于大国。

赵平安很早就来到了文化站。等了好久，文化站的人才陆陆续续地来了。大家对赵平安都很客气，赵平安不想造成人没来就借钱的穷酸印象，就迟迟开不了口。最后，赵平安是在走廊里拉住孙站长的。

"孙站长，我、我有个急事儿得求求您了。"赵平安声音有些发颤。

"有啥急事儿尽管说，咋变得这么客气了呢？"孙站长说。

"我、我媳妇……是我媳妇的父亲得了癌症，急需点儿钱用，您看看……能不能……"赵平安说。

"是吗？我说你这两天气色不对嘛。是这事啊，得需要多少钱啊？"孙站长也很着急的样子。

"嗯，咋也得四千……得四千块吧。"赵平安吞吞吐吐地说。

"现在咱文化站的账上一分钱也没有，水电费还都欠着呢。就得看看其他部门个人手上有没有钱了。"孙站长说着就要进别的屋去问问大家。

赵平安忙拉住孙站长说："没有就算了，我还没来呢，和其他部门的同志们还不太熟悉，不好和人家借这么多钱的。"

孙站长想了想说："倒也是，文化站乃至整个镇政府也没有几个富裕人，问谁都够呛，问也是白问。"孙站长挠了一会儿脑袋又说："那也是治病要紧哪，实在不行，让大伙给凑凑吧？"

赵平安面带难色："我看还是别了，我还没正式上班呢，就这样让大家凑钱？实在……实在是不好意思。"

"要不？要不干脆这样吧！我手上还真有一万块钱，是准备给我儿子娶媳妇用的，他们的婚礼得国庆节办呢，你就先拿去治病吧。"孙站长咬了咬牙说。

"这……这好吗？"赵平安脸都红透了。

"治病救人最要紧。"孙站长语气变得坚定起来。

"那……那我就先拿四千？"赵平安都不敢抬头正视孙站长了。"你都拿去也行，反正办事儿得国庆节呢。"孙站长越来越坚定。

"四千足够了，您帮了我大忙了，孙站长，我、我得咋谢您呢……"赵平安哭了。

"谁家还没有个急米下锅的时候，没啥大不了的，挺大个人哭什么。"孙站长拍着赵平安的肩膀说。

赵平安很快就跟孙站长到银行取出了四千块钱，又借了孙站长的自行车，回赵家村把昨天说好的那三百块钱拿到手，然后就直接赶到派出所去了。

刘志刚正和两个警察站在门口说着什么，远远地见了赵平安就知道他干啥来了，担心两个同事产生什么误解，于是主动迎过来，并把赵平安引进一个胡同。

刘志刚觉得，赵平安这个小偷可真是差劲啊，这又不是同事朋友之间的借债还钱，这可是警察和小偷之间私底下的事啊，摆不到台面上来的，怎么能明晃晃地操办呢？最后，刘志刚在一个公共厕所里收回了为赵平安垫付的现金。

赵平安在村里借的那一千块钱多数是十元面值的，还有五元面值的，而且旧得起毛，折得发厚，比百元面值的那五千块钱体积还要大出几倍。赵平安在厕所里就像个逃票的盲流，里里外外地掏着，掏了半天，才把那些小碎钱儿全部掏了出来。

乱七八糟一大堆，刘志刚拿到手里就很难驾驭，心想：这要是让过路的人看见，不得怎么骂警察在接受小偷贿赂呢！刘志刚就气得训斥赵平安："这点儿事儿让你给办的，押你几个月就对了。"刘志刚分六个兜揣了好半天仍不满意，最后对赵平安说："还呆呵地站在这儿干啥？能不能像个人似的？赶快滚吧！"

赵平安讪讪地从公共厕所里走出来，心里骂："就你像人？警察还骂人啊？"赵平安恨刘志刚又恨不起来，人那也叫帮了大忙啊……

回来后，赵平安虽然心情仍不是很愉快，但毕竟还是了却了一桩心事，多少感觉轻松了许多。第二天，赵平安就像孙站长说的那样先到文化站上班了。虽然心里没底似的，但还是坐下来了，多多少少还能写出一些不是特别好也不是特别坏的诗文来。

半个月后，赵平安还用新得到的一笔稿费郑重其事地请了一回客，主题是答谢恩人孙站长。阵容还是郑四眼、李二虎、马大力和朱家兄弟等人，也就是当初孙站长请的"平安六骏"。酒仍然喝得高潮迭起，话仍然说得豪气冲天……

赵平安是在文化站上了一个月的班，拿到了六百块钱不知从哪儿挤出来的工资之后才突然沉重起来的。再有四个月就是国庆节了，这样下去，他咋能还上孙站长那四千块钱呢？

原本不太把钱当回事的赵平安开始留意关于挣钱的事，文化站的报纸都被赵平安翻遍了，他尤其要精读广告信息版的全部内容。很多文化站人都被赵平安孜孜不倦地阅读所感染，他们对赵平安肃然起敬，有的还在背后指点着说：新来的那个小赵可真用功啊……

后来，赵平安听村里人说省城正在大规模实施暖房子工程，好多施工队都在大量招工呢；还说一个普通力工去了吃住一个月下来至少能剩下三千块钱。一心想还饥荒的赵平安就非常想去省城挣钱，到文化站拐弯抹角地跟孙站长提这事。

而这时，赵平安进文化站的报告已经批下来了，镇政府相关领导的意思是马上到位，抓紧开展起全镇业余文学辅导工作。孙站长就为难了：让赵平安去吧，镇领导会不满意；可是不让赵平安去，儿子结婚那钱他又还不上。这年月，儿子结婚花一万块钱在平安镇已经是不能再少的数字了。孙站长就这么一个儿子，再没钱，儿子结婚也得说得过去呀？孙站长这一万块钱也是五六年前就开始列宏伟计划攒下来的，如果赵平安到时候真的还不上，孙站长可真就不好办了。

孙站长无可奈何地说："平安啊，实在不行，那你就出去干仨月吧。你出去这段时间，业余时间一定要坚持创作，基本工资呢，我给你照开！我就给你做主了，你的那份工作呢，我先替你分担着点儿，大不了我替你顶仨月！就权当文化站对你病危家属表达的一点心意了，你看这样还行吧？"

赵平安的头都要低到裤裆里去了，他实在没有勇气再抬起头来看看好心的孙站长了。

这样，赵平安正式到文化站上班的第三十三天，又不得不含着眼泪告别这个心仪已久的文化站。孙站长还帮赵平安对上面撒了个大谎，说赵平安到下面调查研究、搜集创作素材去了；请镇领导放心，用不了多久，赵平安就会有新的大作问世，并能带出一大批基层业余作者来，平安镇的文学创作和辅导工作很快就会步入新的天地……

赵平安走了没到三个星期，王镇长就把孙站长叫去了。王镇长拍着桌子喊："老孙啊老孙，你用人失察呀！怎么把什么人都整到文化站来啦？"

原来，在赵家村一个大型婚礼的酒桌上，伴着嘈杂的人声，于大国一脸坏笑着把赵平安偷羊并遭受处罚的事讲给了来参加婚礼的人。不巧的是，参加婚礼的人中有一个正好是在镇政府工作的张助理。

张助理就认真了，他把于大国叫到旁边单独训话。"到底怎么个事儿？"

于大国说："张大助理呀张大人啊，赵平安偷了我们家三只羊你不知道啊？"

张助理说："净瞎扯，姓赵那小子正经有内秀着呢，都让我们破格调到文化站去上班了。"

于大国说："还镇政府呢，小偷都能进去呀？"

张助理生气了："你小子怎么说话呢？你以为有俩钱儿你就牛啦？"

于大国委屈的样子："张大助理，我哪敢瞎说呀，这可是真事儿啊！"

张助理竖着眼睛问："当真？"

于大国用嗓子眼儿说："说谎我是孙子。"

张助理第二天一上班就把事情如实向王镇长汇报了。

孙站长回来就像得了一场大病，心说："我咋没看出来呀，我五十多岁的人了，怎么好坏人还分不清呢？我真是白活呀！做人，光有才没有德咋行呢？赵平安咋会是这么一个人呢？真是知人知面难知心啊……"

孙站长一股火住进了镇医院，病床上的孙站长，无奈地只剩下了一个最简单的想法——等赵平安从省城回来还了钱，就让他赶紧离开，以后再也不要见到他了。

9

赵平安走后二十五天了，江水花突然想起答应报答刘志刚的事。正赶上五月节，就给刘志刚送几个鸡蛋去吧。

江水花并没有在派出所见到刘志刚。俊俏的少妇在派出所门口徘徊了一个中午也没等回刘志刚，最后，只好把一篮子鸡蛋放到了刘志刚的办公桌上。这一幕，让刘志刚的好多同事都很感动，也很羡慕。

几年来，刘志刚经常帮助老百姓，这种事后来感谢的事儿多了，但刘志刚从来不收老百姓的东西，这还是有口皆碑的。马上五点钟了，刘志刚办完了手头的一个案子回到所里，根据同事们的描述，锁定了那个送鸡蛋的女人就是那个小偷的女人江水花，刘志刚下班顺路就把那篮子鸡蛋给江水花提了回来。

赵平安去省城打工听着好听，实际上无非就是把自己悬挂在城市的高楼大厦上做最简单、最原始的粗活儿，就是把一块块方方正正现成的泡沫板子粘贴在楼体的表面。不论是刮风，还是下雨，赵平安们都得在高空坚守着。包括一日三餐，正常饮水，哪怕是大小便，有时也得在高空中解决。说到底，赵平安干的都是又脏又累的苦活儿，除了需要吃苦，再就需要耐劳，基本上没有多少技术含量。好在赵平安早就习惯于吃苦耐劳了。赵平安经常悬挂在高处吃午餐，基本上就是最廉价的面包和香肠，为了减少上厕所的麻烦，赵平安很少喝水……

　　暖房子施工队是一季度一结算，这是赵平安之前没想到的。当初走时，赵平安身上带的钱不多，去了车票就更没啥了。正犯愁呢，工程队破例放了三天假。原因是突然发生了一个重大工程事故：和赵平安同居一室的工友大成子没系好安全带，高空作业时不慎掉下来摔死了。喜欢讲笑话的大成子说走就走了，扔下了可怜的老父老母、媳妇和儿子……赵平安难掩悲痛并心有余悸，这可真是前车之鉴啊！自己为了抢工时，也经常不认真系好安全带，今后一定得小心了啊！帮着大成子家属处理完后事，赵平安又把兜里仅有的三百块钱全部捐给了大成子的家属。在板房里独自又空耗了小半天之后，赵平安决定还是利用这个机会回家看看，顺便再凑点儿生活费。

　　赵平安下午四点半就从平安镇火车站下车了。往回走时，他突然想起自己已经是个有单位的人了。如果绕一点儿道，从东边走就可以路过文化站再回家，赵平安很想去比家还亲的文化站坐上一会儿。但赵平安走到文化站时，孙站长和同志们都已经下班回家了，赵平安只能隔着文化站的玻璃窗往里面看看了。赵平安首先看见了自己曾坐过的那把椅子，接着是那张桌子，桌子上面的茶杯还在，稿纸和笔也在，桌子上好像还多了几封信……赵平安趴在窗户上看了足足有半个小时，才恋恋不舍地往家走。赵平安三两步一回头，直到文化站淹没到平安镇并不高大的楼群中。这可是我梦寐以求的好单位啊！赵平安一路幸福地想着、幸福地走着，不断幸福地回头张望着……

　　回到赵家村时已经五点半多了。赵平安和往常一样伸手去拉房门，门却被慢慢推开了，走出来的人竟然又是刘志刚。

刘志刚见到赵平安,明显没有思想准备的样子,一下愣住了,就像自己变成了小偷,而赵平安变成了警察。

"钱都给你了,你怎么还来呢!"赵平安有些气愤的审问声。

"我、我……是这么回事……"一向威严的刘志刚变得结巴起来。

过了好半天,也许是身材不高大的赵平安提醒了魁梧的刘志刚,才使得刘志刚重新找回了自己的位置。刘志刚表面装出威严的样子,但内心里还是有些发虚。刘志刚一阵阵想冲赵平安发火,心里又不是很仗义。

赵平安并没有马上转化回昔日那个软弱的小偷,而是语气硬硬地说:"六千块钱都给你了,我们已经了断了,我们家并不欢迎你这种人常来。"

刘志刚本想说些软话,但没说出口。一个警察怎么能向一个小偷屈服呢?刘志刚这么想的时候就说出了另外一种话来:"你以为你那六千块钱是个啥呀?我咋跟你说呢?你这脑袋还能不能开点儿事儿?"说着,刘志刚又莫名其妙地从衣兜里掏出了那张带有赵平安手印的字据。"你还认识吧?这白纸黑字的可是你写的。"

刘志刚想给自己下个台阶,好让自己能昂首挺胸地从赵平安的家里走出去,就一边把那字据很夸张地晃了一下,一边向大门外走去。

赵平安后悔当初送钱时没把那张字据要回来。他呆呆地站在自家院子里好久,好像突然想起了什么。本想进屋的赵平安没有进屋，转身朝大门外跑去……赵平安连跑带颠，很快就追上了刘志刚，情不自禁地继续声讨他，并一遍遍地索要那张带手印的字据。

这时，天渐渐暗下来，平安镇的郊外已是一片空寂。刘志刚觉得自己对小偷的女人有好感，是不是有损于一个百姓心目中好警察的形象啊？这会不会影响自己转成正式警察呢？要是让所长知道了肯定不行。刘志刚这样想着，就更加痛恨起跟在身后的这个小偷。如果没有这个败家的小偷，他就不会认识小偷的女人江水花，他就会一如既往地做好他的刘黑子，怎么也不会像现在这么被动……不过，好在自己还没有犯更大的错误啊。

后来，刘志刚就觉得身后跟着个小哈巴狗似的赵平安也挺解闷儿的，起码要比他一个人在旷野中枯走好得多；更主要的是还挺解气，心中憋闷的那些无法言说的气竟然也消散了；心想：等到了镇里就把那张字据还给他。

这还是刘志刚头一次这么轻易地放过了一个小偷，他实在想不通为什么一个小偷就这么轻松地在自己的眼皮底下逃过了应有的惩罚，就是因为人家媳妇长得好看？难道自己也是个令人鄙视的好色之徒吗？有意识也好，潜意识也罢，刘志刚不想细究自己这些说不清道不明的意识，他回头望了赵平安一眼，拿出一支烟点上。

刘志刚奇怪地产生了恻隐之心，并没有再对身后的小偷动怒。接下来，他还有上句没下句地和赵平安开起了玩笑，回过头来问赵平安："你说，这小偷到底是怕警察呢，还是不怕警察呢？"问完了也不要求回答，又转过头去不紧不慢地往前走。

"刘警官，求你把那张字据还给我吧，我们从此就两清了。你走你的阳关道，我走我的独木桥，以后咱们井水不犯河水。"赵平安说。

刘志刚仍不急着回话，走了一会儿又说："听说你还会写点诗歌和散文呢。你有那么高雅吗，看上去咋不太像呢？诗人作家们要都像你这样，我看这社会可就要完蛋了。"

"你还是把那张字据还给我吧，现在我们两清了。"赵平安觉得啥也说不清楚了，也不想辩解，心里想起了"秀才遇上兵"那个典故。

"你一定是在心里说秀才遇上兵了，你可以骂兵，但你可千万别给秀才抹黑。"刘志刚就像看透了赵平安的心思。

要过铁道口时，刘志刚停住了，转过身来说："到什么时候也别忘了，你就是个不折不扣的小偷。这次你侥幸逃脱了，可你不要让我碰上下一次，那你可要倒大霉了。"说着，刘志刚就想把手中的字据扔给赵平安。

"人的忍耐力是有极限的，我劝你还是把那张字据还给我吧。"赵平安此时有些忍不住了。

"如果我一天不把它归还给你，你一天就是小偷；如果我一直不归还给你，这就永远是你当过小偷的证据。"刘志刚觉得小偷的语气不该这么强硬，最后威严地看了赵平安一眼，转身朝平安镇城区走去。他想：也只能这样了，谁让自己也不争气了呢？再走几步就把字据从背后狠狠地丢给这个不知好歹的小偷，不再回头看他一眼，等他再犯在手上的，绝对不再轻饶！

望着暮色中刘志刚快速行进的背影，赵平安突然有些绝望，脚下一滑，坐到了路基上，然后，手里就多了一块鸡蛋大小的石头。接着，那块石头就被赵平安抛出了一道诡异的弧线。赵平安并没觉得用了多少力气，那块不大的石头就"嗖"地一下飞了出去，并迅雷不及掩耳般地落在刘志刚的后脑勺上了……

赵平安没想到他会打得这样精准，他怎么敢去真打身上带着手枪的警察呢？抛块小石头连吓唬人都办不到，只是表达自己内心的愤怒而已。那天赶山羊时抛出了那么多土块都没打中一只，这回只一抛竟然就抛得如此成功。赵平安虽解了一些怨气，但心里还是有点儿后悔：你竟敢打警察？弄不好这回可要挨揍了。

刘志刚保持着前进的姿势，直挺挺地向前卧倒后就一动不动了。赵平安以为刘志刚是装的，就那么一个小石头，就能把这么高大威武的刘警官打倒？谁信啊？装得真像啊！赵平安怕刘志刚突然站起来回头追打自己，就不远不近地站住不动了。

好半天，刘志刚还是一动不动。赵平安就怯生生地一边向他靠近一边小声说："你就别装了，我又不是故意的。你快起来吧，还是把那张字据还给我吧。"

刘志刚仍然一动不动，赵平安有些害怕了。他不再害怕刘志刚突然站起来打自己，而是害怕刘志刚真的不再站起来了。哆哆嗦嗦的赵平安就大着胆子走上前去，试图把刘志刚从地上拉扯起来。

刘志刚还是没有反应。

赵平安终于感到了事情的不妙："我……我求求你快起来

吧……要是你不起来了，我……我不就完蛋了吗？我们家不也就完蛋了吗……"

任凭赵平安怎么摇晃、怎么呼喊，刘志刚就是一动不动。这回，赵平安真的害怕了："你快骂我呀？你快打我呀？你快站起来呀？"

后来，赵平安就急哭了，他发了疯似的对刘志刚连踢带打了好一阵，"你不是疾恶如仇吗？你快来打我呀？有种你快起来打我呀？"

刘志刚还是没有反应。

赵平安想尽了一切可以救死扶伤的办法都无济于事。最后，他还嘴对嘴地对刘志刚进行了好几次人工呼吸，依然无效。

刘志刚一点活气都没有了，所有的迹象表明：刘志刚已经死了，赵平安成杀人犯了！

赵平安一下陷入极度惊慌之中。他还是不肯相信他就这么简单地打死了一位一向威风凛凛的高大警察。

赵平安把刘志刚的六四手枪掏了出来，没命地在他的身上戳着："给你枪，给你枪啊！你起来啊，起来一枪打死我吧！"赵平安多么希望奇迹发生，多么希望刘志刚英雄一样站起来，威猛地扑向自己……

可是，没有英雄站起来。赵平安彻底绝望了，恐慌地想：完了，一切全完了！杀了警察还了得？这罪可大了，这可是死定啦！

好久好久，当赵平安的大脑中这个信号彻底闪完之后，他突然变得平静下来，一下子变成了一个不再有任何恐慌的人。

赵平安把那张印有自己手印的字据从刘志刚的上衣口袋里

找了出来，好像完成了一项非常重要的使命，借着暗淡的星光，把那些文字仔细念了一遍，然后撕成碎纸片，撒在平安镇初春乍暖还凉的晚风中。

赵平安坐在刘志刚的尸体旁，又将他那把幽蓝的六四手枪从磨得有些油亮亮的枪裤里掏出来。赵平安觉得这支手枪曾无比威风，现在却只是一块并不太沉的金属，似乎它并不比自己刚刚扔掉的那些随风飞扬的纸片沉重多少。

后来，赵平安就一边摆弄那支手枪一边想：是就这样去投案自首，还是回家告诉江水花一声之后再去呢？其实都一样。打死了警察，这事太大了，怎么的都是死罪难逃了。

赵平安意识到自己的时间不多了，有生以来头一次意识到时间的宝贵。以前他从来没把时间当回事儿，而今天他突然觉得即使是春天郊外这个普普通通、平平常常的晚上，竟然也如此美好。那就再感受一会儿春天的晚上吧，再静静地坐一会儿吧，也许这一生只能静静地坐这一回了……

坐了好一会儿之后，赵平安就把刘志刚的手枪举起来，像个孩子一样，一会儿瞄瞄星星，一会儿瞄瞄月亮……后来，赵平安想起了那天晚上刘志刚就是用这支手枪戳自己后背的，就不时地也往刘志刚的后背上轻轻地戳一下子，他依然梦想能把刘志刚戳起来似的。

可是刘志刚还是纹丝不动。赵平安就是在这时突然又想起孙站长的，准确地说，是想起了借孙站长和亲友们的那六千块钱还没还上。对呀，借孙站长和亲友们的钱咋办呢？就拉倒了？不还啦？那可太不讲良心了吧？

　　是孙站长和亲友们的钱让赵平安重新开始慌乱起来的。赵平安慌乱地思来想去，首先想到的就是于大国，要是将自己手里这把真家伙顶在于大国的胖脑壳上，不仅能要回他讹去的那六千块钱,就连他欠的那一千五百块工钱都得乖乖地掏出来……可是那个吝啬的家伙不会把那么多的现钱带在身上的，肯定早就存到他姐夫的银行里去了。紧接着，赵平安就想到了于大国那个飞扬跋扈的行长姐夫，好像银行就是他们家的……最后，赵平安竟想起了半年前发生在邻县的抢劫事件，想起了那个持假枪抢银行的老伙计。据说那个老伙计一切都办得相当成功，最后仅仅是因为手上的枪让人看出假来了，才硬生生地让人给包围生擒了。可现在，赵平安自己手上却有一把真家伙！真家伙肯定就会威力无穷了……赵平安想着想着，他的心脏就跳动得更加慌乱起来了……

　　赵平安又前思后想了许久，最后决定：还是还完钱以后再自杀吧，赴死前必须得把借孙站长和亲友们的钱还上，必须还上！只好这样了，实在是没有别的更好的办法了……

　　有了这个想法之后，赵平安才重新镇定下来。赵平安想：必须得争取到更多的时间啊。如果把刘志刚拖到不远处的钢轨上，等列车呼啸而过，刘志刚就面目全非了，就像死于一场意外的车祸了。这样，案子就一时半会儿破不了，自己就可以利用这一时间弄钱还债……想到这里，赵平安又是一激灵：不能这么做，刘志刚毕竟是个警察啊，不能这样对待一个警察。他也许并没对自己的女人怎么样，那也许只是自己的一个误会呢……

赵平安小心翼翼地把刘志刚抱到路基旁边，没再让他的身体有半点磕碰。赵平安让刘志刚尽量靠近铁轨，又不至于让火车轧着他。冷眼看上去，刘志刚就像是被火车刮倒了，死于一场意外的车祸……

自觉时间不多的赵平安突然间非常想家，特别想女人江水花，也特别想女儿赵小苗。赵平安最后看了一眼路基旁边的刘志刚，就飞快地向家里跑去。赵平安终于可以往家走了，回家的感觉真好……

跑着跑着，赵平安的脚步又不由自主地沉重起来，脚像灌了铅，越来越慢下来了。尤其是距离家最后那一百米，赵平安几乎是一步一步挪着的。以前回家都是越走越快，这次咋如此别扭、如此令人不安呢？对了，是怀里多了一把别人的六四手枪，是这把手枪变得越来越沉重了……

赵平安总算踉踉跄跄地挪到了自家小院，慌张地将那把沉重的手枪从怀里掏出来，犹豫半天，也不知如何处置才好。直到要进屋前，他才把手枪慌乱地塞进了柴旁边的柴火垛里。赵平安又在家门口站了一会儿，等心情平稳了一些才叫了门。

赵平安一进门，就看到了江水花和赵小苗急切的眼神。"咋这么晚才回来？吃饭了吗？"

"我请刘警官吃了个饭，这回终于两清了，彻底没事了。"赵平安说。

"没事就好。"江水花说。

"总算把我爸等回来了，我明天期中考试，得睡觉去了。"赵小苗说着就要上炕睡觉了。

赵小苗睡觉前，赵平安有意地多摸了一下她的小手。"你的手形和爸的手形可真像啊。"

"爸呀，那还用说呀，我不是你亲生的吗？"赵小苗挣脱着上炕睡觉去了。

"不早了，咱们也睡吧。"江水花说着开始铺被。

赵平安本想再多看女人和女儿几眼，可又担心掩饰不住内心里的秘密，就以最快的速度上炕闭灯了。赵平安还在黑暗中摸了摸他那心爱的书桌和书架……

赵平安也本想紧紧地搂住江水花睡，可又担心她发现自己不正常的心跳，只好不远不近地拉住她的手。

"等我打完工回来，就可以正式到文化站上班去了……"

"是啊。"江水花笑出一脸的期待。

"然后，咱们就好好地供女儿上中学、上高中、考大学……"

"是啊。"江水花笑出一脸的幸福。

"放心吧，我们的日子会越来越好的。"

"是啊，我们的好日子就要来了，这不是已经越来越见亮儿了吗……"

毫无困意的赵平安和当初刚刚得知孙站长要调他去文化站那天晚上一样，这回不是搂着江水花，而是拉着江水花的手说了一宿……

10

赵平安的想法还是有些天真，但天真也有天真的好处。人们发现刘志刚时，他还有生命体征，只是仍处于深度昏迷状态中。平安镇的法医水平再差也能检验出刘志刚伤在哪里，很快就得出了结论：现场是被伪造过的，刘志刚身体其他部位毫发无损，只是后脑被硬物重击致深度昏迷。绝非表象那般火车刮碰所致，有明显的拖拉痕迹。再者，刘志刚随身携带的手枪不见了，是被过路的人拿走了，还是落入了暴徒之手？这才是令警方更加担忧的事情。一把手枪无端散落民间，这在平安镇就是惊天大案了。

平安镇的警方迅速行动起来，很快，紧急公告就贴满了平安镇的大街小巷，重要场所不断有警车出入，警笛响彻全城……

赵平安几乎时刻都能听到平安镇的警笛声，感觉自己好像没有更多的时间用来制订周密的行动方案了，他必须得利用有限的时间来实现他的愿望。

有限的时间里，赵平安怀揣着一把六四手枪，逡巡着平安镇大大小小的银行，寻找着那个叫向阳的支行……最后，赵平安终于找到了地处偏僻地段的向阳支行。

在抢向阳支行这件事上，赵平安没有表现出任何才智，他完全照搬了半年前抢邻县银行那老伙计的程序。

大约是翌日上午十点，赵平安戴着事先准备好的墨镜走进了向阳支行。进屋后，赵平安觉得那墨镜老是从鼻子上往下滑，后来就干脆把墨镜摘下来揣到了兜里。

向阳支行窗口的三位业务员显然没把文质彬彬的赵平安当成坏人，赵平安出现在一个窗口时，小女业务员还很热情地问："您要办什么业务？"

"取点儿钱。"赵平安说着还打量了一下桌面上现有的几捆十元面值的钞票。

"您要支取多少？"小女孩说着拉开自己的抽屉，赵平安就又看到一沓百元钞票，看来足够六千了。

赵平安紧张地把手伸进怀里，把那支手枪摸了出来。"实、实在对不起了，咱、咱们还是动点儿真格的吧！"赵平安并没把枪口对准具体某个人，把一直拎在手里的那个黑提包从窗口扔给小女业务员，说："把钱装、装上，然后从上面扔出来。快，快点儿！"赵平安由于极度紧张而变得说话结巴，这让他很不满意，同时也让他手中的手枪的威慑力大打折扣。

小女业务员哆哆嗦嗦往提包里装钱时，另外两个年轻的男业务员惊恐地望着赵平安。过了一会儿，于大国的姐夫闻声从里间走了出来。"这位兄弟，你考虑过这样做的后果了吗？如果你现在反悔还不晚，你可以现在就走出去，就当什么也没发生，你看……"

"闭上你的嘴，否则，我，我真的要开枪了！"赵平安觉得于大国的姐夫虽然此时不再飞扬跋扈，但他说的话显得格外愚蠢。

就在小女业务员装好了提包，要从一人多高的铝合金防护栏往外递时，突然，于大国的姐夫喊了一声："这不是赵家村的赵平安吗？别把钱交给他，他的枪好像是假的！"

接着，那两个男业务员也喊起来："对，可不能把钱给他呀！"

这时，正是赵平安已抓住了提包、小女业务员要撒手没撒手之际。女孩听到喊声，另一只手就迫不及待地来抓已在防护栏外的提包，女孩双手死死地攥住提包结实的提手，几乎悬挂在防护栏上。不管赵平安怎么拉，就是不松手。

赵平安就像歹徒那样把枪口抵到女孩的额头上，不断地把枪机弄得喀喀作响。刚才还羔羊一样的柔软女孩，却突然变成了一个视死如归的钢铁战士，无论如何，她就是不松手了。

赵平安只要一扣动扳机，不论打在女孩的哪个部位，他都会很轻松地从女孩的手里把装满钱的提包拿过来，可是赵平安真的不忍心向一个无辜女孩开枪。看来，赵平安当初过分相信了这个真家伙的威慑力，他万万没想到会有眼前这样的情况发生。赵平安一开始就没想以开枪的方式来达到目的，这个时候，手枪在赵平安手里真不如一把锋利的小刀有用。

这时，于大国的姐夫已从里面的侧门包抄过来，一边还声嘶力竭地喊着："小样儿吧，就你这软货还想抢银行？来人呀，抓强盗呀，又有人持假枪抢银行啦！"

鸣枪示威好像已经来不及了，赵平安慌乱地用枪指了指逼过来的于大国的姐夫，这个重新飞扬跋扈起来的中年男人却毫无惧色。赵平安无奈地放弃提包，夺路向门外逃跑。

见赵平安落荒而逃，于大国的姐夫就更加确信了自己的判断："快来人呀，又出来一个拿假枪抢银行的家伙！"他跑得更加迅猛……

那两个男业务员马上响应了号召，跟着行长一起追过来……

赵平安的腿越跑越软，身后的人却越追越近。"你、你们别追了，否、否则我可真、真的开枪了……"赵平安一边跑一边上气不接下气地发出警告，但他气喘吁吁的警告显然不具任何威慑力，真就不如保持沉默了。

后边追赶着的人就更加信心十足，跑得都有些夸张了，甚至可以说有些肆无忌惮了。就在于大国的姐夫伸出手来，要从身后捏住赵平安的脖子时，赵平安胡乱地向后抢了一下，抖动的手指同时竟然扣动了扳机！

"呫——"随着一声枪响，于大国姐夫的一只耳朵就被打飞了，他顿时收住了脚步，惊恐万分地在原地边打转转边叫喊："哎呀妈呀，是真枪啊！哎呀妈呀……"

两个男业务员见状也不敢再追了，有人想起了警察刘志刚手枪丢失的事，后怕起来："可不是咋的，那小子手里握着的好像正是刘志刚那支六四手枪啊！"

11

开枪后的赵平安只剩下最后一个念头了：他要在女儿下午上学之前赶回家去，争取看上女人和女儿最后一眼。

中午 12 点多，赵平安虽然胜利地跑到了家，但大门外的壕沟里很快就埋伏了平安镇的警察。于大国的姐夫第一时间就向平安镇派出所报了案……

连日来一直没理出头绪的平安镇警方顿时云开雾散，平安镇有史以来最大的连环暴力案件结案在即。于是，平安镇派出所所长任总指挥，火速行动，将持枪抢劫银行的嫌犯赵平安锁定在了家里。

　　和以往电视上许多追捕持枪罪犯的情形一样，平安镇的警察们并不贸然行事，就在门外的安全掩体后面用高音喇叭一遍又一遍地下达最后通牒："嫌犯赵平安，你已经被包围了……悬崖勒马，回头是岸，刘警官并没有死，他只是深度昏迷了，你还有机会……"

　　赵平安认为那是警方的谎言，不想出去。现在还有谁会相信赵平安是个本分善良的文化人呢？有谁能宽恕他呢？也许只有自己的媳妇江水花和女儿赵小苗了。赵平安又有了一种绝望之后的绝望，就更加显得镇静。赵平安知道自己必死无疑了，就更加不想再被捉住。那样的话，平安镇一定还要召开无比隆重的公审大会，接着将是声势浩大的游街示众，最后才是押往法场执行枪决……赵平安不想再让了解自己的媳妇和女儿跟着自己丢人现眼了，但他又无比留恋眼前这个红尘世界，时间就这么一秒钟一分钟地以苦挨的方式缓缓度过……

　　高音喇叭又喊了："最后通牒！请嫌犯的家属走出来，否则将被视为窝藏包庇，同案论罪，严惩不贷！"

　　赵平安决定让媳妇和女儿出去之前，紧紧握住江水花的手，泪流满面地说："水花媳妇、小苗女儿，我对不起你们呀！跟了我这么多年，没有享着一天福，反倒为我受尽了屈辱，眼看我们的生活就要好转了，都怨我啊！我、我死不瞑目啊！不过，我死前还是要恳求媳妇最后帮我一次，一定要想法帮我把那六千块钱外债还上。郑四眼、李二虎等人都不容易，钱虽不多，但都是情深义重。尤其是孙站长的钱，孙站长又是咱们的大恩人，咱们绝不能坑害大恩人啊！实际上孙站长也是个穷人，文化人没有几个是富裕的，他把给儿子结婚的钱都借给咱们啦，咱们一走了之，把人家撂下？水花，无论如何要在国庆节前把孙站长那四千块钱还上啊！水花，我太难为你了，无论如何呀，就当不争气的丈夫最后一次求你了……"赵平安已声泪俱下地跪在江水花面前。

江水花也已泣不成声，鸡啄米一样点头答应着赵平安。

赵平安拉着江水花的手依依不舍："你……你和孩子抓紧出去吧。"

江水花拉着赵平安说："我们还是主动一起出去吧，我们争取从宽处理。孩子他爹，你可不能死啊，你可是这个家的顶梁柱啊……"

赵平安痛苦地摇头："我出去和不出去，结果都会是一样的，长痛不如短痛。"

刘志刚也终于清醒过来了，他马上向组织汇报了自己因不该有的内心活动而引起的工作失误，才导致了接下来的苦果，请求将功补过。很快，头缠绷带的刘志刚就突然出现在了抓捕现场，并亲自举起高音喇叭喊话："最后通牒，我是刘志刚，嫌犯请听清楚，你手上并没有事实上的人命，请不要冲动，你还有悔改的机会……"另一个警察也用高音喇叭喊着："这已经是第三次喊'最后通牒'了，请嫌犯清醒清醒……"

赵平安惊呆了："啊？刘警官真的没死啊！他还活着？"刘志刚是死了好，还是活着好呢？此时的赵平安心情十分复杂。

江水花喊道："这可太好了，那咱们就没有犯杀人罪了啊！"

赵平安感觉自己被命运狠狠地耍了一把，反倒更加懊悔：

那天晚上他是多么希望刘志刚活过来呀！可是他没活过来；如今赵平安无望地犯完了所有的罪，刘志刚又活了回来。他没有死，他又有机会像当初那样到家里问寒问暖了……

一向柔弱的江水花竟力大无穷地拉起了赵平安，说："走！我们主动出去，我们一定要争取从宽处理。孩子他爹，你可要挺住啊！"

最后，赵平安还是听了媳妇的劝说，他先是把六四手枪扔了出来……

紧接着，赵平安本人也举着双手慢慢地走了出来……

江水花和赵小苗也紧跟在他的身后走了出来……

警方没想到一个持枪罪犯竟突然变成了软蛋子，一群严阵以待的特警蜂拥而上，很快刘志刚就风一样跑上来亲手给赵平安戴上了手铐并押上了警车……

警方事先认为非常棘手的难题，竟然这么轻松就解决了。虽然过程缺少了轰轰烈烈，不是很真实，但结果还是很好的。警方不费一兵一卒，顺利地缉拿到了持枪歹徒，大功告成。

12

孙站长受到的打击相当大，逢人便说自己一辈子都没看错过人，怎么就看错了这个赵平安："谁能想到老实巴交的赵平安会是这样一个人呢？农民终归是农民啊！有知识有文化的人不能这样做事情。"孙站长的精神都有些不正常了，不再提他一度挂在嘴边上的"平安六骏"。

　　镇政府还就此事专门开了一个会，王镇长在会上非常严厉地批评了孙站长，并让孙站长写出书面检查，说孙站长工作太不认真了，竟然把如此穷凶极恶的歹徒都弄进文化站来上班了……说这怎么行呢……说老孙以后真得好好讲点儿政治了！

　　孙站长一度非常窝火，满嘴都是大泡。他还没敢跟王镇长说呢，儿子结婚用的四千块钱也被赵平安这个混蛋给骗走了呀！

　　孙站长事后为这事骑自行车跑了五六趟赵家村，一直没有找到赵平安的女人江水花和女儿赵小苗。据一个邻居说，赵平安出事不久，江水花就带着赵小苗到省城打工去了。孙站长还看见了那三只传说中的羊，那三只羊已分不出大小，两只小的也都长成了肥硕的大羊，仍然在路边悠闲地啃着小树、吃着青草……

　　三个多月后，也就是国庆节前十天，孙站长收到一张从省城寄来的四千五百元的汇款单，汇款人的地址是省城某街，不是很详细，但附言中工工整整地写着"谢谢恩人"。孙站长在省城没有亲戚，也没有会寄来这么多钱的朋友，想来想去，孙站长就想到了赵平安的媳妇江水花，是那四千块钱多还了五百！孙站长想，这一定是赵平安出事后交代给他媳妇的任务。

　　国庆节后，郑四眼和李二虎也先后收到了来自省城某街的金额为六百元的汇款单，附言中同样工工整整地写着"谢谢恩人"。这回是每人多还了一百块，这更使孙站长对赵平安有了重新判断。

　　当初一直想追回钱款的孙站长在收到这四千五百块钱汇款之后，心情反倒比追账时难受了。孙站长觉得人一下子老了很多，日子过得恍恍惚惚，眼前总能闪现出昔日那个看上去很憨厚、很朴实、很内敛的农民作者——赵平安。

孙站长经常默默地叹气，不再写一向喜爱的诗文了。他好像突然间对有关法律的书籍产生了浓厚的兴趣，没事时就去认真钻研。有一次和文友们喝多了酒，孙站长竟扬言要去给赵平安当辩护律师……

13

十几年以后，平安镇已经是平安县了，赵家村也已经发展成绿水青山的新农村了。但东河水还是东河水，黑土地还是黑土地。不远处有一群羊还是在咩咩地叫着，年轻的放羊人仍然吹着口哨，但已经不再是于大国了。

城乡间的路宽多了，也早已经通上了公交汽车。从公交汽车上下来一个老人，他就是赵家村曾经的文化人——赵平安，他从遥远的北方监狱释放回来了。

赵平安的衣服不再破旧了，但头发已经花白了。他的胡子好像刚刚刮过，但看上去仍不年轻。赵平安拎着一个大大的旅行袋子，擦肩而过的几个村里人并没有跟他打招呼，而是远远地避开后在背后对他指指点点着。赵平安走远了，背后才传来动静不小的争论声：

"这不是咱村那个作家吗？是他放出来了？"

"什么作家啊，不光是个小偷，还是个抢劫杀人犯呢，不是什么好东西。"

"不对吧？听说他的文章以前还在镇上广播里播过呢，据说省报都上过，说正经有两下子呢！"

"那都是瞎扯淡，不务正业。村里人不是都说嘛，白瞎当年那个漂亮女人了，一朵花开到牛粪上去了。"

"女人嘛，就那么回事吧。嫁鸡随鸡、嫁狗随狗了……"

远处走来了苍老的江水花和长成大姑娘的赵小苗。

看见江水花和赵小苗后，赵平安站住了。

江水花和赵小苗也站住了。

赵平安手里的旅行袋散落在了地上。

江水花流下了泪水。赵小苗就拉着江水花奔了过来。

赵小苗喊了一声："爸——"

江水花已经魔怔多年了，还是说着她第一次探监时说过的话："平安啊，那些钱已经按你说的还完了，都按时还完了，咱们不欠别人的钱了……"这些年，江水花不知道已把这几句话重复了多少遍。

赵平安跪在了地上。

江水花搂住赵平安，抚摸着赵平安的头，终于说出了新的内容："好，好哇，能平安回来就好哇。刘警官真是个好人呢，后来知道了你的为人，他又帮了咱很多忙呢，要不你也不能提前出来……"

赵平安竟然孩子一样抽抽搭搭地哽咽起来："谁都想好，谁不想好啊……"

2019 年 3 月 8 日改毕于长春市平安街

原载于《芒种》2019 年第 6 期

选载于《小说月报》中长篇专号 2019 年第 4 期

别来无恙

1

接电话时，我正忙着校对稿子。

"请问，您是王连生先生吗？"一个很沧桑的中年男人。

"是我，您是哪位？"我并不想放下手里的活儿。

"我可能是您的初中同学。是这样，我在一本杂志上看到一篇小说，作者是王连生，作者简介中只提到您毕业于某高校和目前所在的单位，我就从 114 服务台查到了这个座机号码。"中年男人说话还算干练。

"初中同学……"专心校稿的我一时没缓过神儿来。

"我叫孙龙飞。您是不是出生在平安县？您那篇小说写了一个底层文化人抓阄获大奖的故事，挺有意思的……"中年男人怯生生的。

"啊，你是孙龙飞呀！老同学啊！"我终于缓过神儿来。

"我觉得不会是重名吧？文章写得那么好，肯定就应该是你呀！"孙龙飞不用"您"了，说话的语气也回到了当年。

"写得不好，让你见笑了。"我一时不知该说什么好。

"好就是好，老同学，你就不必客气了。这么说，你后来到底还是如愿以偿地考上大学啦？学的也一定是中文系呗？如今还真成了大作家……这些都没出乎我的意料，我真想马上就飞过去拜见你啊。"孙龙飞的语气很亲切、很兴奋。

"什么大作家，不过就是个老作者。对了，你说飞过来，证明你离我这很远啊。你在哪儿高就呢？"我好像被孙龙飞的语气又拉近了许多，也回到了当年。

"我目前驻守在西北边陲阿勒泰，离你所在的东北城市确实不近。好了，我们联系上就好，我马上还有个任务，今天就不在这儿细说了。过一段儿我可能有机会去东北出趟差，到时候我一定拜见你去。"孙龙飞匆匆挂了电话。

失联三十年的孙龙飞突然打来电话，我真没想到。难道说孙龙飞当年中考落榜后就去当兵了？不然，如今怎么能成为一名边防军人呢？又怎么会驻守在遥远的西北边陲阿勒泰呢？

接下来的日子里，我几乎是在等待中度过的。我一直在耐心地等待着初中同学孙龙飞来"拜见"我。

2

孙龙飞并不是我真正意义上的初中同学，确切地说，他不过是初三那年才偶然来到平安四中插班的回读生。那时，还很少有人说"回读生"这个词，"回读生"只是平安县教育局的官方称谓。而在民间，人们都习惯于把"回读生"叫作"留级生"或者"蹲级生"。同学私下言谈中，更普遍、更真实的叫法则是"蹲级包子"。因为在当时，绝大多数回读生都是因为毕业考试不及格，为考取重点中学而回读的学生毕竟还是极少数。所以，平安县人就普遍认为回读不是一件什么光荣事，平安县人的言语中也就有了"蹲级包子"这个极其难听的蔑称。

那天上课前，班主任胡老师把一个小男生领进教室时，我正在偷看桌堂里那本有趣的《动物寓言故事》。高度紧张的我并没有抬头细看来者，直到胡老师最后说"欢迎回读生孙龙飞来我班学习"时，我才收起那本故事书并且惊奇地抻长了脖子：孙龙飞？不会是重名吧？而这时，孙龙飞正红着小脸儿给全班同学们鞠躬敬礼呢。个头不高的孙龙飞恭恭敬敬的样子，领着首，弯着腰，根本就不是我记忆中那个绝顶聪明、光芒四射的乡村学霸呀。但又确实是他，我还依稀能看得出孙龙飞小时候就有的俊模样。

我绝对没想到比我高两个年级、大神一样铭刻在我印象中的孙龙飞会成为"蹲级包子"。孙龙飞不是学习特别好吗？如今怎么会沦落成"蹲级包子"呢？面对着这个既熟悉又陌生的孙龙飞，我心情复杂，说不上是如释重负还是兔死狐悲，好像还多多少少有那么一点点幸灾乐祸。尤其是当我想到可以因此痛击我爸时，心里又突然间产生了一种莫名其妙的小激动，或者说小兴奋，真是怪怪的。

上午是胡老师的数学课，我几乎走了一上午的神儿，一直都沉浸在回忆往事之中——

 我爸和孙龙飞他爸高中毕业后都在五棵树乡当民办教师，我爸管孙龙飞他爸叫孙大倔子，孙龙飞他爸管我爸叫王老犟种。说归说，闹归闹，两个倔强男人私底下还是相当要好的，和同事间的关系也一直不错。两个人相继成家以后，还住过好几年的对面屋。两家的孩子们也很合得来，不仅经常在一起玩闹，还经常在一个饭桌上吃饭呢。孙龙飞比我大一岁，那时他就有个小哥哥样儿。

 因为我爸后来意外地考上了大学，毕业后又分到了平安县文化局，我才得以来到平安县城读小学。孙大倔子虽然明显比我爸聪明，也明显比我爸学习好，但由于家庭负担过重，他没机会去考大学，就一直窝在了五棵树乡。在那个相对闭塞的年代，父辈的命运往往直接左右着孩子们的命运。就算孙龙飞的身上有再多好孩子的潜质，他也只能就读于破旧的乡村中学。

 当年很多具体的情形我记不太清了，有一些是我爸后来一边打骂着我，一边重现在我眼前的。我爸打骂完我一定还会说："我对你还不算太严厉呢，孙大倔子至少要比我严厉十倍以上！无论什么事，做错一点儿都不行……"

 我只记着孙大倔子并不想当什么作家，他最大的梦想是当个工程师。我记忆中有一次孙大倔子在我家酒后吐了真言，说一定要让他儿子考他当年梦想的那个北方理工大学，将来当上既有专业又有技术的工程师；还说，技多不压身啊，有了本事孩子到啥时候都能有碗饭吃……

 我爸还说，孙大倔子自己没有机会实现梦想，就更加望子成龙。从他给儿子起的名字就能看出他那股不服输的劲头儿，孙大倔子就是盼着自己的儿子能早日像龙一样腾飞起来，为他圆梦，光宗耀祖。

虽然我上小学以后就没再和孙龙飞见过面，但他一直像标杆和戒尺一样被立在了我的日常生活中。

说来也怪，那时的通信工具并不发达，可我爸总能及时而准确地刺探到来自五棵树关于好学生孙龙飞的最新消息，核心内容永远是孙龙飞超群的学习成绩。从小学一年级到五年级，我每次考试之后都会听我爸说起孙龙飞的成绩单，基本上都是双百。就算偶尔不是双百，也会是全校第一。更让我爸津津乐道的是，孙龙飞还因为学习好，跳了一回年级呢！这样，只比我大一岁的他，就比我高出两个年级了……

孙龙飞光他的宗、耀他的祖呗！这个我一点儿也不反对。让我没想到的是，儿时的好伙伴却成了我求学路上的一个挥之不去的巨大阴影。只要与学习有关，我爸总是拿着神一样的孙龙飞说事儿。

上了初中以后，学习科目增多了，我本以为我的众多成绩单不会再有孙龙飞做参照了。可是，我爸还是不断地拥有孙龙飞的最新消息。我爸说："孙龙飞的数理化已经学得相当厉害，不仅经常参加全县的数理化竞赛，还拿到了好名次呢……你再看看你那熊成绩，淘气时也不像缺心眼儿呀，数理化咋总是那么差劲呢？"每次说到这些时，我爸都要习惯性地给我抡上一个巴掌……

数理化一向平平的我最怕我爸提起孙龙飞了，让我爸搞的，本来情同手足的孙龙飞一度变成了我心底的噩梦。表面一脸顺从的我，在内心深处已经极其排斥我爸了，同时也不可避免地连带上了孙龙飞这个同乡。

初二下半年以后，一是我的学习成绩多少有了一些起色，二是我爸在文化局当上了副股长，有那么一段时间，忙忙活活的我爸就没咋再提孙龙飞……

直到胡老师让大家自由讨论昨天那道几何难题时，我才停止了回忆。

我终于有机会可以用事实对抗我爸了，我盼望着早点下课、早点放学。

以前的数学课从来没有这么漫长。我千盼万盼，胡老师总算布置完作业宣告中午放学了。我和孙龙飞象征性地打了一下招呼，就一路小跑着往家赶了。我一路上还哼着那首著名的战士之歌《我是一个兵》，像平添了某种说不清的喜悦，更像屡战屡败的军队意外地拥有了一次难得的凯旋。

我几乎是第一时间把孙龙飞的"蹲级事件"告诉我爸的，还卖着关子说："特大新闻啊特大新闻！这可真是特大新闻啊！就是吧……咋说呢？苍天啊，大地呀……这我可怎么说才好呢？"

"有病啊？这又是哪出呢？"我爸瞪了我一眼。

"爸呀，是这么个事儿！就是你常常提起的那位大神儿吧，那啥了，嗯哪……"我又故意停了下来。

"大神儿？我提哪个大神儿了？有屁快放！"我爸终于失去了耐性。

"爸，你别生气呀，还有哪位大神儿？就是你常说的那个孙龙飞呗！你说怪不怪吧，他竟然蹲到我们班来了，变成蹲级包子了！真是天有不测风云、人有旦夕祸福啊，真是落配凤凰不如鸡、虎落平阳被犬欺呀！这怎么会是真事呢？"

"不会吧？这怎么可能呢？少扯淡！"我爸被我弄得有些措手不及。

"爸，你认为我有这么强的虚构能力吗？"我目光坚定。

王副股长本来急三火四地要去上班了，走到门外才又嚷了一句："就算是真的，也轮不到你狗样儿的小瞧人家。就算人家落入平阳了，也永远会是一头猛虎！"

"他就等着被犬欺吧，蹲级包子已经是不争的事实。"我很少有机会把我爸弄成气急败坏的样子，望着我爸匆匆远去的背影，我心情大好。

香香地吃完午饭之后，我又是一路吹着口哨去上学的。那首《我是一个兵》的旋律从来没像今天这么好听，又让我吹了无数遍，直吹得我口干舌燥……

那天下午，我还当着很多同学的面有意奚落了孙龙飞一回："全县数学竞赛都有名次的人中考也不给加点儿分呀？按理说应该免试保送才对呀……"

孙龙飞刚刚泛白的小脸儿一下子就又红润了起来，本来抬得就不太高的头又迅速地低下了很多。

几天后，我才从我爸那里得到确切消息：孙龙飞学习好是好，但没想到在中考时接连遇到了挫折。在这之前，他已经在五棵树连续考过两回平安县重点高中——平安一中了。虽然他的成绩一直名列前茅，但由于五棵树中学毕竟整体师资水平有限，就算他排名靠前，总分也还是不足以考上平安一中。为了让孙龙飞最终考上平安一中，孙大倔子不惜觍着老脸，又是托人又是送礼的，才把儿子从五棵树弄到了平安县。孙龙飞插班来到平安县最好的初中——平安四中，目的只有一个，就是继续考重点高中，然后再去考北方理工大学……

再上课时，我就盯着孙龙飞的后脑勺儿心中暗想：没看出来啊，这小子肩上的担子还真不轻呢。

国庆节前一天中午，我正为要放长假而高兴着。再加上我又新扎了一个非常好使的狗毛铅砣毽子，那可真是一个不轻不重的好毽子啊。我以前顶多能连踢十下，用这个毽子踢，我竟能一连踢二十几下都不落地。

正在我踢得起劲儿时，我爸叫住了我："当回读生不容易，晚上放学后你把孙龙飞邀到咱家吃顿饭吧。"

"啥？有……有这个必要吗？"我说。

"让你邀你就邀，哪来那么多的废话！"我爸火了。

我长长地"嗯——哪——"了一声，把心爱的狗毛铅砣毽子踢出去老远老远。

当天晚上，我爸破天荒地买回来三斤新鲜牛肉。要知道，以我们家当时的生活条件，只有过大年时，才有机会吃到一定数量的新鲜牛肉。像过劳动节、国庆节、中秋节这种普通节日，我爸只肯买回来一小块高温肉或者猪肝来为他自己和孩子们解解馋。不年不节的平日里，除非是赶上我爸心情非常非常好了，他才会有意外之举。我爸还买过一回我最爱吃的熟肥肠呢，熟肥肠炒辣椒真是太好吃了。

而这回，我爸竟然买回来三斤新鲜牛肉，可见我爸对孙龙飞还是一如既往地看重啊。我爸一向喜欢学习好的孩子，这个我早就知道。不过，买了三斤新鲜牛肉还是太过分了！

吃饭时，我爸亲切地摸了好几下孙龙飞的后脑勺儿，不厌其烦地当着全家人的面表扬孙龙飞从小就聪明好学，同一件事总要说上一遍又一遍……还亲自动手往孙龙飞的饭碗里夹了三大块筋头巴脑、肥瘦相间的上好牛肉块，并强调说孙龙飞从小就爱吃土豆炖牛肉，就像他自己的儿子从小就不喜欢吃土豆炖牛肉似的。

我爸肉麻的表现弄得孙龙飞都不好意思了，就经常转过头来看着我，夸我作文写得好，还说："别看咱班宋有才的《家乡河里的月亮》最后拿了奖，但连生那篇《黑土地上的风》比他写得好多了。"

我爸就又想起了前段时间作文竞赛我与大奖失之交臂的事儿，接过孙龙飞的话茬儿训斥起我来："连生就是一件事都做不好，总是马马虎虎，不求甚解。"

弄得本来在说我好话的孙龙飞也一脸尴尬，连说："王叔，连生的作文写得确实好，连生的作文真比宋有才写得好。"

我爸这才又给孙龙飞夹起肉来："还是龙飞脑袋好使，来，多吃点儿……"

我觉得我爸对孙龙飞比对我要好很多很多，看上去他恨不得都要把孙龙飞当亲儿子了。好在难得的土豆炖牛肉做得足够好吃，能让心情并不好的我始终保持住一个还算完好的胃口。

已经很晚了，我憋着气、窝着火把孙龙飞送走之后就把自己关进了小屋。我直接就躺在了床上，当天的作业都没心思写了。东院邻居家的那条大狼狗就像得了牙疼病，一直在没完没了地哼叫着……

孙龙飞总是对我表达着亲人般的友好，尤其是到我家吃过土豆炖牛肉之后，他看我的目光中又多了一种感恩之情。也许是孙龙飞语文相对差点儿的缘故，他还是经常夸我作文写得好。课间休息时，孙龙飞从来不和同学们疯闹，经常把我拉到东墙根儿，认真地询问我如何能写好作文的开头和结尾。我并不觉得我的作文写得有多好，但我还是很享受被一个曾经的尖子生公开承认的感觉。我想起了我爸当年挥着拳头教我的"凤头、猪肚、豹子尾"等要领，就煞有介事地把它们转教给了孙龙飞……

直到半年以后，我才一点一点地重新接受了老乡孙龙飞。我不再把他当成一个走后门来的、印象中学习不怎么好的"蹲级包子"来看待了。这肯定与他对我的友好有关，与他的绝顶聪明有关，也与他货真价实的数理化优异成绩有关。可以说，孙龙飞是我印象中学习最好的"蹲级包子"。

孙龙飞确实不仅数学好，而且数理化科科都好，只是英语和语文稍差了一些，尤其是英语，就更差了一些。我想，这肯定与五棵树偏僻落后的乡村中学还没有正规的英语教师有着最直接的关系。

也许正是因为我们之间有了这样一些复杂的背景，在班里，我和孙龙飞就比一般同学亲近了许多。遇到不会做的数理化练习题时，我也愿意低下身来向孙龙飞请教了。渐渐地，我们好像又成了童年时代情同手足的玩伴加兄弟了。

3

在平安县，好像哪个学校门口都聚着一帮小混混，他们当中多数是不好好学习的差等生和无法毕业的蹲级包子。整天无所事事的小混混们往往三五成群，嘴上叼着劣质香烟，时而爆着无知的粗口。他们或歪身依在校园的某个角落，或单腿跨在上学要道的栏杆上，向过往的男生要钱物、撇石子，向过往的女生送外号、扔纸条。尤其在好看的女生经过时，他们更是要赤裸裸地目送上一段"盯面礼"……

我们班有个叫李大庆的，据说是生在一个有妈没爸的单亲家庭。高大帅气的李大庆虽然不屑与小混混们为伍，但闲着没事儿时，也经常和他们一起扯扯淡、抽抽烟。

李大庆虽然长得挺精神，但就是不爱学习。在那个"分儿分儿是命根儿"的年代，一个人要是学习不好，长得再精神好像也是白长。毕业考试不及格，当然就拿不到毕业证，长得再精神也得留下来回读。这样，连续两年回读的李大庆就比班上的同学们大两岁。

跑得快、跳得高的李大庆是平安四中著名的十项全能选手，每年召开全县运动会那几天，李大庆还是很招人稀罕的。除了金牌，他还能收获到大量的鲜花和掌声，尤其还能赚足女同学们的尖叫声……不仅是体育有特长，李大庆的歌也唱得不错。

逢年过节学校演节目时，天生嗓音洪亮的李大庆都能偶尔光鲜一把。

但平时就不行了，李大庆怎么会在学习风气极其浓厚的平安四中长久地受人待见呢？李大庆宁愿以练体育项目为名在操场上闲逛，也不愿走进教室上课。等着混到毕业证去县体工大队上班的李大庆总是反穿着一件深蓝色的球衣，虽然很男人，但他在班上并没有什么地位。更多的时候，他只能被各科老师和学生们忽略不计。

闲着没事的李大庆整天唱唱咧咧、晃晃荡荡的，就像一只好斗的小公鸡，不是和同学打架，就是和老师顶嘴，还敢公开追女生、找对象呢。很多同学背地里都叫他"李大混"。

有那么一段时间，李大庆竟然还不自量力地打起了我表姐杨永红的主意，他胆子可真够大的了。用当时的话说，我表姐可不是一般人能"朝愣"的，整个校园里的男生根本就没有人敢去"朝愣"她。我表姐在我同年级的另外一个班，长得确实是太好看了。尤其是到了夏天，我表姐杨永红还经常穿着一条粉红色的连衣裙，就更能掠夺男生们的目光了。眼里冒着火又不敢付诸行动的男生们就给我表姐起了个外号，叫她"红裙子"，"红裙子"一度就成了我表姐的代名词。

经常扎堆于校门口和上学路上的那些小混混们当然不会放过"红裙子"。他们最喜欢盯的就是"红裙子"了，有时还会冒出几句下流话和一阵坏笑，甚至还可能做出一些让人心中无底的举动。但是，有李大庆混在他们中间的时候，小混混们就从来不敢造次，此时他们对"红裙子"的"盯面礼"就要大幅度收敛，明明有个美人从眼前经过还要假装着不感兴趣。

我表姐杨永红不仅脸蛋好、体形好，而且学习成绩还好，是她们班上品学兼优的大班长。这么出类拔萃的女神级人物怎么能看上四肢发达、不学无术的李大庆呢？我想，连我这个旁观者都不会同意把这么美好的鲜花插在那么恶劣的牛粪上，何况是鲜花本身了。

那时男女生之间还是戒备森严的，男生和女生很少正面接触。李大庆为了追求我表姐，就有意和我套近乎。有一天，李大庆一口一个"连生"地叫着我的小名，显得特别亲切。说着说着，他还用他那汗淋淋的大手把一块好吃的胶皮糖十分友好地塞进了我的嘴里。

正在我一头雾水地品味着那块胶皮糖是用什么水果做的时，李大庆又悄悄地把另一样东西递到了我手里，这回是一个折叠起来的白信封。同时，他还趴在我耳朵上说："连生啊，记住了，你一个字都不能看，一定要亲自把它交到你表姐手里。等完成了任务，我这儿还有胶皮糖呢。"

一是不敢违背强悍的李大庆，二是不愿吐出嘴里的胶皮糖。我心里极其矛盾：这有可能吗？这不是纯属扯淡呢吗？虽然我实在不想揽这破差事，但我还是答应了李大庆。

我找了一个恰当时间，把李大庆的信交到了表姐杨永红的手里。

我以为表姐一定会生气，做着挨训的思想准备。因为我捎给表姐的信不是出自和她同样优秀的男生之手，而是跟优秀根本搭不上边儿的李大庆写的。

表姐打开了那封信默默地看了起来。表姐看信时，我好像看到自己的心也在那张信纸上抖动着。我一度在犹豫：是自己马上走呢，还是等表姐轰我走呢……

让我万万没想到的是，表姐看完信不仅没生气，而且还和我认真地聊起了李大庆。

"连生，真是李大庆托你给我的？别人没看见吧？"表姐的脸虽然红了，但语气里并没有愤怒，我甚至还听出一丝愉悦。

"对……对呀，没……没人看见。"我有些诧异，"红姐，你不生气？不烦他呀？"

"那是你们男生烦他。女生们并不都烦他，很多女生还喜欢他呢。"

"红姐，也包括你吗？"

表姐没回答我，她的脸在继续红着，"你不觉得李大庆是咱校最有男子气的男生吗？我一看见那些豆芽菜似的、戴着高度近视镜的白脸小男生们就起鸡皮疙瘩，那哪是男生啊！"

"而且李大庆的体育还不是一般好呢，那叫有特长啊！县体工大队不是还等着要他呢吗？年级女生都愿意看李大庆打球，远远看着都觉得帅得不行。他那件印着'1号'的球衣，不知道有多少女生想得到呢！每年开运动会，女生们都在尖声为他加油，其实那也是发自她们内心的声音。"

我本来准备好跟表姐承认是怕李大庆揍我，或者看在了胶皮糖的份儿上才来送信。但现在看来，我的顾虑都是多余的。想到接下来还会有源源不断的胶皮糖吃，我心中忽然窃喜，就顺着表姐说："红姐，李大庆还会唱歌呢！"

"说的是呢，李大庆不仅体育好，文艺也好。对了，有一回在水房打水，我还听过他哼唱一首歌，不光好听，还特别特别深情……"

"什么歌啊？"

"不告诉你……其实，人无完人，李大庆除了不学习，其他方面都是出类拔萃的……他不仅高大帅气，而且他身上还有别的男生怎么也学不来的东西，怎么说呢，是一种男人气？说不清，特别自信似的。也不是……哎呀，我也说不清楚，就是很霸气，让人觉得他什么也不怕。不过，就是……他唯一的缺点就是……他咋就不好好学习呢……"表姐像突然意识到当着我说这些有什么不妥，支支吾吾起来。

表姐一直紧捏着手里的信，我有点担心那信会被她捏出汗来。正当表姐爱不释手地准备把那封信收藏起来时，一直在门外偷听着的舅妈冲了进来。舅妈抢过那封信并快速浏览了一遍，如临大敌般喊道："啊！这不是那个有名的浑小子吗？学生的首要任务就是学习，不务正业的小兔羔子这也太可恶了！这不要毁了我姑娘的大好前程吗？我必须得找他家长去！"

"妈！你这是干啥呀？李大庆淘是淘点儿，但并不像传说中的那么浑。你找人家长干啥呀……"表姐仍为李大庆辩护着，并试图从舅妈手里夺回那封信。

从不骂孩子的舅妈竟然当着我的面骂起了表姐："你还在替他说话？以前我咋没发现呢？你还有女孩子的羞臊吗？你可真不要脸啊！"

"人家也没把我咋样，喜欢一个人犯罪吗？你为啥把人想得那么肮脏啊？"表姐和舅妈的脸一样，都气得煞白。

"面对一个不学无术的小流氓，你还这个样子，我看你是喜欢上人家了！"气头上的舅妈说。

"你怎么能说人家是小流氓呢？你知道啥呀？"气头上的表姐说。

"我就不信了，苍蝇不盯无缝儿的蛋，还是你也喜欢人家……一个姑娘家，你还要不要个脸，啊？"舅妈还破天荒地打了表姐一记响亮的大耳光子。

"李大庆就是好人！我就喜欢他了，咋的吧！"表姐突然逆反起来。

"你……你！"舅妈一时气得说不出话来了。

表姐边哭边说："李大庆根本就不是什么小流氓！你们大人就看表面，你们知道啥呀……"

"我们是过来人，不比你知道啊？"舅妈终于又说出话来。

"李大庆就是李大庆，人都各有各的优缺点，人是不同的。喜欢一个人并不等于就要和他好，欣赏他都不行吗？告诉你们也没啥，我最害怕上学路上遇到那些小混混了，每次都是心惊胆战地经过，但恰巧有李大庆在的时候我心里就有底了，我知道他不会伤害我，你们知道我当时心里有多么感谢他吗？这些我和你们说过吗？你们能理解吗？我都没说过吧……"表姐越说越快，委屈地哭述着。

打完耳光的舅妈本来就后悔，听表姐又说出这些话来，舅妈也哭了起来，就又打起了自己的脸："这是咋的了呀？我的老天爷呀，这是谁在作孽呀……"

我在中间左右为难，连说："我也知道是扯淡，本来是不想送这封信的，是李大庆强迫我送的。唉，他不过是癞蛤蟆想吃天鹅肉……我表姐这么出色，怎么会看上他呢？这又不是咱们的错，都别生气了……"

舅妈无奈地哭着说："姑娘啊，就算妈求求你了，以后可坚决不要搭理他了……"

表姐也余气难消地一直抽搭着："我咋的了我？我、我又没说是我喜欢他呀，我是说我们年级很多女生喜欢他……"

舅妈还是无奈地哭着说："姑娘啊，就当妈求你了，咱就好好学习，答应妈以后别搭理他，行吗……"

表姐边流泪边小声申辩着："李大庆也不是癞蛤蟆呀，更不是苍蝇啊，再说了，谁是有缝儿的蛋啊……"

那天我是要多尴尬有多尴尬，我是灰溜溜地离开现场的。回来的路上，我内疚极了，觉得就像是我伤害了漂亮的表姐和可怜的舅妈。所以，后来李大庆再次往我嘴里塞胶皮糖并让我继续送信时，我只是紧张而快速地吃掉了胶皮糖，却一直将信深深地揣在里怀的衣袋里。

我绝对不会再去送信了，可我又抗拒不了胶皮糖的诱惑。随着李大庆的信一封又一封地塞给我，我的嘴里虽然幸福地甜蜜了一次又一次，但我的怀里就像揣上了一颗又一颗的炸弹，而这些炸弹又随时都有着爆炸的危险……

厚厚的一沓子信，我想扔还扔不得，想看还看不得。一天下午上课前，我终于承受不住巨大的压力了。慌乱中，我把李大庆的那些信撕得粉碎，风一样跑向学校大门，摆脱灾难似的把它们扔进了大门外的垃圾箱里。

　　我本以为自己从此轻松了，可是第一节课刚下课，李大庆就找到了我。李大庆把我拉到教学楼西房山头儿："信呢？"

　　"都交、交给我表姐啦。"我一时还摸不准李大庆的意思。

　　"编，接着编！"李大庆恶狠狠地盯着我。

　　"真、真给我表姐了。"我说这话时发现李大庆喘着粗气，但我的谎言已经出口。

　　"这是什么？"李大庆从衣兜里将一把碎纸片掏了出来，恶狠狠地摔在地上，"你竟敢私看并撕毁别人的信件，你太无耻了！你知道我现在有多恨你吗？我咋越看你越像叛徒王连举呢！"李大庆恶狠狠地盯住我。

　　"我……是这样……我、我可不能再送了，我表姐都因为这事挨揍了。"我紧张地说。

　　"你不送也可以，但你不能偷看。你是不是偷着看信了？"李大庆举起了拳头。

　　"我没看。我想看了，可是我真的没看！"我躲闪着。

　　"没看？没看你为啥会撕掉呢？你个该死的王连举！这可就不能怪我无情无义了，你要为你自己的愚蠢行为付出代价！"说着，李大庆就给了我一个电炮。

　　"我真的没看啊！再说了，我表姐并不喜欢你，你、你又不是李玉和……"我最讨厌李大庆叫我王连举了，我才不把表姐说他的那些好话告诉他呢。

　　李大庆就更加恼羞成怒了，像猎豹抓住了羚羊，狠狠地掐住了我的脖子："我早就看出你的异常神态了，一直盯着你的一举一动呢。你贼一样把胶皮糖吞得那么快，我都没舍得吃一块啊，咋没噎死你呢？"

"你能不能撒、撒开我……"我从嗓子眼里挤出很被动的声音。

李大庆仍喘着粗气："你个不要脸的王连举！那些话我是单独说给杨永红一个人的，你凭什么偷看哪！"

"我才不是王、王连举呢，我又没、没叛变……"我艰难地发声，气得浑身发抖。

李大庆还让我把所有的胶皮糖都给他吐出来。别说他还掐着我的脖子，就算他不掐着我的脖子我也没法吐出来了。

李大庆一时间好像不知道如何惩治我好了，拉着我转了好半天，一直喘着粗气。最后他好像太失望了，才又气急败坏地给我了一顿散乱的拳脚。

又经过一番痛苦的挣扎，我总算狼狈不堪地跑开了……

接下来的日子里，李大庆并没有放弃对杨永红的追求。他认为软的不行，那就动硬的吧。李大庆还是拿我开刀，似乎想以蹂躏我的方式再次向杨永红施压。以后的日子里，号称好男不跟女斗的李大庆就经常来找我的麻烦。有事没事他总是围着我打转转，并用他最拿手的"掰手指"绝活儿来收拾我。李大庆一旦抓到我的手指，我就会疼得弯下腰来，那姿势要多难看有多难看。李大庆则高高在上地冷笑着，要求我跪地求饶。

我确实弄不过高大威猛的李大庆，但我王连生绝不是王连举，我可是个要面子的人，我怎么会在众目睽睽之下向李大庆跪地求饶呢？所以，我的手指就经常被李大庆掰得快要折了，钻心地疼就不说了，样子也就更加狼狈了。

除了手指被掰得生疼，我还经常被李大庆弄得鼻青脸肿，有时甚至还要付出流血的代价。但我是坚决不会向李大庆妥协的，我也不会把这些遭遇告诉表姐。我的犟劲儿上来了，你李大庆不是想以此来达到向表姐施压的目的吗？我是不会让你得逞的！

每当我爸问起我脸上为什么有伤痕时，我还得撒谎说是自己打球时不小心摔破的。我也不可能把这种事告诉我爸，因为我太了解我爸了。不论我占不占理，不论对方是谁，只要我在外面跟别人发生口角或打斗，我爸从来都是首先收拾我。而这里又夹杂着本来就说不清、道不明的男女之事，我就更不能跟我爸说了。就算我幸运地说明白了挨欺负的具体缘由，我爸肯定也得不分青红皂白地往死里削我一顿，没准儿他还得以为我在拉皮条呢。

我爸还一门心思地盼着我考上平安一中、然后再考大学呢，可我面临着的现实似乎过于残酷了。而眼下又处于时不我待的关键时刻，中考的日子眼瞅着越来越近了，我还什么也没准备好呢，真的让我一阵阵地感到绝望啊……

本来就不怎么喜欢学习的我，再加上随时可能遭到李大庆的骚扰和践踏，就更加没心思学习了。我经常暗自流泪，有一次让孙龙飞看见了，他还让我坚强起来，不要害怕，说他会帮我想办法。

不知为什么，许是同为蹲级包子的缘故，李大庆一直很给孙龙飞面子，有一次我还亲耳听见李大庆搭着孙龙飞的肩膀情深意切地说："龙飞老弟，咱哥俩最好。"但就算孙龙飞的面子再大，也不会有能力去说服李大庆不打我表姐的主意吧？古人还知道"宁挖十座坟，不拆一桩婚"呢……

一天中午，正在我胆战心惊地想李大庆会不会出现时，一直严厉打压我的李大庆果然还是出现了。他和往常一样，强行把我拉到了教学楼西房山头儿没人的地方。李大庆虽然还是一脸的凶相，但和以往明显不同了，他的脸上好像多了一丝无奈和顾虑。李大庆先是气急败坏地掐着我的脖子，然后又莫名其妙地松开了手。他若有所思地停顿了半天，最后终于咬牙切齿地对我说话了："听着，王连举！看在孙龙飞的面子上，我就暂时饶了你吧，还有你那可爱的大表姐杨永红。"

我有些不敢相信自己的耳朵。他在说啥？看在孙龙飞的面子上？这么高大强悍的对手为什么就买了孙龙飞的账呢？个子同样不高的孙龙飞怎么会有这么大的面子呢？

我还没疑惑完呢，李大庆就恶狠狠地踢了我一脚，又骂了一句："你个叛徒王连举，抓紧给我滚蛋吧！滚得越远越好，最好再也别让我看见你！"

直到这时，我才真正意识到我的噩梦终于就要飘走了，看来眼前发生着的这一切是真的啊！就算李大庆那可憎的骂声是幻觉，就算大中午那灼热的阳光是幻觉，但我那疼痛难忍的大腿总该是真实的吧？我那多了一片青紫的大腿为我提供了获得解放的佐证。

我无论如何没有想到，就在我接近崩溃的关键时刻，竟然是孙龙飞帮我把李大庆给摆平了。

孙龙飞真有本事！我心中瞬间涌起无限感激之情。孙龙飞真是太有内力啦！这才是真人不露相、露相不真人啊……我当时的表达能力实在太有限，再也想不出更恰当的形容词了。

我特别想立刻见到孙龙飞，问问他到底是怎么让李大庆放过我的。可是大中午的，我流着一脸的汗水在校园里一连转了好几圈儿，也没能寻找到孙龙飞的身影。

直到下午马上就要上课了，孙龙飞才匆匆忙忙地跑进了教室。我远远地望见，他右手小拇指上缠着厚厚的白纱布。

总算等到第一节课下课了，我急忙凑到孙龙飞身边问他手指的事。孙龙飞笑笑说："中午挪凳子不小心夹了一下，没事了。"

我又小声地问他咋摆平的李大庆，他轻描淡写地说："没啥大不了的，就是和他把话唠透了呗。"

孙龙飞确实属于那种平时话不多，心里总是有股暗劲的主儿。我想，也许这就是孙龙飞与众不同的独特魅力吧？一定是孙龙飞独特的人格力量征服了野蛮粗暴的李大庆，李大庆才羞愧难当放下了屠刀，才痛改前非浪子回头了……一定是这样！我掩饰着自己心底的兴奋，还故作淡定地冲孙龙飞伸起了大拇指。

4

20 世纪 80 年代中期，不仅高考竞争异常激烈，就是从普通初中考入重点高中，学生之间的竞争也是异常激烈的。尤其对于平安县的孩子和平安县下面乡村的孩子来说，考上与考不上重点高中，肯定是人生最重大的一个转折点。打个比方说吧，那就像一场僵持不下的足球决赛中一个决定胜负的点球。

有一天我还做了一个奇怪的梦，就像战斗故事片的一段经典镜头：说王连生和孙龙飞都在一场叫"中考"的战斗中阵亡了。"死法"不同的是，孙龙飞在冲向敌军阵地途中被敌人一枪从正面直接就撂倒了。虽然他还保持着心有不甘、誓死一搏的冲锋姿势，但他已经尽力了，死得不折不扣、明明白白；而王连生则不同，他已经冲过了敌军的重重堡垒，越过了敌军阵地，他还被允许再向胜利的前方冲锋了一阵子。这时，王连生才不明不白地挨到了来自身后的一梭子密集子弹。王连生不知道那梭子密集子弹是敌人射出的还是自己的战友们射出的，在他倒地之前，他还在想把事情弄明白。王连生就忍着剧痛，回头张望了好半天，想找到那个可恨至极的刽子手。王连生已经成功地突出重围了，他太想好好继续存活下去了，未来的生活充满着阳光呢……可是他最终也没有找到那个射击者。他拼尽了最后的一丝柔弱的力气，才一点一点、恋恋不舍地倒下去了……

我是被噩梦吓醒的，惊出了一身冷汗。

半年后，现实中的我竟然真的像那场梦境一样，真的没能考上平安一中。我没考上并不意外，但我没想到比我学习好得多的孙龙飞也没有考上。那颗生死攸关的决胜点球就这样被我们紧张而颤抖地罚失了。

开始时，学校说我考上了，说平安一中的最低录取线是489 分。而我的总成绩是 498 分，不错了，比最低录取线高出 9

分呢。所以，学校第一次下录取通知时还有我。我至今还记得清清楚楚：班主任胡老师亲自来到我家，兴奋无比地通知我下午两点钟到学校去开大会。我一度被兴奋无比的胡老师弄得更加兴奋无比，飞快地吃过午饭早早地就跑到学校等着开大会去了。

距离开大会的时间还有一个半小时呢，我就像打了鸡血似的在校园里漫无目的地转悠。以前没太注意，我待了三年的校园突然间变得如此亲切起来了——单杠、双杠不是从前那么硬邦邦、冷冰冰了，篮球场、足球场都像在热情地和我打着招呼……冷清的小操场也显得比从前大方了许多，并显示出向我张开温暖怀抱的样子。

我还在操场上碰到了李大庆，当时他正在枯燥地掷着一个硕大无比的铅球。虽然他对我能考上重点高中感到意外，但还是上前踢了我一脚，说："王连举，运气不错呀。"这次，我的心情并没有因为李大庆叫我最不爱听的外号而变坏，我还大人不记小人过地微笑着对李大庆说："王连举能有今天，还真得谢谢你李玉和呢。"

"谢我干什么？我又不是教你的老师。"说着，李大庆就不再搭理我了，眼睛一眨不眨地盯向了远方。

我顺着李大庆那火一样的目光很容易就看见了远处的表姐杨永红，还有她那些同样笑容满面、前呼后拥的同班女生们。

突然，李大庆不知从哪里掏出一个厚厚的红皮日记本，拉住了我的衣襟："喂，王连举，帮我把这个本儿捎给你表姐呗？空白的，一个字儿也没有。没别的意思，就是祝贺她考上了重点高中。"

"我才不是王连举呢！"此刻我又在意起这个难听的外号了，我挣脱了李大庆的手。

"熊样儿吧，你个王连举！"李大庆推了我一把。

"你才熊样儿呢。有可能吗？做你的白日梦去吧！"我一边在心里暗骂着李大庆，一边绕开了他。我调整出一副趾高气扬的样子，大步走向班级。

李大庆在我身后好像仍然说着什么，我没细听，我才不想因为他破坏我的好心情呢。

那天下午，我还激动地听完了关校长热情洋溢的祝贺讲话。记得关校长最后说："你们都是平安四中的栋梁之材，是成千上万个莘莘学子中的佼佼者，考上了平安一中，就相当于一只脚跨入了大学门槛……"

因为当时全国高考的平均录取率也就在 30% 左右，而平安一中的高考录取率一度达到了 75% 以上。听了关校长的一席长话，我更加兴奋异常，还下意识地想到了孙龙飞，心中又一次幸福地想：连学习那么好的孙龙飞都没能考上，而我考上了，真是不容易啊，真是太幸运啦！记得那天我只会兴奋，不会反思，只会憧憬，不会回顾，更没有时间去设身处地地去想孙龙飞此时的艰难处境和痛苦感受……

每年正式发榜时，学校教务处都要把考上重点高中的学子们按分数高低写在三张大红纸上，永远是教务处郝主任那手工工整整、一丝不苟的楷书。然后，他再把三张大红纸庄严地贴到教学楼东房山头儿上去。今年也没有什么例外。

记得那天下着雨，绝大多数同学都在雨中寻找着自己的名字。我首先看见了排在前五名的我表姐杨永红的名字，这不意外。往下看，我还看见了宋有才等人的名字，这也不意外。可是，直到最后我也没看见自己的名字，这可太意外了！我有些急，又快速地从头到尾浏览了一遍，还是没有搜寻到我的名字"王连生"，这可真是奇了怪了呀！

我又接连看了好几遍，还是没发现自己的名字，急得都要窒息了。不知过了多久，我一直站在雨中反复搜寻着那并不难认的"王连生"……我焦急地搜寻着三张大红纸的每一个角落，眼睛都看疼了，也没能发现"王连生"。

后来，雨越下越大，所有的学生都回家了。东房山头儿处只剩下了我一个人，我仍不死心地看着大榜单上那些密密麻麻的人名。直到那些人名全部被雨水洇得模糊，直至彻底看不清了，我才意识到老天爷在下雨啊。这时，我的衣服已经完全湿透，我不知道脸上流的是雨水还是汗水，但肯定也有泪水……

过后我才知道，平安县教育局临时出台了一个土政策。土政策明文规定：数理化加起来不足 260 分的考生一律减掉 10 分。倒霉的我数理化三科加起来正好是 259 分，这样，我就被减掉了 10 分。更不幸的是，减掉 10 分之后，我的总分就变成 488 分了，比最低录取线 489 分低了一分。所以，最终学校正式公布的大榜单上就没有我了。

就这样，我的第一次中考完事儿了，我阴差阳错地被淘汰出局了。

对我来说，这变故实在是太大了，无异于晴天霹雳！"为什么呀？凭什么呀！考试之前并没说哪科加哪科不够多少减去多少分呀……我抗议，我抗议，我坚决抗议！"

我的抗议无效。我把胆怯而可怜的目光投向我爸，我在向他求救。可是，文化局的王副股长没敢对平安县教育局说出来半个"不"字，而是一遍遍恶狠狠地大声责骂我："还是你自己学习不行，就是欠揍……"

一向死要面子的我爸就像被所有人捉到了短处，于是，公共场合抬不起头的我爸回到家里就会对我表达出十足的怒气，怒气的释放往往又要借助他那习惯性的拳脚……

我的处境和半年前那个可怕的梦境是一样一样的，但这次是活生生的现实。我连死的心都有了，真还不如痛痛快快地死了呢。我都羡慕起《英雄儿女》中王成的最后时刻了，可是没人向我开炮，我只能忍受生不如死的辱骂和打击。

我爸怎么打的我，我已经吓忘了。我只记着我爸最后恶狠狠的咆哮声："你不嫌碜碜，我还嫌碜碜呢！必须给我考上平安一中，你给我回读去！"

我可以忽略掉所有的疼痛，但我无法忽略那即将到来的耻辱。我从来没想过自己有一天也会当上回读生，或者更难听的"蹲级包子"，我预感到回读这件事注定会是我此生最见不得人的一件事。

5

礼节上，孙龙飞走的时候本该到我家告个别才是，但他没有到我家来，也没再和我单独见个面。我一点儿都不挑孙龙飞的礼，我还是能够理解孙龙飞的。孙龙飞那么有自尊心的一个人，第二次回读又没能考上，他一定是觉得自己太没脸面去见人了。据说孙龙飞在发榜当天下午就回五棵树了，说是回家务农去了。

而我生活在平安县城，注定无农可务。我要么回读，明年再考；要么去读普通高中。说句到家的话，读普通高中就相当于再混三年，最后拿个高中毕业证书再回家待业。那时，平安县的普通高中师资力量和教学管理都还很差劲，虽然每年毕业生们也都例行公事地参加一下高考，但是没有几个毕业生能够实现梦想，几乎没有人能从平安县的普通高中考入大专以上的院校。

其实，我考不考上平安一中对我自己来说真的无所谓。考不上就读普通高中呗，毕业后在平安县城做点儿自己喜欢做的事儿不是一样吗？我还可以去文化馆学画画，我从小就喜欢画画，很有可能当上平安县最好的画家呀……所以，我宁愿上普通高中也不愿去回读，甚至我宁愿让自己的前途万分渺茫，也不愿去当永远都抬不起头来的"蹲级包子"。

我对自己选择了放弃，我爸却对他儿子选择了坚持。最终，王副股长还是野蛮粗暴地把我逼到了平安县的另一所初中——平安二中去回读了。好在这里没有那么多熟人，绝大多数同学还不知道我是个回读生。

从那以后，我就过上了有生以来最耻辱的"蹲级包子"生活。我好像一下子变成了另外一个人，拒绝和以前的初中同学来往，也不像以前那么阳光活泼、天性爱玩了。"王连生呀王连生，你咋混成了这个样子啊！"我就是从那时开始瞧不起我自己的。

好像也就是从那个时候开始，我害怕见所有的初中同学。我总是习惯于低着头走路，行动也总是躲躲闪闪的，总是有意无意地错开平安县上学、放学高峰期的人流和车流。

平安县城里的街道两侧，往往稀疏地长着些杨树，我头上的杨树梢上落着一群麻雀，正叽叽喳喳叫得心烦……

但我还是不可避免地经常在路上遇见初中同学。我第一次遇见的初中同学就是李大庆，那天他穿着大喇叭裤，梳着个大转头，一见面就笑嘻嘻地抓住了我的手："这不是叛徒王连举吗？你小子不是幸运地考上重点高中了吗？咋又跑到二中来回读了，初中还没念够咋的？哎，对了王连举，你表姐还那么漂亮吧？男人要是不喜欢你表姐就不是个真正男人。见到你表姐，一定给我问个好儿噢，听见没？另外，你小子实在考不上重点高中就上普通高中呗，千万别当蹲级包子，让人瞧不起。我当蹲级包子，那是没办法。你看，我一旦及格就来普通高中了，哪儿都一样。是男人就要像个男人一样去战斗，不能总像没筋没骨的王连举似的。"末了，李大庆还没忘嘲讽了我一句。

"对了，李大混！我还没告诉你呢，我表姐说你就是癞蛤蟆想吃天鹅肉！"我走出很远才报复了一句，其实这话是表姐挨打那天我说的。我本以为李大庆会向我追来呢，没想到他一下子就蔫了。我第一次看到了一个男人绝望的眼神，我更加得意起来，我终于抓到了李大庆的"七寸"。

连李大庆这样的人都看不起我这蹲级包子，更别提是别人了。独行中，我又想起了孙龙飞。想想当年，他还算是幸福的呢,那时他至少还有我这个儿时朋友陪伴在左右啊;而此时的我,却连一个能说话的人都没有。我不停地回头望着一直呆站在原地的李大庆,直到他变成一个遥远的影子……

接下来的几个月里,我没再路遇李大庆。我只是听说在普通高中继续混毕业证的李大庆更加暴躁了,经常听人说起他在社会上打抱不平的各种传闻……

直到那年年底严打,我才又一次在大街上见到了李大庆,那也是我在平安县最后一次看到李大庆。这一回,李大庆被反铐双手站在游街示众的大卡车上,前襟上还挂着一个大纸牌子。李大庆因为给人出头,犯了故意伤害罪,被判处十年徒刑。

李大庆竟然还没忘记嘲讽我:"哎,王连举!蹲级包子!代我向你美丽的大表姐杨永红问好……"李大庆望着我,小声地用嗓子眼儿喊。

见李大庆的双手被反铐着,我可既敢怒又敢言了:"该!活该!我让你好嘚瑟!你真以为你是李玉和呀?还想泡我表姐?做你个大驴梦去吧!"

被反铐着双手的李大庆脸一下就撂了下来,站在大卡车上的他挺直了腰,向我吐了一口唾沫。

我狠狠地咳嗽了一下,跳着脚向高处的他回敬了一口夹杂着一半黏痰的唾沫。那口唾沫不偏不倚,正好吐在了李大庆的面门上。

因为李大庆被反绑着双手,没法擦拭,只能不断地猛甩着光头。"好你个王连举!你等着!你等我出去的,看我掰折你所有的手指头!"李大庆顶着无法甩掉的黏痰,恶狠狠地盯住了我。

"等着蹲你的大牢去吧！但你永远不是革命英雄李玉和！"说着，我就飞快地跑开了……

过去的那些年，我都没觉得有多么漫长。但回读生这一年，我充分地体验到了时间的漫长状态，原来时间有时真的是慢如蜗牛啊！那一年，可真是三百六十五个货真价实的上午、下午和晚上啊！

初中就那么点儿东西，其实我该会的早就会了，就是以前不太认真，好马虎一点。所以有时，我就觉得自己白白浪费了一整年的大好时光。直到现在，我都想找回那整整的一大年，找回那些空空度过的金子一样的时间和空间……

6

让我始料不及的是，老天爷真的是有意跟我过不去呀！正当以我表姐为代表的原初中同学们准备上高二的时候，第二次参加中考的我竟然又是差了一分！我可是在班级里一直名列三甲的"回读生"啊，这不得不让我迷信起民间流传的说法了：考场、赛场、战场都是常出怪事的地方。怎么啥怪事都要怪到我头上来呢？我没想到我的数学又考出了问题，虽然结果是正确的，却没有列出足够具体的步骤，15分的大题只给我3分！

我觉得天都要塌下来了，有一种惶惶不可终日的感觉。那些天，我心中一直茫然无助地乞求着：谁能可怜可怜我呀，谁能帮助帮助我呀……绝望中，我又想起了电影《英雄儿女》里战火硝烟中的王成……

王副股长一宿没睡觉，扔了一地的烟头儿，才在第二天早晨沉默地去找他的大学同学——平安一中的刘锋副校长。这样，我就以走后门儿的方式来到了平安一中。这一次，王副股长绝不是为了我，而是为了他自己的儿子。

虽然我抓到了救命稻草，但我还是羞愧难当。我又成了"走后门儿来的"，并不比"蹲级包子"好听多少。同时，我也不得不为王副股长感到害臊。他去年咋不找他的同学啊？去年我是被暗算了，王副股长却不曾为我据理力争，那时他有着多么美好的借口和多么充分的理由啊！如果去年找，他不会这么矻磻，我也不会这么矻磻……

我不知道王副股长是如何厚着脸皮、低三下四求同学的，也不知道他同学又是如何答应的，我感觉到求过人的王副股长好像很没面子，还是经常半宿半夜地不睡觉，并弄出一地的烟头儿。以后很长一段时间，王副股长一直保持着那种类似于受了内伤的神态。王副股长的脸色要多难看有多难看，说话声音要多难听有多难听，我们家难受的紧张气氛要多难受有多难受……

走后门儿进平安一中这件事的发生，导致我更不愿见到我的初中同学了。我一度就像一个怕见人的小偷，见到初中同学更是习惯性地避避让让、躲躲闪闪。

而三次没能考上平安一中的孙龙飞，此时的处境又会是如何呢？我曾经有过那么一个闪念，他还能正常活着吗？但这闪念于一瞬间就消失得无影无踪。是我过于冷漠了吗？绝对不是。

后来我终于想明白了，命悬一线的"走后门儿来的"我仍然不具备关心他人和可怜他人的资格……

来到平安一中以后，我少年时代的黑色记忆远没有结束，那好像又是一个崭新的开始。

怀揣文学梦的我爸，这时已经当上文化局下属戏剧创作室主任，据说是正股级。有了前车之鉴，我爸对我的学习抓得更紧了。

在那个高考是唯一出路的年代，面对着如此严厉的我爸，我无法斗智，更无从斗勇，接受训斥和拳脚是我唯一的选择。

正面面对我爸，我只取得过一次胜利，那还是一次反败为胜的胜利，我印象深刻——

一天放学回家，本来准备因摸底考试成绩不理想接受训骂的，可我意外地逃过了一劫。当我爸问我考得咋样时，我竟顺口来了句当天刚学到的名联："学如春起之苗，不见其增，日有所长。"

我爸听我突然弄出这么一串子，竟然难得一见地笑出声来，说："哈，行啊，还会学以致用了？"

"学不就是要用吗？"我心里依然没底气，就胡乱地反问了一句。

"知道还有下联不？"我爸很认真地盯着我看。

"好像是……'辍如磨刀之石，不见其损，年有所亏'吧？"我假装想了一会儿，才不紧不慢地说了出来。

"连这都会了？好样的呀！"我爸竟然高兴得有些手舞足蹈了。

见我爸高兴了，我并没有见好就收，突然发现他正在看《小说月报》，就又乘胜追击地说："你天天写地方戏能有啥出息？要写就写写小说，得争取发表在《小说月报》上。"

"你口气可真大呀！不怕风大闪了舌头？《小说月报》是你想上就能上的吗？平安县这么多年真没听说谁在那上边登过作品呢！"我爸又要急眼了，骂我这是在跟他抬杠子。

我又指着旁边《青年文学》的头题封面人物作品《摇滚青年》说："你看人家刘毅然，那才是个有出息的好作家呢。"

我爸终于让我给弄无语了，脸都气得不是色儿了。后来，他竟要举手打我。见势不妙，我这才溜之大吉。

这是我记忆中唯一一次侥幸地逃脱了我爸的考试成绩审核。事后我心有余悸地回忆，我胡乱打出的真是一套连我自己都说不清的迷踪拳啊，竟鬼使神差地击晕了从来都是一丝不苟、铁板一块的我爸。

但我绝对没有想到，我的黑色记忆一直会延续到我高中生涯的最后一天。那天上午考完语文，我爸中午就帮我估分，发现我顶多能得 70 分后，他脸都气青了，怒不可遏地骂道："满分 120 分的语文顶多打 70 分，这还考个蛋大学呀！"说着，我爸就给了我一记响亮的耳光……

考语文，我真的已经尽全力了呀，除了作文可以自己控制，其余的每道题都是那么难，面对这样的试题，我有什么办法呢？备感屈辱的我中午饭肯定没法吃了，我反锁上房门在屋里哭了一中午。

在我妈的安慰和劝说下，我下午才肯去继续参加考试，我在最后时刻踩着铃声走进了考场……

高考总算结束了，但我的沉重并没有结束。我爸每天灰丧着脸，对待我就像对待一个犯人。除了我自己，没有人对我的高考成绩寄予希望。

经过极其漫长的等待，一个多月后，高考成绩终于公布了。我语文打了69分，竟是平安一中全体考生中的第二高分（不过，我还真得佩服我爸，他估分真准啊）。只是一向不太好的数学又得了个中等分数。其他那几科成绩基本属于正常发挥，和平时的分数相差无几。最终，我以总分年级第九名的正常成绩考入了北方邻省的一所重点大学，当然，肯定得是中文系。

谢天谢地！虽然我考上的并不是北大、清华那样的名牌大学，但我总算是考上了还算说得过去的一所大学呀！

可以说，我在学习这个问题上一直受到我爸的"严管"和"摧残"，直到考上大学以后，远离了我爸的视线，"严管"和"摧残"才得以减轻。但不幸的是，我仍然活在我爸的梦想里，我已于无形之中让我爸引向了文学之路。每天在大学中文系的大楼里学习文学理论，看中外名著，课余时间再去听讲座，搞诗会……我绝对是被我爸逼上文学之路的，在这条路上，我王连生并不比被逼上梁山的林教头轻松多少。

我爸就够严厉了，而孙龙飞他爸比我爸还要严厉十倍呢。这些年，孙龙飞又是如何过来的呢？等待中的我不禁生出对孙龙飞的种种苦难想象……

7

半个月后一个周五的下午，孙龙飞终于敲开了我办公室的门。两个曾经历尽磨难的蹲级包子，时隔三十年后终于再次见面了。我真的已经看不出眼前的中年男人就是当年的孙龙飞，这位四十六七岁的中年男人是一位很职业的现役军官，是一位看上去相当成熟的上校团长。

"龙飞！"我紧紧握住他的手。我是根据面前这个人某一瞬间的表情确认出他是孙龙飞的。孙龙飞还是先前那个习惯，从不先说话，说话前总是用眼睛认真地注视着对方。我觉得有一股亲情无法控制地涌上心头。

"连生！你还没咋变模样啊！"一直注视着我的孙龙飞这才说话。我能感觉得到，他的内心深处也是相当激动的。

下班后，我把孙龙飞带到了单位楼下那家叫"小城故事"的酒馆。两个老同学一边喝酒一边聊了起来。

"先说说你的作家之路。"孙龙飞说。

"还是先说说你是咋当上大团长的吧。"我说。

"这么大年纪了，当上个团长有啥好说的？"孙龙飞很认真的样子。

"我一直想知道这些年你是怎么过来的，别见外呀。"我说。

"老同学之间见什么外？要是见外我就不来了。"孙龙飞渐渐恢复起当年的口气，"那我就简单说说？"

"说说，详细说说。"我边倒酒边恳求着。

"那就从最见不得人那件事说起吧——那年，当我知道没考上平安一中时，就一下子万念俱灰了。气话说是回家务农，其实我已经无路可走了。我万分沮丧地回到家时，没想到怒火中烧的我爸还是强硬地要求我继续回读。我的脾气也随我爸，死犟死犟的。三次参加中考都失败了，我哪还有脸面再去当蹲级包子呀？我就说坚决不去。"

"我孙大伯同意了？"我问。

"我爸就冲上来打我，命令我必须得考上平安一中，以后再考上北方理工大学……"孙龙飞喝了一口茶。

"哎呀，是吗？"我也喝了一口茶。

"我一动不动地站在原地任由打骂，我爸一边打还一边问我去不去，我则一直说不去不去打死也不去。我爸的牙齿先是咬破了他自己的下唇，鲜血流了出来。后来，我爸好像是打不动了，竟然抱住我用嘴狠命地咬了我一口……"

"我孙大伯还是那么凶啊？"我说。

"我发现我爸已经被我给气疯了，我不能再犟了，就没命地向外挣扎，惊慌中竟然掰折了我爸的一根小拇手指。我都听见了'嘎巴'一声，但我已经顾不过来了。

"我跑的时候，我爸就凶神恶煞一样在后面追。我根本没有时间去跳越我家挡在大门口处的一米高的巨幅石棉瓦，直接从石棉瓦上跑了过去，留下了两个巨大豁口。

"我就是以这样的方式离家出走了一段时间。我在乡村的同学家东游西逛了一个多月，才越来越觉得我爸说得对。在农村除了种地，确实没有咱的出路啊。但我已无脸再回家了，听说我爸被我气得大病了一场，还到医院拍了片子，接上了断指，半年以后才痊愈。

"后来，我就联系到了离五棵树不远的外省邻县的一个普通高中，我和姓马的校长谈了整整一个下午。我和盘托出了我的身世和处境，并说我决心在这里创造奇迹，希望马校长能给我一次学习机会。马校长也许是被我的决心感动了，说他们学校的毕业生也好久没有考出像样儿的成绩了，每年顶多考上几个专科，已经连续好几年没有考上大学本科的学生了，他也正顶着来自上面教育局的巨大压力呢。马校长为了冲击我们共同的梦想，就破例收留了我这么一个外省来的借读生。

"九个多月后，我爸才联系上我。他明显老了，像变了一个人，竟变成了人们印象中那种最慈祥的老者。他不再打我了，也不再骂我了，好像不是我爸了。可惜，那变得慈祥了的我爸已是肝癌中期，他要看着我考上大学，可他仅仅又坚强地活了两年多，就匆匆地走了。那两年里，我爸风雨不误地每学期都骑着自行车从一百多里地之外的五棵树来看我，给我送来换季衣服、学杂费和伙食费……当初我不离家出走就好了，这是我有生以来做的最后悔的一件事。"

"这么说，就算你最终考上大学了，我孙大伯也无法看到啊？"我显得很多余地问了一句。

"这是我一生中最大的遗憾。我爸的肝病与跟我操心有直接关系，他走那年才48岁，也就咱们现在这个年纪。我专程回家找到了我爸那张断指的X光片子，看着那个裂纹，感觉比自己当年受伤的手指还疼，我是心里疼。以后的日子里，那张X光片子就一直挂在我宿舍的床头上，一抬头就能看到。我爸的突然离世让我沉痛了好长一段时间，也让我迸发出了一股奇异的精神力量。为了我爸的梦想，我真拼了。在邻县读普通高中最后那一年，我白天几乎没抬头看过天上的太阳。印象中，我的天空上只有后半夜的月亮和星星。"

"那你一定是实现了我孙大伯的梦想，考上了大专以上的理工院校啦？"我急切地问。

"我本人一直喜欢军校，第一志愿就报考了西南的一所军校想试试看。没想到竟然被幸运地录取了。哪像你呀，考上了平安一中就像装进了保险箱，后来的一切就都能顺理成章了。这些年我确实遭了不少罪，我就不一一细说了。"

"啊？你竟然考上了西南军事大学？那可是全国重点大学呀！你也太厉害了！"我感到震惊，一个普通高中的学生能考到那么牛的大学去？震惊之余，我情不自禁地想象起来：当年离家在外、顶着巨大压力的孙龙飞太难了，他的内心还一直疼痛着，他得付出超过常人多少倍的艰辛和血汗啊……

"我第二志愿才报了我爸希望的北方理工大学，可惜没轮到它录取我呀，有点儿对不起我爸。"孙龙飞不无遗憾地说。

"我孙大伯要知道一定会更高兴啊！其实，咱们中考那年我也没有考上平安一中，我后来也回读了一年。"自惭形秽的我故意举重若轻地说。

"我当时以为你考上了，是后来才知道发生了意外。平安县教育局太没道理了，太不公平了，人的命运都被篡改了呀！"孙龙飞却极认真地说。

"也许被篡改几次之后才是我们原本的命运呢。我们现在不是都很好吗？"我再次举重若轻地说。

孙龙飞像突然想起了什么："对了，中考落榜那年我真的去看你了。当时我并不知道你也没有考上平安一中。我看到你时，你正在抹你们家的碱土房子呢。说实话，我当时很想帮你抹完房子再回家，我甚至希望看到我王叔并求他和我爸说句话，让我爸别再逼我回读了。但我突然觉得没有脸面对你，更没有脸面对我王叔，我的超强自尊心是我爸遗传的，我毫无办法。"

"我家房后的嫩江东路就连着去五棵树的公路，你当时一定是路过我家房后吧？"我感到有些意外。

"不，我是专程去看你的。"孙龙飞的目光不容置疑，"只是我突然间又改变了主意。我就那样一条腿跨在自行车的大梁上，在路边上看了你好久好久……"

"那又是为什么呢？"我好奇起来。

"怎么说呢？其实是因为嫉妒。真的，我在很嫉妒地看着一个已经考上平安一中的人在满怀希望地干着手中的泥水活儿。当时我要是知道你也没考上，我一定会和你一起干活儿，帮你抹完那碱土房子的。我多么想和你一起同甘共苦啊！你也许不知道，我一直都老羡慕你了，你语文和外语学得那么好。尤其是你的作文还写得那么好。"孙龙飞说得极其认真。

我有一种受宠若惊的感觉，心里不由自主地生出一股巨大的荣幸来。我真后悔当时咋就不看看路边的人呢。"是啊，我家房子总漏雨，万念俱灰的我被我爸逼着抹房子，我光顾着自己痛苦了，根本就没心思看旁边有没有我认识的人。"

"对了，由于你高兴得有些手舞足蹈，不小心把手指头弄出血时，我差一点就下意识地冲上去帮你包扎，我都从自行车上跳下来了，好像我还把车梯子给支上了。后来，我看到你姐和你妹等家人把你像宝贝一样围住了，我才没做出蠢事。我重新把腿跨在了自行车的大梁上，又看了你一会儿，才遗憾着一步三回头地走掉了。"孙龙飞说。

"没错，是有那么一个环节。不过情况正好相反，我是由于心情实在太沮丧了，在那儿没好气地用铁锹戳泥，是在歇斯底里地拿泥巴撒气呢。没想到铁锹把儿上有个钉子尖儿，生生把自己的手划了个大口子。看来，有些事情眼见都不一定为实啊！"我苦笑着说。

"我当时还以为你在幸福地憧憬未来呢，这事儿整的……"孙龙飞也苦笑一下接着说，"我是半年后才从一个同学那里偶然得知你也没考上平安一中的。而那时，我就更不能去看望你了，因为我知道你也是个非常要面子的人，我不想看见你难过的样子。"

"我那时老没意思了，你不知道，我多想找个能理解我的人说说话呀。我不知道你在哪儿，可你知道我回读了咋不抽空儿来看看我呀？"我有种想急眼又不知跟谁急眼的感觉，事情的原本怎么会是这样的啊？

"其实，我考上军校那年又到过平安县，是从平安县城坐火车走的。那次本来还是有机会去见你的，但由于已经多年没有你的消息了，不知道你的近况如何，万一你当时的处境并不好呢？也同样是怕给你带来不必要的伤害……其实你那时正在平安一中幸福地读高三呢。"孙龙飞也一脸的后悔。

"是啊，我们年轻的小心灵都经历了太多的雪雨冰霜啊。"我不想告诉孙龙飞我的高三读得并不幸福，只好又一次苦笑。

"那你当初为什么选择到大西北去呢？"我一直在问着这个我最想知道的问题。

孙龙飞却说得极其简单："不是说好男儿志在四方嘛，军校毕业以后，我就报名去援疆，来到了祖国最西北的边防某部。从连指导员干起，一直干到现在的上校团长。"

我一度想仔细问问他，这些年是如何摸爬滚打闯过来的？但我没问。我能想象得到,他这些年会和当年读普通高中时一样，不仅要付出更多的艰辛，还要付出更多的血汗……孙龙飞也没细问我后来是如何回读、如何考上大学、又如何来到这里工作的……我想我们有着共同的心理障碍，都不忍心去触摸对方已经愈合的痛处。

那天晚上，我们还讲起了许多初中时代的趣事。我们从中秋节的月饼说到五月节的鸡蛋，从冬日早晨一直冒烟的炉子说到晚自习停电后的蜡烛，从逃课出去打雀儿说到天棚上的麻雀，从坏小子李大庆说到我表姐杨永红，又从班主任胡老师说到掌门人关校长……

"其实，这些年我一直最好奇、最想知道的还是你当年是如何帮我把李大庆摆平的，你是怎么把话唠透的。"我借着酒劲儿问。

"真的没啥，有一天下午放学后，我就单独找到了李大庆。我很认真地跟他说了我的意思，没想到他就给了我这个面子……从这一点上看，我还挺适合当个军人的。"孙龙飞说得轻描淡写。

"就这么简单啊？"我的好奇心并没有得到满足。

"真就这么简单。不过，当年李大庆欺负你，我之所以肯为你出头，并不只是因为咱们是同乡，也不只是因为咱们子一辈父一辈的亲缘关系，而是觉得咱俩的性格特别相像，都特别要面子。你也一直很给我面子，一直亲切地叫我龙飞，对别的同学，包括你表姐杨永红你都是直呼大名的。最最重要的，还有一点……"孙龙飞突然把话头打住了。

"还有更重要的？"我又重新好奇起来，"难道说你当初也喜欢我表姐杨永红？"

"你那是李大庆的思维。我并不喜欢过多地当面夸奖别人。怎么说呢？对了，你还记得咱们班有个叫宋有才的同学吧？你还记得他有个获奖作文名叫《家乡河里的月亮》吧？倒不是我觉得宋有才同学有点娘，跟他个人性格无关，我是讨厌他那篇作文的娘娘腔，不就是朱自清那篇著名散文《荷塘月色》的翻版吗？"孙龙飞居然还记着这件事。

"那是我刻骨铭心的痛，我怎么能忘记呢？我还因功亏一篑地与大奖擦肩而过遭到我爸一顿大骂呢。宋有才不仅取代我得了全地区作文竞赛大奖，获得中考语文加十分的实惠不说，学校还夸张地把宋有才的作文用大红纸抄下来贴在了教学楼的东房山头儿上……几乎全校的同学都围着看。记得我当时心里满是嫉妒和气愤，恨不得趁着没人时把它撕下来，可我没那个胆量，只好在心里暗自祈祷：老天爷，你咋就不下一场大雨呀？那些天我真的时时刻刻都盼着能刮起东南风，快快下起瓢泼大雨来呀……"我自嘲地说。

"你的痛，我都看在了眼里。我也多次有把那张红纸扯碎的冲动。我认为教咱们语文的刘老师偏心眼儿，他选送的宋有才的那篇作文真的远远不如你那篇，我认为那次获得作文竞赛大奖的本应是你。我那时就认为你的文笔好，将来一定能有出息。我从小就喜欢看书，我那时就没看好宋有才，我至今也没在公开报刊上见过宋有才的名字和文章……"孙龙飞说得义愤填膺。

"我那就是自以为是而已，我可没你说的那么好。"我虽然很虚荣，但别人夸太狠了我又不太舒服了。

"行了，就不说这些了，我已经说得太多了。唉，就因为你现在已经是大作家了，我才说了本不该说的话，就当给你提供点儿创作素材吧，咱们就此打住。不早了，来，咱哥俩就是瓶中酒了。"说着，孙龙飞把酒杯端了起来，和我碰杯，一饮而尽。

我也跟着杯空见底。

"对了，连生，看来我真得求你一件事了。明天是周日，你能不能陪我回一趟平安县呢？"孙龙飞明显带上了酒状。

"这怎么能说是求呢？能陪老同学是我的荣幸。来,服务员，再上两瓶啤酒！"

"还喝？"

"为咱俩饯行啊！"

"也好，那就最后一瓶。"

"不急，咱喝着看。"

"多少年了，我一直想去平安一中看一看，当年我没机会到那个神圣的地方读重点高中，随着年龄的增长，我总是魂牵梦萦地想去看看呢，你说怪不怪？"孙龙飞意味深长地说。

"我也有十几年没回母校看看了，正好咱俩一起回去走走。"说着，我把新上来的啤酒分别倒满。

"你真陪我去呀？那就一言为定！"

"一言为定！走一个！"

我们亢奋着，又一人喝了三瓶啤酒才回宾馆休息。

8

我们开着越野车，一路走来，平安县城早已经是焕然一新的另一座县城了。我和孙龙飞连打听带问地找了好半天，才找到那条通往平安一中的路。

星期天的校园里没有多少人，显得有些空旷。这已不是三十年前的校园了，如今的平安一中早已鸟枪换炮了。虽然还是原来的位置，但已经被扩建成一个建筑群了，成排的教学楼拔地而起，不知要比三十年前那几栋小二楼宏伟和高大多少倍了。我却觉得冷冰冰的，一点儿都不亲切。说来也怪，一大群高耸的红砖楼竟远没有了当年小二楼的庄严和神圣。

没有机会在平安一中读过一天书的孙龙飞，此时和我的感受肯定不同。只见他仔细地审视着平安一中的每个角落，全身心地感受着这个曾经让他魂牵梦萦的地方。

"这些化学仪器原来就有吗？这里的书原来就这么多吗？那时就有单独的物理实验室吗……"孙龙飞一直充满着好奇，不停地向我问这问那。

"是啊是啊，那还说了，要不咋叫平安一中呢……"为了不扫孙龙飞的兴，我就含糊其词地说。其实，我当年在这儿上学时并没有这些设备。

孙龙飞又在平安一中的校园里转了好久，一直恋恋不舍的样子。后来，他竟来到校园边缘的小树林里坐下了，亲切地看着地上的蚂蚁们，蚂蚁们在忙忙碌碌地搬家……

天色已经彻底暗下来了，孙龙飞才张罗往出走。"这几天让你给喝得太多了，实在喝不动了，咱俩就找个小馆简单吃口饭吧。"

我的肚子也早就饿得咕咕叫了，立即表示同意。"咋也得少喝点儿吧？三十年了，咱俩回一趟平安县城容易吗？"

我们四处搜寻饭店的时候，目光同时定格在平安一中大门斜对面的一个巨大霓虹灯牌子上。

"大庆百姓烧烤店！"我和孙龙飞指着不远处那个红色牌匾，几乎又同时喊出声来。

"这个名字熟悉呀，就是它了！"说着，孙龙飞就大步流星地向前走去。

"会不会是李大庆开的呢？"我开起了玩笑。

"要真是他开的才好呢，那就更不虚此行了。"孙龙飞回头笑一下。

我有些迟疑地紧紧跟上孙龙飞："李大庆可是坐过牢的人啊，我最后和他见面时并不愉快，这店要真是他开的，见了面他不得打我呀？"

"不会吧？我们现在都是奔五的人了，那时我们毕竟还是孩子。"上校团长已经兴奋地推开了店门。

落座后，我们发现那个忙里忙外、看上去能有五十多岁的店老板竟然真是李大庆。李大庆明显比我们苍老了许多，黝黑的脸上已刻上了深深的皱纹。若不是店名上有"大庆"字样，我绝不会猜出是他的。我眼前分明就是一位印象中的烤肉串的老师傅，李大庆看上去也远远不如上学时那么高大了。

"欢迎光临小店！两位晚上好，需要烤什么就自己点吧。"说着，李大庆递上了菜谱。

"就来贵店最有特色的吧，我得好好儿研究研究菜谱。"孙龙飞肯定也认出了李大庆，他和我对视一笑，拿着菜谱煞有介事地翻看着。

"小店，平民小店。二位慢慢看、慢慢点。"李大庆弓着身子说，同时吩咐唯一的女服务员："快给二位上餐具。"

我则坐在侧面不时地偷偷盯着李大庆端详，想找到他从前的影子。

"今天我们老哥俩高兴，我正经得多点点儿菜呢。老板您就先忙您的，不必这么客气。"孙龙飞故意把头低下说。

"顾客就是上帝嘛。"李大庆拿着点菜单和圆珠笔，仍然躬身等候着。

看着老同学李大庆一直毕恭毕敬的样子，孙龙飞实在过意不去了，终于不好意思再装下去了，就站起身来大声说："李大庆同学，你好好看看我们俩是谁啊？"

"你们俩？是同学？"李大庆惊讶地盯住他的两位主顾。

"我们是你的初中同学！孙龙飞和王连生！"我也站了起来。"我就是你常说的那个王连举！"我怕气氛尴尬，还有意开了句玩笑。

"孙龙飞和王连生？啊，真的是你们俩？噢，认出来了！细看，还真有当年的影子呢。"李大庆认出了我们，一脸惊奇："真没想到会是你们俩呀！你们俩咋这么赏光，怎么突然就来到寒舍了？"

"仔细看，你还是当年的李大庆，更像李玉和啦！"我说。

"你们俩不但不记恨我，还主动上门来看我……怪不得你们都能当上公家人。"李大庆几乎激动得要哭了，"走，咱们挪到里面单间去。"

"坐哪儿都行，咱们谁也别客气，老同学见面可真不容易，咱们还是喝酒吧。"被让到单间后，孙龙飞脱下了军装。

"没想到啊！真是没想到啊！过来，老丫头！快给你两位叔叔上酒，上最好的白酒！"李大庆极不自然地挖撑个手，手里还一直机械地捏着点菜单和圆珠笔。

刚才那个女服务员飞快地跑了过来，边倒酒边问两位叔叔好，一脸乖巧地接过了老爸手上的点菜单和圆珠笔。

"这是我闺女，叫李小丹，在县修配厂上班，下班后就给我当服务员。"李大庆不好意思地解释着，"女儿都比我们当年大了，长得像她妈。"

"李小丹？"我心里不由自主地一震，这才仔细端详起女服务员——长得苗条漂亮，不知哪里长得真有点儿像当年的表姐杨永红。

没有想象中那种仇人相见分外眼红，而是有一股暖暖的东西在心底涌动着……三个人就像久别的亲人一样围坐在一起喝起酒来。三十年了，都长成大人了，所有的伤害竟然都变成了美好回忆和趣味谈资，也许这就是孩子和成人间最巨大、最真实的差别吧？

席间，三位老同学回忆起了许许多多往事，那时恰同学少年，不谙世事……

酒喝得高兴，三个人也越唠越亲近。率先有些喝多的李大庆主动提起了当年那件最难以启齿的往事："……那时我可真浑啊，但我喜欢杨永红绝对是发自真心的。可是在所有人的心目中，我一个差等生怎么有资格喜欢那么优秀的女班长呢？但喜欢就是喜欢，想瞒也瞒不了。不过，我爱的权利最后还是被文静的拼命三郎孙龙飞同学给生生地剥夺了。哈哈哈……来！咱们还是干杯吧！没想到啊！真是没想到啊！"李大庆有些不好意思了。

"英雄都爱美人嘛！正常。"孙龙飞说。

"后来，从穷山村来了个打工妹，看着顺眼，我就选她做了老婆。只可惜她十年前患肺癌去世了。没想到啊！真是没想到啊！"说着李大庆还把旁边的一个镜框翻转过来，我看到了一个端庄秀气的女人，觉得李小丹长得确实像她妈。

"真的很像我表姐啊！"我不禁脱口而出。

"唉，走了快十年了，不看她了，咱们喝酒。"说着，李大庆又把镜框转了过去。

"没想到啊！真是没想到啊！"这是李大庆那天晚上说得最多的一句话。

"时间过得真快呀！一切就像发生在昨天一样！"三个人不

断地碰杯。

在一次三人长时间碰杯时，李大庆紧紧地盯住了孙龙飞的手指说："老同学，真是对不起了，当年的事都怪我呀！"

"三十年前的事了，咱们就别再提它了。老同学好不容易遇见了，高兴还来不及呢，咱们还是好好喝酒吧。"孙龙飞张罗着提酒。

"对了，龙飞，你当初跟我说有一天下午，你单独找到大庆说了你的意思，大庆就给了你面子，我总觉得事情不会这么简单，你的手好像也是那天受伤的呀……"我这时反倒认真起来。

"你的疑问是有道理的，哪是那么简单的事啊？"李大庆突然沉重起来："连生啊，你知道当年比你们高一头、乍一背的我为什么会给孙龙飞面子吗？你以为我觉得他数理化学得好就会给他面子吗？我会在乎别人的学习好与不好吗？确实没有那么简单。"

"那到底是因为什么呢？"李大庆的话更加勾起了我的好奇心。

李大庆一本正经地回忆了起来："我当时是真的太喜欢杨永红了，给她写了那么多封信……没办法，我又不忍心去伤害她。我给连生施压的唯一目的，就是要让杨永红知道我有多么喜欢她。但总是事与愿违，结果总是与我的愿望背道而驰……现在想来，我当时真是太蠢了，当时咋就想不出别的好办法呢。连生啊，你现在真的不恨我了吗？"

我想对李大庆说："其实当初美人也爱英雄。"但我没那么说。我是这么说的："我也没办法呀，我表姐杨永红都挨揍了，当时就像是我害了她似的。"

"她真的挨打了？"李大庆一脸的惊讶。

孙龙飞笑着说："咱们别整得那么沉重好不好？都过去三十年了，其实我一直不想说这件事，今天借着老同学的酒劲儿，还是说了吧。大庆当时确实太影响到连生的学习了，我不想眼看着连生的前程毁喽，我看在眼里急在心里，也许我太了解连生的处境和我们的爸爸了。还有一个更重要的原因就是，当年我一直认为自己偏科不行了，而作文那么好、相对全面的连生将来一定会有出息的。我就经常有一种冲动，暗下决心：必要时就得站出来和大庆拼命了，就算我自己不行，也得让行的人行啊。"

"你一向斯文内敛，怎么也会想到动粗的？"我仍然以为孙龙飞说的是酒话。

"我一开始并没想动粗斗狠，我只是想找到大庆想和他谈一谈，告诉他每个人都不容易。可是，当时的大庆同学并不给我说这些话的机会呀。"说着，孙龙飞又笑了起来。

李大庆不好意思地抢过话茬儿说："我还以为龙飞也看上杨永红了呢，说你也不好好去照照镜子，你才多高的个儿啊……"

"你们是不是在开玩笑哇？"我站了起来。

"我说的是真话，你坐下听我把话说完。"孙龙飞认真起来。

李大庆重新满上酒，"还是由我来说说那段往事吧，那是我第一次惨败，也是最有价值的惨败。"李大庆停了一下，又点上了一支烟才接着说："我至今记忆深刻：见我铜铁不吃，还往歪了想，有一天下午放学后，龙飞就在教学楼西房山头儿拉住我并一本正经地跟我说，俺俩关系不错，要我看在他的面子上别再纠缠王连生和杨永红，否则，和我拼命。"

"这难道是真的？"我没想到，我的好奇瞬间转化成了惊奇。

"说实话，龙飞突然动硬的还让我若有所思犹豫了好半天。记得居高临下的我一边抠着牙，一边歪着头嘲讽地反问了他：小朋友，凭什么呢？就凭你会在我面前装腔作势，还是凭你那一米六五的小个头儿？你有多大面子？说着我就要动手的样子向他靠上去了。"李大庆继续说。

"啊？难道说，你们之间真的动手啦？"我更加惊奇。

孙龙飞又开起了玩笑："那时，咱既然都当上蹲级包子了，就没有什么可怕了，大不了就是鱼死网破呗。"

李大庆的神情却越来越凝重了，独自干下一杯酒接着讲："我虽然浑，但是我知道龙飞是个特别要面子的人。龙飞那天找我摊牌，让我别再收拾你时，我说：'不收拾他难道收拾你吗？'说着我就要上去掰龙飞的手指头。没想到龙飞却冷冷地说：'让我自己来吧！李大庆，你总掰别人，你掰过自己的手指吗？'我说：'我从不掰自己的手指头，我倒愿意看别人掰自己的手指头。那就不用我动手，你自己掰吧。'没想到龙飞真就自己掰了手指头。"

"那么说，你是自己把手指头掰疼了？"我望着一脸笑容的孙龙飞。

李大庆继续说："龙飞已经掰得不能再掰了，我并没有叫停，反倒说：'你要是真能掰折了，我就答应你。'龙飞狠狠地

瞪着我说：'真的吗？'我说：'真的。'话音还没落，我就听见
'嘎巴'一声，龙飞疼得脸煞白直冒冷汗，依然冷冷地问我：'够
了吗？'目瞪口呆的我早定格一样站住了，我好像老半天才反
应过来眼前发生了什么，连说：'够了！够了！我给你面子行了
吧？'说完，我就转身飞快地跑掉了。我自己也知道，我那次
跑得非常狼狈……我被彻底震撼了，至今还记着那'嘎巴'一声
的脆响，那脆响声太瘆人了……我李大庆虽然凶悍，但也不过
是个十六七岁的少年。"说着李大庆又独自干下了一杯酒。

"你不是说你那个手指是搬桌子时不小心夹伤的吗？"我盯
住孙龙飞的手指追问。虽然它早已经长好了，但还是略微弯曲
了一点。

"还好，事情还不算最坏。好在大庆在我下一步行动之前给
足了我这个面子啊。"孙龙飞笑着说。

"谁都会给一个不要命的人一些面子的。"李大庆像在喃喃
自语，"其实，龙飞折断的手指是在拯救我呀。另外，我自己也
知道，我配不上品学兼优的杨永红。龙飞的断指就相当于又给
我一个借口，我还是就坡下驴吧。但是，说实话，我真的太喜
欢杨永红了。那是我人生最好的时候，我人生最好的时候都不
能追求一把杨永红，我哪还有机会了？我真是不甘心啊……"

后来李大庆喝多了，又说出了心底的话："那时我还有些
膨胀，以为自己跑得快跳得高就能进县体工队，虽然学习不好，
但我有爱的权利……爱情无果的我总想发泄，又总是没地方发
泄。有一次，听连生转述杨永红那句'癞蛤蟆想吃天鹅肉'以后，
我就更是变本加厉了，脾气更加暴躁……严打那年，为一个朋

友出头下手狠了，弄了个故意伤害罪，被判了十年……服刑期间，我还梦想着杨永红呢。"

"真的呀？我以为你进去以后就断了念头了呢。"孙龙飞为了缓解气氛，开了句玩笑。

"出来以后我才不得不面对现实：县体工队根本就不会要一个劳改释放犯了。接下来，我也想去当兵，可是人家也不要身上有污点的人。直到这时，我才突然意识到自己年纪已经很大了，已经没有机会重新开始了。面对残酷的现实，我才最终断了那个固执的念想……好在狱中表现好，我是被提前两年释放出来的，自己就做起了小买卖……混成今天这个样子，我到现在都后悔，我最对不起的是我妈，三十多岁就守寡的她为我操透了心啊……"

李大庆讲得我眼睛一阵阵潮湿，孙龙飞也不再开玩笑了。

这时，我才注意到外面下起了大雨，我听到了轰隆隆的雷声，也看见了亮晶晶的闪电。

原来是这样啊！为了能让我专心致志地学习，孙龙飞竟然把自己的命都当成赌注了呀！他这么聪明的人竟然也使用了最简单粗暴的办法，甚至还要与李大庆以命相搏！我还一直以为是孙龙飞独特的人格力量征服了李大庆呢……

我真的有些后怕，当初强硬的李大庆万一不买孙龙飞的账呢？依着孙龙飞的倔脾气，折断的也许不仅仅是一个小拇手指了，后果将不堪设想……我颤抖着手把最后的瓶中酒倒上。

三个年近半百的曾经的蹲级包子亲如兄弟一样又无数次地干掉杯中的酒，把周华健的《朋友》喊唱了一遍又一遍……

夜太深了，再亲的老同学也得散了。当我提出照单付账时，李大庆竟然急眼了。我这才隐约又见到了他当年那强悍的模样，只是眼前的这个他与当年那个他的目的截然不同。

借口外面还下着大雨，李大庆不让我们走，我们只好又坐下来，继续喝酒，继续唱歌……

最后，李大庆彻底喝醉了，说："今天是我人生五十年来最高兴的一天了。"就又说起了他当年也非常想参军的事，要求最后独唱一首《送战友》，送给身为现役军人的老同学孙龙飞。

嗓音浑厚的李大庆醉声高唱"战友啊战友，亲爱的兄弟，当心夜半北风寒，一路多保重……"让我心中注入了好大一股暖流。可能他没记住更多的歌词，就这几句他反复地唱，我们竟然都没听够。

临别时，李大庆才怯生生地问我："红裙子杨永红现在还好吧？"

"还好，在深圳的一所大学当教授呢。"说这话时，我突然有种沧海桑田的感觉。李大庆想不到，孙龙飞也想不到，谁也想不到，但是只有我知道，当年又红又专又漂亮的杨永红，婚姻生活并不幸福。真是三十年河东、三十年河西呀。她那当年海誓山盟的如意郎君婚后不久就抛妻弃子另觅新欢去了。直到现在，我表姐杨永红还是一个人带着女儿，她已经变成了另一个人，不再相信世间会有什么真爱可言……有一次，舅妈回东北探亲，说起表姐的婚变时非常激动。说她肠子都悔青了，当初就不该给女儿做这个主。说那种说话天花乱坠的白脸男人最不靠谱，压根儿就不该相信他。舅妈还说，她当初最不该干涉的就是女儿的恋爱事宜，还真不如让女儿找了那个知根知底的李大庆，咋也不会被骗得这么惨吧……当然了，我也知道这不过只是舅妈的气话而已。

李大庆明显舒了一口气，喃喃道："好，好！只要她好就好。她那么好，什么事都不会差的。"

李大庆好像还想问点儿啥，但他只是含糊地支吾了两声，没再问……后来，他突然间好像又想起了什么，跑进里屋拿出了一个又厚又旧的本子交给了我。"连生啊，这是我当年在狱中服刑时写的日记，差不多是我有生之年全部的文字记录了。放我这儿没啥用了，就送给你吧。你不是当年的王连举了，这回你可以光明正大地看了，但你可千万别笑话我呀。"

我仔细看才发现，这不正是当年他让我捎给杨永红的那个红皮日记本吗？他怎么还留着呢？虽然红皮日记本已经很旧了，但我还是认出了它。我一时被弄得有些不知所措，好半天才说："这么珍贵的东西，你怎么能舍得送给我呢？"

"三十年了，我一直都没舍得扔掉它。原来它是空白的，现在已被我写满了乱字，送不了人了。听龙飞说你现在已经是大作家了，没准儿它能给你提供一点儿单相思的素材呢。写得肯定不好，但肯定真实。看完就撕了吧，也不怕你笑话了。"李大庆酒后的方脸更是涨得通红，脸上雕刻似的纹路尽显沧桑。

我笑笑说："那我可就真看啦。"

李大庆又摸了一下红皮日记本，还是有些不舍的样子："你就拿去吧，放我这儿真没啥大用了。"

李大庆给我们安排到了平安县唯一的三星级宾馆，仍然强烈要求由他来买单，否则，还是急眼。

李大庆把一切都为老同学办好之后，才默默地离去。

"学习那么好的你，为了一个与你相比并不出色的同学去出头，甚至去拼命，你觉得值吗？"我一直想再问问孙龙飞，回到房间后，惊魂未定的我仍然有些好奇。

我拿起电话，又放了回去，我实在不忍心再去打扰他了。我忽然想起在昨晚的酒桌上，他曾经轻描淡写地说过那么一句话："从这一点上看，我还挺适合当个军人的。"现在想来，那是多么举重若轻的一句话啊。如果不是偶遇李大庆并意外揭开当年"断指事件"的谜底，孙龙飞那句轻描淡写的话就会永远是"断指事件"的终极答案。

我又一次在心底无比崇敬地确认了一次我这初中同学的军人身份，我甚至一度对所有的中国军人都有了一种信任和崇敬。有孙龙飞这样的军人驻守在祖国的边疆，作为老同学我感到安心的同时，更感到了无上荣光，我真切地感受到了一个优秀军人的平稳、内敛与淡定。

那天晚上，一向心大如斗的我，有生以来为数不多地严重失眠了。我翻来覆去的就是睡不着觉，整整一夜我都在一幕一幕地回想着当年，回想孙龙飞那缠着白纱布的小拇手指……我认为，这里不只是简单的惺惺相惜，还有更复杂的同病相怜。真的没想到，当年我要是考不上平安一中，继而自暴自弃的话，我最对不起的人并不是我的生身父母和兄弟姐妹，而是与我默默患难与共、仅仅同学了一年的孙龙飞！

后来，我突然想起了李大庆送给我的那个厚厚的红皮日记本，就坐到桌前去认真翻看……这是我第一次看到李大庆的文字，我简直被惊呆了。虽然都是密密麻麻的小破字，但是每个字都写得一笔一画，工工整整。我看到了一个最差生最认真的书写。厚厚的日记本，大概能有三百多页，满满都是对我表姐杨永红的真情挚爱，写得朴实而自然……我几乎不能相信，印象中那么坚硬的男人竟然能说出那么柔软的话语。我对李大庆越来越有好感了，我甚至觉得朴素真实的李大庆都有些可爱了。说实话，他那块儿长得还真有点儿像李玉和呢，而我觉得自己反倒越来越像王连举了……

自认为早已心智成熟的我，竟被李大庆那简单而执着的文字感动了。我边看边想：这不是一个男人最大最美的梦吗？是不是应该让那个被梦的人也看到这些文字呢？同时我又不禁设想：如果当年稚嫩的我不那么痛恨王连举这个外号，不撒谎说杨永红骂了李大庆癞蛤蟆想吃天鹅肉，李大庆的生命轨迹会是另外一个走向吗？原本很欣赏李大庆的杨永红的生命轨迹是不是也会受到一定的影响呢……

我把宾馆的窗子全部打开了，虽然有风从窗外涌了进来，但我还是一阵阵地感到有些窒息，我咋就是感觉透不过气来呢？

9

第二天一早，我和孙龙飞依依不舍地告别了李大庆，告别了平安县城。

"一路平安！"李大庆挥着粗糙大手向我们话别。

望着渐渐远去一直挥着大手的李大庆，我决定把那个红皮日记本寄给远在深圳的表姐杨永红。因为那毕竟属于那个年代的他们，是他们最原始、最朴素、最真实也是最苦涩的芳华，那是属于他们的青春梦想……

路上，我把那个红皮日记本拿给了坐在副驾驶座位上的孙龙飞，他竟然看得一路无话。直到快进省城了，他才含着泪花说道："这可太珍贵了！我觉得你表姐杨永红最应该看到这本日记，主要是这里充满着朴素而淳厚的真情啊。所有的文字不修饰、不造作，完全是从内心深处自然流淌出来的。但如果你表姐在深圳过得非常幸福，也就没必要再寄给她看了。"

"我已经决定把这本日记寄给她了。"我说。

孙龙飞会意地看了我一眼，叹了一口气。

接着，我简单地把表姐的现状讲给了孙龙飞……

"真是可惜啊，我还是觉得他们之间的文化差距有点儿大呀，要不真行。"过了一会儿，孙龙飞说。

我说："就是啊。"我莫名其妙地深深内疚开了，孙龙飞那个断指也越来越清晰起来……

也许是就要分手的缘故，进入市区以后，我们好像都没再说什么话。

由于孙龙飞还要到东北的另外一个城市办事，我就直接送他去了火车站。

进站前，孙龙飞再三劝阻我留步，我还是坚持买了一张站台票一直把他送到车站里面。我们好像都没再说更多的话，只是亲切无比地并肩走着。

当我在月台上握住孙龙飞的手时，还是什么话也说不出来。

　　孙龙飞注视着我的眼睛好半天才说："老同学，实在不知道说什么好了，我就给你敬个军礼吧。"说着，一脸庄严的上校团长就站出了普通战士的立正姿势并发出雄浑的膛音："西北边防某部6团上校团长孙龙飞向我的初中同学王连生，敬礼！"

　　就这样，在我毫无准备的状态下，孙龙飞十分干练地给我——他的初中同班同学——敬上了一个十分标准的军礼。仓促中，我还是注意到了孙龙飞那明显弯曲的小拇手指，也正在尽力做到五指并拢……

　　军礼完毕，孙龙飞接着就是一个一百八十度的标准转身。他没再回头，什么也没再说就疾风一样向列车门口走去。从他那倔强背影上，我直接联想到了印象中大西北才有的胡杨树，继而还联想到了印象中的青松和长城……

　　我觉得这不仅仅是来自我初中同学的军礼，这更是来自遥远的阿勒泰的军礼！这肯定会是我有生以来获得的最高礼遇，没有之一。老同学神圣的军礼让年近半百、自觉见了些世面的我顷刻间泪眼婆娑。

　　大庭广众之下，一向死要面子的我已顾不上自己的窘态，任由热泪在我的老脸上肆意纵横，直至将那远去的列车彻底湮没……

10

　　半年后，在我和孙龙飞的撮合下，表姐杨永红利用回家探亲的机会，带着那个又厚又旧的红皮日记本特意从深圳飞了回来。孙龙飞也特意从阿勒泰飞了回来，我们三个一起到平安县见了一次李大庆。

李大庆说："咱们哪儿也不去，就在我的百姓烧烤店招待老同学了！"

还是李小丹当服务员，四个老同学重温当年，看上去都无比兴奋。三个男人又喝了一场难得的透酒。酒过三巡之后，三个男人就把当年流行的老歌唱了一遍又一遍……

李大庆那天好像只问了杨永红一句话："红裙子，别来无恙吧，这些年是怎样幸福地过来的呀？"

杨永红眼圈一红，随即又微微一笑，掩饰过去，还是习惯性地撩了一下额前乌黑的长发，语气平静温柔地说了句："看来，大家都别来无恙啊。"她就再什么也没说。

三个男人都喝多了，只有我表姐杨永红没有喝多。她虽然没喝多少酒，但始终保持着微笑。表姐看上去就连眼睛也在微笑，这微笑把她当年眼睛里清澈的小溪变成了一潭深邃的湖水。可她还是那么美丽，让我们三个男人好像又看到了那个迷人的"红裙子"。

最后，我们还第一次听到了李大庆演唱京剧，是当年的革命现代京剧《红灯记》选段《穷人的孩子早当家》。演唱时，之前一直很兴奋的李大庆突然变得异常冷静下来。

"提篮小卖拾煤渣，担水劈柴也靠她；里里外外一把手，穷人的孩子早当家。栽什么树苗结什么果，撒什么种子开什么花……"

虽然是清唱，李大庆却把这段京剧演唱得感情饱满，味道十足。

唱得真是太好了,大家都没听够,就一致让李大庆再唱一段。

李大庆将大家的酒杯都倒满,一口干掉满杯酒,又清唱起了李玉和的另一首经典唱段《临行喝妈一碗酒》。

李大庆俨然舞台上的专业京剧演员,一招一式、一板一眼都弄得极其精准、极其到位,依然唱得字正腔圆、荡气回肠。尤其是最后那段"家中的事儿你奔走,要与奶奶分忧愁……"直听得我就像产生了错觉,那分明是钱浩梁在演唱啊,满脸沧桑的李大庆仿佛真的变成了浑身是胆的李玉和!

不光是我和孙龙飞听得热泪盈眶,一直手拉着手的杨永红和李小丹也听得屏息静气,不时悄悄擦掉眼泪……

那天,平安四中的四位老同学在李大庆那简陋的百姓烧烤店里喝得通宵达旦。

第二天中午,四位老同学告别的时候,我头一次见到坚硬强悍的李大庆失声痛哭,他哭得就像要和骨肉亲人生离死别……

2019 年 5 月 20 日改定于长春平安街

发表于《作家》2019 年第 10 期

青春期纪事

1

　　赵东生第一次喜欢一个女孩子是在大学一年级。那个女孩子就是他的同班同学杨晓丹。

　　赵东生不知道该不该叫它初恋，只能确定杨晓丹是他第一次发自内心喜欢的女孩子。赵东生见到杨晓丹时心脏就跳得厉害，和上高中时第一次忐忑不安地看那个叫刘红的语文课代表写给自己情书时的情形相似，但又截然不同。

　　1986年的春天和往年的春天没有什么两样，但1986年的春天也许是赵东生有生以来过得最生动的春天了。1986年的春天似乎来得特别早，走得特别晚。从北方乍暖还寒的三八妇女节开始，接着是四五清明节、五一劳动节，直到后来的六一儿童节，好像都是春天。1986年的春天走得晚是晚了些，但走得实在太突然了。就在1986年6月2日赵东生过20岁生日的前一天，他突然意识到 1986 年的春天早已离他远去，北方闷热而干燥的夏季已经悄悄地开始了。

1986 年的春天来得早，大约是以三八妇女节为标志的。几天前还在飘雪，3 月 8 日这天一下子风和日丽起来。校园里一些向阳的角落隐隐约约可以见到一些新绿了，恋爱中的男女也许更容易发现这些。

在 1986 年春天以前，赵东生对三八妇女节这种节日一直是很麻木的。但 1986 年的 3 月 8 日不同了。这个日子也属于他暗恋着的杨晓丹。尽管赵东生心里一度挺别扭：晓丹还是个女孩呀，她怎么就成妇女了？但业余生活枯燥的大学男女生们还是愿意过这个节日的，起码那些善男信女们可以以此为由搞个晚会或舞会什么的，让很多男生和女生都能因此而高兴一下。

D 大中文系八五级一班（赵东生所在的班）总能与众不同，三八节这天晚上，在硬汉班长肖志刚的提议下，竟专门为女同胞们举行了一场别开生面的假面舞会。

赵东生就是在这次假面舞会上和杨晓丹第一次亲密接触的。那天晚上，舞技一般的赵东生几乎和班上每个女同学都跳了舞。他想，和他跳过舞的女孩中有一个必定是杨晓丹。大家都戴着张牙舞爪的面具，加上灯光、音响等干扰，真的很难分出谁是谁。赵东生只是尽量去多邀请和杨晓丹个头相仿的女生来跳舞。这样，概率就会更大些。

直到后来大家都跳得热气腾腾了，才有人提出摘下面具。赵东生终于抓到了一次机会，得以和杨晓丹真正面对面跳上了舞会的最后一曲《友谊地久天长》……

直觉告诉赵东生,杨晓丹也是很喜欢他的,最起码是不烦他。

清明节前夕,在团省委的倡议下,全省大学生联合会组织了一次为社会义务献血活动。D大虽然不是省属大学,但为了体现一所重点大学的精神风貌,校团委也决定参与这次社会性的义务献血活动。

经过自愿报名、体检、验血等程序,中文系八五级一班最后只有四个人被选中。巧合的是,男生里赵东生和肖志刚被选中了;女生里则是杨晓丹和一个叫夏萍的女孩被选中了。两个女生里居然有杨晓丹,这让赵东生有种"缘"的感觉。

因为大家都是第一次献血,心里既紧张又兴奋。

大学生义务献血,不排除有的人是为了表现自己思想进步,争取早日加入党组织,但绝大多数人还是有着治病救人的良好目的的。赵东生基本上就属于后者,他觉得自己长大成人了,能为别人做贡献了。每当想到这些,赵东生心里就滋生出一种莫名其妙的快感来。

赵东生和杨晓丹之间感情的加深,与其说是在献血的过程中,还不如说是在献血后的休养过程中。

虽然说献血是个光荣事,但多数人并不情愿去献。有些人迫于面子报了名,最后由于种种原因没被选上,表面失望,心里还是偷着乐的。正是因为这样,能去献血的人就有些"英雄"的味道,起码也相当于代表集体参加全校运动会并取得好名次的选手。

中文系八五级一班有四位同学参与到这次献血活动中,没能献上血的同学们当然要表现出关心同学和爱护同学的情谊。一定要为给集体争了光的"选手"们补养好身体啊，同学们争相为这四个人买补品、搞伙食、开小灶。

大约有一个月的时间，四个人经常一起用餐。这期间，赵东生不仅深深地体验到了集体的温暖，也深深地感受到了来自杨晓丹的初恋情怀。

四个人在一起半个月以后，每当杨晓丹有意无意地把自己碗中的肉夹给赵东生时，赵东生心里都要轰轰烈烈地震荡一回。

几次之后，赵东生就发现了一个细节——同样是男生，杨晓丹从来没把肉夹给肖志刚过。这个细节多么说明问题呀。

于是，一种很甜很甜的东西不知道从哪里就流进了赵东生的血液里来，一直流到心脏的最深处去了。于是，赵东生就有了一段倍感新鲜的幸福时光。虽然杨晓丹每次都说她不爱吃肉，尤其不爱吃肥肉，而赵东生也不爱吃肥肉，但赵东生还是感到无比的幸福。那段时间里，赵东生有了许多个幸福而美好的失眠之夜。

好像夏萍有时也一边叨咕着"我也不能吃肥肉"，一边把菜里的肉夹一些给肖志刚，沉浸在幸福中的赵东生没有太留意。那是他们的事，与赵东生有什么关系呢？赵东生只知道杨晓丹夹给自己的不仅仅是肉，那应该也是无法用语言表达的朦胧情感。

接着，就是那次难忘的"五一野游"。

在班长肖志刚等人的精心组织下，1986 年 5 月 1 日全班同学来到了城市远郊的净月潭水库踏青。号称"城市之肺"的净月潭拥有亚洲最大的人工森林，是很多 D 大新生们神往的地方。

正是丁香花开放的季节，净月潭又是有名的丁香花园，那天很多人都被略带苦涩的花香陶醉了。尤其对爱情处于"月朦胧鸟朦胧"阶段的赵东生和杨晓丹来说，这次野游就像专门为他们两个人安排的一样。

敏感些的同学当然早已经把他们看在眼里了。在同学们别出心裁地提出男女生拔河比赛时，赵东生和杨晓丹分别被有意安排在男女两队的第一位，他们的手第一次那样紧地握到了一起，致使赵东生在整个比赛过程中心都狂跳不已。他想，杨晓丹一定也是一样的。

最终，第二位女生可能是故意脱手，杨晓丹一个人就被一直用力的男生们大象拉小羊一样拉了过来，由于太突然，男生队伍整体被放了后仰，女队仅存的杨晓丹整个人就扑进赵东生的怀中。也许摔得太重了，挣扎了好半天，他们下面还压着很多男生，有个男生就开起了玩笑："你们俩的事，别把我们垫在底下呀！"说得大家哈哈大笑。出来玩的气氛毕竟轻松，大家能开平时根本无法想象的玩笑。

比赛结束很长时间了，赵东生和杨晓丹的脸还是显得格外红。中午丰富的野餐都吃完了，赵东生和杨晓丹仍是一脸红润的汗水，大家一致认为，这绝不仅仅是拔河比赛累的。

赵东生的净月潭之行虽然表面看上去很难堪，但赵东生内心里的感觉就像过年一样。回来后好久，赵东生也舍不得洗那双汗手，似乎那双手上还散发着杨晓丹的芳香。赵东生觉得自己手上的香气远比净月潭怒放着的丁香花的香气浓郁且好闻。

两个人就这样心照不宣地好起来了，真是让赵东生陶醉啊！

2

赵东生的幸福时光好像仅仅就持续了一个月。对于恋爱中的赵东生来说，一个月就像普通人的一天一样短暂。

6月2日，赵东生生日的前一天中午，因为下午没课，赵东生正准备球鞋要去球场踢球时，漂亮的杨晓丹出乎意料地来到男生宿舍找赵东生。她轻轻叩了两下230寝室的门问："请问赵东生在吗？"

在走廊里，赵东生见到来找他的人竟是杨晓丹，一时愣住了："你、你是来找我的吗？你、你有事吗？"

"你今天下午有空吗？如果有空陪我上趟街好吗？"杨晓丹不很自然地说。

"有，有空啊，我当然有空了。"赵东生受宠若惊，好半天才反应过来杨晓丹真的是来找他，只是没想到她这么快就能以这么公开的方式来找他。

一年来，赵东生虽深深地喜欢着杨晓丹，可从来没有公开表达过，更谈不上杨晓丹会主动找上门来约他出去了。赵东生有些眩晕似的。

赵东生虽然心里觉得怪怪的，但还是心脏狂跳着和杨晓丹走出了校园，向城市的公共汽车站走去。

上公共汽车时，赵东生的手突然被一只温软的小手抓住了，他更加不知所措。赵东生有生以来第一次和一个女孩子像恋人那样手拉手，只觉得那小手就像一件精致的工艺品。他一时好像都说不出话了。

杨晓丹也没有说话，时间就那么定格一样延续着……

过了好久，杨晓丹才说："我想换个桌帘，再买把雨伞。你喜欢画画，懂色彩，所以就劳你大驾和我一起来。"

赵东生觉得杨晓丹的借口挺牵强，手拉手的感觉也一直变得不很真实起来。

但不管牵强不牵强，真实不真实，赵东生此时确实拥有了一种被很多人称作"幸福"的东西。

他们几乎走遍了这座城市最大百货大楼的每一层，仅仅是为了买杨晓丹说的那两样小物品。

后来，赵东生想到与自己同寝住了两年的系学生会主席康伟大哥（不知为何，他一个人和小师弟们同寝室住了两年）就要毕业了，顺便给他买个什么做纪念吧，俩人就又来到卖文具的柜台前。

赵东生犹豫买什么时，杨晓丹说："我一直也很敬重康伟大哥的，要不咱们合在一起买个好一点的礼物吧。"

这样他们就合伙给康伟大哥买了一个大影集。赵东生身上带着笔，在柜台上就写下了他们俩共同的赠言。最后的落款是"赵东生 杨晓丹"。

整整转了一下午，那天回来时他们俩没有像去时那样乘坐公共汽车，而是走着回来的。他们一直手拉着手，赵东生就像做梦一样，一次次怀疑刚才发生的一切是不是真的，而事实又一次次告诉他一切都是真的。

就在回来那条长路的后半程，善良的杨晓丹说出了她一直想说而又不忍说的话。

杨晓丹突然把手收了回去，过了好半天支支吾吾地说："第一次和你出来，也是最后一次……他是我老乡，上次过春节回家时在火车上认识的，后来就一直和我有联系，没想到前几天他突然提出要和我处朋友。"

赵东生像被轰炸了一样，好半天都没有声音。

过了一会儿，杨晓丹接着说："他叫安国庆，待我一直就像个大哥哥，很像康伟大哥，可稳重了，没想到他一直在喜欢我……要是不遇上他就好了。"

赵东生觉得杨晓丹的手有些抖。

杨晓丹又说："他比我大四岁。我们本科毕业，他正好研究生毕业……真的，要是没遇上他就好了。"

从杨晓丹的话语中不难听出，杨晓丹已经深深地喜欢上她的研究生老乡了。赵东生一时什么也说不出来了，只能选择沉默。

杨晓丹最后说："我们都是大人了，女人希望很多好男人都喜欢她，但她最终只能选择他们中的一个人。我也是下了很长时间决心后才来找你的，别人也许会说我的，但我觉得我该以这种方式和你告别。茫茫人海中，一个人对另一个人有这份真情不容易，我会好好珍惜的。但我对男女之间的感情问题是很认真的，一旦做出选择，我就会一心对他。我们以后只能以正常的同学关系相处，还是少来往或者不来往为好，否则对谁也不好。我认为你也是个很优秀的男人，以后肯定会遇上比我好的。

就要期末考试了，怕影响你复习，我本打算等考试结束放暑假前夕找你谈，可我寝室的人说这种事还是早说为好。我想你总不会因此恨我吧？"

十九岁的杨晓丹突然变得十分成熟，说得现实，通情达理。

虽然杨晓丹说了这些让赵东生没想到的话，但赵东生并不是感到特别意外。因为杨晓丹在这之前的一系列表现让赵东生觉得不是很正常，直觉让赵东生从一开始就感到杨晓丹有特殊的话要说。所以，赵东生一直表现得很克制、很冷静。他只是感觉自己此时非常羡慕那个未曾谋面的叫作安国庆的男人。

虽然已是夕阳西下，可赵东生突然觉得天是那样闷热。对呀，6月份了，早已不是春天了。他和杨晓丹最后那一段路走得极慢，因为他终于知道继那只温柔的小手收回去之后，他与她走在一起的机会也不再有了，接下来的分手将意味着永远失去。"夕阳无限好，只是近黄昏。"赵东生望了望夕阳，没想到这两句古诗对年轻人也有着同样的意味。

但无论如何，这个下午是赵东生有生以来过得最美好的一个下午。唯一遗憾的是，那只美妙的小手对他来说是第一次，也是最后一次。

6月3日，赵东生过生日。

杨晓丹又出乎意料地送给赵东生一副围棋，说这是她年初时给赵东生准备的生日礼物，一直没来得及送；虽然不能走到一起了，也不好转送给安国庆，想来想去还是送给赵东生做个纪念吧。

赵东生虽有些失落，但还是很感动。

当天晚自习回来后，即将离校的康伟大哥也来参加了同学们为赵东生举办的生日晚会。康伟大哥被大家逼着唱了一首歌，临走时还说了些鼓励同学们进步的话。

赵东生是在康伟大哥走出门之后在走廊里把影集送给他的。

康伟大哥拿到赵东生和杨晓丹合送的大影集后，先是诡秘地一笑，然后半开玩笑地说："东生老弟，祝福你们！郎才女貌，可要好好珍惜呀。"

赵东生没想到康伟大哥会这么说，一时不知说什么好。

晚上，赵东生拿着"生日留言册"让康伟大哥签名时，才红着脸和他说清了一切……

消除误解之后，康伟大哥好像比赵东生还要难过。康伟大哥于当天晚上就在赵东生的"生日留言册"上写了那首题为"为你扼腕痛惜"的长诗。

3

夏萍就是在这个时候来到赵东生身边的。

夏萍一开始只是以一个关心者的身份频繁出现在赵东生身边。因为就要考试了，夏萍的听课笔记是全班最好的，而那时大学的许多科目的考试就是要检验学生是否来上课。夏萍在这样关键的时候把笔记借给了赵东生，这件事真的让赵东生很感动。没想到平时没太在意的小妹妹这样善解人意。

一开始，赵东生没认为夏萍会和自己谈恋爱，所以一切都很自然。因为夏萍和杨晓丹住同一寝室，赵东生多多少少还有从夏萍这里了解杨晓丹的意思。所以当夏萍一本正经地说她能帮赵东生把杨晓丹找回来时，赵东生更是感动得不知如何是好，就差给夏萍磕头了。

赵东生对这件事记得特别清楚——那天的风很大，他和夏萍已经是第二次到人民公园边散心边进行期末复习了。回来的路上，走在城市最古老的那座桥上时，夏萍声音不大但很认真地说："我真的能帮你把晓丹找回来，一切还都来得及，你想吗？真的。"

赵东生只觉一阵轰鸣，想跪谢，但自己毕竟是个男人。赵东生还是下意识地问了一句："你真的能？我不信。"便马上意识到自己的窘态，打住了。

因为风很大，又是顶风，夏萍那双眼睛只剩下一条美丽的缝了。夏萍不断地理着她风中飘扬的长发，一路再无话。

直到要分手时，夏萍才又说了一句："我想我能说服她。"

赵东生觉得夏萍就是他的恩人，当天余下来的时间就有了度日如年的期待感。

而第二天恰恰是体育课考试，男女生不在一起上课，又不好找上门去问，赵东生就有点儿像热锅上的蚂蚁。

再一次见到夏萍时已是第三天，当赵东生多少流露出一些迫切的神情问夏萍结果如何时，夏萍深表遗憾地说："晓丹前天一夜未归，说和她男朋友看通宵电影了，我看好像不行了，要不我早就告诉你了。"

夏萍轻描淡写的几句话，却让赵东生心如刀绞。他强装出无所谓的样子和夏萍说了几句无关紧要的话便借口有事离去了。

赵东生刚失去杨晓丹时并不怎么痛苦，他是越来越痛苦的。先是康伟大哥的扼腕长叹，后来又是夏萍的爱莫能助。

赵东生绝对是在这两件事发生之后才越来越往心里去的，对呀，赵东生已经失恋了呀，这可是他第一次刻骨铭心的真爱呀，就这样被剥夺了。

4

夏萍是个来自大连的女孩，除了喜欢唱歌、跳舞等文艺活动，也擅长包括足球在内的体育运动。此外，她还能写得一手好文章，是中文系有名的才女。

在赵东生真正意识到爱情已无法挽回的第二天，夏萍在校报上发表了抒情散文《给你》。

于是赵东生觉得在他最饥饿的时候有了一块不错的蛋糕，觉得夏萍有时也是很可爱的。

夏萍是班里的文艺委员，是文体活动的尖子和骨干。和赵东生相处以后，她就经常拉着赵东生参加一些文体活动。赵东生对文体活动的兴趣不大，又不好不去。

也许是自幼受了从事文艺的家庭熏陶，也许是性格使然，夏萍绝不是赵东生希望的那种纯情的女孩，相反，在他的心目中，夏萍有时是个过于大方的人。说她轻浮吗？又有些不忍心。她可以在赵东生满怀深情的目光下突然指着街边女孩子对他大喊："快看，美女！"她还可以和一些男生们在足球场上踢得大汗淋漓，为一个进球是否越位在先而和人家争得面红耳赤。甚至有时她还可以因一句玩笑在后面半撒娇地追打着某个男生……

但是她的热情与奔放、美丽与妩媚，以及时而如水一般的柔情总是让赵东生魂牵梦绕，有时竟也很难割舍。赵东生说不清这是为什么。

没有夏萍在身边的时候，赵东生有时又会重新想起杨晓丹。她们是两种人，相比之下，赵东生还是喜欢后者。赵东生自叹此生没有安国庆那样的福气呀。

赵东生和夏萍公开相处有一个月了，一次偶然的机会，赵东生偷看了夏萍的日记，竟然意外地发现，同年级的大班长肖志刚一直在疯狂地暗中追求着夏萍。赵东生和肖志刚是很要好的兄弟呀，怎么会是这样呢？赵东生有些不可思议，此前怎么一点也没有注意到呢？

面对这突如其来的发现，赵东生开始犹豫了。既然自己不是那么发自内心地喜欢夏萍，干脆就把夏萍让给执着的大班长肖志刚吧。

赵东生有一天很认真地把夏萍约出来，和夏萍进行了一个下午的长谈。赵东生把自己的真实感受都说给了她，最后赵东生说这种事是严肃的，开不得玩笑，问她到底选择谁。

夏萍说："这还用说吗？我总不会和两个男人同时谈恋爱，但谁都需要时间。"

后来，夏萍还单独和肖志刚约会了一次，当然是为了分手的约会。

夏萍和肖志刚的最后一次谈判，竟然允许肖志刚吻了她。这是夏萍自己对赵东生说的。

赵东生听了心里虽很不是滋味，但总比夏萍隐瞒他要好些。记得夏萍和肖志刚出去约会那天晚上，赵东生一直都是在坐立不安中度过的。

而肖志刚则在事后不久的一次醉酒中说，他早就已经把夏萍"搞定"了。

赵东生毕竟是有理智的，自己虽然不好受，但是他觉得肖志刚会更难受，他是一班之长，也是个顶天立地的男子汉啊。

后来，赵东生又从夏萍这方面了解到，事情并不像肖志刚所炫耀的那样。事实上只是，那一天他喝醉了，想要自杀，夏萍劝他不要那样。肖志刚说他毕竟真爱过一回，只要夏萍能像恋人一般吻他一次，他也就满足了。夏萍答应了他，也很符合她的性格。在这一点上，赵东生相信夏萍。

5

让赵东生万万没想到的是，在他最矛盾、最痛苦想将夏萍劝还给肖志刚的时候，却遭到了肖志刚的致命伤害。

一个周末，肖志刚约全年级最要好的几个铁哥们儿到校外一个酒馆喝酒，赵东生也在被邀请之列。赵东生很感动：肖班长不愧为肖班长，很大度一个人啊。相比之下，赵东生反倒觉得自己有些小家子气了。在这之前，自己怎么没主动找找肖志刚呢？

赵东生想错了，情敌就是情敌。

当天晚上，赵东生和肖志刚因夏萍的事都喝了不少酒。回来的路上，肖志刚让大家先走，他和赵东生亲兄弟一样手拉着手走在大队人马的后面，而且距离越拉越大。

赵东生有生以来第一次喝了这么多白酒，走路就摇摇晃晃的。

两个打手就是在前后都没有人时突然从一棵大树后闪出来的。他们一脚就踢倒了肖志刚，然后一起进攻赵东生。

由于喝多了酒，赵东生两条腿沉沉的，想跑却跑不了，连喊了两声"志刚"，却没有回音。肖志刚倒在地上一直没有起来。这和平时三五个不是对手的他很不相符，赵东生没得罪过谁，这时心里就多少有些知道是怎么回事了。

接着，赵东生的两个手臂就同时被拧到后面去了，脚下被重重地绊了一下，身体一下失去了重心，脸实实地抢在了地上。紧接着就是一阵暴风雨般的拳脚落在赵东生的头上……

赵东生绝对是给打醒酒的。赵东生清醒过来的第一个感觉就是自己已经死了，对手太不拿自己的命当回事了，他竟然能从地上抠起一块地砖，不计后果地追向那两个强悍的打手。面对从地上爬起来准备上来拼命的赵东生，两个打手也胆怯了，他们选择了仓皇逃跑。

赵东生在后面没命地追了一阵，最后竭尽全力地抛出了手里的方砖，遗憾的是没有打到跑在后面的那个家伙。

赵东生一个人回到宿舍时已经是晚上十点钟了。他觉得自己已经是死过一回的人了，路上他还决定回到宿舍就向肖志刚发难。但不知为什么，当他看见肖志刚躲躲闪闪的眼睛时心里一下生出一丝说不出的感觉来。赵东生本来很想找肖志刚发泄心中的怒火，但他什么也没有和他说就上床躺下了。

有人看他脸上有明显的伤，问他怎么了。

赵东生却说在楼梯上摔的。

赵东生内心强烈的复仇的种子并没有死去，只是选择了另一种途径——

夏萍呀夏萍，实在对不起你了。只有你才能对肖志刚构成致命一击，他不是那样爱你吗？我不会让他得到你。我要摧毁他，可是只能利用你了。

劫后余生的赵东生从此产生了报复心理。对夏萍的不公平也就是从这时开始的。

后来，赵东生常主动去找夏萍。与其说赵东生追求夏萍，不如说赵东生在复仇。赵东生似乎从这时起就已经知道，夏萍注定要在这场男人与男人的较量中成为牺牲品，他知道这是对夏萍的恩将仇报，但他无法阻止自己。

于是，在每天黄昏的校园里，在女生宿舍的楼下，总有一个修长的身影痴痴地屹立在那里。每当这个时候，就会有一个活泼的女孩快乐地从楼梯上跑下来，挽起他的手……

赵东生于一个夏日的夜晚，在公园的人工湖畔有生以来第一次攻陷了一个女人。赵东生心里明白，他对夏萍的占有更多的不是出于爱，而是报复。人工湖畔平日里看上去柔软的草地并不如想象的那样美好，好像凹凸不平的，很硬。赵东生的第一次慌乱无章，一点儿也没有一些书中关于这种事所描述的那么浪漫，也远远谈不上快乐。速战速决，索然无味，就像执行一项艰巨的必须完成的任务。

毋庸讳言，在中国 20 世纪 80 年代的大学校园里，两情相悦的男女出双入对的现象再也不算是什么新鲜事儿了，即便像他们二人如此迅速地双双坠入情网、公然携手相依的，也没有人会去说三道四了。

有时，赵东生故意一夜不回寝室，本来没和夏萍在一起，就说和夏萍在一起了，就是为了折磨肖志刚。其实赵东生和夏萍就那么一次。有时赵东生想：人可真怪，就为了一个女人，两个好朋友一夜间就能反目成仇。

6

可以肯定地说，这时的赵东生已经是个有了恋人的人了，可林静怡的出现则时时让他忘记自己是个有恋人的人。见到林静怡以后，赵东生最大的遗憾就是自己已经有了恋人。总之，林静怡是以一个绝对不会和赵东生谈恋爱的身份和他相识的，却是他梦寐以求的那种姣好异性。赵东生被这个高傲而美丽的女孩彻底征服了。

当时身为学生干部的赵东生正在准备大学生艺术节，而林静怡则是新入学的大学生中最杰出的代表，有人说她是 D 大一道最靓丽的风景。这话一点儿也不为过。

赵东生是大学生艺术节的节目总策划，林静怡是女主角。很自然，林静怡就常来找赵东生探讨一些问题。每次，赵东生心中不可告人的念头总是让他不由自主地躲闪着林静怡那高雅而美丽的目光，赵东生曾一度在情感上发生灾难。他狠狠地在道德上谴责自己，暗骂自己背信弃义。可是他又发誓他绝不是人们常说的那种肤浅的见异思迁，他一开始就不爱夏萍（尽管大家都说她很优秀），他真的不爱她，但他们又莫名其妙地走到一起这么久，这话赵东生不敢对夏萍说。他再次对天发誓，他一直寻找的就是林静怡这样的女子。

林静怡太像杨晓丹了吗？是的，她太像杨晓丹了。她的举手投足，她的音容笑貌，都太像了，在某种程度上可以说有过之而无不及。尤其是她骨子里那股傲慢劲儿，更加深深地吸引着赵东生。

林静怡出现在赵东生的视野中时，也正是赵东生已彻底打败了那个男人的时候。赵东生这时渐渐同情着夏萍，觉得娶个爱自己的人也不错。可林静怡的出现重新燃起了赵东生的真爱之火，让他无法抗拒。

世界上有些事就是这么怪，比如人都是差不多的骨肉组合，有的人能让你联想到世界上的一切肮脏，而有的人则让你觉得遍体清纯。对赵东生来说，林静怡就属于后者。

冷静的时候，赵东生一遍遍告诫自己：我还是回避林静怡为好，这是我一时被她的容貌所迷惑；她除了美貌以外，哪儿也不如夏萍。赵东生试图阻止自己，整天坐在图书馆里看书。可一天在去图书馆的路上，赵东生竟又看到了林静怡。当时她正走在赵东生前面，不知不觉中，赵东生跟随着林静怡来到中文系教学楼，而他本该去图书馆。

多少天以来，赵东生一直沉浸在一种无所适从的慌乱之中。他好像在躲着夏萍，即便和她在一起了，似乎也在寻找着和她发火的种种借口。

可夏萍这时也像变了一个人似的，处处顺着赵东生。那个曾经风风火火、我行我素的夏萍不知什么时候不见了……

但夏萍的温柔并不能阻止赵东生从她这里走出来。赵东生还是于一个有风的晚上和夏萍摊开了底牌。赵东生不想欺骗夏萍，竟和盘托出了他对她一直以来的真正感觉，那天他们很晚才回到各自的寝室。

就算和夏萍分手，赵东生也不打算立刻就去找林静怡。他觉得还是冷静一段时间为好。很长一段时间里，赵东生过起了"中文系——图书馆——宿舍楼"三点一线的读书生活。但赵东生一刻也没有停止对林静怡的思念：林静怡现在在做什么呢？她那么可爱，不会有人这时正在追求她吧？但赵东生此时真的不好像个人们常说的那种见异思迁的人一样，马上就迫不及待地去找她呀！

这天中午,赵东生怎么也睡不着觉,他焦灼地从床上爬起来，机械地拿起书包，懒散地向中文系走去。大中午的，到系里干什么去呢？看书？赵东生不知道自己能不能看进去，反正出来走走总比闷在床上好。

简直是太巧了，甚至可以说是天意。当赵东生走到中文系的三楼，准备上四楼时，林静怡正奇迹般地从四楼的楼梯上往下走。

林静怡苗条的身躯、飘逸的长发、美丽的面容……尤其是那双绝妙的小腿格外让赵东生有种震撼感。一时间，赵东生竟不会走路了，他就静静地站在了三楼的楼梯口处盯着这个恍如天降的靓丽女孩……

林静怡好像还没注意到赵东生的存在，仍自然大方地往下走着。

林静怡绝对不会想到赵东生会有什么行动，连赵东生自己也对自己的行动感到惊诧万分。当林静怡快走到赵东生面前时，猛然发现他，并想和他点一下头或随便客气地说一句什么话时，赵东生竟一下将她拦腰抱起来了。

林静怡一时被赵东生突如其来的行动弄得不知所措，轻轻地"啊"了一声，然后就是奋力地挣扎……

赵东生自己也因这意想不到的局面而感到慌乱，想：如果林静怡挣出去的话，她一定会气冲冲地走掉，永远不会再理我……赵东生有些后悔，骂自己这样做真是比蠢驴还蠢啊！此时的赵东生似乎只知道紧紧地抱住林静怡不松手，生怕一松手她就会从手中跑掉，然后永远消失了一样。

赵东生也许就是因为害怕出现这样的结果，才紧紧地抱了林静怡那么长时间，任凭她拼命地挣扎……同时赵东生的心在狂跳着：我怎么有这么大的胆子呀，光天化日之下，在中文系明晃晃的楼梯上。

"来人了。"这时林静怡红着脸说。

赵东生一愣神时，林静怡挣脱了。她并没有跑，而是愤愤地望着赵东生喘着粗气。

赵东生看到了来自那美丽双目的谴责。"对不起，真的对不起！我……"赵东生出奇地笨拙起来。

"你不是已经有女朋友了吗？"林静怡突然问。

"没，没有。"赵东生惊慌地答。

"夏萍是谁？"

"我、我们已经结束了。"

林静怡好像嘲笑着赵东生转身离去的。

赵东生为了证明自己是真心的，是情不自禁的，于当天晚上又把林静怡找出来向她解释了两个多小时……

后来，与其说赵东生和林静怡谈上了恋爱，不如说赵东生受到了林静怡高傲的审判。在夏萍偶然遇到他们嫉妒得回去痛哭时，他们并不像她想象的那样快乐。赵东生似乎一直在解释着关于他和夏萍，解释着自己为什么要喜新厌旧，为什么要移情别恋，为什么要见异思迁，为什么要这山望着那山高……

林静怡则一直高傲地审视着极其被动的赵东生。

以后的很多日子里，赵东生总是一副忧忧郁郁的样子，真爱让他不再顾及一个大男人的面子，常常坐在女生宿舍楼下无望地等着林静怡的出现。

有时就看见了夏萍。夏萍则以实际行动对赵东生进行着还击，她很快就有了新的恋人，竟然是那位中文系最开放的曾经因大讲"性文化"而全校闻名的现代文学教研室讲师张潇凫。

夏萍的爱情一向是热烈的，与一身浪漫多情并且自命风流倜傥的现代文学讲师张潇凫也正是棋逢对手。他们的感情起初还是秘而不宣的，后来不知怎的一下传遍整个校园。张潇凫公然宣称，即便被清除出教师队伍也绝不会放弃这份感情。夏萍回应他的则是：如果有必要，我可以自愿退学。

在路上，许多次拉着张潇凫的手，依偎在他怀里的夏萍目中无人地从赵东生的眼前走过，甚至当着赵东生的面与张潇凫疯狂地拥吻。

赵东生看见夏萍和现代文学讲师张潇凫亲热时的样子一点也不反感。一是与赵东生并不真正爱她有些关系；二是赵东生也知道，这个时候的夏萍还是极具个人表演意味的。

就在赵东生经过艰辛努力，与林静怡的爱情刚刚有了一小点进展的时候，夏萍找到了林静怡。夏萍和林静怡手拉着手亲密无间地进行了一次午夜长谈，就在女生宿舍的楼梯口，夏萍毫无保留地对林静怡说了自己和赵东生在一起时发生的一切的一切……

午夜长谈差一点儿导致赵东生彻底失去林静怡，有很多日子，赵东生连让林静怡审判的机会都没有了。

赵东生的心都要碎了，但他一点儿也不能去恨夏萍。赵东生想：这也许就是命运吧，他和夏萍终于扯平了。赵东生感叹，他为什么不早认识林静怡呢？如果没有夏萍，如果没有肖志刚，哪怕没有杨晓丹该多好啊！生活真的没有秩序啊！但感叹归感叹，赵东生只能默默地把对林静怡的痴爱写在他那厚厚的日记本里……

直到进入期末考试复习了，林静怡才在赵东生的真诚感召下和他重新有了来往。有时，在赵东生的再三请求下，林静怡能半推半就地和他出来散散步。这年的雪很多，很多次赵东生和林静怡都是走在雪中。这对赵东生来说就已经相当不错了。

林静怡的脾气比以前大多了，如果赵东生哪句话没说好，她就会迅速转过身去，头也不回地走掉。所以，更多的时候，赵东生只是赔着小心不说什么话，只是走一走。那可真是纯粹的散步啊！

7

这天又是一个飘雪的日子。这年北国城市飘雪的日子真是很多。

也许很多人都没太在意北国这个飘雪的日子，但今天这个飘雪的日子让赵东生心情极不平静。因为赵东生昨天晚上收到一份极其意外的加急电报，电报内容只有简单的六个字：祖母病危，速归。

正好刚刚考完最后一科必修课，赵东生完全可以和系领导说一下，提前放假回家探望祖母。但这个时候赵东生放心不下的是林静怡。因为已经好多天没有见到林静怡了，赵东生想，临走前还是见她一面为好。

也就是说，在赵东生读大四这年放寒假的前三天，他本该立即回家，林静怡本该去复习功课，准备她的最后一科考试。他们却都没去做本该做的事情。

这天一大早，赵东生就把林静怡从她的宿舍里找了出来。林静怡虽噘着小嘴，但看上去还是挺可爱的。赵东生说想和她出去走走，她竟然没有反对。赵东生极惊喜，这还是夏萍和她长谈之后第一次这么痛快就同意和赵东生出来。

后来，赵东生才觉得他们的行走不像想象的那么浪漫。天上飘着小雪，城市是白色的，赵东生和林静怡走在城市的大街上，如同爬行在荒原中……

虽然林静怡从来不承认她在和赵东生谈恋爱，但赵东生一直认为自己在和林静怡恋爱着。在白色的风雪中，赵东生沉入对往事的回忆——

赵东生是在去年丁香花还没来得及开放的春天第一次约林静怡的。赵东生像一只饥饿的荒原狼觊觎她整整一个冬天之后才向她逼近的。这一点只有赵东生自己清楚。赵东生从偷偷盯上她那天开始就下定决心毕业后哪儿也不去，一定要和林静怡在一起，留在这个城市。赵东生知道，他这个外地人留在这个城市是相当困难的，也许只有考上研究生才能留下来。可赵东生从来不打算考什么研究生，他从五岁就知道自己不是关在屋里搞钻研那种人，他一直设想自己当个新闻记者或者作家到处跑跑能挺好……可是有半年多，赵东生还是愚蠢而虔诚地为了那个对他来说万分渺茫的目标苦读了中外美学史，赵东生想报考美学史研究生。那时，每次从图书馆回来的路上，赵东生心中都躲藏着那种难以抵抗的焦虑。林静怡从来没有说过她爱赵东生，她也许不太知道赵东生的心。林静怡总是不远不近若即若离地对赵东生调皮地微笑，好像时刻在说："想得美，我才不跟你去北大荒呢……"赵东生望着她，如同望着一颗遥远得让人无可奈何的星星。后来，福音降临了。一个偶然的机会赵东生终于得到某报社一位总编大人的认可，赵东生可以不考研究生，而是通过这种途径留在这个城市。那是多少回提心吊胆的期待啊！赵东生没把那激动人心的喜讯告诉林静怡，他实在不愿意林静怡知道他肯定能留在这个城市当记者之后才来爱他，这一点赵东生永远倔强。那天赵东生独自在那个叫"自由饭店"的小酒馆喝醉了酒，那天他心中兴奋无比……

赵东生和林静怡一直默默地走在雪中，谁也不说话，脚下的雪发出压抑的声音。

好久林静怡才说了一句："下学期你别再来找我了，我们还是分开一段时间吧。"

赵东生想说："我是真心爱你的，恨不得每天都和你在一起，怎么能做到不去找你呢？"但赵东生没说出来。

林静怡也不再说什么，依然低着头看脚怎么踩雪，然后听雪怎么响……

赵东生一直望着她，可她一直不让赵东生看见她的眼睛。

赵东生多想问为什么，可赵东生还是没有问，同样说不清为什么。

又过了好久，林静怡也许不想再等赵东生问什么了，接着说："你不能一切以自己的意愿为出发点，你应该多想想别人，别人是怎么想的你应该考虑考虑。"林静怡柔声柔气的，但很正式。

这天他们好像一共就说了这些话，赵东生记得清楚。

这天赵东生好像什么也说不出来，他急得发疯。

赵东生把一直攥在手里的那叠白纸深深地藏进衣袋里。那是昨天收到的加急电报，是家里发来的。赵东生怕林静怡发现它，怕林静怡因此催他回家，更怕林静怡再说"应该多想想别人"。

而赵东生又怎能在这种情况下离开林静怡呢？此时的赵东生几乎不敢离开林静怡半步，赵东生担心走后就要彻底失去她。

　　不知为什么，赵东生突然想起当年那样简单就失去了杨晓丹，他现在则担心自己走后会有很多男人来找林静怡，那些男人藏在这个城市的每个角落，他们一直都在默不作声地逡巡着。城市有那么多的舞厅、歌厅，林静怡又是那么喜欢跳舞；城市有那么多的公园；城市的大街在春节来临之际更值得走一走，谁能保证优秀的林静怡不碰上几个追求她的男人……这些莫名其妙的想法都是赵东生不敢公开的隐私，它们天真而狭隘，赵东生绝不敢对林静怡讲出来。

　　赵东生一直沉默着，他知道那沉默并不怎么高尚。赵东生在竭力伪装一种宽容的假象，掩饰自己内心深处的自私和小气，尽量让那些恶劣的想法在空旷的沉默中流亡、流亡……

　　赵东生最终也没有办法改变林静怡的决定。最后，林静怡还是高傲地走了。林静怡孩子似的踏着刷刷响的城郊的积雪走向远方的城市，夕阳映着她蹚起的伤痕般的一道雪线……赵东生远远地望着林静怡连同那条雪线，觉得她踏出的是一路鲜艳的血河。她那红色的登山服就是夕照下那条血河的源头。

　　有那么长一段时间，赵东生都想追回林静怡那飘摇的影子，紧紧地抓住她的手，让她说爱……最后，赵东生还是没有动，任凭林静怡铁石心肠般地隐没在西天暗红的苍茫之中。

　　城郊的雪地上只剩下赵东生和林静怡残留的脚印时，赵东生似乎才又想起那份电报。赵东生打开那皱皱巴巴的电报纸，看到那电文十分焦急。赵东生从来不叫出租车，可这次赵东生迫不及待地拦住了一辆过路的出租车，他恨不能立刻就登上开往北方的火车！

赵东生一共错过那天从早到晚四趟开往家乡的火车。他只能赶第二天深夜两点钟那辆慢车了。

"祖母病危，速归。"赵东生一夜都在读这六个字的电文，如读一部深奥的长篇巨著。

冬天的火车站里乌烟瘴气地挤满了南来北往的过客，好像所有人都在咳嗽。赵东生觉得与其在车站里站着，还不如到外面走走。

雪后的夜晚远远不是一个人的风景，那天赵东生才知道雪后的晚上也许是最让人难挨的。风把地上的雪扬到赵东生脸上时，赵东生对雪有了新的理解，那天晚上彻底改变了赵东生自童年以来对雪的一贯印象。

那天的火车来得慢，爬得也慢，像给冻住了。又一个黄昏的时候，赵东生才被带到更北方的家乡。这里的雪似乎更坚硬，那天赵东生没注意自己到底走了多长的雪路，好像也没看见任何行人，赵东生看到的第一个人就是他的祖母。祖母那时刚刚从老叔家的炕上被抬下来，正停在地上一条窄窄的担架上。老人家静静的，直直的，已经去世了。

当母亲发现惊呆在门口的赵东生时，竟激动地冲赵东生哭诉起来："儿子，你咋不早回来一会儿？半个小时以前，你祖母还在等着你。在她抱大的儿孙中，死前唯独没有看到你。她那时不愿意这么遗憾地走，最后实在坚持不住了才闭上眼睛。我喊着说大孙子回来了，你祖母竟又一次睁开了眼睛，可是她没看着，死时很焦急……"

母亲的话听起来挺唯心的，但赵东生相信那是真的，母亲从来不会夸张。只是赵东生觉得母亲本不该在这个时候唠唠叨叨说这些。这个时候本该顾不上说这些，本该一直失声痛哭，或忙于张罗后事，至少应指使赵东生把什么东西拿来，尽尽孙子的义务……可是，母亲却在那应该忙乱的时候不厌其烦地叙述了这些，让赵东生那么直直地立着，让赵东生的心一阵阵剧烈抖动，感到无地自容。母亲一定不知道赵东生为什么回来晚的，当时赵东生想宁愿母亲知道，那样，他也许能好受一些。

"孩子一定没挤上火车，也急坏了。"老姑眼含着泪，宽容地望着赵东生。

"嗯，人太多了，没挤上头一趟车。"赵东生不知道是对母亲说谎还是对躺着的祖母说谎，赵东生不知道他为什么要说谎。谎言并没有使赵东生解脱，当赵东生低头瞥见自己那强壮的躯体时，心里一下酸起来，很长一串泪水从赵东生那不常流泪的眼角奔出。在赵东生二十几岁的记忆中，他头一次任自己的眼泪如此公开如此自由地流淌……

赵东生也许从这个场面以后就变得麻木了。

除哥哥外，堂兄弟姐妹们也都跑上跑下忙个不停，自己则一直像个客人一样站在一旁。赵东生望着早已从南方赶回来的堂弟感到万分惭愧。在祖母抱大的这四个考上大学的孙子中，赵东生身材最高大，而这时他却觉得自己最矮小；赵东生所在的 D 大离家最近，而他却没有赶回来看祖母最后一眼……大家都在说，他的祖母是念叨着他走的。

赵东生几次隐约听老姑在向亲友们说："东生从小跟他祖母

感情就深，匆匆赶回来，可就差那么一步，到底没看着……"

赵东生想捂住耳朵。

那天晚上，天又飘起雪来，赵东生祖母的遗体就停在那纷飞的雪花中。赵东生有几个小时独守在祖母的身边，他跪在雪地上，机械地一把接一把地为她老人家烧纸钱。赵东生知道烧多少也没有用，可他又没有其他别的补偿办法，火烤化了落在他头上的积雪，雪水混入泪水在他脸上流淌……

8

赵东生祖母是北方黑土白雪的乡村里普通的妇人，是北大荒里世世代代生生息息繁衍儿孙的平凡一员。她和北方很多祖母一样，勤劳、善良、养家糊口……赵东生的祖母属于那种苦命的女人，嫁给他祖父才五年，他祖父的腿就在一次冬猎中摔折了。从那以后，祖母的性格发生了变化。在那些贫困的岁月里，她一个人养活着全家六口人。她凭着上帝赐予的结实身体顽强地与命运抗衡着。她最清楚，另外几条生命都取决于她生命的存在。如果有一天她坚持不住倒下去，那么，以她为支柱的生命群体将轰然倒塌。她一直没有倒下去，如今她的儿子们又有了儿子，就足以说明这一点。

当别人家的孩子大一点，大人们总是赶他们下田干活。赵东生的祖母却没让盼成劳力的儿子们去种地，相反，她竟凑出家中省吃俭用的钱送两个儿子到镇上读书，宁肯家中的生活更窘迫。一次，赵东生的父亲实在不忍心再读下去，就偷偷地退了学，跑回家来帮母亲铲地。中午回家吃饭时，他被母亲狠狠打了一巴掌。那是赵东生的祖母头一次打儿子。之后赵东生的祖母哭了，以往生活最艰难的时候她也没那样伤心过，第二天，赵东生的祖母又借钱送儿子去上学……

赵东生的祖母一心让儿子们出息成人，她常说："宁教身体受苦，不让脸上受热。"她年复一年地操劳着。那时，她家唯一能够维系生命的财富就是一匹瘦弱的老白马。在那饥荒的年代，赵家依靠着那匹老白马，走过了无数的坎坷。虽然老白马每走一步都很吃力，但它的步履毕竟蕴藏着一家人的生命源泉。赵东生的祖母坚信，老白马不会轻易倒下去的，它会帮着她走出浩瀚的荒凉……

有一年冬天，为了老白马，赵东生的祖母竟和狼战斗过。她觉得其中的一个细节不太好，从来不让人说这件事，她宁愿没有那次英勇壮举。这件事，是后来在一个极偶然的机会里，赵东生的父亲偷着告诉赵东生的：那年冬天雪厚，狼无处觅食，就常来村子里瞄小孩、咬牲口。好几天了，祖母家房前屋后布满了野狼的爪印，祖母预感到有一种灾难即将降临，便不让孩子们出去乱跑。她只是放心不下老白马，怎么办呢？总不能把老白马牵到屋里去吧？她每天都检查几遍马圈的栏杆。那天半夜的时候，一只狼终于越过栏杆向老白马进攻。狼绕着老白马转，老白马蹒跚地躲闪着，发出沙哑的嘶鸣……祖母没顾上穿衣裳就冲了出来，那时祖母还年轻，白白的月亮照着白白的她。也许狼也被白白的她给惊呆了，一时竟停在雪地上。祖母趁机冲过栏杆牢牢地抱住老白马的脖子。她知道，狼一直转着，就是想伺机咬断老白马的脖子。狼极度愤怒，向毁灭它美梦的祖母扑来……狼是在跳跃之后于半空中丧命的。两只眼睛同时喷出鲜亮的血水，泻在银白的雪地上……枪是赵东生的祖父从窗口放的。

这件事一直装在赵东生童年记忆的深层，让他默默地敬仰着他的祖母。狼虽然是祖父在悲剧发生之前开枪打死的，但赵东生总觉得是另一回事，赵东生总觉得是他的祖母曾经忘我地跟狼搏斗过，才有了赵氏家族的今天……

关于祖母，赵东生几天几夜也说不完。只这一件事，就足以让赵东生深深地敬仰她了。生活需要每个人都付出一些什么，安排给赵东生祖母的实在太多了一些，但他的祖母都出色地承担了。而生活安排给赵东生这代人的似乎没有那么苛刻的苦难，赵东生又是如何对待的呢？他做的能不能让他的隔代人去敬仰呢？哪怕只是一件小小的事情？

赵东生想，并不是因为她是自己的祖母自己才如此崇敬她，更主要的是充当赵东生祖母的这位妇人让赵东生不能不崇敬。也许祖母换个时间死，就不会引起赵东生这么多的追忆。如果那样，赵东生也许和别人死了祖母一样，沉痛地哭上一阵儿也就过去了。"人总是要死的"能安慰一切悼念的活人。可是，赵东生的祖母却偏偏选择在那一年那一天那一时刻死去，给赵东生留下永恒的失望与歉疚。赵东生想，祖母一定是忽视了她的孙子已经长大成人了，她一定没想到她的孙子在她迈向死亡的时候还疯狂地热恋着一个极可爱的女孩子，而那时那个极可爱的女孩子正任性地提出和她的孙子分手……如果这一切她都知道，她会等下去的，或者早点死去。赵东生的祖母很善良，她绝不会在她死后给她最喜爱的孙子留下这么多无法解脱的歉疚和这么多杂乱的思绪……

如果将赵东生祖母载入家谱的话，对她的评价起码应该是这样的：在过去的艰难岁月里，赵氏先妣以她百倍的信心和超人的刚强，拯救了赵氏家族。她挣扎在死亡线上时竟供两个儿子去求学，开创了该村有史以来的升学纪录。她在晚年，又为两个儿子抱大了四个孙子。四个孙子长大了，她的背也驼了。在四个孙子先后考入大学以后的一个飘零的冬日，她匆匆地离开了人世……享年七十五岁。

赵东生的祖母死得也刚强，她最不愿意给别人添麻烦，包括她自己的儿孙。她一天也没用别人守护就匆匆地走了。她带着孙子们那些半真半假的话（"我们长大挣钱给祖母花……"）幸福地走了。赵东生的母亲说他祖母死前总让母亲给她读四个孙子从学校寄回来的信，母亲忙时她就一个人不厌其烦地看那些不知看了多少遍的照片……

如果祖母活着，赵东生真的能像自己说的那样做吗？连祖母死前看赵东生一眼这个小小的要求赵东生都不肯满足她，而这又算得上什么要求呢？他完全可以做到却没肯去做！赵东生觉得自己真的像林静怡说的那样，太自私了，从来不去多想想别人。林静怡说得太对了。

赵东生无脸再为自己想什么安慰的理由，赵东生祖母在冬天死了，这必将在他的记忆中越来越简单……

9

新学期开学后，林静怡决定不再考验赵东生了。当她满怀深情地来找赵东生时，赵东生正处在极度的追痛之中。

赵东生神情恍惚地呆望了林静怡好久，竟说出一个"滚"字。

林静怡触电般地哭着跑出很远了，赵东生才意识到自己做了什么。

林静怡本认为赵东生会欣喜若狂的，可是，赵东生却把她轰走了。

事后，赵东生自己也说不清是怎么回事，但事情已经发生了。赵东生只记得那时天昏地暗，他一看见林静怡，就立刻想起了祖母。赵东生哪里知道林静怡整个寒假都在为他织一件很大很大的毛衣啊。

第二天，林静怡怒冲冲地来找赵东生要他写的那本日记，说不要赵东生假心假意地把爱和自己的名字写在一起，林静怡要把自己的名字从赵东生的日记上删去。赵东生糊里糊涂地把日记拿出来交给了林静怡。

为了避开同学们的视线，赵东生和林静怡的交接仪式是在校外公园的假山上进行的。林静怡最终没有办法把自己的名字和赵东生书写的"爱"一个一个删去，因为那实在是太庞大的工程，她只好一边叨咕着"虚伪""骗子"，一边把那日记一页页撕碎，唯一的旁观者——赵东生却看到一片昔日的真情在向山下飘飞……赵东生觉得把那些碎片点着寄送给祖母能是一种巨大的安慰。

就这么简单地，赵东生货真价实的日记让林静怡以虚情假意为罪名判处了死刑。这一点赵东生又怪不了林静怡，在他心中，林静怡永远是个出色的女孩子，的确不应该受到自己那样无理的屈辱。

当赵东生后来恢复平静以后再找自己的日记本时已经晚了。林静怡很快又有了一个新男朋友，导致赵东生日后撕心裂肺地追悔。

赵东生大学毕业时，那家报社已经同意接收他，但他没有留在这个城市，而是来到南国一个中等城市。但赵东生似乎一刻也没有停止过对林静怡的关注。

两年以后，林静怡也毕业了，她竟和她的男朋友去了北方小城，那里是她男朋友的故乡。

赵东生不敢相信这是那个叫林静怡的高傲女孩干出来的事。但她还是和从前一样，仍然像高不可攀的山峰一样耸立在赵东生的心里。

从此以后，赵东生就一直等待（实际是逃避）林静怡结婚的消息……

10

赵东生没想到，在他大学毕业三年后，会去参加林静怡的葬礼，竟也是在一个飘雪的冬天。

看完那封来自北方小城的信，赵东生好像什么也没来得及想就穿越了那条雪路。然后，固执地登上那列开往那个北方小城的硬座列车。

赵东生早已不再是二十岁刚学会初恋的男孩了，他已有了一嘴坚硬的胡茬儿，笑时也早已不再带有少年的甜味。赵东生很清楚，这绝不是什么一时冲动。虽然他一直没有停止对林静怡所在的北方小城的默默关注，虽然他心里一直准备着接受林静怡和别人结婚的消息，但他真的一直在逃避，逃避那个为期不会太久远的现实——林静怡的婚礼。

虽然林静怡一直不把赵东生当作好人，但她一定会把自己结婚这种消息告诉赵东生的，她会很大度地来函邀请赵东生这个老同学参加她的婚礼。

赵东生收到北方小城寄来的信时，以为不得不接受的事实临近了。就在赵东生撕开信封那一瞬间，他还编造出好几个不能前往的理由。

没想到信是与林静怡同城的另一个同学发来的，信的内容也让赵东生万分意外。赵东生的心情于一瞬间变化了，他突然决定明天就去见林静怡。一定要去，他要以一个真正第三者的身份参加林静怡的葬礼。

赵东生认为最重要的是他必须要把那一切都告诉林静怡，尽管她已无法感知；赵东生还是要当着她的面说出来，虽然他不想以这样肤浅的方式。

在赵东生不再有那种可怕的联想时，林静怡竟也悄悄地走了。林静怡，你走了也就走了，但赵东生觉得你不该依然仅仅知道"赵东生祖母在冬天死了"。这太简单。

赵东生知道，从那时起林静怡心里一刻也没停止对赵东生的诅咒，许多同情她的朋友也都帮她愤愤不平地骂着赵东生。这些年，赵东生从来不想为自己解释什么，他想有一个殷切的他爱着林静怡，林静怡她再恨赵东生也不至太痛苦；这些年，赵东生从来没有问候过林静怡，只是在心中为她默默地祝福；这些年，赵东生艰难地期待着一种无形的解脱……

　　而今天，在这个飘雪的冬天，得到林静怡突然死去的消息，赵东生突然觉得有些话应该对她说。如果她活着，这些话赵东生是永远不会说的，她今天这么急切地想告诉她，是因为她确确实实地死了。

　　赵东生就坐在一个靠窗的座位上，窗外飘着雪，雪不是很大，正好让人回想平平淡淡的往事——

　　静怡，那时，我一想到你，就想起死去的祖母。我总认为是因为你才对不起死去的祖母的，在祖母生命最后那一刻，我做得太不是人了。

　　当后来我不再把祖母的死与你联想到一起时，我的日子就更加难以忍受了，对你的思念就更加势不可当了。我常逡巡着窥视着你和他，看到你和他亲昵的情形时我又触电般地逃避了。有一次，你和他去公园散步，我一直远远地跟着。你不知道，那次去散步的实际上是三个人，从始至终是三个人。你拉着一个人的手，还牵着另一个人的心……

　　但我绝不会惊扰你，绝不会破坏你们的幸福生活。有那么多人不理解我为什么不留在城市当记者而是要到南方去，他们无法知道我是多么希望摆脱这爱的折磨。我想忘记你，我多么愿意忘记你。而你也毅然地告别你的城市，决定跟他扎根到那

个北方小城去，是不是也和我一个目的呢？不过，我还是衷心
地希望你是因为热爱那个北方小城……

赵东生怎么也不会想到，林静怡最终以没有和任何人结婚
这种结果回报他。虽然林静怡绝不是因为赵东生才死的，那他
也很感激她。这种结果确确实实避免了赵东生心中的一次声势
浩大的劫难，但对林静怡来说这又实在是太悲惨了，她以自己
的毁灭留给世界一个永远二十二岁的女孩，一个二十二岁的东
方少女的轻盈与芬芳……

赵东生想象不出林静怡会像她同学的信中描述的那样失足
落到山下去了。赵东生一直觉得林静怡不是死在冬天，而是消
失在春天，就像自己当年和杨晓丹在净月潭的春天。赵东生一
直想象她死时也很幸福，绝对没有赵东生祖母那么焦急。

在赵东生的眼前，总有这样一个画面：林静怡和一个英俊的男
孩子浪漫地奔跑在花丛中，她被美好的景色迷住了，竟从那开满山
里红的山崖上飞了下去。林静怡裙上的飘带如赵东生记忆中最美的
那次一样，从碧绿的屏风上缓缓飘下，伴着她轻柔的笑声……

回来的火车上，广播里竟一连播放了好几遍赵东生和林静
怡大学时代最爱唱的那首歌曲

——那天晚上，有美好的月光，没有你走在我身旁……

这天同样是个有美好月光的晚上，赵东生神经质般紧紧地
盯着窗外的月亮……

原载于《山花》2010 年第 7 期

群众艺术

1

市群众艺术馆是个清水衙门，一天说没事又有点儿事，有事又没啥大事。像评职称这种事就算是大事了。别看平时闲谈中职称是个稀松平常的事，可一到动真格的时候，很多人的眼睛就立刻变红了。用群众艺术馆文学创作辅导干部阎无忌的话说，群众艺术馆是个"庙小妖风大，池浅王八多"的鬼地方，这话有时也不过分。

星期一是群众艺术馆人员到位最齐全的日子，人们闲散完周末，到周一有事无事总要来馆里转上一转，这样才像仍是个群众艺术馆的人。加上几天前二楼半的小黑板上就已写出通知：下周一上午 8 点 30 分召开全馆职工职称年度评定工作会议，望全馆同志务必到会。所以这个周一群众艺术馆的人显得更加齐全，连平时不太打照面儿的老弱病残们也都早早地来了。

许家逸毕业于美术学院油画系，一晃儿在群众艺术馆美术辅导部干十年了。这些年虽没辅导出来几个像样的学生，但自己在油画创作上取得了不小的成绩，作品多次参加全国美展并在国内获奖。按理说，许家逸去年就应该评上副高职称，最后他却出人意料地让给了同部要退休的老于。老于为在退休之前把副高弄到手，非常露骨地一直跟许家逸争到黔驴技穷的地步。许家逸最后能让给老于，与老于自己认为的顽强争取毫无关系，百分之百出于许家逸对那代人的恻隐之心——那代人中的一些人没有机会读到更多的书，但跟头把式地创建了群众艺术馆并苦劳大于功劳地干了一辈子。所以对许家逸来说，这次评副高如囊中取物，评上很正常。许家逸觉得参加会议的实质意义不是很大，只要在投票之前赶到就不碍事。选谁不选谁许家逸几乎去年就定下来了，来早来晚仅仅是个态度问题。也没比平时紧张多少，和往日一样送儿子上学，回来时为节省五角钱还等了大公汽，大公汽好堵车，致使许家逸迟到了二十分钟。虽说许家逸心里很在意这个副高职称，但对这次评定本身显然未引起足够重视。

在市场经济很活跃的当代中国，职称已不被更多的人看重，看重职称的只剩下为数不多的极少数人，这极少数人还鱼目混珠地分为两种———一种是腹中空空的假文化人，自从他们阴差阳错地混进文化圈之日起就陷入了尴尬境地，又不具备跳槽的能力，只得硬撑门面；一种是比较来说纯正到家的文化人，把职称当作社会对自己的承认，较劲的时候难免据理力争。时下什么都毛,尤其职称毛得厉害,评上评不上能咋的? 话虽这样说,可真就没评上时,熟头巴脑地到一起就又有的说:这么毛还没整上,不毛呢? 许家逸就是一路带想不想,说重视又不太重视,说不太重视又挺重视的心理状态来到群众艺术馆五楼会议室的。

许家逸进来时,李馆长正巧说到副高职称。"……经过再三争取,上面最终给咱们馆三个指标,这次咱们馆申报副高的有五位同志,看来竞争还是相当激烈的……"

许家逸仍不觉得事情像李馆长面部表情那样严峻,就拎着一把折叠椅,随便找个空地方坐下来。

李馆长传达完文件,再次强调副高竞争激烈时,坐在许家逸前边的阎无忌回过头来说:"操,就你们副高还有点评职称的味道,激烈个啥激烈,就那几个人不是明摆着吗? 够就上,不够就坚决不能上。非得像我们中级那样,三个人申报,给四个指标。那是不激烈吗? 是没劲!"

接着,李馆长让办公室宁主任讲一讲具体评定步骤。

宁主任年年搞这项工作,显得轻车熟路,说:"先由参加本年度职称评聘的同志宣读业务汇报和业绩材料,然后进行无记名投票式民主推选,馆里综合推选结果再报到上级主管部门。咱这就开始?"宁主任问李馆长。

"开始吧。"李馆长看看旁边的孙书记(兼副馆长)和葛副馆长。

孙书记和葛副馆长都点头:"开始吧。"

"那就开始了。"宁主任从档案袋里拿出一沓纸,"咱们和以往一样,初级先读,然后是中、高级。咱以姓氏笔画为序,我念到名的同志到台上来读。"

"王宏！冯雪做准备……"

群众艺术馆人很熟悉的、象征意味很浓的宣读开始了。

其实，参加投票的人心中早已有数，一个单位的人，谁啥样谁不清楚！大多数人是无奈地等着漫长的宣读之后在推荐表中画上圈好完事大吉。

宣读之前，阎无忌已在地上扔了好几个烟头。轮到他时，他并未拿事先准备好的那厚厚一叠业绩材料，只是信口草草地说了几篇最具说服力的小说发在何处、选在何处又获何奖。

阎无忌的简短发言导致大仙等人齐声喝彩："这样就对了，捞点儿干的，一个鸡蛋比一筐鸡粪值钱……"

"这才叫鸡蛋壳揩屁股——嗮里咔嚓。"大仙等人的话引起一大片笑声，使昏昏欲睡的群众艺术馆人精神了一会儿。

阎无忌回来后接着扔烟头，显得更加无所事事，先是和大仙谈一会儿《周易》，说不过大仙就伸着懒腰和许家逸分析副高的最后人选。

许家逸也正没意思，就抻着脖子表示合作。

"副高三个指标，你占一个不用说了。哥们儿给你分析分析另外那两个人选。"无聊的环境竟使阎无忌在他一向不感兴趣的事上显得津津乐道，大有平时谈论重大足球比赛哪队能小组出线的意味。

"还用分析？大刘和老金呗，我以为你要发表啥高见呢。"许家逸不无失望地说。

"事情要这么简单还叫群众艺术馆了？看来许兄你还是不

太了解群众艺术馆。"阎无忌诡秘地微笑一下,"许兄你说的可能是投票推选的结果。"

"投票推选的结果不就得了?这还说啥了。"许家逸说。

"群众艺术馆的职称有几回是百分之百按投票推选的结果定的?群众艺术馆的事不办出点儿怪味来还叫群众艺术馆吗?"阎无忌说。

"大刘去年仅次于我,这几年没少培养声乐人才,去年年底又得个文化部群星一等奖,人家比我大五岁呢,整好了能排在我之前,这回评上副高有问题?"许家逸说。

"那老金呢?"阎无忌极认真的样子。

"老金咋的老金,虽说不出特别好,可也说不出特别不好。搞群众文化研究的再有水平也难显山露水,老金大半辈子扑在群众文化研究上,兢兢业业,一丝不苟。年年都参加省里的群众文化理论研讨会,虽说得的那些荣誉证书档次一般,但也是获得了省级奖励。再不济老金也是名牌大学毕业呀!五十多岁的人了,你小子凭什么不让人家当副高?"许家逸把伸出的脖子收了回来。

"错了,你全说错了。"阎无忌盯着许家逸的眼睛平静异常地说,"另外那两个人选恰恰是你淘汰的那两位。副高的最后结果将是——许家逸、孔春苑和穆大海。"

"扯!你这纯属逆向思维。就算是逆向思维,也没你这种逆法的。"许家逸连连摇头,大有不屑一议的意思。

阎无忌没有接着许家逸的话说,沉默了半天,声音极低却很重地说:"结果肯定是这样的,我也不过是五分钟之前才突然真正理解了李馆长所说的'激烈'。"

这时，业绩宣读全部结束，宁主任开始由前往后给大家发推荐表，人们相对显得混乱。

"你根据啥下这个结论？"看着阎无忌认真的样子，许家逸问。

拿到表之后，两人飞快填完就交回了宁主任手里。宁主任半开玩笑地说："这么快就填完了，别把不该选的选上。"

阎无忌也半开玩笑地说："群众艺术馆总是先民主后集中，民主时整错了集中时也能找回来。"

宁主任表情复杂地笑了一下。

阎无忌并没忘刚才的话茬儿，他把许家逸拉到会议室最后边的小桌子旁，也许用嗓子眼儿说话压得太难受了，他的声音比方才高多了："孔春苑和李馆长的关系你不会不知道吧？她孔春苑为什么要从经济效益那么好的市歌舞剧院来你这个带死不活的群众艺术馆？孔春苑的老公做大买卖，人家不缺钱花，来群众艺术馆干啥，只有她自己知道。据我所知，是当年李馆长在文化局当科长时把孔春苑从县城调到市歌舞团的，孔春苑也是到歌团后才有机会嫁给现在这个老公的，受人滴水之恩，不该涌泉相报？报答归报答，孔春苑也并非没自己的想法，没见她这些年什么证书都往手里划拉？也许她就坚信'量的积累达到一定程度就会实现质的飞跃'。别看孔春苑平时不声不响、不争不抢小绵羊一样，大家都不把她当对手，我总觉得事情不会那么简单。"

"爱美之心人皆有之。如果换了你是李馆长，在家庭不是很和睦的情况下，千载难逢地遇上一位比自己年轻十五岁且温柔多情的漂亮女人，你会如何？李馆长可是个一向讲原则的人，就算孔春苑有借光的意思，他也不会违背原则的。孔春苑来群众艺术馆也不是一年两年了，你看李馆长什么时候明显关照过她？"许家逸说。

"今年。今年是五十九周岁的李馆长在群众艺术馆行使权力的最后一个年头。如果他今年不把孔春苑的副高职称问题解决了，孔春苑这种既无学历又无突出业绩的人在群众艺术馆基本上就不会有什么机会了，除非她觍着脸再把下一任馆长伺候高兴——孔春苑当然不是那样的人。所以李馆长但凡讲点儿哥们儿意思的话，或者如许兄所说是个讲原则的人，临走就更应该帮孔春苑一把，这比他死守晚节要合情合理。"阎无忌十分认真。

"我觉得李馆长不会那么做的。既然说到这里了，不妨再谈谈你为啥说穆大海能评上副高。"许家逸一向很佩服阎无忌的洞察力，而且两个人平时说话也很投机，闲着没事，唠啥都是唠。

"市群众艺术馆去年为了以文养文和郊区英雄乡搞了个合作赔个老底儿朝天你没忘吧？"阎无忌点上一支烟说。

"后来说是让几个农民给骗了，群众艺术馆赔进去十多万。不过，后来不是又把十多万元的窟窿给堵上了吗？"许家逸说。

"去年年底市群众艺术馆每个职工发了五百块钱的奖金，有这回事儿吧？"阎无忌呈沉思状。

"的确有这么回事。"许家逸说。

"这些钱都是穆大海挣的。"阎无忌突然加重语气说。

"穆大海挣钱跟评职称有啥关系？他挣来钱是打着群众艺术馆的旗号，再说事后也给他不少的回扣奖励呀！"许家逸有些急了。

"关系大了。穆大海电大毕业，虽说吹打弹拉什么都能舞扎两下，但属蜊蜊蛄的——样样通样样松。不论是水平还是业绩，都绝对与副高职称无缘。但他要想在群众艺术馆混下去真就得有个职称。他办班也好，搞比赛也好，有职称和没职称能一样吗？自己什么水平，他穆大海心知肚明，他不靠这个靠啥？据说群众艺术馆今年的奖金也指望着他呢。"阎无忌很有底气的声音越来越大。

这时，李馆长宣布散会，不公开唱票了，馆里将根据群众推选和平时表现在一周后拿出评定结果。

"咋样？肯定是那么回事了，不妨咱们就等着瞧。"阎无忌第一个站起身来，好像突然兴致全无，随着人流往外走去……

2

大仙所在的美术二部与有电话的办公室是对门，加上大仙联合人，人们没事都愿意往这儿凑。群众艺术馆男男女女的，荤故事真不少。尤其是大仙、阎无忌等人，常到下边文化馆、文化站走动，耳濡目染，带回来又能添枝加叶地二度创作，大仙以含蓄著称，阎无忌以质朴见长。两个人常能把女同志搞得面红耳赤跃跃欲试，把男同志搞得哄堂大笑蠢蠢欲动……时间长了，美术二部的名称就被"农村俱乐部"代替了。

散会后，很多人和往日一样凑到"农村俱乐部"来，侃了一阵，有人开始张罗中午谁该请客，也有人提议让大仙算一算，在座的谁能评上职称谁请。

大仙虽是五十出头的人了，但总活泼乐观地混在青年人堆儿里。大仙悟性极高，不仅国画以独特著称，手相看得也堪称一绝。他从不参与群众艺术馆的职称评聘，像职称能玷污了他的才学；但他又能有滋有味地看别人评职称，另外还有很多事也让人感觉他超脱如仙，故得外号——大仙。

有人问大仙这回谁能评上，谁不能评上。

"群众艺术馆的事我可拿不准。"大仙摇晃着脑袋。

"许家逸肯定是一个了，我也肯定差不多，还有谁？"站在一边的阎无忌说。

"我肯定是被请那伙儿的了，好事儿，中午饭有了。"这时，穆大海笑嘻嘻地站在门口。

"你小子正该请客，妥了，今天中午有人安排了。"阎无忌走过去没轻没重地搂住穆大海的脖子，搓摩小猫小狗一样把身材不高的穆大海悠来荡去。

穆大海边挣脱边说："今天可不是吃大户，今天这饭是有名目的。别人不敢说，许家逸请客不会冤枉吧。"

"那就家逸请吧。"一直没说话的大刘说。

"许哥，请就请呗，职称问题给提前落实了还不是好事儿，让啥呀？"王宏等小年轻的跟着起哄。

时近中午，大家肚子也叫了，不想再耽误时间，就都盯住许家逸。

"那就这么的，咱就一个一个来，今天头号种子选手许家逸先请，明天再找二号种子选手。"阎无忌惯用体育术语说话。

许家逸无奈，把手伸进上衣口袋摸了一下，别说，今天兜里还真带点儿钱。"不过，话可说明白，在座的很多人都有请客的资格，大伙都饿了，我就先请吧。"

大家鱼贯出门时，在走廊里碰上李馆长、孙书记、葛副馆长和办公室宁主任。他们显然要到楼下食堂进简单的工作餐。"领导走啊，许家逸请客。"有人喊。

"这个时候馆长咱可不敢请，别让人说咱们拉拢评委。"许家逸半开玩笑地说。

"我可不是评委，这酒我得喝。"宁主任一向爱好掺和各种酒局儿，一溜小跑过来。

"你们打算去哪儿？我给馆长们订完饭菜就去。"

"老地方。"许家逸不太欢迎一喝就多的宁主任，但又不好拒绝，就把话说得挺含糊。

宁主任没好意思再细问，半真半假地点头儿："啊，知道了知道了，你们先走，一会儿我去。"

"少喝点儿酒，别误了下午的正常工作。"李馆长叮嘱了一句。

"群众艺术馆有个毛正常工作。"下楼时，阎无忌声音不小地说。

3

来到楼下食堂时，李馆长吩咐宁主任："咱们今天有工作，安排个说话方便的地方吧。"

宁主任心领神会，把三位领导让到食堂为数不多的一个单间里，迅速要了可口的四菜一汤和啤酒，还为女同志孙书记要了两听可乐。

馆长们一面说"咱们简单点儿"一面坐下来。

"年年评职称都是挠头的事儿，今年副高这块儿最棘手。"四人围坐桌旁等着上菜的时候，李馆长开始了工作话题。

"这几个人还真都具备条件，别看孔春苑没那几位学历高，可人家业绩多，那证书就整一摞子。评职称，还真就不能只看学历，更得看看实际工作能力呀。孔春苑这些年没少辅导学生，四十多岁的人了还起早贪黑修完了电大，逢年过节还帮助机关企业编排舞蹈。社会反响确实不错，晚报上了半版专访呢。"葛副馆长是个工于心计的人。李馆长马上就要退了，以后由谁来接任，局里肯定要征求前任馆长的意见，这个时候葛副馆长绝对不能犯聪明一世糊涂一时的错误。

孔春苑那半版专访，长脑袋的人都能分析出肯定有背景，但此时葛副馆长硬将其说成是社会的认可。孙书记心里骂葛副馆长滑头，嘴上却毫无办法。她也不能当着李馆长的面说孔春苑不行，只好说："说得也是呀，穆大海的情况不也差不多吗？市场经济时代，虽说群众艺术馆作为事业单位由上面全额拨款，可哪个月不紧张？将将巴巴发完工资，连个旅差费都没了。光说要重视培养群众艺术馆艺术品位高的干部，要真都像老金、许家逸那样的，群众艺术馆还真办不下去。去年穆大海为群众艺术馆挣多少钱，为群众艺术馆解决了多大难题，省内调整那级工资给同志们补发了，十多万元的大窟窿给堵上了，年底还发了奖金……说句心里话，作为主管财经的副馆长，我有时真的发自内心地感激穆大海同志。"孙书记停顿了一下，像是调整情绪，接着又说："穆大海正张罗搞全省规模的电子琴学习班呢，办好了还能为馆里创些效益。副高职称对他来说太重要了，我看今年馆里是不是关照关照这位同志？"

"穆大海可远远不够副高，有个函授大学的文凭不假，可他一点业绩也没有呀。他要评上那些同志能服吗？"葛副馆长说。

孙书记想说孔春苑实际上还不如穆大海呢，但没法说，想了半天说："电大和函大评职称都好使，群众艺术馆是面向群众文化的，其实对专业性的要求不是很强，真就不是凡高、巴尔扎克那种艺术大师待的地方。穆大海办班教学，对社会的贡献也是不小的。"

葛副馆长见孙书记总是话里话外将穆大海与孔春苑暗比，再争下去李馆长脸上都有些挂不住了，只好妥协："穆大海不够是不够，但这两年确实为馆里做了突出贡献，实在不行，做做群众工作吧。"

"老金早一年晚一年倒可以做工作，只是大刘和许家逸这儿不太好办，要再多个指标就好了。"一直没太说话的李馆长像很尊重两位副馆长的意见，接着两人余下的话茬儿说。

"许家逸还比大刘多三票呢。"三位馆长都不出声时，宁主任不失时机地说。

三位馆长仍不出声，宁主任开始觉得自己还是不够成熟，话说得欠考虑，孔春苑和穆大海才每人两票啊！宁主任浑身不自在，好在这时菜上来了，宁主任话题一转，开始品酒评菜……

"大刘去年年底得那个群星奖盖的是文化部的章吧？"孙书记说她爱吃渍菜粉儿，吃了一口渍菜粉儿之后问。

"是盖的文化部的章，还带个挺大个的国徽呢。"宁主任高兴时说话总是让人觉着他在有文化和没文化之间。

"正经是政府奖呢。"李馆长说。

"声乐的奖怎么个评法我不太了解，我搞美术出身的，我知道美术的奖可是不容易得的。那谁，小许许家逸的油画近几年在省内外可没少得奖啊，省级一等奖整好几个了。作品经常在国家级刊物《美术》上选登，年轻有为，有目共睹，这次再不评上可真说不过去了。"葛副馆长一直对孙书记比他大几岁就排在他之前有想法，很看不惯群众艺术馆的论资排辈。尤其在老馆长要退，上面正考察物色馆长人选时，有专业特长的葛副馆长很少和没啥专业特长的孙书记保持一致。

"省、部级虽是同级，但部级要比省级好一些。部长有时就能管省长嘛。"李馆长又像半开玩笑地说。

"大刘这人爱打抱不平，条件不够他不争，条件够了他是必争的。据说他哥哥和他性格一样，就是因为工作问题和领导干起来了，最后失手把领导打死了，判了个无期，到现在还在监狱里押着呢。我就担心大刘这次评不上要闹情绪。"孙书记说。

"评职称咱不能只考虑个人情绪，论业绩大刘可确实比不过许家逸。大刘得那个一等奖实际上是他教的学生得的，他得的只不过是个辅导奖；许家逸的奖可都是自己创作作品得的，在都是金奖的情况下，那含金量可不一样啊！再说，大刘只是这一回，许家逸可是经常性的。"葛副馆长这回说话针对性明显了。

"小葛，咱们这是研究工作，你对我个人有成见也不能表现在工作上，你还男子汉呢。"孙书记表面上像开玩笑，说的却是心里话。

"孙姐，你看你把话说哪儿去了，我这不也是为了工作嘛。职称这事一直是群众艺术馆很敏感的事，整不好容易犯说道，咱不得前前后后都想到嘛。"葛副馆长一脸的委屈。

"我和许家逸没冤没仇，我只是觉得小许还年轻，才三十几岁，以后晋级的机会多着呢，大刘可是四十多岁的人了。"孙书记说。

"许家逸大前年报破格副高就合乎条件，由于群众艺术馆论资排辈的思想太严重，说人家太年轻，硬是没给往上报。我看咱们的思想真该转变转变了。"葛副馆长这话有着更深一层的含义。

中午的工作主要是以孙、葛为中心展开的，李馆长只是在无关痛痒的时候插上几嘴。最难受的要数宁主任，爱喝酒爱说话的他说了一句自我感觉不太地道的话之后就处处赔着小心，酒没喝出滋味倒引出了馋虫。

眼瞅着就到下午上班时间了，孙书记和葛副馆长仍然谁也没说服谁。李馆长极具总结意味地说："我看咱们还是走群众路线，他们俩还是谁的票数多谁上吧。这样，副高的人选也就基本明确了，也就是说馆班子最后综合上报的副高人选是许家逸、孔春苑和穆大海。看谁还有没有不同意见？"李馆长环视左右。

"行，就这样吧。"孙书记说。

"就得这样了，行了。"葛副馆长说。

"回去谁也别先透露出去，等初级、中级和正高的人选都敲定以后，下周一开会统一公布。"李馆长边说边站起来，四个人就从食堂里走了出来。

4

宁主任上楼后发现中午张罗喝酒的那些人都不在，心说："操，这帮小子。"就又跑下楼来直奔群众艺术馆人最常去的"狗肉王"。

"狗肉王"里没有市群众艺术馆的人，老板娘露着挺大个奶子坐在门口奶超生儿子，猛抬头发现了宁主任，就一把蟒住："有客不往这儿整往哪儿整？"

宁主任尴尬着笑："今天、今天不是那么个情况，这不是吗，这么个事儿……"

老板娘极有分寸地掐了宁主任大腿一把："看你敢把客人往别人家领！"宁主任才得以从老板娘手里挣出来。

凑酒局儿这种事宁主任不太容易灰心，附近的酒店挨家看……

宁主任在荣达大酒店找到那帮人时，酒正喝到高潮。

大家见宁主任来了，纷纷起来让座。许家逸虽然有点儿烦宁主任，但人家既然找上来了，做东儿的也得显得热情些，忙解释："大伙儿一出来吃饭就是狗肉汤，今天要换换样儿。快坐下快坐下，再上几个热菜，咱们接着喝。"

"可别麻烦了，我吃完饭了，就是来和大家凑凑热闹。"宁主任客套道。

只有阎无忌不动声色，悄悄地又启开一瓶白酒，用一个啤酒杯斟满，推到宁主任眼皮底下。

宁主任面带难色："这，这不扯吗？喝这些还了得！"拿起杯子就要往大家的小酒杯里匀。

阎无忌从宁主任手里把酒杯夺过来，重新放回他眼皮底下，仍不动声色。

宁主任平时就有点惧阎无忌，这时阎无忌又喝得脸红脖子粗，宁主任只好不再推让："好好，今天我算栽这儿了，认了。"其实宁主任是有酒量的，阎无忌给他倒这么多酒他心里并不反感。

见宁主任接受了那杯酒，阎无忌才半开玩笑道："操，还有这样的鸟人，喝酒不带他吧，他还生气；给他酒喝呢，他又不喝了。你们说宁主任像不像中国历史上那种被叫作'养汉老婆'的玩意儿，当了婊子还老想立个牌坊？"

"太像了！差点儿就是啦！"大仙等人喊。然后人们没好声地大笑，要求宁主任喝酒。

"我就服这些搞文学的，糟践人没边儿没沿儿。我认输了，我来晚了我认罚，我喝酒还不行嘛。"宁主任极会自我解嘲，端起酒杯喝了一大口。

酒喝得越来越热烈，每个人基本都是超常发挥了。

喝到一定程度，有人问宁主任职称的事。

宁主任的表情一下变得牛起来，多年来酒桌上积下的毛病就都弄出来了，之乎者也了半天，又大摇其头："这是机密，这种场合能随便谈吗？"

"老宁，那不是机密，那啥也不是。你说对不对？"阎无忌用明显的醉调说。

"你说是啥就是啥，谁有你厉害呀？"宁主任虽然也喝多了，但他还是惧阎无忌。

大仙也喝潮了，就拎着啤酒瓶子绕过来，要求和宁主任单挑。

宁主任说："喝酒我要怕你大仙，我办公室主任这么多年就白当了。"

两个人你一杯我一杯地干。大仙这人平时清高得很，几乎不怎么和宁主任这样的人来往。不管是喝多了也好，没喝多也好，今天大仙能主动要求单喝，宁主任已觉得相当有面子了。

两个人喝得快且多，一会儿就小腹吃紧，双双奔卫生间而去。

路上，大仙说："我越喝越觉得许家逸今天这东儿做得不太把握似的。"

"你是说许家逸的职称不一定评上啊？"宁主任用一种近于诡秘的眼神盯着大仙。

"我看够呛。"大仙摇晃着脑袋。

"我看差不多。"宁主任故作随便状。

"真不把握。不行今天这客还是我请吧。别让小许事后觉着窝囊。"大仙仍摇晃着脑袋。

"基本差不多吧，没啥大问题。"宁主任虽喝了不少酒，但李馆长最后的嘱咐还没忘，就又含含糊糊地说。

"我最相信我的直觉，这账不能让许家逸结，咱们快回去。"大仙说着就来拉摇摇晃晃的宁主任。

"中午刚定的，我不赶你？你大仙的感觉就都准？再说，要不我能来？你还大仙呢，也不分析分析眼前这事儿。"宁主任一着急，竟把中午的事说出来了。

"这么说，那就是大刘没评上？"大仙眼睛瞪溜圆。

宁主任这才反应过来自己说漏了，忙"嘘"了一下，"这暂时可不能说出去，领导知道了不好。不过，大仙，我还真的佩服你，你怎么能断定许家逸评上了他大刘就一定评不上？群众艺术馆的事儿你咋看那么透？再就是阎无忌那小子，看事儿总是入木三分的。说实在的，咱们馆我就服你们俩。"

"我没啥可佩服的，不过是瞎猜而已，阎无忌可是个人才。"大仙说。

大仙和宁主任回来时，大刘正撕撕巴巴地和许家逸争着付酒钱。就听见大刘骂骂咧咧地嚷："今天没人让我请客，就是觉得我这次职称不把握。咋的，今天我提前请了，我看谁敢不让我当副高！"

"大刘你别这样，大刘，谁也没说你评不上。我做了半天东儿，最后咋能让你结账呢，那成啥事了？"许家逸坚持要由自己付钱。

"家逸，咱哥俩没说的，你比我强我知道。我没别的意思，我是说你能评上我也能评上，你就给我一次享受自信的机会，行不？"大刘带着醉腔说。

许家逸犹豫时，阎无忌上去拉住大刘："刘哥，还是让家逸来算，这个事儿一开始就是这么定的。"

大刘还是强烈要求由他来，五百元钱都掏出来了。

宁主任有些控制不住自己了："大刘，你赶紧把钱揣起来，今天这事你听我的。"

大刘像听不懂宁主任的话，仍栽栽歪歪坚持付酒钱。

宁主任就说："大刘！看来我真得说句到家的话不可了，这么跟你说吧，明年这个时候再喝你的酒行不行？"

宁主任这句话竟异常见效，大刘定格一样僵在那儿，眼睛直勾勾地盯住宁主任。

阎无忌上前扶住大刘："得，都喝多了，走吧。"

大刘在市群众艺术馆的走廊里醉声醉气地喊了半下午："吹牛！今年副高职称没有我刘永胜试试……"

5

晚上五点半许家逸才酒劲儿未醒地回到家。一进门，老婆于玲就劈头盖脸地问："孩子你也不接，让你给孩子买个小车，你买几天了？"

许家逸自觉理亏，弄出一脸愚蠢的笑容，不想跟老婆理论，就厚着脸往里走。不料，于玲伸出手来："把钱给我，明天我买去！"

许家逸无奈，兜里掏不出钱来就得实话实说："那钱让我花了，中午请同志喝酒了。"

于玲勃然大怒："啥？你再说一遍，你是大款呀，你说请客就请客！"

照说于玲也是美术系毕业，当了这么多年话剧团的舞台美术设计，应该对文化界这种既穷又酸的"哥儿几个小酌"有所理解，可自从话剧团百分之七十开支这几年以来，于玲却变得和家庭妇女差不多了。

许家逸早已培养出对付于玲的一种耐心，就说："今天可不同往常，今天这客请得光荣，是这么回事儿……"许家逸就把一天的事一五一十地说了一遍。

"你好几年前就说能评上，到现在也没看你挣回那副高职称的钱来。这事都是领导说了算，你总请那些人有用吗？你别总给我来这套，把钱给我拿回来！"于玲还是不依不饶。

"群众都不选你，你也白扯。再说，同志之间的关系都还不错，毕竟大家还看得起咱，说明咱做得还行。"许家逸说。

"拉倒吧！反正孩子的车你得给买回来！"于玲的声音高昂而无理。

这时，门铃响了。许家逸回手把门打开，进来的是大舅哥。

"我在门口听半天了，你们可别吵了，也不怕让邻居听了见笑，不就是要给我大外甥买台小车吗？这事包在我身上了。"大舅哥把门关上后一边说一边从钱夹里拿出四张百元钞票。"就买叫'好孩子'的那种名牌儿，百货大楼有卖的，388元一台。"

许家逸连说："不用不用。"

可于玲还是把钱接到手里，说："这是给他大外甥的，也不是给你我的。儿子，快过来谢大舅。"

儿子就从里屋跑出来谢了大舅。

大舅哥中文系毕业，在杂志社干了十多年编辑也没整出啥名堂，三年前和领导干了一仗就下海搞起了建筑装饰买卖。家里人都说他胡闹，可他却发了起来。人富了，说话难免大方。

大舅哥是发财之后才越来越看不惯许家逸的，许家逸也是在大舅哥富起来之后才越来越反感他的。大舅哥说许家逸死脑瓜骨，许家逸则批评大舅哥不务正业。他们之间不像从前那样有点儿共同语言了，现在心照不宣的是彼此的轻蔑。所以表面的相敬如宾也需要双方的同时伪装。

"你今天咋这么闲着？"许家逸没话找话地说。

"我上广州了，刚下飞机，这不，我给你们带回了广州腊肠，路上我又买了只金华火腿，一会儿咱下去拎几瓶啤酒上来……"大舅哥说着从旅行袋里掏出一大堆。

许家逸不知道广州腊肠啥价钱，只知道金华火腿三十多块一斤，非工薪阶层能享用。虽觉借大舅哥的光品尝一直没舍得买的东西很不舒服，但还是面带微笑下楼买啤酒去了。

酒喝到差不多的时候，就又提到了许家逸的职称问题。

先是大舅哥说："人生啊归纳起来不外乎这两大块：一是这名；二是这利。人呢都与这名利相关，大致也就是四等：一等人，名利双收；二等人，有名无利；三等人，有利无名；最惨的就是这第四种，既无名又无利，中国绝大多数老百姓都在这里呢。我这辈子是功也成不了，名也就不了喽，先混上三等人再说吧。妹夫好好干，五年之内弄上副教授，五十岁之前争取当上正教授，咋也得奔二等人使劲。"

　　许家逸知道这是大舅哥在挖苦自己，自己这次评上副高，大舅哥也不会高看多少，但评上总比没评上好看些，就解释说："今年我这副高职称基本没啥问题，中午同事们把我的喜酒都喝了。"

　　"领导去了吗？"大舅哥问。

　　"这个时候哪能请领导呢？再说评职称也犯不着巴结领导啊。"许家逸说。

　　"这你就大错特错了，你今年呀还是个评不上，不信咱就等着瞧。"大舅哥喝点儿酒就更喜欢给别人盖棺定论。

　　"等着瞧就等着瞧，我今年要评不上副高，我许字倒着写！"许家逸跟大舅哥争论多数时候都是忍气吞声，从来没跟大舅哥针锋相对地叫过号，今天也是借点酒劲发发心中憋闷多年的怨气。

　　"文化口儿我也不是没待过，我咋就不信你三十刚出头儿，和领导又没啥特殊关系，那副高就能给你！你以为事情那么简单呢，你今年要是评上副高我一辈子不结婚！"大舅哥也越说越激动。

　　"好！咱们一言为定。"

　　"一言为定！"

　　许家逸和大舅哥都非常激动地干下一杯酒。

　　大舅哥气呼呼地走了之后，一直袖手旁观的于玲说："其实大哥也希望你能有出息，你坏他能借着好光啊？"

　　"那谁知道啊。"许家逸突然觉得生活无聊透顶……

6

这天晚上群众艺术馆回家最晚的也许是大刘。大刘在自己的办公室睡到九点多才有些醒过酒来。他像突然想起了下午的事，推开门就往外跑，弄得走廊里响声雷动。

突如其来的响声把值宿的李馆长吓了一跳，李馆长从值班室匆匆赶出来，正好在黑咕隆咚的走廊里和大刘撞个满怀。

"呀！李馆长，我正想打电话找你呢！我问你，你凭啥不让我进、进副高？"大刘说话仍有些醉意。

"你说什么呀？这是哪儿跟哪儿呀？你咋还没走呢，大刘？"李馆长说。

"我就问你为啥不让我进副高？说别的都没用。"大刘红色的大眼睛盯住李馆长。

"评职称是大家的事，又不是我一个人说了算。再说，最后结果还没出来，你听谁说这副高就没有你大刘？"李馆长说。

"你就别跟我绕圈子了，你这么大个馆长，还等我和你不客气咋的？"大刘火愣愣地喊着说。

"有话咱进屋坐下慢慢说，着急能解决问题吗？来，进来。"李馆长把大刘让进值班室。

大刘就坐到值班室的单人床上，情绪仍然激动。"李馆长，你快六十岁的人了，有些话我不好跟你喊。我大刘今年四十五了，这么多年一直驴一样为群众艺术馆奔波，不该要的我什么时候要过？不该拿的我什么时候拿过？这是啥事儿，群众艺术馆是不是太不把我姓刘的当人了！"

"大刘，你也是群众艺术馆的老人了，群众艺术馆的事你什么都了解，凡事都有个方方面面，不能意气用事。"李馆长说得语重心长。

大刘张了张嘴，没说出话来，就操起电话，噼里啪啦一阵狠按。

李馆长以为他往自己家里回电话，就把话暂停下来，把一本正看的什么书从桌子上收起来。

李馆长琢磨是否给大刘倒杯水时，大刘突然大骂起来："姓葛的，你少跟我打官腔！研究什么研究，副高没我姓刘的，我杀你全家！"

大刘摔下电话，又要拨孙书记家电话时，被李馆长拦住了。"大刘，你放下电话，谁说这次副高肯定就没你？谁说了？"

"我又不是傻子，还用谁说吗？李馆长，我给你面子了吧？你实话实说吧，今天中午你们是不是研究了副高人选，是不是没有我？我相信你不会说谎，是不是？"大刘仍死死抓着电话不放。

"这……这只是初步意向，还没最后定。"李馆长好像对大刘的问话没啥心理准备。

"等生米做成了熟饭，当众公布结果时算是最后定吗？"大刘瞪着红色的大眼睛说。

李馆长意识到对付大刘的难度，说："话不能这么说，这么说话容易伤人，事不还得靠人办吗？"

后来，大刘和李馆长之间的对话就变得越来越平静了。李馆长一再强调，明天要进一步探讨副高职称人选问题，大刘则把中午如何要喝酒，宁主任如何不让他结账的事说了一遍。

快十一点了，大刘才张罗走。"不好意思，耽误馆长休息了，我得走了。"

李馆长送走大刘，插上门，关了灯，仰在值班室的木床上长出一口气，想：宁主任的嘴不严倒办了个好事，要是闷到当众公布那天，群众艺术馆不出大乱子才怪呢。从大刘这脾气上看，他哥哥那事，看来也不是虚传的。哎，今天领教了。李馆长黑着灯躺在床上，毫无困意：人这一辈子真不易呀，想想当这个清汤寡水的馆长干啥呢？人到底图个啥呢？要退了要退了又差点出了事情……李馆长又想到孔春苑，评她当副高，大家也不能服，就看大家往不往我馆长这张老脸上吐吐沫了……

这时，门外竟响起轻轻的敲门声。

李馆长以为是大刘又杀回来了呢，趴在门缝上一看，愣怔住了——门口站着的竟是孔春苑。

"这么晚了，你来干啥？"李馆长在门里问时，不太敢正眼看孔春苑永远秋水似的大眼睛。

"我家那谁出差了。"孔春苑的声音极富偷情韵味。

"这个时候，我们咋能在一起呢，你还是……还是回去吧。"李馆长又看到了孔春苑那对熟得不宜再熟的颤乳，话就说得缺乏底气。

"我真的不是有意安排的。真是凑巧，我家那谁半年没出差了，我知道你今天值宿，我只是觉得这机会太难得了。"孔春苑恰到好处地扭动着身子说。

"你不来我也一样想着你的事呢。"李馆长说了话后才觉得这话表白得不伦不类，就颤着慌乱的指头拉开门闩。又声音极低地说："小坏蛋，那就快进来吧。"

这次也许跟大刘有关，他们没有像往次那样马上就做。李馆长有意地和孔春苑拉开一点距离，和她说了一些馆里无关紧要的事。

可他们的手无意中握到一起时，接下来的事李馆长就无法操纵了。这时，李馆长唯一的感觉就是自己还很年轻。

孔春苑不愧是搞舞蹈的，身体丰满却轻盈而灵活，再加上骨节都很开，从不同的角度都能很好地摆正自己的位置，常常让李馆长精神振奋、斗志昂扬。

孔春苑天生是那种崇拜领导的人，在李馆长面前总能发挥出她在性方面无穷的想象力，身体的柔韧度又允许，所以每次花样繁多的姿态都能让李馆长乐此不疲。

快乐到巅峰时，李馆长总要情不自禁地高喊："我不干这个馆长了！我不干了，我真的不干了！"李馆长觉得如果他不是馆长，他可以放下架子，不要面子，无所顾忌地和孔春苑在一起，甚至可以甩掉可恨的老婆，娶孔春苑为妻……

只是李馆长喊的内容孔春苑不太喜欢，总是半开玩笑地说："你得干，你得一直干下去才好呢……"

由于孔春苑"身怀绝技"，他们做事的时候很少在床上。加上值班室的床又窄又短，上去也难有作为，孔春苑就拉着李馆长的手，来到值班室宽敞的地中央。

孔春苑当然是有备而来，只几下就把自己抖落得新出土的鲜参一般，接着，只轻轻一搬，一条腿便高高举起，温柔地依贴在李馆长的肩上了……他们仿佛经历一曲绵长而起伏跌宕的交响乐，尾声时，李馆长是抱着孔春苑那条美丽的肥腿呼喊的："我不干了，我不干了，我真的不干了！"

"这不已经坚持到最后了吗？"孔春苑把腿从李馆长肩上撤下来，扶住他。

孔春苑走后，李馆长躺在床上虽然觉得有些疲劳，但还是不困，想：六十岁的人了，咋还跟小青年儿似的！然后又和每次一样在心里深深地责备自己。实际上，李馆长这么多年来一直是竭力约束着自己的，他最受不了的是孔春苑的丈夫过年过节去看恩人时那副无比真诚的表情。

7

第二天早晨一上班，许家逸在走廊里碰上了大刘。大刘极不好意思地拍拍许家逸的肩膀，表情与昨天酒后判若两人："昨天喝得也太多了，七八个人喝了五瓶白酒外加一箱啤酒，那不扯呢吗？"

"是喝得不少。昨天我看你躺在办公室的沙发上睡着了，我寻思你睡一会儿吧，就没召唤你，睡到几点走的？"许家逸问。

"别提昨天了，没把人给折腾死。我到家都十一点多了，车子都干马路牙子上去了，看把这胳膊摔的。得亏走得晚，要赶上下班高峰时走，非得干汽车轱辘底下去不可。"大刘说着把袖口往上撩了撩。

许家逸看到大刘的左肘上确实破了一块皮，冲他表示同情地笑笑。"以后咱们可别往死里喝了，身体是本钱啊。"

"那可不！酒装在瓶子里啥事没有，装在肚子里可就不好说了。"大刘笑笑说。

"人都是好人，酒不是好酒。"许家逸说。

许家逸送孩子，来得也不早，到群众艺术馆已是九点多钟。群众艺术馆这地方就这么怪，好像有群众艺术馆那天就这样，就是没啥事儿，你想干点儿啥也干不了。一天天就这么上午、下午地过。许家逸画的那么多张画，竟没有一笔是在群众艺术馆画的，都是晚上回家或者节假日休息时间画的。十多年的群众艺术馆生活，许家逸已经习惯于如何以群众艺术馆的方式消耗掉整个白天。

许家逸和往日一样，打开办公室的门，坐下来把昨天的日报又翻一遍，看完报缝和报角的小广告，就边等今天的日报边这屋那屋地走走、转转。

除了馆长室三位馆长都按时到位外，其他部室的工作人员基本还没上来呢，好像只有各部室主任和刚才的许家逸一样，手拎着旧报纸无所事事地枯坐着。

许家逸方着步从走廊的尽头往回走。再次经过馆长室时，发现馆长室的门关得严严的，但并不妨碍葛馆长很大的声音传出来："这事可不一般，我倒不是怕他大刘的威胁，我就觉得这事儿犯不上啊！"

"我昨天就说大刘的哥哥就这个脾气，没错吧？"孙书记的声音远不如葛馆长的大。

许家逸不好停在门口继续听，知道是职称问题上出了说道。

大刘没评上？真让阎无忌这小子言中了？大刘肯定不能服啊。正好，这时收发室送报纸的来了，许家逸就回到自己的办公室，看今天的报纸。

十点钟以后，走廊里的人声才渐渐多了一些。群众艺术馆常来上班的人这个时候陆陆续续地都来了。接着，群众艺术馆就不如刚才宁静了，电话多了，手机也响了。群众艺术馆短暂的热闹场面开始了，一般能持续到十一点钟左右。

后来，人们就都凑到大仙这屋来了。大家海阔天空地侃了半天，觉得没啥意思，就有人提议还是让大仙和阎无忌来点荤故事、黄段子吧。

大仙让阎无忌先讲，阎无忌让大仙先讲。

大仙没再推，就不动声色地讲：

"说有一天呀，省文化部门领导到县里视察精神文明工作，县的负责人最后把省领导用车拉到村，说工作已做到最底层了。省领导到村里一看，觉得确实不错，扫盲标语贴得到处都是，还有个规模不小的图书室，叫什么文化书屋。县负责人见省领导挺高兴，就蹭着村长的耳朵让找个机灵点儿的村民，搞个现场答省领导问，录个像好让领导拿省电视台去播。那村民把村长临时教的话都说了，几天一开会、几天一学习都说明白了，大家都挺高兴的。要结束的时候，省领导即兴问了那村民一句：那么晚上都有哪些文化娱乐活动呢？村民好像没听懂省领导的问话，紧张得抿嘴憨笑。村长急了，说：领导的意思是说，咱们大家伙儿呀，到下晚儿黑时都安排些什么活动？下晚儿黑还不懂吗？村民木讷了半天，终于极不好意思地说：说真话？村长急了：那还能说假话？实事求是，有啥说啥嘛！村民声音极低地说：那就是弄了。村长差点给村民一个嘴巴子，忙制止说：不算那个，再呢？村民汗就下来了，环顾左右，不知所以。省领导心里也着急了，后悔问最后这话，就说：别紧张，随便谈，有啥说啥嘛。村民又闷了半天，最后面红耳赤地大声说：那就、那就歇一会儿，再弄！回来的路上，县负责人差点儿给气死，省领导差点儿给乐死……"

大仙讲故事一向这个特点，听众能笑，但多数得暗笑，尤其群众艺术馆的女同志，就更不能笑出声来。

有人就张罗让阎无忌来一个直白些的，让大家笑出声来。

阎无忌说："讲直白些的倒可以，不过女同志得出去。"

一个女同志就说："以前讲那些我们也不是没听着，也不差今天这一个，后果我们自己负责还不行吗？不信听个故事能咋的。"

"这么的吧，结婚的女同志就无所谓了，没结婚的女同志得出去。要不我也不好意思讲啊。"阎无忌说。

"对了，我得挂个电话去。"群众艺术馆最现代的未婚女子田红面带很纯情的笑容恰到好处地出去了。

田红走后，阎无忌说："操，最见过世面的人还走了，据说那可是动真格的也不惧的主啊，生猛着呢。田红没结婚比结婚的都见多识广。"

"现在这年头儿，大姑娘结婚不结婚和小媳妇有啥区别！"有人说。

"主要听众也走了，别讲太好的了，咱也讲一个关于领导下基层的故事吧。"阎无忌就开讲了：

"大伙儿还记着有一年机关干部支农的事吧？故事就是那时候发生的。文化部门的一个书记不愿意下去，说农村那点儿事他都知道，最后没办法了才不得不去。吉普车行驶在田间，天干热干热的，书记坐在风驰电掣的吉普车里打开了窗子，把大扇子扇得啪啪响，可仍是大汗淋漓。书记就说：这哪是人活的天气！这时，书记发现烈日炎炎之下，一个老农正在田间挥汗铲地，心中顿生崇敬，忙让司机停车，摇着扇子深一脚浅一脚地跨越田埂来到老农跟前。老农头也不抬，仍是铲地。书记就很和蔼可亲地问：老同志，您是村干部？老农抬头看了一眼手拿大扇子的领导模样的人，说：谁是村干部！然后接着铲地。书记又问：那您是省劳模？老农闷了半天：省劳模个鬼！那您一定是县劳模了？书记觉得这个老农挺倔，农民嘛，就又问了一句。没想到老农把锄头狠狠地往地上一蹾，怒吼：县劳模什么县劳模！书记就回到吉普车上，一路叨咕：这叫啥农民，以前的农民可不这样啊……"

大家听了阎无忌的故事都笑了，有人说："这个不萃，不过挺有意思，但风格不太像阎无忌的风格。"

阎无忌说："这还不质朴？多质朴啊。"

大家说，"不够萃哪"，要求阎无忌再讲质朴的萃故事。

正说着，大刘笑容满面地进来了，一进屋就说："别空着肚子闲扯啦，走走走，今天该轮到我请客了，走。"他说着就把人挨个儿地往外推。

有人请客，大家都高兴，就笑着往出走。

　　许家逸上午的时候无意中听到了从馆长室里传出的对话，大刘现在来请客，证明大刘的职称没啥问题了，也笑呵呵地被大刘推着往外走。

　　只有阎无忌和大仙表情迟疑地对视了一瞬，阎无忌说："昨天喝得太多了，今天先缓一天，别连着喝了。"

　　大仙也说："昨天吐了大半宿，胃到现在还不好受呢，改天吧。"

　　"那哪行呢？昨天许家逸的酒都喝了，今天大刘的酒咋的？你们这不是太瞧不起我大刘了吗？"大刘硬是把阎无忌和大仙推出了"农村俱乐部"。

　　大刘又特意上楼找的宁主任，说："还得是昨天中午那些人，一个也不能少。"

　　还是荣达大酒店，要的酒菜也基本和前一天的差不多。

　　落座以后，阎无忌就逗宁主任："你昨天不是说明年这个时候喝大刘的酒吗，怎么今天就来喝了？"

　　宁主任被阎无忌问得满脸通红："什么，我没说，我啥时候说了。"

　　"宁主任，你跟我装是不是，自己昨天说的话今天就不承认了是不是？"阎无忌站起来要宁主任坐到自己旁边来。

　　宁主任说："我昨天说的是明天这个时候，这不正好是吗？"宁主任把"天"说得很轻，并弄出一种求饶的表情，很顺从地坐到阎无忌身边来。

　　阎无忌掐了宁主任脖子一下，半开玩笑地说："操，你小子到啥时候都能当上好人。不过我得跟你说，以后别领导说啥就跟着说啥，别以为领导说的就都准。"

不知是因为昨天喝多的缘故，还是怎么回事，今天的酒喝得平平淡淡，毫无高潮可言。除了一向能喝酒的宁主任喝了半斤白酒外，其他人都没怎么喝似的。

阎无忌说："出版社要得紧，下午得写小说呢。"不一会儿就撤了。

半个小时后，大仙也说有个日本画商下午来看画，得先走一步。

余下的人也大多没啥战斗力了，大刘安排的酒席没有延续多久，下午上班之前就散了。

8

许家逸刚回到办公室就被宁主任喊到楼上去了，宁主任说馆长找他谈话。

许家逸一进馆长室，三位馆长就笑着让他坐下。许家逸想肯定是自己的职称评上了，馆长们这是要告诉他了，就笑着坐下来。

"家逸，你这几年没少捅咕哇，作品画了不少哇！"葛副馆长不见外地拍着许家逸的肩膀，接着又表情严肃地说："是啊，家逸的东西正经不错，这几年奖也没少拿。"

"在群众艺术馆的人缘也不错呀，评职称得票最多。"孙书记也笑着说。

"小许行，才三十几岁，大有前途。"李馆长说。

许家逸就说："还不行，照行的差得远呢。"

馆长们就说："别谦虚，这已经相当不错了。"

三位馆长和许家逸又说笑了半天，才由孙书记挑头儿谈到了正题。

"家逸呀，关于职称的事，我们三位馆长想和你谈谈。现在我就代表馆领导班子和你说说馆里的意思。其实，我不说你也知道，咱们馆里今年副高指标少，报的人又多，馆里决定还是以大局为重，年轻的让让年长的。当然，不是说年轻的就不够，不是那个意思；是说年轻的以后机会还多，也不差那两三年。尤其像家逸你这样有真才实学的年轻人，以后机会更多。是不是？"孙书记微笑着望着许家逸，像征求意见，又像宣布馆里的决定。

许家逸没啥准备似的，心里不怎么是滋味，又不知该怎么说，就微笑着说："这事、这事还是领导说了算。"

"这次没评上不是说你许家逸不够，绝不是，实在是指标太紧张，没有办法。"葛副馆长总能在很合适的时候说话。

许家逸想说点啥似的，张了张嘴又咽了回去，仍木木地微笑着。

馆长们就又陪许家逸说笑了一些馆内外无关痛痒的事。

许家逸又坐了一会儿，觉得没啥意思，站起来说："还有别的事没有？如果没别的事我就走了。"

馆长们说："那就走吧，没别的事了。"

许家逸苦笑着走到门口时，李馆长又问了一句："小许，对馆里的决定有没有啥想法呀？"

"没啥想法，只是，只是事先没想到。"许家逸一边往外走一边回答李馆长问话。

"可不要有啥想法。"许家逸走到门外了，李馆长说。

许家逸整个下午过得无精打采，想起上午的大刘，想起阎无忌和大仙中午喝酒时的异常表现。许家逸感到大刘通过争取职称问题差不多了，可自己为什么想不到他大刘上、许家逸就要下呢？

许家逸想起阎无忌投票那天的预言，觉得阎无忌确实精明。

许家逸更加觉得大仙也确实和一般人不一样……

许家逸到家时，于玲正兴致勃勃地扶着儿子骑刚买回来的小车儿。于玲咯咯咯地一会儿让儿子往左，一会儿让儿子往右，见许家逸进来就办喜事一样的表情说："你看你看，多好，儿子骑得多好！车也是个价呀，三百八十八呀，跟大人的车一个价。看，你快看哪！"

许家逸心里正烦，就说："哎呀，不就一个小车嘛，看见啦。"

"你这人是不有病啊！见人家高兴咋就那么难受呢！"于玲一下子兴致全无，叮叮当当下厨房做饭去了。

许家逸没滋没味地吃完晚饭后就到自己的小画室里去了，直到于玲没好声地招呼睡觉才过大屋来。

"你跟谁生气？我怎么惹你了，说？"于玲似乎不想继续冷战了，语气不是那么强硬地主动找话说。

"没跟你气，谁有闲心跟你生气？"许家逸尽力将声音放得平和些。

"那你怎么那个熊样呢？"于玲问。

"哎，职称又没戏了。"许家逸打个唉声说。

"啥？"于玲像没听懂，双眼紧盯住许家逸。

"馆里决定把职称让给大刘了。"许家逸说。

"我不管你'许'字是否倒着写，你得把请客那钱给我拿回来。说你白扯吧，这回怎么样？总觉得自己臭不错似的，不还是啥也不是？"于玲说。

许家逸这才想起前一天晚上和大舅哥发的誓，对呀，不是发誓说这次评不上职称"许"字倒着写吗？咋忘了呢？

许家逸整整一夜辗转反侧，心口燥热，他倒不是怕"许"字倒着写，他实在是不想在这个重要问题上败给大舅哥这种人。

黎明前的黑暗中，许家逸终于想到了他那个外号叫虎妞、原名叫陈园园的高中同学，想出了他最不想那么办的办法。好吧，只能这样做了，要想战胜大舅哥，这是目前唯一的办法，也是没有办法的办法。

9

在去找陈园园之前，许家逸又硬着脸来到馆长室，把目前职称对他的重要性说了一遍，甚至很费劲地把跟大舅哥之间的过码也说了，许家逸想如果馆里能帮他一把，何必去找陈园园呢？

可馆长们听了之后，只是和气地笑。

葛副馆长说："家逸，你说得可真有意思啊。"

孙书记说："家逸呀，你有比这还充分的理由吗？"

李馆长说："昨天不是跟你谈过了吗，馆班子会已经通过了，不能随便改的。小许，你年轻，好好干，机会多着呢。"

"我最后问一句，我这次肯定一点儿可能性都没有了吗？"许家逸临走时问。

"没有了，馆里已经研究完了，都定了，下周一就开全馆大会公布。家逸啊，这次就这样吧。"葛副馆长自己都觉得说得语重心长。

许家逸事先给陈园园打了个电话，说："我一会儿到你单位去，找你办点事儿。"就下楼骑自行车往陈园园所在的市文化局蹬去。

离文化局还挺远呢，许家逸就碰上了出来迎接的陈园园。

"什么要紧的事呀，这么个大才子，还能求着我？"陈园园还是上高中时看许家逸那种可望而不可即的目光。

"职称的事，你跟王局长关系不错，王局长给说句话肯定能行，我就找你来了，老同学的，这个忙总能帮吧？"许家逸一看到陈园园，马上找到昔日那种高高在上的感觉来，本想客客气气地求她，可又不会了。

"有事知道来找我了，平时连个招呼都不打，生怕谁咬着你似的。"陈园园不伦不类地撒起娇来。

"这不是找你来了吗？"许家逸无可奈何地说。

"职称的事完了再说，先帮我把单位分的苹果送回家吧，正愁没有人帮我往六楼扛呢。"陈园园拉了许家逸一下就往单位走。

许家逸想说你咋还不找个男人结婚，但没好意思说出口。陈园园怎么不想找，不过是高不成、低不就而已。

许家逸帮着陈园园把一筐苹果背到六楼已是气喘吁吁。陈园园让许家逸在沙发上坐下歇一会儿，她自己去厨房给许家逸弄开水去了。

坐了一会儿，陈园园就美滋滋地进来了，说："有劳大才子了，中午得做点好吃的招待呀。"

许家逸忙说："我这就走，可千万别客气。"

"客气啥呀，老同学见面，又赶上中午，吃顿饭还不正常吗？你以为我真费事操办呀，家里有啥是啥了。再说咱们还没谈你职称的事呢。"陈园园说着就下厨房去了。

两个人撞了无数次杯，许家逸总算喝下去一瓶啤酒。许家逸想：女人和女人真不一样啊，有的女人秀色可餐，而另外一些女人则大不相同。过去许家逸只是从远处看陈园园，觉得还行；头一次面对面离这么近细看，则大不一样了。陈园园脸上的粉刺和雀斑至少让许家逸联想起十种肮脏来。许家逸反复提醒自己是求人家办事来了，才将午餐坚持到最后。

当许家逸再次想走而没来得及说出口时，陈园园已经把他紧紧地抱住了。陈园园抱住许家逸说了许家逸从前从没想到的肺腑之言："……你说我跟王局长关系不错，你以为我就那么容易？有个年轻英俊的男人娶我，你以为我不知道怎样去做个好女人？你知道吗？嫁不出去的女人往往比拥有美满家庭的女人需要得更多。你以为我有多下流吗？贱到和一个老头子睡觉的程度？你以为老头子就爱我吗？唯一的原因就是我比他的老婆年轻，老头子在我这里没有更多的机会去计较长相，而我仅仅靠'和王局长关系不错'支撑着，每天在机关里装出高傲，装出笑容，我真的不知道我能这样坚持多久啊……"

许家逸突然觉得眼前的陈园园不是印象中那个"虎妞"了，没想到表面总是乐观不知愁的陈园园内心深处有着这样的沉重。虽然陈园园是个很普通的女子，许家逸还是多多少少滋生出一些怜香惜玉的感觉。

所以后来陈园园毫无底气地提出和许家逸做那种事时，许家逸也没忍心拒绝。许家逸只是觉得不是和女人在一起，而是要完成一项不太想做但又必须得做的工作，从一开始就期待着事情的结束。

而陈园园则做得极其投入，让许家逸一遍遍自问：那事有这么重要吗？那事真的有这么重要吗？

陈园园毫无倦意地和许家逸做了好半天。许家逸一直很麻木似的，一直也不很冲动，就显得很有能力。

由于北大荒历史的原因，许家逸总觉得和相貌平平的女人做那事不是件光荣的事，晚上回到家时，仍觉得恶恶心心的。

看到于玲，许家逸又觉得很对不住似的，就想尽量安慰她，说："我今天找我文化局工作的同学去了，职称的事还有希望。"

"是吗？你也学会办事了？"一直气呼呼的于玲竟笑了。"早就应该这样做。"

"这不是没别的办法了吗？你以为求人那么容易？"许家逸说。

"以后学会多办事就容易啦。"于玲竟在许家逸的脸上亲了一口。

10

不知道陈园园是如何把许家逸的事说给王局长的，也不知道王局长在给李馆长的电话中是如何说的。总之，在市群众艺术馆周一的全馆大会上，副高职称的最后人选中又有了许家逸。另外那两个人是孔春苑和穆大海。

大刘没有闹，笑呵呵地坐在会场上。许家逸感到十分奇怪。

相反，阎无忌和大仙则对许家逸评上了副高感到意外。阎无忌挨着许家逸坐着，公布许家逸为副高时，阎无忌声音不小地说："没想到你小子上边也有人啊，还会走上层建筑呢，真没看出来，许兄还有这两下子呢。这就对了，关键时刻就得这么整。"

散会后，大家就又凑到大仙的"农村俱乐部"来了。大家你一句我一句议论了一会儿职称的事。后来有人说，职称的事实在没啥意思，还不如听大仙和阎无忌讲几段儿荤故事。

一个女同志就说："不让阎无忌讲，他讲得太直，还是大仙讲得好，虽是那么回事，但很艺术。"

"对，对，今天不让阎无忌讲，他讲我们没结婚的还得出去。"未婚女子田红一本正经地说，"还是大仙讲得好。"

"不讲了，不讲了，总讲荤故事群众艺术馆成啥了，我不成老不正经了吗？"大仙推脱着。

"你以为你还正经呀？画画的哪有正经的？你就讲吧。"阎无忌半开玩笑地把大仙从椅子上托起来。

"总讲，也没啥讲的了。"大仙仍不肯讲。

"谁不知道你一肚子故事，随便来一个就行。要不中午我请客时还得多点几个荤菜，那多费呀。"阎无忌说。

大仙无奈，就得讲一个。"讲啥呢，也没啥讲的呀。"大仙挠着脑袋。

"对了，就讲个'出门打工'吧。"大仙就讲：

……儿子要出去打工，老爹怎么也不同意。儿子脾气倔，老爹最后实在挡不住了，就在儿子临行前的晚上千叮咛万嘱咐：爹不是不想让你出去挣钱，爹是不放心呀！咱祖祖辈辈的正经人家，我就怕你出去搂不住火，去碰那些城里女人。听说有的城里女人身上有种病可邪乎了，你要碰了那种城里女人那可就坏啦！可千万碰不得呀……儿子不愿听老爹絮絮叨叨没完没了地磨叽，不耐烦地说：碰了算我的，也不关你的事，你就别操这份闲心了！老爹一听这话，差点背过气去，喘了半天，用近乎乞求的语调说：儿呀，说啥也不能碰城里女人啊！万一碰上那种女人，那可就坏啦！儿子还是爱答不理的样子，老爹一急之下就说出最实在的话：你坏了不要紧，那你媳妇也就坏啦；你媳妇坏了不要紧，那你老爹也就坏啦；你老爹坏了也不要紧，那你老娘也就坏啦；你老娘坏了也不要紧，那咱们村可就都坏啦……

"还是他老娘最厉害呀……"大家听完大仙的故事笑得前仰后合，说大仙可真能琢磨。

"大仙讲得确实比阎无忌讲得好。"田红首先止住笑说。

"咱以后不讲了，还是老同志厉害呀。"阎无忌一语双关地说。

大伙儿就又笑了一阵儿。笑完之后，有人还让大仙讲一个，大仙这回可说什么也不肯了。

"不讲就不讲吧，再笑一会儿，大家肚子就更空了，那得吃多少啊？走吧，快到点儿了，我这不也中级了吗？今天该我请客儿了。"阎无忌说着，就把大家往门外引……

基本上还是那些人，阎无忌在酒桌上仍然揶揄宁主任："还是宁主任说得准，明年这个时候再喝大刘的酒，大刘不信，到底还是提前请了。"

大刘的脸也跟着红一阵白一阵，说："明年还得另请，那天的不算数。"

许家逸好像一直对大刘赔着小心似的，好像自己抢了他的职称，没吃多少菜，酒却喝了不少。

大家还算挺高兴，一直喝到下午三点多才结束。

晚上下班回家，许家逸把好消息说给了于玲。于玲高兴，现上市场买的肉馅，非要给许家逸包饺子吃不可，还一边包一边说："有机会得把许家逸那位同学请到家里来，得好好感谢感谢人家，该请客时就不能怕花钱。"

许家逸说："那位同学也没费啥大劲，不必请到家里来。"

于玲就说："这年头谁办事不图个回报，人家不说不等于不要。"

许家逸就觉得和于玲没啥可说的了，不再说什么。

晚饭后，于玲还告诉许家逸要和那同学好好处，以后说不定还有用得着的时候。

许家逸就心不在焉地答应着。

这天夜里，于玲对许家逸表现出多年不见的温柔……

11

许家逸事后才知道，大刘之所以没继续闹，是因为馆班子研究决定，准备提他当副馆长。等李馆长年底退了，空出行政编制来，就把大刘报到局里去审批。

对大刘来说，有当副馆长这个好机会可等，职称早一年晚一年就是无所谓的事了。因为大刘的终极目标就是在有生之年当上群众艺术馆的副馆长。

陈园园事后又打电话约许家逸几回，许家逸都说自己忙没有去。最后一回陈园园在电话里生气了，说："我算看透了你们这些男人，用着的时候怎么都行，用完了就不认识了。看来就得下次评职称之前你能来了！"陈园园很响地撂了电话。

不久，陈园园就自杀了，说是因为和局领导闹矛盾。遗书上没提许家逸，但许家逸还是经历了一场虚惊。许家逸总觉得陈园园的死与自己有点什么关系似的。

紧接着，群众艺术馆的老金也吃了安眠药，说是因为退休前副高职称没指望了。老金越寻思越憋屈，不如一觉睡过去。好在发现及时，送医院给抢救过来了。

好像是在这些事情发生之后，许家逸才越来越觉得自己的职称也没啥意思，觉得一个人怎么会通过那样一种途径去得到自己那么看重的东西呢？确实，表面上，许家逸没输给大舅哥。但实际上，许家逸却不得不承认，他已经输给了很多人，很多人中也包括他自己。

在于玲一天比一天把许家逸当回事，觉得许家逸真的像一些人说的那样，年轻有为、前途无量的时候，许家逸却突然告诉于玲，说他已经在市群众艺术馆辞职了。

开始时，于玲以为许家逸要下海做买卖呢，说："才三十出头儿，副高都评上了，你还下海干啥？也不像当年大哥呢，当年大哥在杂志社那是要啥没啥，辞也就辞了，你可不能辞。"

后来于玲才知道，许家逸辞职不是为了做买卖，而且对下一步毫无打算，于玲就又是吵又是闹离婚的，还撕了许家逸的一张好画……

于玲还来到市群众艺术馆，找群众艺术馆的领导说许家逸一时晕了头，这么好的工作不能说辞就辞呀。

于玲费了很大劲，最后群众艺术馆的领导终于同意许家逸再回来上班，可许家逸却说什么也不肯回来。

"好好儿的工作说不干就不干了，这不是有病吗？"于玲一气之下决定和许家逸离婚，并很快办了手续。

分家那天，大舅哥来帮着拿的东西。于玲是一路咒骂着迁往娘家的……

几个月后，许家逸意外地当上了城市新扩编的交通警察。炎炎烈日下，人们能看见他很投入的姿势和很威严的面孔……

原载于《滇池》2012 年第 6 期

选载于《小说选刊》2012 年第 7 期

获梁斌小说奖、吉林文学奖